d

Hannah Green

Bevor du liebst

Roman

Aus dem
Amerikanischen
von
Annette Keinhorst

Diogenes

Titel der 1989 bei
Penguin Books Ltd. in New York
erschienenen Originalausgabe:
»Of Such Small Differences«

Umschlagillustration: Hieronymus Bosch,
›Der Garten der Lüste‹, (Ausschnitt)

Für Margaret Williams
und
Erica Brundquist
Stark und beständig

200/91/8/1
ISBN 3 257 01903 3

Danksagungen

Ich bin zutiefst der Gemeinschaft der Gehörlosen und Taubblinden, ihrer sehend-hörenden Freunde, Begleiter und Dolmetscher verpflichtet. Mein besonderer Dank gilt Bob und Michele Smithdas; Bob als herausforderndem Antagonisten und Michele als ruhendcm Pol im Sturm. Ich danke Rod und Ele McDonald für ihren Mut und ihre Offenheit, mich hineinzulassen, und Therese Smith, deren großzügiges Angebot von Zeit und Rat unschätzbar war. Therese war es auch, die mir Frieda Le Plas hervorragendes Buch über ihre Erfahrung als taubblinder Mensch gab. Dank an John Washington, der auf den Wassern ging, und an John Foley, mit dem ich trockenen Fußes spazierte, und an Lorna Purdy, die mit gesundem Menschenverstand zur Stelle war. Dank an Regina Wilkuzenski, die erste Taubblinde, die mir die Angst vor den Taubblinden nahm, und Dank an die Amerikanische Assoziation der Taubblinden für die Unterstützung durch ihre Mitglieder. Dank an Mitchell Turbin für seine Auseinandersetzungen, an Len Siger für seine Beiträge zur Körpersprache, an Martina Milan für ihren Einblick in gehörlose und taubblinde Interaktion und an Bambino (Bambi) Marcantonio, dem ich ein neues Verständnis des »Blinde führen Blinde«-Gedankens verdanke und dessen Beiträge seinen Namen im ganzen Land bekannt gemacht haben. Ganz besonderer Dank gilt McCay Vernon, Wegebahnerin, Katalysatorin und hilfreicher Freundin.

Bevor du liebst
lerne den Schnee zu durchqueren
ohne eine Spur zu hinterlassen.

Zen-Sprichwort

I

Er stand draußen in der Kälte neben der Türangel, so daß die Leute an ihm vorbei konnten. Er hielt seine Hand an den Türrahmen und spürte den Puls von Schritten. Dann kam die Tür auf ihn zu, schwang zurück, kam, ging. Er berührte seine Armbanduhr. Zu spät. Sam kam zu spät. John seufzte tief und ungeduldig. Dann gab es eine Andeutung von jemand, er ahnte einen Schatten neben sich, nahe bei sich, weniger als eine Ahnung in dieser Kälte, mit einem Mantel zwischen ihm und der Luft und dem, was er Schatten nannte. Er seufzte erneut frustriert. War da jemand? Es gab keinen Anhaltspunkt, daß man zu ihm sprach. Vielleicht war sein Seufzer laut geworden. In seiner Tasche hatte er immer ein Kärtchen bei sich, aber er wollte es nicht herausholen. Sie sahen den Stock, aber sie wußten nicht, daß er auch taub war. Die Person war immer noch da. »Ich bin auch taub«, sagte John. Ein großer Schatten, ganz nah. Ärger, irgend jemand. Sams schnelles Zeichen an seiner Wange. »Was?« John nahm die Hand aus der Tasche. In der Kälte konnte er Sams Zeichen kaum lesen.

»Du hast wieder geschrien. Der Mann sagte, du hättest dich wie ein verwundetes Nashorn angehört.«

»Was ist ein Nashorn?«

»So was wie ein Elefant.«

»Ich habe ihm gesagt, daß ich taub bin.«

»Er sagte, du hättest dich angehört, als würdest du um Hilfe rufen. Er hat es nicht verstanden.«

»Vielleicht habe ich Taub nicht mit großem T buchstabiert.«

»Sehr komisch.«

Sam signalisierte in der Gehörlosensprache: er führte Johns Hand an seine eigene Nase – das Zeichen für ›komisch‹. Dann ging John mit Hilfe seines Blindenstocks gekonnt allein zum Bus, obwohl es nicht nötig gewesen wäre; Sam hätte ihn auch geführt. »Wohin?« Es war zu kalt zum Buchstabieren. Sam deutete die Richtung durch ein leichtes Zerren an.

John bewegte sich so, daß er die benachbarten Reifen dreier geparkter Autos mit seinem Stock zur Orientierung nutzte. Doppelreihig geparkt. Sam hatte ihm das beigebracht. »Okay, okay«, sagte er.

John mochte Sam, der einen Zuschlag für das Chauffieren des Busses bekam, zusätzlich zu seinem Gehalt als Gehörlosenbegleitdolmetscher. Sam war nicht so schön verrückt wie Martin, aber er war besser als Kenneth und auf jeden Fall besser als Hillary, der eine moralisierende Art hatte und religiös war und behauptet hatte, Christus sei für Johns Sünden gestorben. Als John fragte, welche Sünden, hatte Hillary gemeint: Lügen, Gotteslästerung und Masturbieren. Darauf hatte John geantwortet: »Wenn er gestorben ist, damit ich masturbieren kann, dann masturbiere ich doch wohl weiter, soviel ich kann.« Danach gab es keine Extras mehr von Hillary, er holte John nur ab und übersetzte das Nötigste, ohne zusätzliche Erklärungen, ohne Scherze, ohne Begründungen. Die Welt setzte sich aus Begründungen zusammen.

Dann um das geparkte Auto herum, er ließ es rechts

liegen, überholte es. Der Bus. Sam führte nur leicht, wie eine freundlich angebotene Hand, denn John kannte den Bus inzwischen gut, vom Türrahmen her. Sein Schienbein fand die erste Stufe. Hinauf und hinein. Da waren Hände. Er setzte sich und fühlte die kurzen Erkennungsklopfer der anderen. Sie arbeiteten alle in der Werkstatt, aber er war der einzige Taubblinde.

Jetzt saß er entspannt in der Vertrautheit der gewohnten Fahrt. Im ersten Teil ging es der Sonne entgegen, warmes Gesicht im Sommer, dann nach Norden, links von der Sonne. Sie hielten manchmal an, oder, wenn sie Glück hatten, gar nicht. Diesmal gab es kein Anhalten. Weiter ging es der Sonne entgegen und dann in den Kreis, der sie alle im Bus nach rechts drückte, dann noch zwei Kurven, dann eine kurze Zeitlang der Sonne abgewandt, dann das Abbiegen, ein Zeichen, daß sie jetzt an der Werkstatt angelangt waren.

John arbeitete sich schnell aus dem Bus heraus, weil andere hinter ihm Hilfe brauchten, und wenn er langsam war, schoben sie ihn manchmal mit Fingern oder Krücken. Als er den ansteigenden Weg zum Büro hinaufging, dachte er an ein Gedicht, etwas Neues, für das es noch keine Worte gab. Er hätte nicht darüber nachdenken sollen, aber seit dem Aufwachen hatte es sich in seinem Kopf zusammengefügt, und während des ganzen Wegs zur Arbeit hatte es in ihm rumort. Er versuchte, sich an etwas aus früher Vergangenheit zu erinnern, etwas, das er gedacht oder das man ihm gesagt hatte; er benutzte seinen Stock nicht an diesem ihm vertrauten Ort, und auf einmal war er zusammengestoßen, Knie, Schulter, plötzliche Ohnmacht, und er fiel. Dann fand er sich am Boden wieder, seinen Arm und sein Bein mit den Körperteilen einer anderen Person verwickelt, ein blumiger Geruch, vertraut, aber nicht benennbar, alles bewegte sich, bemühte sich freizukommen. Er versuchte, die Arme zu greifen, um das über ihm Liegende zu finden, oder vielmehr *sie*, ihren Mund, ihr Gesicht, zu sehen, ob sie verletzt war, weinte, oder ob sich ihre Augen vor Schmerz verschlossen hatten. Er begann zu atmen, zu vibrieren*, und hoffte, daß es nicht zu unangenehm war oder zu laut, weil er so um Verzeihung bitten wollte, da sie wahrscheinlich eine Hörende war. Mit all seiner und ihrer Winterkleidung schien es schwierig, sich voneinander zu befreien, ihre und seine Kleidung voneinander zu trennen.

Plötzlich gab es Arme an seinen Schultern und dann unter ihm. Sie hoben ihn, und sein Körper wurde weggezogen und wie seine Kleider im Schrank aufgehängt, senkrecht, und Sam signalisierte in seine unbehandschuhte Hand: »Hör auf. Du brüllst wie auf der Schlachtbank.« Dann: »Wenn du Liebe machen willst, geh nach oben, da kannst du dich auch ausziehen.«

»Eine Frau?«

»Ja.«

»Wo ist sie? Ist alles in Ordnung?«

»Jetzt, nachdem du aufgehört hast, sie zu prügeln, geht es ihr gut.«

* Anmerkung der Übersetzerin: Erwachsene Taubblinde erfassen ihre Umwelt sehr stark über Vibrationsempfindungen und spüren auch ihre eigenen Lautäußerungen als Vibration; dieser Begriff wird daher im Folgenden unkommentiert verwendet werden.

»Hier.« Er streckte seine Hand aus und berührte etwas. »Es tut mir leid«, vibrierte er.

»Hör auf zu schreien«, klopfte Sam in seine andere Hand. »Komm rein. Wir gehen jetzt alle rein.«

Glas. Die Tür. Zieh den Griff, dreh das Glas beiseite, um das Glas herum; und dann innen der vertraute Geruch. Er zog seinen Mantel aus und klemmte seine Handschuhe am Kragen fest, so daß er seinen Mantel von den anderen unterscheiden konnte, dann hängte er ihn zu den andern an die Hakenleiste. Sam stand bei ihm. »Leda Milan. Sie möchte sich entschuldigen.«

»Es tut mir leid«, buchstabierte er in die Luft.

»Mach dir keine Mühe. Sie kann weder Gebärden noch Handalphabet.«

»Sag ihr –«

Aber eine Hand bremste ihn, eine kühle, aktive Hand, schnell und energisch. Er nahm die Hand, und die Frau gestattete ihm, an ihrem Pulloverärmel hochzufahren. Seine Finger wanderten hoch zu ihren Schultern, zum Nacken, zu ihrem Kinn und zur Wange. Sie war eine Frau, deren Kopf auf Augenhöhe mit ihm war.

Sie stand sehr ruhig da. Er konnte beide Hände benutzen, um die Linien und Furchen ihres Gesichts sanft nachzuzeichnen. Es war ein starkes Gesicht, nicht hübsch in dem Sinn, der gewöhnlich als hübsch empfunden wurde. Ihre Nase entsprang der Stirn ohne jene kleine Vertiefung, wuchs gerade herunter, und ihr Kinn und Kiefer sprangen ein wenig weiter vor, als üblicherweise als hübsch empfunden wurde. Aus was für minimalen Unterschieden Schönheit und Häßlichkeit gemacht sind.

»Ein interessantes Gesicht«, sagte er zu Sam, »nicht hübsch, aber es gefällt mir.«

»Deine Ehrlichkeit hat ihr Herz gewonnen. Sie sagt, du sollst weitermachen.«

Ohren, Haare. Das Haar war ungewöhnlich, ganze Hände voll, darin der Duft von draußen. Dick und fest, hing es schwer auf ihrem Rücken. »Wo war es?«

»Unter ihrem Hut.«

John hatte eine sehr gute Schule besucht. Weil er bis zum Alter von neun Jahren gehört hatte, konnte er sprechen. Er modulierte seine Stimme für die Hörenden. Man hatte ihm gesagt, sein Sprechen sei gut. Da er selbst nichts hören konnte, sprach er manchmal zu laut oder zu leise, aber er war daran gewöhnt, seine Stimme zu gebrauchen. Er rückte näher und roch die warmen Körperöle in ihrem Haar, ihren Duft. Als er damit fertig war, trat er zurück.

Atemholen – laut ausatmen. »Was?«

»Sie lacht.«

Er berührte ihr Gesicht und fühlte die Schwingung. Es stimmte.

»Dies war sehr angenehm, aber ich muß jetzt gehen«, übersetzte Sam.

»Ja«, signalisierte John mit ruckartig bewegter Faust. »Vielen Dank, daß ich Sie berühren durfte.«

»Ich hoffe, daß ich Ihnen noch mal in die Quere komme. – Das war ein Scherz.«

»Ja, ich weiß. Sehr lustig.«

Sie war weg. »Wie alt ist sie?«

»Ungefähr fünfundzwanzig, etwa in deinem Alter.«

»Hübsch?«

»Das Gesicht ist zu kräftig, und für meinen Geschmack hat sie zuviel Hintern.«

»Ah.«

»Eigenartig. Sie wollte auch etwas über dich erfahren.«

»Oh.« Er hielt die Hände offen und wartete, ohne etwas zu sagen, und dann meinte er: »Sam, sehe ich gut aus?«

»Ja, mein Liebling.«

»Sei ernst.«

»Ich denke schon. Die Sekretärinnen behaupten es.«

»Wirklich? Tun Sie das?«

»Gleich muß ich kotzen.«

John hatte derzeit einen Job in der Möbelabteilung. Er verfolgte das Abbeizen der alten Teile, achtete darauf, daß der alte Lack ganz abgezogen war, schmirgelte nach, wo noch Reste hängengeblieben waren. Er hatte in vielen Abteilungen der Werkstatt gearbeitet, in den Subunternehmensbereichen, in den Sortierräumen und jetzt in der Möbelabteilung. Er wollte bald um eine Versetzung bitten. Die Arbeit gefiel ihm, aber am Ende eines Tages hatte das Sandpapier seine Finger ruiniert. Sie schmerzten, verloren ihre Empfindlichkeit. Er ging langsam, achtete diesmal auf seine Umgebung. Der Sturz hatte ihn aus dem Gleichgewicht gebracht.

Trotz all der Kleider, die er getragen hatte, hatte John sich etwas verletzt, irgend etwas in seinem Knie war verzerrt. Jedesmal beim Bücken spürte er das. Dann mußte er an das Mädchen denken.

Glas, Wasser, Eisen, Stein
Zittern, Frieren, ganz allein.

Das machten sie in der Schule, Reime wie diesen, um dazu zu spielen. Er erinnerte sich an die Erregung in Mrs. Lewis' Klasse. Sie benutzte seine Ader für Rhythmus und Reim, um ihn einige Taubstummen-Zeichen und das Buchstabieren zu lehren. Später fand er heraus, daß sie gekämpft hatte, um ihn in der Klasse zu behalten, obwohl er in jenem Sommer taub wurde und woanders hingeschickt werden sollte, da diese Schule nur für Blinde war. Als er zurückkam, hatte sie ihm gezeigt, wie er sich nahe bei Matthew halten sollte, um seinen Körper zu spüren und seinen Bewegungen zu folgen, ohne daß er mündliche Instruktionen brauchte. Sie hatten Seilspringen gemacht, er zwischen all den andern Kindern, auf ein Signal rannte er hinein und wieder heraus. »Gut für das Gleichgewicht«, sagte sie, erst buchstabierte, dann signalisierte sie es in seine Hand.

»Gut für den Rhythmus.«

Gott sei Dank für den Rhythmus, Rhythmus ist Zeit, und Zeit ist der Raum, der in einer bestimmten Zeit durchquert wird. Rhythmus ist der Herzschlag, der Pulsschlag, die Beine in Bewegung, links rechts, der Rhythmus des Sprungseils. Diese Dinge retteten ihn damals vor der Verzweiflung, und später brachten sie ihn zur Poesie. Mit dem Rhythmus in sich lernte er, Bewegung zu ermessen, Zeit, Abstand. Stimmen, die Erinnerung an Geräusche verblaßten. Schwingung, Form und Rhythmus blieben. Er lernte die *Braille-Schrift*, und die tauben Kinder brachten ihm neue Zeichen bei.

Glas, Wasser, Eisen, Stein,
Zittern, Schmähung, ganz allein.

Wieder, so wie gestern, waren seine Gedanken davongeglitten, bei der Arbeit eine gefährliche Angelegenheit für einen Taubblinden, seine Lehrer und Dolmetscher hatten es ihm oft genug gesagt. Er fand zurück, als Bernhard in seinem Rollstuhl vorbeikam und von hinten an seine Beine schlug. Es war eine freundliche Berührung, eine Selbstidentifikation.

»Hallo, Bernhard«, sagte John. Bernhard buchstabierte nicht. Es gab nur den leichten Klaps. John arbeitete weiter. Er hatte einen Schaukelstuhl vor sich, klein, mit einem sogenannten Gitterrücken, der sogar nach zweimaligem Abbeizen noch große Flecken alter Farbe aufwies. John schmirgelte sie mit Handschuhen ab. Eine Hand an seinem Rücken. Er zog die Handschuhe aus und drehte sich um. Mr. Bisoglio.

Mr. Bisoglio kam normalerweise mindestens einmal am Tag vorbei. John spürte dann seine Hand, drehte sich um und geriet mit seinem Geruch von Holz, übriggebliebenem Lösungsmittel und altem Lack in Mr. Bisoglios Geruchsfeld. Mr. Bisoglio war Chef der Werkstatt, aber er beherrschte die Gebärdensprache kaum, und sein Fingeralphabet war langsam und umständlich. Wenn John mit ihm sprechen mußte, beantwortete er den Klaps auf seinen Rücken mit einem leichten Schlag auf die eigene Schulter. Dann ging Mr. Bisoglio weg und kam später mit seiner Sekretärin zum Übersetzen wieder.

Als dies am Anfang passierte, war John ganz aufgebracht gewesen. Er hatte sich an Mr. Bisoglio geklammert, um ihn zum Dableiben zu bewegen. Er hatte es nicht begriffen, wenn Mr. Bisoglio seine Hände wegschob und ihn verließ. Der Verlust war ein vertrautes Gefühl von Schmerz und Wut. John hatte frustriert auf den Tisch eingehämmert. Die Leute gingen oft weg, wenn er glaubte, sich mitten in einer Unterhaltung mit ihnen zu befinden. Er streckte seine Hände aus, und sie waren fort. Ihr Verschwinden ließ ihn verwirrt und voller Angst zurück. Manchmal hatte er dann aus dieser Angst heraus gewalttätige Gedanken gehabt, wollte nach allem schlagen, was ihm in den Weg kam. Als Mr. Bisoglio das erste Mal auf diese Art gegangen war, hatte John auf seine Werkbank eingeschlagen, war fast aus dem Gleichgewicht geraten inmitten einer unbekannten Anzahl von Leuten und Dingen und seiner Niederlage an seiner Arbeitsstelle. Er hatte die Zurückweisung geschluckt, aber nur bis zur Höhe der Kehle. Als er so da stand, hatte er auf einmal etwas an seinem Oberschenkel gespürt, eine Hand, die er kannte. Bernhard in seinem Rollstuhl, der versuchte, ihm gestikulierend etwas mitzuteilen. John hatte sich beruhigen lassen. Das war auch gut so gewesen, denn die Sozialarbeiterin hatte ihm später klargemacht, wie wichtig es wäre, den Job zu behalten. Sie sagte, es sei ein guter Job und es sei wichtig, den Agenturen zu zeigen, daß Taubblinde sehr gut in unterschiedlichen Arbeitsbereichen eingesetzt werden könnten, daß sie leicht zu trainieren seien und sehr flexibel auf verschiedene Anforderungen in einem Geschäft oder in der Fabrik reagieren könnten.

Jetzt verstand John sich mit Mr. Bisoglio. Er war schon

drei Jahre in seiner Werkstatt und fühlte sich wohl. Im zweiten Jahr hatte Mr. Bisoglio eine Sekretärin bekommen. Carol kannte ein paar Zeichen und buchstabierte etwas besser. Dann gab es noch Sam, den Gehörlosenbegleiter und Dolmetscher, der aber nicht immer dabei war. Er wurde extra bezahlt, um John zu verschiedenen Orten zu führen. John genoß es sehr, mit ihm unterwegs zu sein.

Kurz vor der Mittagspause spürte John Mr. Bisoglios Hand wieder auf seiner Schulter. Jetzt würde Carol dabei sein. John stand auf. Er arbeitete immer noch an dem Schaukelstuhl. Er legte das Sandpapier sorgfältig auf den Sitz seines Stuhls und rieb seine Hände an dem Tuch, das er an seinem Arm festgebunden hatte, um den Staub abzustreifen. Anstelle der erwarteten Hand von Carol war es jedoch Sams Hand.

»Mr. Sherline kommt morgen, wegen deiner Gedichte.«

»Schön, ja, ich weiß.«

»Um die Mittagszeit.«

»Ja.«

»Eine andere taubblinde Person ist hier.«

»Wo?«

»In der Reparaturabteilung.«

»Mann oder Frau?«

»Frau mit dem Namen Kaminska. Eine Neue. Deshalb bin ich hier.«

»Was für eine Frau?«

»Hübsches Ding«, sagte Sam. »Eine Blonde.«

Sie sprachen oft über Sex, die Dolmetscher. Es hatte John immer verwirrt, daß ihre inoffiziellen Gespräche sich um Mädchen drehten, um ihr Aussehen, ihre Zugänglichkeit. Er hatte sich mit Sam und Mr. Bisoglio etwas von seinem Platz entfernt, als er eine Ahnung, den kurzen Eindruck eines Blumengeruchs in die Nase bekam. »Wer ist da gerade vorbeigekommen?«

»Die Frau, die du heute morgen angefallen hast. Sie arbeitet hier, fährt einen anderen Bus.«

John nickte. Der Geruch, die Frau waren weg.

Mr. Bisoglio war müde. John hatte es an seiner Berührung gespürt. Sam übernahm das Gespräch für ihn. John bat um eine Versetzung aus der Möbel-Vorbehandlungsabteilung woanders hin. Er nannte seine Gründe, und Mr. Bisoglio war einverstanden. Was er stattdessen gern tun würde?

»Möbelmontage?«

»Da ist kein Platz.« Er sagte, er würde John Bescheid geben, wenn etwas frei würde. Was es noch gäbe?

»Der Nähraum.«

»Nein, das geht nicht. Es gibt neue Bundesregelungen, die diese Arbeit für Taubblinde ohne besondere Ausrüstung verbieten.«

»Die kleine Montagehalle?«

Mr. Bisoglio sagte, das ginge, und Sam würde an einem Tag der kommenden Woche vorbeikommen und die Einweisung für den neuen Arbeitsplatz übersetzen.

»Vielleicht könnte sie, das neue taubblinde Mädchen, später auch dorthin versetzt werden.«

Sams Haltung veränderte sich leicht, er verlagerte sein Gewicht vom einen auf den andern Fuß. Sein Buchstabieren nahm eine offizielle Note an, als ein schneller Wortwechsel zwischen ihm und Mr. Bisoglio entstand. Es war gegen die Regel, Gehörlose oder Taubblinde zusammenarbeiten zu lassen. Wenn es passierte, kommunizierten sie die ganze Zeit miteinander statt zu arbeiten. Es war schon vorgekommen, und die zwei oder manchmal drei Personen mußten jedesmal wieder getrennt werden. John könne die Frau vor oder nach, aber nicht während der Arbeit treffen. So was sei früher schon mal passiert. Es gab die Vorschrift.

John bemühte sich, seine Stimme nicht zu volltönend werden zu lassen. Natürlich würden sie sprechen wollen, er und ein Freund oder eine Freundin. Freunde sprechen miteinander. Warum gab es dagegen eine Vorschrift? Er wollte schreien, aber er dämpfte seine Stimme zu einer erträglichen Lautstärke.

»Warum wurde diese Regel ohne unser Einverständnis eingeführt? Freunde sprechen, aber Freunde arbeiten auch miteinander.« Das war ein starkes Statement, dachte er, aber es gab noch mehr. Er hoffte, daß niemand sonst gerade sprach. Sie haßten das, die Hörenden. »Die Sehend-Hörenden gehen zur Schule«, sagte er, »dann gehen sie heim. Für uns sind die Schulregelungen die ganze Welt.«

»Du bekommst einen anderen Arbeitsplatz«, sagte Sam, ohne zu übersetzen, »und ich werde mich darum kümmern, daß du das Mädchen triffst, vielleicht schon heute in der Mittagspause. Darum bin ich geblieben, um für sie zu dolmetschen.«

»Wo ist Mr. Bisoglio?«

»Oh, der ist gegangen.«

»Stand ich ihm gegenüber, als ich gesprochen habe?«

»Eigentlich nicht.«

»Warum hast du’s mir nicht gesagt?«

»Da war er schon fort.«

»Ich wollte aber, daß du –«

»Ich dolmetsche im Moment nicht professionell für dich, nicht in dieser Situation.«

»Ich wollte ihn wissen lassen, wie es mir damit geht.«

»Du hast ihn dazu gebracht, daß du deinen Arbeitsplatz wechseln kannst. Warum willst du ihn aufregen mit etwas, das vielleicht sowieso nicht klappt? Du sagst ja selbst, daß du sie noch gar nicht kennengelernt hast.«

John hatte keine Worte, um zu beschreiben, warum er die Dinge so empfand, das Schulgefühl, das Ohne-Arm-Gefühl. Er hatte sein starkes Statement für die Luft gemacht. Er wollte etwas treten, wollte es zerbrechen fühlen, wollte etwas schlagen und spüren, wie es unter seiner Hand nachgab. Es war ihm schon von vielen Seiten vermittelt worden, daß es etwas Besonderes sei, diesen Job zu haben, sehr wichtig, daß andere Taubblinde eine bessere Chance bekämen, was davon abhing, wie er sich anstellte. Für den Fall, daß jemand in der Nähe stand, sagte er: »Ich muß zur Toilette«, nahm seinen Stock und bemühte sich, nicht gleichzeitig mit dem Stock seine Feinde aus dem Weg zu schlagen. Es gab eine Toilette auf diesem Stockwerk, aber er wollte gehen, die Stufen mit seinen Füßen zum Schwingen bringen, deshalb ging er eine Treppe höher. Die Toilette war in der Kleinteile-Montagehalle. Er hatte früher dort gearbeitet. Auf der Treppe fegte er mit seinem Stock herum, vibrierte und schlug an die Wände, hinauf und herunter und versuchte, seinen Schulärger irgendwie auszutoben.

Am Ende behielten sie beide recht, Sam und Mr. Bisoglio. Er hatte Wände und Türen umsonst malträtiert. Das Mädchen, das er später traf, war taubblind, aber dazu noch geistig zurückgeblieben und Analphabetin. Es gab ein großangelegtes Treffen beim Mittagessen, befangen und künstlich, mit viel zu vielen Teilnehmern: Sam als Übersetzer, eine Rehabilitationsberaterin und Mr. Bisoglios Sekretärin, Carol. Noch jemand, die Frau mit dem Blumengeruch, bewegte sich an der Peripherie seiner Wahrnehmung. Die taubblinde Frau war jung, vielleicht sogar hübsch, aber ihre Hände waren schlaff, ihre schlecht ausgeführte Gebärdensprache monoton, ohne Inhalte und Lebendigkeit.

»Wie geht es Ihnen?«

»Ja.«

»Wie heißen Sie?«

»Alm … Alm …«

»Wo sind Sie zur Schule gegangen?« Nichts. Er versuchte es noch mal. »Schule.« Sie schlug mehrmals in seine Hand. Es war wahrscheinlich eine selbsterfundene Gebärde. Sie war flüchtig, wie ein Scharren. »Gehören Sie zur Gemeindegruppe?« Nichts. »Kirche?«

»Nein.«

Und so weiter, ohne daß etwas von ihr herüberkam, keinerlei Äußerung über Vorlieben und Wünsche. Er war froh, als es vorbei war.

Carol war ganz Finger und Bereitschaft. »Wunderbar, euch zusammen zu sehen – so viel Gemeinsamkeiten –«

»Sie ist zurückgeblieben«, sagte John, »sie benutzt Gebärdenslang.«

Die andere Frau buchstabierte, insistierte. »Aber sie mag so vieles, Blumen, Musik – sie spürt die Schwingungen des Bodens ... es ist ganz wundervoll.«

»Ich weiß.« Jeder Taubblinde, den John kannte, tat das. Es hatte nichts mit Kommunikation zu tun.

»Sie sollten vorbeikommen und sie treffen, zur Mittagspause oder nach der Arbeit.«

John atmete aus und sagte dann mit möglichst schwingungsfreier Stimme, damit sie nicht zu laut wurde: »Wenn Sie mit ihr sprechen, haben *Sie* dann Interesse an ihr?«

Der Körper der Frau veränderte sich, eine kleine Verlagerung des Gewichts, die bei Hörenden ein Mißbehagen signalisierte. Ihre Hände wurden fahrig und vorsichtig. »Wir möchten, daß Alma unter Leute kommt. Es ist sehr wichtig, daß man Kontakt bekommt; das wissen Sie ja selbst.«

»Sind Sie Übersetzerin?« fragte John.

»Nein, ich bin von der staatlichen Schule. Ich bin die REHA-Beraterin. Sie ist mir zugewiesen worden.«

John wollte lachen. Der Ausdruck ließ das arme zurückgebliebene Mädchen zu einem Hydranten werden. Er war oft genug über einen gestolpert. Er empfand keine Aura, keinerlei Gefühl für ihre Präsenz. »Weisen Sie sie bitte nicht mir zu«, sagte er.

Das war schon oft seit der Schule passiert, daß Leute meinten, eine Behinderung schaffe die stärkste Beziehung zwischen ungleichen Personen. Die Beraterin war unnachgiebig. »Aber Sie gleicht Ihnen doch in so vielem ...« Er stöhnte und ließ es vibrieren und fühlte, wie sie wegging.

»Du bist ein Hit«, sagte Sam eine Minute später.

John war überrascht. Er dachte, Sam wäre gegangen. »Wer ist denn noch da?«

»Nur wir. Du hast die REHA-Frau schockiert.«

»Ich dachte, du dolmetschst für Alma.«

»Bisoglio bat mich, zu kommen.«

»Wo ist die Frau?«

»Welche Frau?«

»Die, die wie eine Blume riecht.«

»Die, in die du hineingerannt bist?«

»Ja, die.«

»Vielleicht ist sie vorbeigegangen; ich habe sie nicht bemerkt.«

»Du kannst doch sehen, oder?«

»Das bedeutet ja nicht, daß man alles wahrnimmt. Vielleicht habe ich gerade in die andere Richtung geschaut.«

»Bekommt ihr überhaupt kein Training im Sehen?«

»Nein, das überlassen sie ganz uns selbst. Komm, Zeit, zurück an die Arbeit zu gehen –«

Am Freitag kam Mr. Sherline, um die Gedichte bei John abzuholen. John hatte schon seit der Mittagspause gewartet. Mr. Sherline kam aber erst kurz vor Schluß, und John war unruhig geworden. Mr. Sherline schüttelte John zur Begrüßung die Hand, dann ließ er seinen Assistenten mit Hilfe des Fingeralphabets in Johns Hand buchstabieren. Sie wollten zwei der Gedichte von letzter Woche verwenden, aber es wäre besser, wenn John ein paar neue Themen fände, er finge an, sich zu wiederholen. *Handicards* hatte zwei neue Künstler unter Vertrag – eine körperbehinderte Frau, die mit dem Pinsel im Mund malte, und einen geistig behinderten Mann, der jede beliebige dreidimensionale Form perfekt auf Papier reproduzieren konnte. Der Verkauf hatte sich gut entwickelt, und bei einem Preis von dreißig Dollar pro Stück würden für John gut einhundertfünfzig Dollar Monatsverdienst herausspringen. Weil die Gedichte aber mit den neuen Bildern so gut aussahen und es auch schon Nachbestellungen seitens der Geschäfte gegeben hatte, würde Mr. Sherline den Grundpreis auf fünfzig Dollar erhöhen. Damit beliefe sich der heutige Scheck auf zweihundertfünfzig Dollar. Ach ja, sie bräuchten noch ein Foto. Die *Handicards*-Serie würde jetzt in Pappkarton-Sets verkauft, jeweils mit dem Foto des behinderten Künstlers oder des behinderten Dichters.

Also wurde er in Carols Büro vor eine Schreibmaschine gesetzt. John bemerkte zwar, daß es sich nicht um eine *Braille*-Schreibmaschine handelte, aber die andern meinten, das spiele keine Rolle. Sie fotografierten ihn, mal mußte er sich so, dann wieder anders setzen, und aussehen sollte er, als dächte er gerade über ein Gedicht nach. Als er es tat, bremsten sie ihn. »Bewegen Sie doch nicht immer Ihre Hände und Füße. Bleiben Sie ruhig sitzen.«

»Aber Sie sagten doch, daß –«

»Bleiben Sie bitte ruhig sitzen, und legen Sie die Hände auf die Tastatur.« Das tat er dann auch, und sie bekamen, was sie wollten.

Später, als er zu Hause war, dachte John über das Geld nach, das er jetzt hatte. Bald würde es genug sein, um für ein Wochenende nach Aureole zu fahren und seine Mutter, seine Brüder und seine Schwester zu besuchen. Auf einmal hatte er eine Idee. Vielleicht könnte Mr. Sherline eine *Handicards*-Box an seine Familie schicken. Am Montag ging er in Mr. Bisoglios Büro und sprach mit Carol. Sie sagte, sie würde Mr. Sherline Bescheid sagen. Später, als er arbeitete, kam sie zu ihm und ließ sich die Adresse in Aureole geben.

John nannte ihr die Adresse des Hauses seiner Mutter, bei der es ihm immer schwergefallen war, sich die Zahlen zu merken. Er konnte sich noch erinnern, wie erstaunt er gewesen war, daß es so viele Häuser in dem Dorf gab, daß man sie numerieren mußte. Überhaupt waren Zahlen für John ein Problem gewesen, bis er zur Blindenschule kam, wo ein Lehrer ihm Murmeln, Kugellager, Zimtbonbons und Bohnen durch die Hände laufen und nach Form und Geruch sortieren ließ. Die Anzahl der Häuser in Aureole war größer als alle Murmeln, Bohnen und Bonbons in seiner Sortiertasche. Später lernte er Bevölkerungszahlen: Sie blieben eine Zahl, er konnte sie sich nicht vorstellen. Martin, einer seiner Dolmetscher an der Schule, hatte ihm erklärt, daß er als Taubblinder keine Menschenmenge hören oder sehen könne. Es gab keine Möglichkeit für ihn, zu begreifen, was eine Menschenmenge war, oder etwa sich eine Billion Weizenhalme in einem Weizenfeld vorzustellen. »Du bemerkst die Dinge, ob Leute oder Autos, jedes für sich, einzeln«, hatte Martin gesagt. »So sollte es sein. Wir sehen zu vieles in Massen, das läßt uns blind werden.«

John kannte das Wort blind; es wurde auch im Zusammenhang mit Spiegeln gebraucht.

»Blind?«

»Wir werden wie Spiegel, die nichts mehr zurückgeben, die allen Glanz für sich behalten.«

Martin – wie er ihn anfangs gehaßt hatte, den Schweißgeruch und die dicken Zigarren, die er immer rauchte, und wie er ihn jetzt vermißte …

Zweimal auf der Straße, als er abgestandenen Zigarrenqualm, Schweiß und öliges Essen zusammen roch, war er zu dem Träger dieser Düfte geeilt und hatte gerufen: »Martin!«, um im gleichen Augenblick wieder weggezogen zu werden; kein Martin, nie Martin, vielleicht niemals wieder.

Carol unterbrach seine Erinnerung: »Soll ich Ihnen etwas schreiben?«

»Ja, daß ich sie bald besuchen werde.«

»Mach ich.«

»Sie schreiben mir einmal im Monat«, sagte John.

»Tatsächlich.«

»Sam liest mir die Briefe vor. Ich schreibe ihnen auch – einmal die Woche.«

»Worauf wartest du? Noch mehr Fotos?« Das war Sam. Er scherzte. »Was für ein Angeber! Ich hab den Bus für dich festgehalten.« Der Spaß war auch in Sams Fingern zu spüren, spielerisch, nicht verärgert. Er mußte hereingekommen sein, als sie noch miteinander sprachen.

»Warum heißt es An-Geber?«

»Weil aus wenig viel gemacht wird.«

Da wieder der Geruch, der Blumenduft. John fühlte sich heiter und gelassen mit Sam, beim Buchstabieren und mit der Gebärdensprache mit schnellen beweglichen Fingern, aber dann hielt er an, mitten im Wort, die Hände vorm Gesicht. Der Duft wurde deutlicher. Sie war in der Nähe. Oft hatte er das Gehen der Leute auf dem Werkstattboden gespürt. Sie hatten Teppiche ausgelegt, dadurch waren die Schwingungen in der Luft verändert, aber nicht die des Fußbodens. Sie ging gerade vorbei, kam näher. Dann fühlte er etwas, jemand an seiner linken Seite, er streckte die Arme aus, und sie führte seine Hand zu einer Berührung: Er spürte einen rauhen Stoff, ohne Kragen. Irgendwo hatte er gelesen, daß Sklaven solche Kleidung trugen. Das lenkte ihn kurz ab. Ihre Hand griff die seine, und sie mühte sich holprig mit einer Begrüßung ab. »Hallo, ich bin Leda ... wir haben uns schon mal getroffen.«

»Sie sind die Frau, der ich letzte Woche vor die Füße gelaufen bin.«

»Wie –?«

»Ihr Geruch. Sie kleiden sich wie eine Sklavin, und Sie duften wie eine Prinzessin.« Er wußte, daß sie lachte, aber er merkte es nicht am Ein- und Ausatmen; er wußte eigentlich nicht, wie er darauf kam, aber auf einmal fiel ihm ein, wonach er suchte, alles, die ganze Idee, einschließlich des langen Haares. »Wie die Gänsemagd. Das habe ich gelesen, als ich *Braille* lernte.«

»Diese Geschichte«, sagte sie, stockend, mit flatternden Händen, stumm, bis sie sich an die vergessenen Buchstaben erinnerte, »Prinzessin kann auch nicht sprechen.«

Ein-, Ausatmen. Sie lachte. »Sie sind die ganze Woche hier vorbeigekommen«, sagte er mit Stimme. »Warum sind Sie nicht mal stehengeblieben?«

»Wieder gerochen?«

»Ja.«

»Ist verdammtes Parfum zu schwer?«

»Das meiste, ja. Ihres ist ziemlich schwer. Gefällt mir. Warum haben Sie nicht angehalten?«

»Ich kannte das manuelle Alphabet nicht. Mußte erst lernen.«

»Um mit Taubblinden zu arbeiten?«

»War so hilflos, als ich mit Ihnen zusammenstieß.«

»Jetzt können Sie sagen: Paß auf, wo du hintrittst, Fußangler.« Ein-, Ausatmen. Ihr Lachen kam aus vollem Halse, kein Höflichkeitslachen, wie er es manchmal spürte: eine kaum wahrnehmbare Luftbewegung, schwache Berührung der Handinnenfläche, ein Arm an den Rippen, wenn er geführt wurde, oder die Übersetzung – Haha.

»Ich muß jetzt gehen«, sagte sie. »Den Bus fahren.«

»Ich weiß. Den anderen.«

»Woher wissen Sie das?«

»Ich habe gefragt.«

»Auf Wiedersehen ... oh, Entschuldigung.«

»Nein, ich *sehe* Sie, nur anders.«

»Alles in Ordnung?«

»Auf Wiedersehen.«

»Auf Wiedersehen.«

Auf dem Heimweg fragte John Sam, ob er bereit wäre, als Dolmetscher mit zur Kirche zu kommen. Jeden dritten Sonntag hatten die Gehörlosen einen übersetzten Gottesdienst, und Taubblinde kamen auch und saßen dabei, vor allem wegen des Treffens hinterher. Auf dieses Ereignis freute er sich den ganzen Monat, weil taubblinde Freunde von überall aus der Umgebung herkamen. Seit kurzem hatten sie einen neuen Pastor, dessen Predigten so gut waren, daß die Besucher um Übersetzer baten und nicht nur die von der Kirche bereitgestellten Begleiter wollten.

»Tut mir leid. Hab keine Zeit am Sonnatg, ich habe eine Verabredung.«

John sagte: »Könntest du dir demnächst mal ein Wochenende freihalten? Ich will meine Familie in Aureole besuchen. Könntest du da als Begleit-Dolmetscher mitkommen?«

»Das würde ich berechnen müssen. Es wird ziemlich teuer werden.«

»Bis zum Frühjahr – Mai, Juni – werde ich genug haben. Hättest du Interesse?«

»Ich denke darüber nach und geb dir Bescheid.«

John wollte sich nach Leda erkundigen. Sams Neckereien fand er in diesem Fall aber zu schwierig. Seine Gedanken über sie, seine Fragen, wo sie lebte und was sie gerne tat, waren Geheimnisse, die er für sich behalten wollte, ganz besonders wegen Sams Gelächter.

2

Einmal in der Woche nahmen Sam oder ein anderer Dolmetscher John zum Einkaufen mit. Die staatliche Behörde übernahm die Kosten. John wußte, daß es teuer war, weil Sam es ihm gesagt hatte und Mr. Bisoglio auch. Vorher hatten ihm freiwillige Helfer nach seiner Einkaufsliste die Dinge mitgebracht. Er mochte diese Einkaufstouren mit Dolmetscher. So war es einfach interessanter, man erfuhr mehr, es machte einfach Spaß: man konnte probieren, neue Nahrungsmittel kosten, durch Gänge um Gänge den Einkaufswagen schieben, während Sam beschrieb, was es zum Essen gab oder zum Putzen – Mittel für die Teppiche, die Toiletten, den Kühlschrank. »Kauf dir Glühbirnen«, sagte Sam.

»Warum?«

»Du solltest Licht machen, wenn du nach Hause kommst, und das Licht löschen, wenn du zu Bett gehst.«

»Warum?«

»Damit die Einbrecher wissen, daß du da bist.«

»Kann ich nicht einfach ein Schild aufstellen, daß ich da bin – so wie es die Ärzte machen?«

»Sehr komisch. Woher weißt du, daß Ärzte das so machen?«

»Martin hat es mir gesagt.«

»Der, der ins Gefängnis mußte?«

»Ja.«

Es tat John leid, daß er Sam davon erzählt hatte. Corson

hätte ins Gefängnis gehört, nicht Martin. Martin war verhaftet worden, ohne daß John jemals die Gründe oder Hintergründe verstanden hätte. Es hatte etwas mit den Aufenthalten zu tun, die Martin während ihrer gemeinsamen Touren durch die Stadt gemacht hatte, aber was sollte das Problem dabei gewesen sein? Martin war großzügig, humorvoll und klug gewesen. Er arbeitete an der Schule. John mochte das ›Mobilitäts-Training‹ mit Martin sehr, Martin, der es ihm in die Hand geben würde wie einen Blumenstrauß: »Mobilität, Bewegung – laß uns hier abhauen, 'ne Sause machen.«

»Sause?«

»Ja, wir lassen den Wind hinter uns, so schnell sausen wir vorbei.«

»Wind-Rand?«

»Was ist das?«

»Der Wind, den *Dinge* hervorrufen – Autos auf der Straße, Züge, große Dinge: so...«, und John zeichnete den Umriß in die Luft. »Es gibt eine Veränderung im Wind, an seinem Rand.« (Das war eine der wertvollen Kleinigkeiten, die Corson ihnen beigebracht hatte.) Wie vermißte John jetzt Martins dicke Wurstfinger, seinen erst gehaßten, jetzt ersehnten Geruch... Wie hatte er um Martin getrauert. Als er zu einem Besuch ins Gefängnis kam, nach Monaten ständiger Bitten, hatten sie ihn Martin ›sehen‹ lassen, aber ohne Berührung. Sie setzten ihn vor ein ›Fenster‹ und gaben ihm ein ›Telefon‹, beides völlig nutzlos für ihn. Keine Berührung. John hatte vor Zorn geweint und gleichzeitig die Demütigung durch das Weinen gehaßt. Er hatte sein Gesicht bedeckt und mit größter Kraft seine Stimme vibrieren lassen, wohl wissend, daß sie es nicht ertragen konnten, aus der Erinnerung an die Kindheit wissend, daß Lautstärke schmerzt – so wie ihn heute Trillerpfeifen am Zug und Explosionen schmerzten.

Jedesmal nach Erledigung ihrer Einkäufe und Wäscheangelegenheiten gingen John und Sam essen ins *McDonald's* oder *Burger King*, und jedesmal aßen sie etwas anderes. John bezahlte diese Mittagessen jetzt mit seinem Honorar für die Gedichte. Kaffee mit, Kaffee ohne, *Cola*, *Sprite*, *Dr. Pepper*, *McNuggets*, *McMuffins*. John kannte sie alle. »Du bist ein richtiger ›Junk-Food-Gourmet‹«, sagte Sam.

»Wenn's fett ist, ist's nett«, sagte John.

»Weiter geht's mit *Taco Bell*, *Tokio Bowl*, *Frühlingsrollen Express*. Keine Grenzen, wohin man blickt.« Diese Abenteuer und diese Lebhaftigkeit mochte John besonders an Sam. Dummerweise mochten andere Taubblinde, zum Teil Freunde von John, Sam auch sehr und baten um seine Dienste, so daß Sam vielbeschäftigt war.

Sam hatte auch am Sonntag zu tun, deshalb nahm ein Freiwilliger John mit zur Kirche. Er wurde in einem Auto mitgenommen, kein Bus und Spaziergang um vier Häuserblocks wie sonst mit dem Dolmetscher. Der Freiwillige wollte ihn gleich nach dem Gottesdienst nach Hause bringen. John erklärte ihm, daß der einzige Grund zum Besuch der Messe das anschließende Beisammensein war, was den Helfer, als er es hörte, ärgerte.

»Geht es Ihnen nicht um Ihre unsterbliche Seele?«

»Unsterblich bedeutet ewiges Leben ...?«

»Ja.«

»Dann hat sie ja noch viel Zeit.«

Der Freiwillige gestand John eine halbe Stunde zu.

»Könnten Sie jetzt weggehen, nach Hause und essen und danach noch mal zurückkommen?«

»Ich wohne auf der anderen Seite der Stadt«, sagte der Mann.

»Können Sie mir eine Mitfahrgelegenheit besorgen?«

»Ich tue das jetzt aus christlicher Verantwortung.«

»Ich weiß.«

»Ihr Taubblinden habt immer Sonderwünsche.«

»Das stimmt.«

»Eine halbe Stunde.«

Am Ende war es doch kein großer Verzicht, weil Johns beste Freunde nicht da waren, aber er unterhielt sich eine Weile mit Swede und Madonna. Swede war taub, und Madonna war taubblind; sie waren miteinander verheiratet. John beneidete sie um ihr gemeinsames Glück.

Sonntagnachmittage waren Johns Lieblingszeit, dann las er und schrieb seine Gedichte. An diesem Sonntag war das Wetter schön, deshalb ging er einmal um den Häuserblock spazieren, bevor er zum Mittagessen und Lesen hineinging. Die Leute in dem Block kannten ihn. An manchen Tagen im Frühling oder Sommer gab es kleine vertraute Berührungen am Arm, wenn er vorbeiging, und Mr. Aberdeen schrieb ihm etwas in die Hand. Diese Freundschaften waren entstanden, weil er damals bei seinem Einzug mit Kenneth, seinem früheren Begleitdolmetscher, alle Leute in seinem Mietshaus und die Nachbarn in der Nähe begrüßt und sich vorgestellt hatte. Er hatte einen Monat lang jedes Wochenende damit zubringen müssen, aber es hatte sich gelohnt. Man hatte ihm bei Spaziergängen geholfen, und manchmal wurde er irgendwohin mitgenommen. Heute war niemand draußen; es war noch zu früh im Jahr, aber er mochte den Auslauf, die Bewegung und den Wind im Gesicht, das Gefühl von Freiheit und Vertrautheit, das er in den Straßen empfand. Nach dem Spaziergang kehrte er zu seinem Haus zurück, die Treppen hinauf und in seine eigene Wohnung, um an den Gedichten zu arbeiten.

Mr. Sherline hatte recht: er wiederholte sich. *Fourbuds*, seine Katze, saß in der Gedichte-Box, während John seine Lyrik-Sammlung las, die Hand locker auf dem *Braille*-gelochten Papier.

Bevor er beschloß, selbst zu schreiben, hatte er schon jahrelang Gedichte gelesen. Ein großer Teil der Gedichte der letzten Zeit erschien ihm ohne Rhythmus, oder so wenig ausgeprägt wie ein Pulsschlag unter Kleidung. Er bewunderte die nur leicht rhythmisierten Gedichte, aber er selbst fühlte sich mehr mit deutlichem Reim und Rhythmus zu Hause, und dies waren auch die von Mr. Sherline gewünschten Produkte. Manchmal hatte John Spaß daran, andere Arten von Lyrik auszuprobieren, einmal beispielsweise eine Reihe von persönlichen Beschreibungen, die allem anderen von ihm Geschriebenen sehr unähnlich waren.

Johns Problem war jetzt das Thema. Er hatte über alle poetischen Sujets geschrieben, die ihm eingefallen waren: Katzen, Weihnachten, Freundschaft, Bäume, Blumen, der

Himmel, Mond und Sterne, Garten, Mütter und Kinder, die Jahreszeiten. Vielleicht würde ihm morgen etwas Neues einfallen. Den Rest des Nachmittags verbrachte er *Moby Dick* lesend.

Die Geschichte war unglaublich kraftvoll, obwohl ihm viele Wörter unbekannt waren. Einige schlug er pflichtbewußt nach, die meisten übersprang er mit den Fingern, hielt an, fuhr zurück und ließ sie in das große Meer fallen, zu den Schiffen und den Walen. Über das Meer hatte er schon viel gehört, und zweimal war er schon dort gewesen, am Ufer, auf einem Schulausflug. Was ihn an Melvilles Buch am meisten erstaunte, waren nicht die Beschreibungen von Natur, Wasser und Himmel, aber die Art, wie er den heldenhaften Mut der Männer beschrieb, die kraftvolle Führerpersönlichkeit des Captain Ahab und die Intensität seiner Suche. John beschloß, ein Gedicht über Captain Ahab zu schreiben. Vielleicht könnte er Gedichte an andere Personen, von denen er in Büchern gelesen hatte, schreiben; es wäre, als ob er sich mit ihnen in Gedichten unterhielt. Die Idee faszinierte ihn, und das Nachdenken darüber ließ ihn fast das Abendbrot vergessen.

Als es ihm auffiel, stand er auf und machte sich an die Zubereitung seines üblichen Sonntagabendmenüs: aufgewärmter Eintopf vom Samstag und frische selbstgemachte Maisbrötchen, die er noch Montag und Dienstag zum Mittagessen verwenden könnte. Er lächelte bei der Erinnerung an Mrs. Pfansteihl damals in der Schule. Ihre Buchstaben und Gebärden waren heftig und beinahe ärgerlich. »Daß ihr taubblind seid, heißt noch lange nicht, daß ihr euch nicht selbst versorgen könnt. Die Ernährung von

Taubblinden ist schrecklich, Junk Food und schlechte Eßgewohnheiten. Aber nicht für euch. Nicht für euch.« Und sie hatte ihnen Kochen und Backen beigebracht. »Zeitschaltuhren haben euch frei gemacht, aber vergeßt nicht eure eigenen Finger, Lippen, Nasen.« Dann dachte er: Mrs. Pfansteihl war wie Captain Ahab. Er mußte lachen, es vibrierte tief in seiner Kehle. Als sein Abendessen fertig war, setzte er sich an den Tisch und aß, danach begann er sich auf den kommenden Tag vorzubereiten: Geschirr spülen, abtrocknen, wegräumen, ein Sandwich schmieren, Apfel und das Maisbrötchen für die morgige Mittagspause auf der Arbeit packen.

Diese, wie alle Routinearbeiten, konnte für John gefährlich werden. Wenn er es zuließ, konnte er sich einfach davonträumen, an das denken, was er gelesen oder geschrieben hatte, an Unterhaltungen mit seinen Freunden oder mit Sam oder Martin, mit dem er sich immer noch in Gedanken unterhielt. Dann würde er sich dabei ertappen, seinen Teil des Dialogs zu sprechen, ganz im Tagtraum versunken. Dabei passierte es ihm, daß er einen Teil seiner Routine-Aufgaben vergaß, was ihn dann später in Verwirrung stürzte. Einmal hatte er ein Päckchen Eis draußen liegengelassen, das dann langsam zerflossen war und eine klebrige Bescherung hinterlassen hatte. Manchmal, wenn er so träumte, stellte er Dinge an den falschen Platz und suchte dann tagelang danach.

Deshalb zwang John sich zur Konzentration auf die anstehende Arbeit, Messer zu Messern, Töpfe und Pfannen, das Lunchpaket gepackt, die Handtücher aufgehängt, *Fourbuds* Wassernapf gefüllt und ihre Ecke gesäubert. War der Deckel auf dem Mülleimer? Falls nicht, dann würde die Katze daran gehen und Knochen- und Fettreste durch die ganze Wohnung verteilen, und er würde mit Sicherheit darauf treten. Immer noch lockte ihn das Tagträumen. Genau das hatte ihm die Schule so schwer gemacht. Er hatte den ständigen Wechsel gehaßt, eine Stunde nach der anderen, den Wechsel von Themen, Rhythmen und Orten. Unterwegs war er zum Beispiel an seinem Holzprojekt hängengeblieben, und dann wurde er ständig weitergeschoben, bewegt, von einer Idee zur nächsten getrieben, und hatte sich dann davongeträumt, bis die Schulglocke den Boden erzittern ließ. Schulböden – Jahre von Schulböden.

Martin hatte dem ein Ende gemacht, als John an seine alte Schule als Förderstudent zurückkehrte. Martin kam gewöhnlich nachmittags, eingehüllt in seine Zigarrenfahne, die ihn schon ankündigte, bevor John ihn am Schritt erkennen konnte. Dann ergriff er jedesmal Johns Hand und brüllte: »*Beweglichkeit, Mobilität*!« mit seinen dicken Fingern auf Johns Hand oder Arm, und los ging's. Durch die ganze Stadt streiften sie, sprachen über alles und jedes, über Geschichte, Geographie, das Neueste vom Tage, und über alle Leute, die sie kannten. Er hatte befürchtet, daß Martins Geruch nach Zigarren, Schweiß und Schnaps ihn krank machen würde, aber bald hatte er begonnen, sich von Martins Witz und Schwung begeistern zu lassen, und er fing an, Martin sehnlich zu erwarten, und damit auch seinen Geruch. Und so wurde der Geruch gut, und schließlich blieb nur noch die Erinnerung daran, daß er ihn früher nicht mochte.

Da war irgend etwas mit den Aufenthalten, wenn sie in der Stadt unterwegs waren, es gab Ärger und Fragen des Schulleiters, und dann war Martin weg. Immer noch Schmerz in seiner Erinnerung, unterschwellig und bösartig wie ein Schmerz im Kreuz. Martin war es gewesen, der zu ihm gesagt hatte: »Du bist ein Dichter. Du siehst die Dinge, wie nur Dichter sie sehen ...« Und Martin war es gewesen, der eine alte manuelle *Braille*-Schreibmaschine besorgt hatte, aus einem unbenutzten Hinterzimmer der Schule, und sie John gegeben hatte. »Nun mach mich stolz, Dichter.« John bestellte alle *Braille*-Bücher über Lyrik, die er finden konnte. Worte und Lesen hatte er schon immer geliebt. Jetzt bekam seine Lektüre eine Bedeutung, die über ein Zufallsinteresse hinausging: Er fing an zu studieren.

Zu Anfang war Studieren wie allein Spazierengehen im Wald: Äste trafen ihn, der Boden war unberechenbar, unerwartete Wassergräben, Gesteinsbrocken, nirgends ausgetretene Pfade und niemand, der ihm helfen oder ihn führen würde. Die Worte widersetzten sich. Zwei Jahre lang las er, was er an Lyrik in die Hand bekam, wann immer er Zeit fand. Seine Schreibweise veränderte sich wieder und wieder. Er las und diskutierte mit den Lehrern, er las und focht mit seinen Dichtern. Er las mit Wörterbuch, und dann ohne, und dann wieder mit. Der Rhythmus, sein Herzschlag, die Schwingungen seiner Schritte, seines Atems, waren Teile eines Gedichts: Frage – Antwort, hinein – hinaus, vor – zurück, lang und majestätisch, kurz und intensiv. Wie sein Herzschlag im Ruhezustand an seinem Puls, an der Kehle, wenn er lief.

Er las von Sonnenuntergängen, die er nie gesehen, von Musik, die er vor sehr langer Zeit gehört und vergessen hatte, von Feldern und Wiesen, die eine poetische Wahrheit für ihn bedeuteten, keine wirkliche. Seine Lehrer lobten die poetischen Wahrheiten, die er erschuf. Sein Gedicht *In den Bergen* wurde auf der Schuljahreseröffnungsfeier gelesen und *Fahrt in die Stadt* auf einer Elternversammlung. Er schrieb dieses Gedicht nach der Abschlußklasse, nachdem er, als Förderstudent, einen Tag nach Denver gefahren war, und die Leute hatten es tagelang danach in den höchsten Tönen gelobt. *Meine Seele singt das Lied der Städte*, fing es an.

Das waren die Gedichte, an die jemand sich erinnerte, nachdem Martin verhaftet und im Gefängnis war und Johns zwei Jahre als Förderstudent beendet waren. Zu dem Zeitpunkt bekam er den Job in der Fabrik, und obwohl er mehr las, schrieb er weniger, warum, wußte er nicht. Eines Tages kam ein Übersetzer und erzählte von Mr. Sherline und der Firma *Handicards*, und er meinte, daß die Leute sich für die Gedichte, die er in *Braille* schrieb, interessieren würden. Man müßte sie nur in Flachdruck umsetzen. Wenn Mr. Sherline die Gedichte gefielen, würde er sich darum kümmern, daß sie gedruckt und von einem ebenfalls behinderten Künstler illustriert würden. Es sollte sich um Gedichte handeln, die vielen Leuten gefallen würden. Sie würden herausfinden, welche sich am besten verkauften.

Aber die Themen, sagte Mr. Sherline jetzt, würden immer weniger. Er nahm sich vor, sich später hinzusetzen und eine Liste mit neuen Sujets aufzuschreiben – irgend etwas, das ihm neue Ideen gab. Es würde Spaß machen, ein Gedicht über Moby Dick oder Captain Ahab zu schreiben...

Seine Konzentration war unterbrochen. Er stand in der Mitte der Küche mit einem Schwamm in der Hand und fragte sich, ob er die Arbeit zu Ende geführt hatte. Mit einem vibrationsstark ausgeatmeten Wort mußte er sich auf den Fußboden knien, um herauszufinden, ob er *Fourbuds* Wasser gegeben hatte, und ob noch Reste ihres abendlichen Mahls um die Schüssel herum lagen. Dann wischte und überprüfte er die Ecke. Messer und Gabel lagen noch vergessen auf der Anrichte, und die Kühlschranktür stand offen.

Nachdem die Küchenarbeit beendet war, ging John dahin, wo sein Couchbett stand, und nahm die Decke herunter. Er machte sich zum Schlafen fertig und wünschte sich dabei, hinaus in die nachtkalte Luft auf der Straße gehen zu können. Immer hatte er sich das gewünscht; jeder sagte, es sei zu gefährlich, überall wären Verbrecher. Die Beschaffenheit der Schwingungen war nachts eine andere, eine fremdartige Luft kitzelte seine Haut; es gab ein faszinierendes Gefühl, daß die Erde sich davonträumte, so wie es ihm manchmal passierte. Er fragte sich, ob er das wirklich erlebt hatte oder ob man es ihm erzählt hatte oder ob er es gelesen hatte. Eines Tages würde er einfach aufstehen und hinausgehen. Diese Freiheit kennenzulernen wäre den Preis der Schmerzen wert, den er möglicherweise an die Wegelagerer zu entrichten hätte. John hatte nie ein Bewußtsein von sich selbst als behindert, außer in bezug auf das eine: das mürbemachende tägliche Hin- und Hergebrachtwerden, das Angewiesensein auf Übersetzung, Erklärungen, das Angebunden- und Abhängigsein in den eigenen Bewegungsmöglichkeiten vom Zeitdiktat anderer Menschen. Es wäre zu gefährlich hier, dort, im Winter, im Wald, am Meer. Dauernd wurde ihm sein ganzes Leben erklärt und diktiert, weil die direkte Erfahrung zu gefährlich für ihn wäre. Er atmete tief und vibrierte. Sollte es heute nacht sein, die Flucht aus Regel und Gesetz? Nein, nicht heute.

Also fuhr er mit der Routine fort, legte die Kleidung für den nächsten Tag heraus, putzte die Zähne, wusch sich kurz. Er ließ sich von der Müdigkeit überrollen, wie er es meistens tat, in dem gewohnten Ablauf der abendlichen Verrichtungen, räumte den Tag weg, rollte ihn Faden für Faden auf wie ein Kleidungsstück aus seinen früheren Schultagen.

In allen Schulen war ihnen gesagt worden, sie sollten nicht onanieren, das würde die Begierde nur verschärfen. Manchmal tat er es mit den Jungs von der Blindenschule, gegenseitig, aber es hatte ihm nicht gefallen – zu derb und zu wütend. Einmal war er von einigen der älteren tauben Jungen mißbraucht worden, ein Tag schlimmster Erinnerungen. Sie hatten ihn mitgenommen, weit entfernt von den vertrauten Orten. Dort hatten sie ihn masturbiert, vergewaltigt und liegengelassen. Er hatte Stunden gebraucht, um zurückzukommen, und war ausgeschimpft worden, weil er aus eigenem Antrieb weggegangen sei. »Geschieht dir recht«, hatte die Schulkrankenschwester in seine blutigen Hände geschrieben. Trotzdem onanierte er jetzt manchmal, bis das Begehren gebrochen war, und dann lag er noch eine Weile und dachte nach, bis er einschlief. Das tat er jetzt auch und fühlte sich danach erholt und wie der Wal im Wasser, Moby Dick, ein Wesen in einem anderen Element, die Luft schwer wie die Nächte im Regen. Der Mensch bewegt sich in zwei elementare Richtungen: im festen Element, mit zwei Beinen auf dem Boden, und in einem weichen Element, durch die Luft gelenkt. Wenn er sich als Wal fühlte, war sein Körper schwerelos. Er konnte ihn loslassen: Eine Freiheit wie Fliegen, aber die Richtung war nah an seinem Willen und den ganzen Körper entlang.

Dann schlief er, und im Schlaf träumte er, daß er sehen konnte. Es war nicht ungewöhnlich für ihn, zu träumen, daß er hörte oder sah. Das Sehen bestand aus einer Art von Gewißheit über Straßen und Menschen, und er ging umher, ohne jemand oder etwas anzustoßen und ohne geführt oder übersetzt zu werden. Wenn er bei wachem Bewußtsein war, gab ihm das Berühren die Sicherheit, zu wissen, wo er sich befand. Jetzt, wo er sehen konnte, ging er überall hin, ohne daß er einen einzigen Begleiter brauchte. Dann konnte er auch hören, und das bedeutete, daß er automatisch verstand, was die Leute dachten, mit Hilfe von Augen und Ohren. Er konnte alles verstehen, ganz und gar. In seinem Traum besuchte er Martin im Gefängnis. Er hielt seine Hände hoch an das Fenster, und durch das Fenster konnte er Martins Gesicht fühlen, und indem er sein Ohr an das Fenster legte, wußte er, was Martin dachte. Dann kommunizierten sie miteinander, Martin und er, von Bewußtsein zu Bewußtsein, auf eine so angenehm entspannte Art, daß der Tag verging, ohne daß einer von ihnen aufhören wollte. Der Vollzugsbeamte kam vorbei, und Martin begann, über seine Situation im Gefängnis nachzudenken. Er hielt seine Ketten oben ans Fenster, und John konnte die Kettenglieder durchs Fenster spüren, den kalten öligen Stahl, und dann waren sie verschwunden, weil Martin abgeführt worden war.

Man hatte John nie gesagt, was Martin getan hatte. Aus seinen Büchern wußte er, daß das Gefängnis ein schrecklicher Ort ist – darin waren sich alle Bücher einig –, aber er wußte, daß Martin ein guter Mensch war, ein wirklich guter Mensch und sein Freund.

Es war ihm bislang verwehrt geblieben, eine Antwort auf dieses Rätsel zu erhalten, eine Begründung für diese Verlagerung, und so erwachte er jedesmal, wenn er von Martin geträumt hatte, mit einem dumpfen Schmerz, wie nach einem übermäßigen Mahl, und mit einer dumpfen Angst, vergleichbar der Angst, sich nachts allein in einer fremden Straße wiederzufinden.

3

An Madonnas Geburtstag im März gab ihre Familie jedesmal ein Fest für sie und ihre Freunde. John war schon dreimal dabeigewesen. In einem Jahr war er mit ins Museum genommen worden und durch die Räume mit Statuen und Figuren zum Anfassen gegangen. Damals waren vier Freunde dabeigewesen, im nächsten Jahr sieben, aber Louisa und Martha waren mit ihren Familien nach Arizona und Kalifornien gegangen, deshalb waren letztes Jahr nur Madonna und Swede, Eleanor, Luke und er selbst gekommen.

Madonna hatte Swede in der Kirche kennengelernt. John war dabeigewesen, als sie sich zum erstenmal trafen, und hatte über Monate die erblühende Romanze mitverfolgt. Swede war taub, aber nicht blind. Seine Familie lebte in Nebraska. Sie regten sich über seine Entscheidung auf und kamen extra herunter, um ihn zu überreden, doch nicht eine Frau zu heiraten, die blind und taub war. Außerdem gäbe es da noch ein Rassenproblem, vertraute Louisa John an, denn Madonna war keine Weiße. John wußte, daß es irgendeine Beunruhigung über schwarze Menschen gab, aber er verstand nicht, was es war. Er hatte Schwarze in der Schule kennengelernt und das Geheimnis nicht entschlüsselt. Einige Leute meinten, die Einstellung gegenüber Schwarzen sei beschämend, und jedesmal, wenn Dolmetscher und andere davon sprachen, wurden ihre Finger zögernd und vorsichtig, zensierten das Gesagte für ihn. Manchmal hätte er vor Frustration am liebsten auf dem Tisch getanzt. Eine derartige Zensur gab es in vielen Bereichen.

Aber Swede und Madonna heirateten doch und lebten dann bei Madonnas Eltern. Swede erzählte John, daß Madonnas Eltern wollten, daß er seinen Job aufgab und immer zur Verfügung stünde, um Madonna zu unterstützen. Swede verdiente gut, und sie sparten auf ein eigenes Häuschen. Daß John in der Lage war, unabhängig zu leben, war ein wichtiges Argument für die beiden. John wußte, daß für sie viel vom Erfolg seines Beispiels abhing.

Eine andere Freundin von John war Eleanor, eine zierliche Dame, sehr alt und zerbrechlich. Sie gehörte einer ausgestorbenen Art an, hatte Privatunterrricht genossen, konnte *Braille* mit der Geschwindigkeit fallenden Regens in drei Sprachen lesen, ging mit einem Stock selbständig aus, benutzte die Gebärdensprache, das manuelle Alphabet und *Tadoma*, ein System, um Worte zu fühlen, indem man beide Hände über einen Teil von Gesicht, Mund und Kehle des Partners oder der Partnerin legte. Ihre eigene Zeichensprache war zurückhaltend und elegant. Sie hatte ihr ganzes Leben lang private Lehrer und Begleiter gehabt. John kannte niemand, der oder die so privilegiert waren wie Eleanor, aber einmal hatte sie zu ihm gesagt: »Ich bin wie ein Diamantring, der in eine Samtschatulle gesperrt ist und nur bei besonderen Gelegenheiten getragen wird. Ein Spielzeug. Dein Leben ist besser als meins. Dein Leben ist kein Spielzeugleben.«

Johns bester Freund war Luke. Sie hatten sich im letzten Schulhalbjahr kennengelernt, nach Martin, nach Corson.

Luke war aus Minnesota. Nachdem sein Vater einen Schlaganfall gehabt hatte, brachte sein Bruder Fred ihn nach Denver. Luke hatte, genau wie John, einige Jahre nach der Schule nutzlos vertrödeln müssen. Im Gegensatz zu John hatte er kein Interesse am Lesen und konnte es auch nicht gut. Er hatte das *Braille*-Training nie beendet und verfügte nicht über die Geduld, jedes ausgelassene Wort nachzulesen und zu üben. Luke war ganz plötzlich im Alter von fünf Jahren taubblind geworden, als Folge einer Krankheit, so daß er seine Gebärdensprache nur von den tauben Kindern an der Schule lernte. Er behauptete, daß er sich an alles aus der Zeit vor der Krankheit erinnere, das Sehen und das Hören, aber John glaubte ihm nicht. Weil er ihm das nie sagte, kamen sie gut miteinander aus.

Seit sie aus der Schule waren, hatte Luke nach Arbeit gesucht. Er fragte immer wieder nach, brachte die Leute dazu, ihn zum REHA-Büro zu fahren, um nachzuhören, ob es einen Job gab. Er hatte mal in einem Kaufhaus Pakete eingepackt, was ihm gut gelungen war, bis die Verwaltung beschloß, den Tätigkeitsbereich um die Postverschickung zu erweitern, die er nicht ausführen konnte, und ihn entließ. Er hatte andere Jobs gehabt, für Wochen oder Monate, aber im Geschäftsleben gab es häufig Personalwechsel, und die neuen Leute hatten Angst, wenn ein Taubblinder in der Nähe von Maschinen arbeitete; oder der Produktionsprozeß wurde so verändert, daß man jemand mit Hör- oder Sehvermögen benötigte. Die Behinderten-Werkstätten waren voll besetzt, und trotzdem war Alma gerade eingestellt worden. Dafür gab es keine Erklärung. John hatte immer wieder nachgefragt.

John mochte Lukes Humor und Abenteuerlust. Mit seinen *Braille*-Stadtplänen, einem Paket Busfahrplänen und einem Katalog von Kärtchen ICH BIN TAUBBLIND; WÜRDEN SIE MIR BITTE SAGEN, WENN BUS NR. 25, 6, 46 KOMMT? (auf die er je nach Bedarf zeigen würde) – war Luke schon ziemlich in der Stadt herumgekommen. Gelegentlich war er sogar schon zu Johns Wohnung gekommen. Er konnte viele Geschichten über das Reisen in der Stadt erzählen. John war mit einem Stadtviertel von etwa sechs Häuserblocks – seinem eigenen Haus in der Mitte – vertraut. Es gab einen Eissalon, den er samstags besuchte, wenn das Wetter schön war, und ein Geschäft aus der *Seven-Eleven-Ladenkette*, wo man ihn kannte und wo er mit Hilfe einer Liste seinen Bedarf an Lebensmitteln und persönlichen Artikeln bekam. Alle zwei Wochen nach der Arbeit ging John wegen einer Kleinigkeit hin, weil es dort häufigen Personalwechsel gab, so daß er sich immer wieder vorstellen mußte, damit die neue Verkäuferin ihn erkannte. Es war immer jemand da, der ihm in die Hand schrieb, und jemand, der das manuelle Alphabet beherrschte. Ein- oder zweimal gab es sogar jemand, der in Gebärdensprache für ihn übersetzte.

Seine Freunde Luke, Madonna, Swede und Eleanor waren für John wie eine Familie. Seine eigentliche Familie lebte in Aureole, einem Dorf in den Bergen. Einmal in der Woche schrieb er seiner Mutter, kurze Briefe mit Neuigkeiten von seinen Freunden und seinen aktuellen Beschäftigungen. Jetzt, da Mr. Bisoglio ihm eröffnet hatte, daß es eine Stelle in der Montagehalle für ihn gab, würde er auch darüber schreiben können.

Carol und ein Mann, ein Vorarbeiter, brachten John die Montagearbeit bei. Carol erklärte, daß das Produkt Sende- und Empfangsradios seien, die der Landkreis und die benachbarten Kreise für ihre Polizei- und Rettungsdienste umgebaut und einsatzfähig montiert haben wollten. Johns Arbeit bestand darin, die Radios auszupacken und auseinanderzubauen und die Einzelteile sorgsam auf einem Fließband zu Häufchen zu schichten. Das Band ließ sich mit einem Knopfdruck per Fuß in Gang setzen. Dies war zwar auch eine ziemliche Belastung für seine Hände, aber lange nicht so schlimm wie der Umgang mit Abbeizer und Sandpapier, und er hatte es bald heraus, die scharfen Kanten der Radios und der offenen Kartons zu vermeiden. Er lernte auch, welche Schrauben bis zum Empfangsteil heruntergerostet waren, und wenn er auf den LKW wartete, erzählte Sam ihm Interessantes zum Thema Rost. John war freudig erregt. Sobald er mehr hierüber wissen würde und sich angestrengt hätte, um den ganzen Bereich zu verstehen, wollte er darüber schreiben. Der Geruch von etwas Verrottendem, beispielsweise, war sehr unangenehm; der Geruch von Rost war angenehm; und während das gesunde Material glatt und gleitend kalt war, fühlte sich das verrostete, verrottende Metall rauh, aber auch wärmer an – nicht so stolz.

An seinem dritten Tag dort kam Leda. Er benutzte seine Werkzeuge, um mehr Kartons zu öffnen, ein kurzes, gebogenes Messer und eine flache, vorn abgestumpfte Schneide, die er unter die starken Klammern schob, um sie aufzustemmen. Er hatte gerade einen Karton geöffnet und war mit beiden Händen damit beschäftigt, die einzelnen

Stücke zu sortieren und separat aus dem ganzen Stapel zu holen, als er den Geruch bemerkte: sehr schwach zwar, aber spürbar, und zu seiner Überraschung überkam ihn eine Art Rostgefühl. Eine rauhe Wärme, als ob die Luft um ihn herum auf einmal leicht ätzend geworden wäre, oder als ob sein ganzer Körper mit Sandpapier bearbeitet worden wäre, denn die normale Luft wäre zu rauh für die Haut. Er war, ohne Grund eigentlich, verlegen. Sie hatte vielleicht schon eine ganze Weile in der Nähe gestanden, aber nicht so nah, daß er sie hätte bemerken können. Ihre Hand kam auf seinen Rücken. Sie versuchte, dort etwas hinzuschreiben, aber er konnte es nicht entziffern, deshalb drehte er sich um und nahm ihre Hand, die ihm sagte: »Laß uns zusammen zu Mittag essen. Ich komme um zwölf noch mal hier hoch.«

»Ich gehe nicht zu dem Selbstbedienungsrestaurant. Ich esse hier. Ich bringe mein Essen mit, und dann trinke ich ganz gern eine *Dr. Pepper* aus dem Automaten.«

»Gut, dann komme ich hierher.«

Er nickte, und sie war weg. Er hatte das Rostgefühl nicht gemocht. Es schien die Luft in einen Feind zu verwandeln. Kein Wunder, daß verrostetes Metall seine Schrauben gegenüber jeder Invasion von außen festhielt, verschlossen, tief und geheimnisvoll.

Als es Zeit zur Mittagspause war, fühlte John den Schatten der Glocke in der Luft, und irgendwo wurden die Maschinen angehalten, auch im Fußboden gab es eine Veränderung, und dann wartete er auf Leda auf der langen Bank an der windzugewandten Mauerseite. Sam hatte ihm erzählt, daß dieses Gebäude vor langer Zeit schon als

Fabrik genutzt worden war, aber es war eine andere Art von Fabrik: ihr Holz und Metall waren dick und schwer und rochen sehr alt. Er arbeitete gern in dem Gebäude und hatte Sam einmal gebeten, ihn überall herumzuführen. Vor Jahren, als er gelernt hatte, was ein Raum ist, hatte er sich angewöhnt, solche Rundgänge zu machen. Als er hier zu arbeiten anfing, hatte er um einen langen Besenstiel gebeten, damit er die Höhe der Wände und der Decke messen konnte. »Hat keinen Zweck«, sagte Sam. »Die Stöcke sind zu kurz. Diese Decke ist achtzehn, zwanzig Fuß hoch.«

»Ha, ich hatte doch das Gefühl, daß hier irgend etwas komisch war mit der Luft. Es ist wie – ich hab's vergessen, aber wir sind mal auf einer Reise dort gewesen.«

Als er den großen Raum besser kennenlernte, gefiel ihm seine Erscheinung – die Ausrichtung war ungewöhnlich, nicht direkt parallel zur Windschneise gelegen, so daß die Nachmittagswärme sich in einer Ecke sammelte. Er freute sich schon darauf, die Veränderung in der Wärme entsprechend den Richtungsänderungen wahrzunehmen, dem Sonnenlauf in den einzelnen Jahreszeiten in subtilen Richtungsverläufen nachzuspüren. Wenn er länger als ein Jahr an einem Ort war, konnte er Uhrzeit und Saison anhand der durch die Fenster gefilterten Sonnenstrahlen und der Bewegung der Wärme auf seinem Körper im Verlauf eines Tages genau bestimmen.

Wo blieb sie denn? Er saß da, wartete aufmerksam, nicht bereit, sein Lunchpaket schon zu öffnen. Was hatte er gesagt, getan? Sie war wütend oder verlegen gewesen. Vielleicht hatte Bisoglio etwas gegen ihn gesagt, irgend etwas Seltsames, wie es die Sehenden immer wieder aus ihren gut gepackten Vorratstaschen für Kritik zu ziehen schienen. Seine Bauchdecke wurde hart. Er ging durch den Raum zum Cola-Automaten, der hinter der nächsten Öffnung stand, dort wo ihm ein Schatten anzeigte, daß hier der Durchgang verengt war. Er zog sich (dritte Drucktaste) ein *Dr. Pepper*. Zu Anfang hatte er alle Limonaden probieren müssen, um sich ihre Position zu merken. Manchmal veränderten sie die Position der Getränke, dann bekam er eins, das er nicht mochte. Er probierte das jetzige und lächelte. *Dr. Pepper*. Der Zucker erhitzte seinen Mund; die Kohlensäurebläschen kühlten. Dieses Mal bekam der Geschmack durch seine Anspannung eine metallische Nuance. Er ging zum Treffpunkt zurück und wartete.

Als Kind hatte er geglaubt, daß die Sehenden eine Zauberkraft besäßen. Obwohl er sie fast nie finden konnte, fanden sie ihn immer. Als Martin ihm sagte, daß Menschen in der Wissenschaftssprache *Homo sapiens* genannt wurden und daß ›sapiens‹ ›wissend, klug‹ bedeutete, hatte John genickt, so wie er seinen Vater und seine Mutter nicken gespürt hatte. Ja, das war wahr. Sie waren *Sapiens*, Wissende. »Wie nennen sie *uns*?« hatte er Martin gefragt.

»Genauso.«

»Das ist nicht wahr.«

»Doch, das stimmt.« Aber er hatte es John nicht bewiesen.

Wo war sie? Dann war sie da, *sapiens*-magisch, Hand auf seiner Hand.

»Tut mir leid. Bin aufgehalten worden.«

»Räuber?«

»Nein. Bisoglio – vielleicht das gleiche.«

»Möchtest du von meiner *Dr. Pepper* oder von diesem hervorragenden Sandwich?«

»Nein, möchtest du von meinem?«

»Nur wenn du von meinen Maisbrötchen ißt.«

»Selbstgebackene!«

»Genau.«

»Deine Vermieterin?«

»Ich. Ich selbst. Ich lebe unabhängig«, und sein Stolz trug eine Erinnerung an Mrs. Pfansteihl, ihren Geruch, überreif wie alte Äpfel, und ein leichtes Zittern in den sehr langen, knochigen Händen (woran er ihr hohes Alter erkannte), mit denen sie umständlich buchstabierte. »Jeder muß auf seinem Weg selbständig sein.«

Sie aßen. Er spürte ihre Ungeduld; er saß nah und merkte, wie sie ihre Haltung veränderte und die Luft um sie herum in Bewegung brachte. »Was?« fragte er.

Sie machte eine Pause, bevor sie antwortete: »Das habe ich noch nie bemerkt – man kann nicht gleichzeitig essen und sprechen. Frustrierend.«

»Bedeutet was?«

Es gab eine lange Pause. Sie sagte: »Iß«, griff sich seine Hände und hielt sie so, daß er nicht essen konnte. Dann trat sie auf seine Zehen und buchstabierte in seine Hand: »Beweg deine Füße«, und dann schrieb sie: »Steh auf« und hielt ihn so, daß es nicht ging. »Das ist frustrierend.«

»Ah!«

Als sie gegessen hatten, sagte sie: »Verdammtes Essen frißt unsere ganze Redezeit.« Ihre Hände waren flink wie *Fourbuds* Herzschlag, aber ruhelos. Ihre Haltung wechselte, veränderte sich, versuchte, eine endgültige Position zu finden; sie atmete, und er konnte die Auswirkungen in einem leichten Anheben ihrer Hand spüren. Sie war aufgeregt und aufregend, auf dem Sprung; sie pulsierte vor Leben.

»Tut mir leid. Ich bin ein langsamer Esser. Arbeitest du mit den Behinderten?«

»Nein. Arbeitslose Schauspielerin. Bin hier zwischen Engagements.«

Sie bemühte sich, das Buchstabieren ruhiger zu halten. »Hab bei diesem Job morgens frei, wenn Büros offen sind. Kann mittags proben. Wenn ich Vorstellung habe, kann ich hier aufhören – zwischen vier und halb sieben – und zur Acht-Uhr-Vorstellung ins Theater gehen.«

Ihre Aussage erstaunte ihn. Die Geschäftigkeit dessen, was sie tat, die Reisen, die Jobs, das *Sapiens*. »Wie ist das, Schauspielerin zu sein?«

»Ist 'ne Menge dran – wenn ich besser buchstabieren kann, sage ich es dir.«

»Wie hast du's gelernt? Als ich dich zum ersten Mal traf, hast du's nicht gekonnt.«

»Ich habe dich und Sam gesehen; das fand ich interessant.«

»Es gibt hier zwei von uns Taubblinden.«

»Weiß ich.«

John atmete tief, bemüht, beim Ausatmen nicht zu vibrieren. »Ich soll ihr helfen.«

»Ich weiß – war bei der Vorstellung dabei. Warum sollst du ...«

»Weil sie auch taubblind ist. Mittags, sie wollen, daß ich meine Mittagspause dafür verwende.«

Ihr Haltung veränderte sich, die Luft um sie herum rührte sich, als sie sich auf der Bank bewegte. »Ja, den Eindruck hatte ich auch.«

»Ich habe dich gerochen. Du bist vorbeigegangen.«

»Ja.«

»Warum bist du nicht stehengeblieben?«

»Zu viel Aufwand«, sagte sie, »wenn ich auf einer Bühne stehe, will ich es in einem Stück haben.«

Er grinste.

Plötzlich bekam er Ohrensausen. Es war wie eine Fliege, die in seinem Ohr vibrierte. Dr. Alonso hatte ihm vor Jahren gesagt, daß die meisten Gehörlosen ab und an ein Geräusch im Kopf haben; meistens klang es wie Johns Erinnerung an tropfendes oder rauschendes Wasser oder wie Pinkeln. John wußte, ein Geräusch passiert, wenn zwei Dinge heftig aufeinanderstoßen oder sich streifen.

»Was schlägt an was, wenn ich dieses Geräusch in meinem Kopf habe?«

»Das weiß niemand. Wir würden Ihr Gehirn auseinandernehmen müssen, während Sie noch leben, um das herauszufinden«, sagte er.

John hatte gelernt, das Ohrensausen zu ertragen, ohne es den Leuten gegenüber zu erwähnen. Sie dachten sonst, er wäre verrückt. Es gab immer irgendein Geräusch, aber wenn *das* kam, wurde es normalerweise riesig hinter seinen Augen. In etwa einer Stunde würde es wie ein Flugzeug in seinem Schädel sein.

Leda sagte: »Kannst du die Gefühle der Menschen erkennen, wenn du ihr Gesicht berührst?«

»Nur wenige zeigen es auf ihrem Gesicht und lassen es

zu, daß ich sie berühre. Die Stimmung ist in ihren Händen, auf ihrer Haut, in der Luft um sie herum, in ihrer veränderten Körperhaltung.« Sie nahm seine Hand und legte sie an ihre Augenbrauen, dann bewegte sie die Brauen und ließ ihn die Muskeln unter ihrer glatten Haut spüren, zog die Brauen mit einem leichten Zucken in der Mitte zusammen, wie *Fourbuds*, wenn sie sich auf ihrer Decke bewegte.

»Jetzt weißt du, daß es auch in ihren Gesichtern ist«, sagte Leda.

»In meinem auch?«

»Ja, hm, sollte es eigentlich. Wir wollen sehen, wenn jemand glücklich ist oder traurig oder wütend.«

Er seufzte. Das Ohrensausen wurde schlimmer. Sein Seufzer vibrierte.

»Tu das nicht!«

»Warum?«

»Es tut meinen Ohren weh. Du klingst wie ein Rentier mit Liebeskummer.«

Er wollte nicht, daß sie etwas von seinen Schmerzen bemerkte. Er wechselte das Thema. »Wir sind ein paarmal in den Zoo gegangen. Hab das Rentier verpaßt. Wie sieht es aus?«

»Ich nehme dich zu einem mit. Du kannst es nach Herzenslust erfühlen.«

Herzenslust – die Lust des Herzens.

»Ich schreibe Gedichte«, sagte er.

»Wirklich? Ich lese viel Lyrik.«

»Solltest du auch; dein Name ist sehr poetisch. Leda ist eine Gestalt aus der Mythologie.«

»Das habe ich erst vor anderthalb Jahren herausgefunden.«

Als er nickte, konnte er leichte Vibration auf dem Fußboden spüren. Die Leute kamen zur Arbeit zurück. Er wollte ihr mitteilen, warum er nicht mit der anderen taubblinden Personen zusammensein wollte; er wollte noch mehr mit ihr sprechen, trotz der anschwellenden Vibration in seinem Kopf. »Wie wär's am Samstag?«

Sie sagte: »Samstag?«

»Um das Rentier zu besuchen.«

»Ah – ja.«

»Weißt du, wo ich wohne?«

»Das werde ich finden.«

»Mit Auto?«

»Per Bus.«

»Gut.«

»Warum?«

»Wir könnten uns unterhalten.«

»Da hätte ich nie dran gedacht.«

»So schlau bin ich.«

»Welche Uhrzeit?«

»Ist eins in Ordnung?«

»Ja.«

»Okay, dann um eins. Auf Wiedersehen.« Ihre Verabschiedung geschah mit einem endgültigen Schnippen an seine Hand, das ihn vor Vergnügen sich winden ließ. Normalerweise hätte er gelacht, aber sein Ohrensausen nahm zu, und außerdem hatte er Angst vor einem lauten Vibrieren.

Nachdem sie gegangen war, arbeitete er schlecht. Sein

Ohrensausen war jetzt schmerzhaft geworden. Der Schmerz ging nicht von seinen Ohren aus, wie man es eigentlich von einem Geräusch – und das war es ja laut Dr. Alonso – erwarten würde; er nahm seinen Ausgangspunkt hinter seiner Stirn, wie eine Mütze, die eine zornige Mutter einem zu tief ins Gesicht gezogen hatte. Vor Jahren hatte eine seiner tauben Schulkameradinnen über einen blendenden Kopfschmerz gesprochen, er hatte gelacht und gesagt: »Ich bin schon blind.« Vor kurzem hatte er dieser Mitschülerin gegenüber innerlich Abbitte getan.

Der Schmerz begann in seinen Augen zu tanzen und einen schweren schädelspaltenden Regen in seinem Kopf auszulösen. Das geschah manchmal nach dem Ohrensausen, aber es war jetzt eine Weile schon nicht mehr passiert, und glücklicherweise konnte man es mit drei Aspirin besänftigen. Der Schmerz ließ ihn nach dem Weg tasten, anstelle seines sonst zielgerichteten Ganges. Er kam mit Hilfe des Stocks irgendwie nach unten, erreichte mit brüllendem Kopfschmerz Bisoglios Büro. Er hatte bemerkt, daß der Schmerz etwas zurückging, wenn er den Kopf ein bißchen nach rechts legte. Der Schreibtisch. Niemand. Er klopfte noch einmal mit der Krücke dagegen. Wartete. Niemand. Er klopfte noch einmal. Er wußte nicht, was er noch tun könnte. Sam wäre jetzt schon weg. Wer könnte helfen, wenn die Sekretärin nicht – eine Hand war auf seinem Arm. Er drehte sich nach innen. Die andere Hand nahm ihn und die erste: »Was ist los? Warum schlagen Sie hier um sich?«

»Schmerzen. Mein Kopf.«

»Legen Sie sich hin.«

»Ich brauche Aspirin – drei.«

»Das kann ich nicht.«

»Warum nicht?«

»Das ist Medizin. Nicht erlaubt.«

»Bitte. Ich brauche es.«

»Ich werde Mrs. Ansley rufen.«

»Wen?«

»Die Erste-Hilfe-Schwester. Bleiben Sie hier sitzen.«

Die Zeit verstrich; das Hämmern im Gehirn ging weiter, nicht mehr und nicht weniger als vorher. John befürchtete, seinen siebten Sinn über den Schmerzen zu verlieren, seinen Orts- und Orientierungssinn. Er saß zuerst, dann hing er unglücklich auf dem Stuhl, zu dem sie ihn geführt hatte. Sein Kopf brüllte. Endlich kam die Frau. Frage und Antwort, gedolmetscht:

»Wo?«

»Hier und hier.«

»Wie lange?«

»Nach dem Mittagessen.«

»Scharf oder dumpf?«

»Dumpf, wie Regen.«

»Erbrochen?«

»Fühl mich danach. Ich weiß, wie ihm beizukommen ist. Aspirintabletten. Drei.«

»Können wir nicht.«

»Warum?«

»Das ist Arznei. Muß verschrieben sein.«

Er konnte vor Hämmern und Schmerz kaum ihre Finger lesen. »Sie geben sie an Freunde. Das weiß ich. Schulsekretärin an Martin, drei-, viermal.«

»Ja, an Freunde. Aber nicht ich an Sie.«

»Warum?«

»Ein Unterschied. Sie sind Patient. Das ist Arznei. Es könnte eine Anzeige geben. Gesetzlich verboten.«

»Schmerz. Tut sehr weh. *Bitte.*«

Eine ganze Zeit lang nichts. Vielleicht waren sie weg. Er stöhnte vor Schmerzen. Jemand nahm seine Hand. »Hören Sie auf damit.«

O Gott, sie sprachen darüber, über ihn hinweg, als ob er ein Stuhl wäre ... Er erinnerte sich daran, daß Leda gesagt hatte, sie könnten diesen Schmerz erkennen, daß er sich auf seinem Gesicht abzeichnete. Er wußte auch, daß Sehen irgendwie mit Richtung zu tun hatte, wie Gehen, hier und hierhin, nicht dort und dorthin, was die andere Richtung wäre. Also mußte er es ihnen sagen. »Hier«, und er vibrierte laut, um ihre Aufmerksamkeit zu erregen, »hier«, und er zeigte auf sein Gesicht, so daß sie den Schmerz sehen könnten. Wieder nichts. Die Luft sprang auf, aber er wußte nicht, ob es sein oder ihr Schmerz war.

Die Hand: »Wollen Sie ins Krankenhaus?«

»Wann?«

»Wenn Sam kommt.«

»Wenn Sam kommt, kann ich nach Hause gehen und drei Tabletten nehmen. Ich habe welche zu Hause. Zu Hause werde ich sie einnehmen. Warum nicht hier?«

»Wir *dürfen* nicht!«

»Kann ich ein Taxi zum Heimfahren bekommen?«

»Nein.«

»Warum?«

»Sie sind ein Patient. Man könnte uns anzeigen, weil wir

Sie fortlassen, wenn Sie Schwierigkeiten während der Arbeitszeit haben.«

»Was dann?«

»Bleiben Sie hier.«

Die neue Frau nahm seinen Puls ab, maß den Blutdruck, rieb seinen Nacken und fühlte seine Stirn. Dann brachte sie ihn zu einem Raum, wo es eine spiegelglatte Couch mit hügelartigen Noppen gab, und sie brachten ihn dazu, den Nachmittag herumzuliegen, verachtet und gedemütigt unter dem schweren Regen seiner Schmerzen. Er hatte angefangen, sie still zu erdulden, so wie ein Mensch, der im Kampf ermüdet, um sich schlägt, die Regenschläge nur mehr ein dumpfes Hämmern. Aber das Opfer war müde und konnte bald nicht mehr kämpfen. Die Richtung verlor sich, der Positionssinn verschwand. John wußte nicht mehr, in welche Richtung er lag. Er konnte nicht mehr feststellen, ob er geradeaus lag. Viel später kam Sam.

»Bring mich nach Hause«, sagte John in die vertraute Hand. »Ich bin taubblind, jetzt tatsächlich, wirklich taub und wirklich blind. Ich kann keine gerade Linie mehr wahrnehmen. Es schmerzt, Sam – es tut so weh.«

»Mein Gott, was ist los?«

»Ein Tinnitus-Kopfschmerz. Drei Aspirintabletten –«

»Bleib mal da sitzen«, und ungefähr eine Minute später kam Sam zurück mit Aspirin und Wasser und gab John den schwankenden Papierbecher, zerbrechlich wie eine Blume mit schwerem schwankendem Blütenkelch. »Hier.«

John hielt seine offene Hand hin und die drei Trockentropfen fielen in die Handinnenfläche. Er nahm die Tabletten in den Mund und trank das Wasser. »Ich –«

»Ist schon in Ordnung. Laß mich dich führen. Du atmest zu schnell; das macht dich schwindlig. Komm – beruhige dich ein bißchen.«

Sie standen auf. John fiel fast um. »Komm, es ist alles in Ordnung.«

»Wohin?«

»Hierher. Ich führe dich.« Und sie gingen los, wie durch ein Labyrinth, als ob John niemals zuvor geleitet worden wäre. Mantel. Draußen. Der Bus. Sogar dann spürte er keine Vertrautheit mit seiner Umgebung, keine Position, keine Richtung. Er hatte geweint vor Schmerz und vor Scham, und jetzt lief seine Nase, und er konnte noch nicht mal riechen. Der Weg war ein wirklicher Trip im Dunkeln. Er hatte keine Orientierung.

Später, als er zu Hause war, wurde es ein wenig klarer. Sam hatte ihn zur Tür bringen müssen. Die Scham darüber war schrecklich. »Bist du sicher, daß alles in Ordnung ist? Willst du, daß ich jemand vorbeischicke, um nach dir zu sehen?«

»Nein! Mir geht es gut.«

»Aber wenn –«

»Dann werde ich auf den Fußboden stampfen. Der Nachbar weiß Bescheid. Einmal für Land und zweimal für See.« Er bemühte sich um Normalität mit allem, was ihm zur Verfügung stand; er konnte kaum mehr die Richtung erspüren.

»Lyrik. Sehr komisch.«

»Das habe ich vor Jahren gelesen.«

»Ah –«

Er lag auf dem Bett und ließ die Tränen laufen. Er versuchte, nicht zu vibrieren. Wenn er auf der Schule seinen Kummer herausvibrierte, hatten sie ihm gesagt, er wäre zu laut. Dann erinnerte er sich, daß er, so laut wie er wollte, vibrieren konnte, wenn er etwas im Mund hatte. Er überlegte, daß er sich Wasser in eine Plastiktüte füllen und diese in den Mund stecken und seinen Körper zu einer einzigen großen Vibration zusammenziehen könnte, aber die lange Planung nahm ihm den Wunsch dazu, und so legte er sich zurück und weinte mit vibrationsloser Scham, gab sich dem Gefühl hin wie ein müdes Kind dem Schlaf, und dann schlief er tatsächlich, immer noch in Mantel und Schuhen.

Er erwachte benommen und mit schwerer Zunge. Abendbrotzeit? Er hatte keinen Appetit, deshalb trank er etwas Saft und fühlte sich gleich besser, zog den Mantel aus und bereitete sich auf den morgigen Tag vor. Da er nicht gegessen hatte, gab es auch kein Aufräumen. Mehr Zeit zum Lesen, wenn er wollte. Im Bett lesen. Ein Luxus, den er sich manchmal erlaubte. Er putzte gerade seine Zähne, als der Gedanke ihn überfiel – Leda. Sie würde von seiner Krankheit hören, seiner Schwäche und Abhängigkeit. Sam wußte es bereits. Bald würde es in der ganzen Werkstatt bekannt sein, so wie Fehler und Blamagen immer durch die ganze Schule gingen, jedermann wissen ließen, wer nachts ins Bett näßte und wer sich nicht mit Seife wusch; und wer das Handtuch schmutzig machte. Er wußte, daß *sie* urteilten, ungeduldig waren, lachten. Normalerweise störte es ihn nicht, denn wenn sie außerhalb der Reichweite seines ausgestreckten Arms waren, war er sich ihrer Gegenwart nicht mehr bewußt.

Aber Leda, die sich fröhlich mit ihm unterhalten hatte, Mr. Bisoglio, der ihn beurteilte, vielleicht sogar Mr. Sherline, und alle ihre Sekretärinnen und Dolmetscher und Bernhard im Rollstuhl könnten – würden – bald wissen, daß er krank gewesen war, krank, schwach, hilfsbedürftig, reduziert, gedemütigt, verheult, bittend, bettelnd, seinen hämmernden Kopf an das Sofa geschlagen hatte.

So kam es, daß er, anstatt im Bett zu lesen, anstatt sich mit einem Kakao besonders zu verwöhnen – was es sogar in der Schule bei Krankheiten immer gegeben hatte –, unglücklich im Bett lag: Knie zum Brustkorb hochgezogen und die Arme überm Kopf, und er kaute an seinen Vibrationen, schluckte sie herunter, damit bloß niemand kommen und über ihn lachen könne, als er wieder weinte.

4

Sie hatte versprochen, ihn zu einem Besuch des ausgestopften Rentiers mitzunehmen, und Herzenslust. Hatte sie es *versprochen* oder nur *gesagt*? Er versuchte, sich genau an das zu erinnern, was sie tatsächlich gesagt hatte. »Ich werde dich mitnehmen.« Es war ihm schon oft versprochen worden, meist ohne Einlösung des Versprechens. Damals hatte er Martin danach gefragt, warum *sie* etwas versprachen und es dann nicht wahrmachten. Martin hatte ihm erklärt, daß die Welt der Sehenden sich nicht von der Welt der Taubblinden unterschied; daß es in beiden Welten Absicht und Ausführung gab. Die Sehenden und Hörenden müssen jeden Tag einen langen Korridor durchqueren, an dessen Rändern das, was Martin Ablenkungen nannte, in vielfacher Form wartete und sie vergessen ließ, wozu sie am Anfang angetreten waren. »Aber sie versprechen doch ...«

»Sie *haben es vor*. Sie sagen, daß sie es vorhaben ...«

»Wie?«

»Das Sehen und Hören macht sie zu viel beschäftigteren Menschen, als du einer bist.«

Das hatte er nicht verstanden, die Sache mit der Geschäftigkeit. Sein ganzer Tag war voll. Entweder er arbeitete oder er war in der Schule, er ging spazieren, trainierte, aß, las, schrieb, bereitete sich auf etwas vor oder räumte auf, nachdem er etwas getan hatte. Gab es denn mehr als *alles*? Sam hatte versucht, es ihm auf dem Weg zum Rockkonzert in Boulder zu erklären. Er sprach über etwas, das er ›die Qual der Wahl‹ nannte. »Ich bringe dich hierher, weil ich zu dem Konzert gehen will. Du bezahlst meine Auslagen, und ich nehme dich mit, aber ich habe noch mehr Möglichkeiten, anderes, das ich tun könnte.«

»Aber du kannst doch nur eine Sache zur gleichen Zeit tun.«

Sam hatte gelacht und ihm recht gegeben und davon abgelassen, aber John hatte das Gefühl, daß er noch mehr zu dem Thema sagen und erklären könnte, doch er kam nie darauf zurück. Das meiste blieb immer nur halb erklärt.

Jetzt, da sie wissen würde, wie er gebettelt und sich erniedrigt hatte, würde ihre Absicht sich vielleicht vom verschlossenen zum offenen Zustand verändern, wie Wasser, wenn der Stöpsel aus dem Abflußloch gezogen wird. Sie hatte Samstag gesagt. Er hatte keine Möglichkeit, sie zu erreichen. Sie mußte zu ihm kommen oder nicht zu ihm kommen. Für ihn gab es nur das Warten, und beim Warten die Horrorgeschichten über das, was sie von ihm gehört haben könnte, und weshalb sie ihn dann nicht besuchen würde.

Dann war da der Faktor Uhrzeit. *Er* erinnerte sich an die vereinbarte Zeit: ein Uhr. Diese Angst machte das Warten für John immer zu einer Agonie. Er konnte weder lesen noch nachdenken oder Gedichte schreiben.

Er war aufgestanden, hatte sich gewaschen, das Badezimmer überprüft, sich angezogen, hatte gefrühstückt und sein Geschirr abgespült. Er versuchte zu lesen, aber seine Finger weigerten sich, Worte zu formen, er wurde immer unruhiger, staubte ein bißchen hier ab, wischte dort ein wenig, nähte einen Knopf an seinen Mantel, versuchte noch einmal zu lesen, spielte ›Schwanz und Tatze‹ mit *Fourbuds* und war um elf Uhr völlig erschöpft.

Er fiel in einen leichten Schlaf. Um Viertel nach eins brummte sein tieffrequenter Türsummer. *Fourbuds*, die auf seinem Brustkorb geruht hatte, sprang auf und weckte ihn. Er ging zur Tür und öffnete. Sie nahm seine Hand und führte sie zuerst auf ihr Gesicht, dann buchstabierte sie in die Hand. »Ent-, Entschuldigung. Ich bekam einen Anruf. Verabredung mit einem Regisseur.«

»Ein Regisseur?«

»Wegen Schauspiel-Job. Fernsehen. Werbung.«

»Hast du den Job bekommen?«

»Weiß ich noch nicht.«

»Ich würde so gern auch übers Fernsehen mitreden; es interessiert ja alle.«

»Sei froh. Ich denke viel zuviel darüber nach. Zu viel hängt davon ab, wenn du spielst.«

»Kommst du rein?« Sie standen immer noch in der offenen Tür. Sie legte seine Hand auf ihre Kehle und ließ das Lachen vibrieren, dann nickte sie. »Magst du einen Kaffee oder Tee? Ich habe auch Kakao.«

»Ja, Kaffee, und dann gehen wir.«

Löslicher Kaffee. Er bereitete ihn sorgsam zu und brachte die Tassen an den Tisch. »Ich habe Bonbons, die ich selbst mache.«

»Ja.«

»Trägst du deine Sklavinnen-Kleider?«

»Ja und nein. Du bist zu fein angezogen für den Ort, zu dem wir gehen.«

»Soll ich mich umziehen?«

»Nein, aber einen Pulli statt des Jacketts. Draußen ist es warm.«

Er hatte beschlossen herauszufinden, wieviel sie wußte. Er holte Atem und sagte: »Am Mittwoch gegen Abend hatte ich Kopfschmerzen.«

»Wie schrecklich. Ich bekomme sie auch von nervöser Anspannung.«

John lächelte. Sein innerer Geräuschpegel hatte sich auf das erträgliche Maß reduziert, das er noch von seiner Mutter kannte. »Schschsch.« John entspannte sich dem Tag entgegen.

Es war die Art von Unternehmung, die ihm am besten gefiel – mit Martin viele Male, mit Sam auch. Es gab dabei ein Gefühl von Weite und Freiheit, von Abenteuer und Überraschung. Zuerst gingen sie zum Bus. Er ging nicht stockunterstützt; stattdessen erklärte er ihr das Führen und Begleiten. Im Bus sprach sie über alles: Schauspielen im Fernsehen, die Werkstatt, Mr. Bisoglio. Er erzählte ihr vom Gedichteschreiben, von *Handicards*, und was Mr. Sherline gesagt hatte. Sie erzählte Witze und beschrieb ein paar Leute, die in ihrer Nähe im Bus saßen.

»Ich habe im Museum angerufen«, sagte sie, »machte ihnen klar, daß du unbedingt das Rentier berühren und begreifen mußt.«

»Werden Sie den Ruf des Rentieres vorführen?«

»Ich nehme es an, aber du kannst ihn doch nicht hören, oder?«

»Doch, wenn ich einen Ballon bekomme.«

»Was?«

»Können wir Ballons kaufen?«

»Ich denke schon.«

Also hielten sie an einem Geschäft an und gingen hinein, genau wie John es immer mit Martin getan hatte. Er liebte den Geruch der Tante-Emma-Läden, der *Five and Dimes*, der Kleidergeschäfte und Eisen- und Haushaltswarenläden. Die großen Supermärkte rochen alle schlecht, nach Abfluß, abgestandenem Wasser und Kühlmittel – aber er mochte sogar die unangenehmen Gerüche, denn Geruch ist Orientierung, und Orientierung ist Richtung, und Richtung ist ein wunderbarer Sinn. Ein schlechter Geruch erzählt eine Geschichte genau wie ein angenehmer Duft. Das erklärte er Leda, als sie an einer anderen Bushaltestelle warteten. »Ich wünschte, du könntest Martin kennenlernen. Ich frage mich, ob er noch im Gefängnis ist.«

»Gefängnis?«

»Das erzähl ich dir später.«

»Ja, und jetzt diesen blöden Ballon.«

»Mach dir keine Gedanken. Ich stecke ihn in die Tasche, bis wir ihn brauchen; Hillary hat mir die Eitelkeit der Sehenden erklärt.«

»Eitelkeit?«

»Er sagte, sie gehen nicht gern mit Taubblinden spazieren, weil die Leute es merkwürdig finden. Sie haben immer Angst davor, für merkwürdig gehalten zu werden, anscheinend –« Er wollte gerade in vertraulichem Ton fortfahren, aber dann erinnerte er sich an seine eigene Scham, falls sie etwas von seinen Kopfschmerzen gehört hätte.

»Ja?«

»Nichts.« Das signalisierte er vom Hals weg mit einer Hand, in der Version der Gehörlosen.

»Was ist das?«

»Eine Gebärde.«

»Viel zu lernen.«

»Es braucht seine Zeit. Ich glaube, ich kann fünf Sprachen.«

»Welche?«

»Englisch, englisches Tastalphabet, *Braille*-Punktschrift, amerikanische Gebärdensprache, und die schwedische Gebärdensprache ein bißchen. Fluchen kann ich noch in drei weiteren.« Er fühlte, wie ihr Körper sich näher an ihn heran bewegte. Sie lachte; nicht nah genug für heftiges Ein- und Ausatmen, aber er spürte es in ihrem Körper.

»Was?« fragte er.

»Da wir gerade von Eitelkeit sprachen«, sagte sie, mit ihrer Hand in einer verdrehten Haltung, »war falsch, zu lachen – ich wußte gar nichts von diesen Sprachen.«

»Das englische Tastalphabet ist eigentlich keine richtige Sprache; ich wollte dir imponieren.«

»Warum das denn?« Sie war unruhig, ihre Haltung schien zu vibrieren. »Was ist los?«

»Nichts.« Aber dem war nicht so.

Sie waren wirklich ziemlich seltsam, die Sehend-Hörenden: Selbst eitel und empfindlich, schienen sie gedankenlos und nachlässig gegenüber anderen, launisch wie Katzen und überraschend wie offene Schranktüren. Sie stiegen in den Bus, und John saß für eine Weile da ohne einen Austausch von Zeichen. Er sparte seine Energie auf, genoß zufrieden die Vibration des Busses, den Wechsel von Gewicht und Richtung.

»Viel Verkehr«, sagte sie.

Er wollte sie nicht merken lassen, daß er nie verstanden hatte, was Verkehr war. Es war eine allgemein übliche Entschuldigung, aber sie erklärten sie nie. Er wußte, daß Verkehr Luftverschmutzung beinhaltete, die ihm zugänglich war, weil sie andere Gerüche veränderte oder überdeckte. In allem war immer das Bewußtsein, daß Sam und sogar Martin und all die anderen bezahlt wurden, um zu tun, was sie taten. Manche erledigten ihren Job freundlich, taten ihm auch mal einen Gefallen, boten ergänzendes Wissen über die Welt an, aber die Ausflüge waren doch Arbeit für sie. Das hier war nur Freundschaft; Leda war hier, weil sie es wollte. Der Gedanke wärmte ihn, ließ ihn innerlich wachsen. Er sagte nichts mehr, ruhte sich aus.

Als die Fahrt zu Ende war, machte sie ihm ein Zeichen, und sie stiegen aus. Sie wollte zuviel helfen. Er mußte ihr sagen, daß sie ihn tun lassen sollte, was er auf seine Weise allein konnte, mit dem Blindenstock gehen, sich von ihr begleiten zu lassen, nicht geführt zu werden. Sie gingen vor sich hin. Es fiel ihr schwer, mit dem Tastalphabet in seine Hand zu sprechen und gleichzeitig zu gehen. Auch er war sich des Zeitdrucks bewußt, weil sie sich in der langsameren, umständlicheren Sprache der manuellen Buchstabenübermittlung verständlich machen mußte, mit nur wenigen Gebärden, weil sie nur wenige kannte. Das Buchstabieren war immer noch holprig; Teil ihres Charmes aus Frische und Ungeduld, mit ihrer Hand wie ein Vögelchen mit windigem Gefieder. Er hatte einmal eins gehalten, eine Haustaube, mit einem Herzschlag, schneller als der eines Babys, mit begierigem Flügelschlag und dem Geruch des Himmels. Wie *sie* alle verwandte sie überflüssige Worte und Buchstaben und schloß andere aus. Er hatte gesagt: »Ich hoffe, daß du deinen Hör-Akzent bald loswirst. Dann werden wir besser miteinander sprechen.« Ihre Frustration machte ihn nervös, und die Nervosität entzog ihm Energie. Er hatte sich so viel von diesem Tag erhofft. Jetzt ertappte er sich dabei, daß er seine Aufnahmebereitschaft für längere Zeit zurückzog, sich erholte und mit seiner Kraft haushälterisch umging. Manchmal nickte er nur und nahm nicht wirklich auf, was Leda sagte.

Das Museum: sie sagte, sie hätte die Leute vorher angerufen. Sie gingen durch die Türen hindurch, und die Luft veränderte sich dreimal, als das Innere sich öffnete und wieder schloß. Die ausgedehnteste Luft enthielt eine dritte Art von Vibration – eine Vibration ohne Richtung. »Dies ist die Hauptausstellungsfläche«, sagte Leda.

»Das wußte ich schon. Wo ist das Rentier?«

»Das Rentier wartet.«

Eine Tür, dünnes Holz, gefährlich. Ein dünner, irgendwie schwankender Fußboden. »Vorübergehend«, sagte Leda erklärend. Er durfte das ausgestopfte Rentier überall anfassen, während ihm gesagt wurde, wo er hintreten durfte, weil viele Tiere beieinander standen. »Etwas Besonderes«, sagte Leda, »sie rekonstruieren gerade.«

John hatte viele kleine und einige große Tiere berührt und in der Hand gehalten, auf Besuchen im Streichelzoo von der Schule aus, als er noch viel jünger war. Er kannte

Schlangen, Hunde, Katzen, Pferde, Kaninchen, aber das Rentier mit seinen vier Ohren und dem geschwollenen Pferdegesicht faszinierte ihn. Vorsichtig strich er überall an ihm entlang, erlernte das Tier, das Gesicht, die weichen Teile; der Körper wie ein Stuhl. Das Rentier bestand nur noch aus seiner Haut, die auf ein Gerippe aufgezogen war, wie sie ihm erklärten; einzig die Form und die Beschaffenheit des Fells waren authentisch. Als sie sahen, daß er vorsichtig und interessiert war, begannen sie, von einem Tier zum nächsten zu gehen. Er erfühlte sie, legte seine Hände auf Löwen, Tiger, einen Braunbär, einen Eisbär, einen Büffel mit riesigem halslosem Kopf, Seelöwen, Walrosse, eine Seekuh, Adler, Falken, einen Kondor, einen Kolibri. Eine Frau war dabei, die einigermaßen gut mit Gebärden und Fingeralphabet zurechtkam. Sie beschrieb bestimmte Lebensgewohnheiten der Tiere, von denen John noch nicht gelesen hatte. Er fragte sie, ob das Museum die Laute dieser Tiere aufgenommen habe. »Ja, haben wir. Wir haben ein Tonband mit Urwaldlauten, ein Savannen-Band und eins mit Balzlauten.« John nahm den Ballon aus seiner Tasche und blies ihn auf. Die Dame vom Museum verstand, worum es ging. Während er den Ballon hielt, spürte er die Vibration der Urwaldgeräusche, wie sie durch die Luft kamen. Es war eine fremdartige und aufregende Serie von Rhythmen, wie harter Regen in weichem Regen gegen seine Finger. Er legte seine Wange und dann die Lippen an den Ballon und ließ die schnellen Rhythmusschläge, die langsameren, das kitzelnde Gefühl vor dem schweren Dröhnen, das beinahe langsam genug zum Mitzählen war, an sein Gesicht und in seine Hände kommen. Dann war da die Steppe mit den Vibrationen rufender Löwen, wie die Frau erklärte. »Dick«, sagte er, »dicht, wie Explosionen im Schnee. Es erinnert mich an die Zeit, als *sie* eine Straße hinter der Schule bauten.«

»Warte erst mal bis zum 4. Juli«, sagte Leda, »dann habe ich eine Belohnung für dich.«

»Glaub ich nicht. Ich hab es einmal ausprobiert und bin ganz krank davon geworden. Für mich sind Explosionen schlimmer als für die Hörenden. Ich weiß nicht, warum.«

Als er von Tier zu Tier ging, hatte er das Gefühl von Schatten, eine Verdichtung im Widerstand der Luft, gegen die er mit seiner Vibration ging. »Hier sind Leute, oder?«

»Ja.«

»Viele?«

»Ziemlich viele.«

»Wo?«

»Im Raum.«

»Normale Besucher?«

»Ja, aber sie beobachten dich. Macht es dir was aus?«

Das tat es schon, dennoch sagte er: »Eigentlich nicht.«

»Woher wußtest du, daß sie da sind?«

»Niedriger Schatten. War vorher nicht da.«

»Schatten?«

»Eine Art von Verdichtung in der Luft. Manche von uns haben einen Sinn, den ich Schatten nenne. Niedriger Schatten bedeutet viele Menschen.«

Sie beschlossen, anschließend essen zu gehen. Leda meinte: »Was darf's sein – spätes Mittag- oder frühes Abendessen?«

John erklärte ihr den Unterschied zwischen einer Pizza

von *Shakey's* oder von *Pizza Hut*, zwischen einem *Big Mac* und einem *Whopper*. »Immer wenn Sam und ich essen gehen, entscheidet er und ich bezahle.«

»Das klingt fair«, sagte sie.

»Was ich sagen will, ist, daß wir das auch so machen sollen. Ich habe Hunger – ich –« Er wollte ihr nicht sagen, wie angespannt er auf sie gewartet hatte und wie verkrampft sein Magen gewesen war.

»Ich werde dich zu einer anderen Art von Essen mitnehmen«, sagte sie, »und wir gehen ›holländisch essen‹.«*

»Ein holländisches Restaurant?«

»Indisch«, sagte sie.

Die Aromata waren fremd und wundervoll. Über dem unterschwelligen Geruch von abgestandenem Abflußwasser und Desinfektionsmittel, den es an fast allen öffentlichen Orten gab, fühlte John das Innere seines Munds dahinschmelzen angesichts dieses Geschmacks. Sie setzten sich, und Leda schlug vor, zwei Gerichte zu bestellen und alles zu teilen. John erklärte ihr, wie sie ihm sagen sollte, wo das Essen war und wie es plaziert wurde. Er war nervös wegen der Konsistenz der Mahlzeit – Reis ist schnell verschüttet, Fleisch muß geschnitten werden. Ohne es anzurühren, war es schwierig, zu entscheiden, wie man es behandeln mußte. Ein Löffel wäre am besten. »Wir sitzen ganz hinten«, sagte Leda, »und es ist noch zu früh für die meisten Leute. Tu, was du tun mußt.«

Die Geschmacksrichtungen waren verblüffend – neue und alte in neuen Zusammenhang gebracht; Nelken und

* ›Holländisch essen‹ (to go dutch): die Rechnung teilen.

Zimt im Fleisch, Ingwer nicht in Plätzchen, sondern an Krabben, salzig und süß zusammen, scharfe Sachen, die einem die Tränen in die Augen trieben, und merkwürdiges Fladenbrot dazwischen, um die Zunge zu beruhigen vor der nächsten Schärfe. Der Tee schmeckte wie duftige Blumen.

Sie aßen, und über die Teller hinweg sprachen sie. Martin hatte John gesagt, wie das Ablassen von Luft aus dem Mund genannt wurde. Als es ihm passierte, sagte sie: »Großer Gott, gib mir den Ballon.«

»Vibriert es, macht es ein Geräusch?«

»Und wie! Als ob zehn Leute erschossen würden.«

»Früher konnte ich hören – anscheinend habe ich es vergessen. Die andern auch. Ich glaube, ich erinnere mich an dieses Geräusch. Luft aus der Tiefe des Magens.«

»Ja.«

»Wie klingt es?«

»Kann ich nicht – es ist peinlich.«

»Entschuldigung, aber es ist natürlich. Warum sollte es peinlich sein?«

»Das weiß ich nicht.«

»Du kannst doch hören.«

»Was nicht bedeutet, daß ich alles verstehe.«

John war bemüht, seine Hände zum Sprechen sauber zu behalten. Sie schien sich unterhalten zu wollen, er konnte ihre Enttäuschung darüber spüren, daß sie ihre Hände zum Essen anstatt zum Reden gebrauchen mußte. Sobald er mit irgendeiner Portion fertig war, reinigte er seine Finger sorgfältig und rieb sie an seiner Hose trocken und warm. Ihm war so daran gelegen, sie nicht zu verletzen.

Sie aßen noch mehr. Es gab Speisen, die sich im Mund erhitzten, und andere, die süß und heiß aneinander wurden, Geschmäcker im Kopf und Geschmäcker in der Kehle, die in seinen Mund hereinbrachen, und eine lange langsame Hitze, wie Sonne auf dem Gesicht. »Können Menschen von zuviel Essen sterben?«

»Ja.«

»Dann wollen wir es versuchen.«

»Wie kann ich dir zeigen, daß ich lache?«

»Schlag meine Hand, so«, und er strich über die Oberkante ihrer Hand, als ob es ein Atemausstoß wäre.

Sie sagte: »Ich dachte immer, Lachen wäre zum Vergnügen der Lachenden. Von dir weiß ich's jetzt besser. Ich wünschte, du könntest den Ausdruck auf meinem Gesicht erkennen, mein Lachen hören oder sehen. Ohne so ein sichtbares Zeichen scheint mir mein Lachen unvollständig, beinahe beleidigend.«

John erzählte ihr vom ›Atemhauch‹, davon, wie, wenn er jemand berührte, an den Händen hielt, dessen Lachen durch den Körper zu ihm drang, wie die kleine Welle an *Fourbuds* Kehle, wenn sie lachte.

»*Fourbuds*?«

»Meine Katze, die Katze in meiner Wohnung.«

»Woher hat sie diesen Namen?«

»Du kannst die Unterseite ihrer Pfoten auf deinem Gesicht oder auf den Armen fühlen. Wie vier Knospen auf einem Frühlingszweig – *Fourbuds*.«

»Das muß ich ausprobieren.«

»Hast du's nie vorher gespürt?«

»Wir Sehenden verbringen unsere gesamte Zeit mit

Sehen. Fühlen kommt erst so viel später, daß wir es zunächst gar nicht bemerken –«

»Du würdest es bemerken, wenn es dir fehlte.«

»Touché.«

»Fechten.«

»Du kennst den Begriff?«

John erzählte ihr von *Captain Blood*, Martins Lieblingsbuch, das schon vor Jahren in Blindenschrift erschienen war, Fürsten, Könige und adlige Damen, verschleiert und in Schwierigkeiten, und Schwerter, Flaggen und Mitternachtspiraten. Er hatte einige Schwierigkeiten mit dem Wort ›fechten‹ gehabt, weil er zunächst in eine andere Richtung gedacht hatte. »Ich habe es mit Corson geübt, bevor ich das Wort kannte.«

»Du hast gefochten?«

»Ja.«

»Mit Schwertern?«

»Man nennt sie Florett. Corson war als Tutor und Dolmetscher an der Schule angestellt, vor Martin und auch vor Rahner.«

»Er hat mit euch gefochten?«

»Die Idee war schon gut, das Fechten, meine ich. Nur mit Corson wurde sie schlecht.«

John erzählte Leda ein wenig von Corson, nur ein wenig, von seiner Idee von Freiheit und wie er heimlich die taubblinden Schüler gehaßt hatte, wie er gesagt hatte, er wollte sie unabhängig machen, sie dann aber immer wieder in schlimme Situationen brachte – Stockprügeleien untereinander oder Torero spielen – mit Lastwagen auf der Straße. »Er tat es nicht für die Freiheit, obwohl er uns dadurch schon Freiheit vermittelte. Er tat es, weil wir behindert waren und er hoffte, wir würden sterben.«

Sie veränderte ihre Haltung nicht, aber ihre Hand versteifte sich. Er glaubte, Überraschung in ihrem Verhalten zu fühlen. Sie sagte erst nichts und dann: »Woher wußtest du?«

»Er sagte es uns, mir jedenfalls und Harold, einem anderen Taubblinden.«

»Warum hast du ihn nicht angezeigt?«

»Niemand würde das glauben. Man merkt es nicht. Er hat uns eine Menge beigebracht, und schließlich sind wir ja auch nicht umgekommen. Ich würde lieber ihn als Rahner haben, der danach kam und wie eine Krankenschwester mit uns umging. Rahner wollte uns alle sicher im Käfig haben, ohne Berührung mit der Wirklichkeit. Corson stellte mir regelmäßig ein Bein, und ab und zu ließ er mich mitten im Verkehr stehen, aber ich habe das Schattengespür von ihm gelernt, und das ist mein siebter Sinn.«

Eine lange Zeit blieb sie stumm, dann sagte sie: »Siehst du Schatten?«

»Ja. Corson hat mir das beigebracht, und ich habe es entwickelt.« Er spürte eine Luftveränderung in der Nähe seines Gesichts. »Das ist kein Schattengefühl; ich spüre die Wärme deiner Hand, und da ist auch ein Hauch deines Rosendufts.« Noch etwas hatte sich verändert. »Was?« Ihre Hand zitterte. Er berührte ihre Lippen, um zu erkennen, ob sie sprach oder lächelte. Ihre Oberlippe war naß. »Was ist los?«

»Nichts.«

Er berührte ihre Wange. Sie war naß. »Weinst du?«

»Ja.«

»Warum?«

»Bist du nie... Wirst du niemals wütend?«

»Worüber?«

»Darüber, daß du taub und blind bist? Was man dir angetan hat?«

»Wie hieß das Wort noch, das du mir beigebracht hast?«

»Frustriert.«

»Ja, das.«

»Ich meine wütend, über Corson oder Menschen wie ihn.«

»Ich habe dir doch gerade erklärt, er hat mir mehr gegeben, als er selbst wußte.«

»Bist du nicht zornig auf eine Gesellschaft, die Leuten wie ihm erlaubt, in einer Position der Macht über euch zu sein?« Sie fühlte, daß dieser Satz so wichtig war, daß sie ihn nicht aus Bequemlichkeit verkürzen wollte.

»Wir sind in vielem von anderen abhängig.«

»In zu vielem, glaube ich.«

Er erzählte ihr ein wenig von den Hilfsleistungen, die er zum Leben brauchte, um zu seiner Arbeit zu kommen, zum Einkaufen mitgenommen zu werden, um Geld zu sortieren oder Kleidung zu kaufen.

»Abhängigkeit«, sagte sie. Dann: »In China könntest du zu Fuß zur Arbeit gelangen.«

»Und im Winter, in Eis und Schnee? Arbeiten in China Taubblinde Seite an Seite mit Hörenden und Sehenden?«

»Das weiß ich nicht.«

Warum dachte sie, daß es falsch wäre, auf Hilfe angewiesen zu sein oder selbst zu helfen? War diese Abhängigkeit etwas Schlechtes? »Rahner wollte uns abhängiger machen, als wir wirklich waren. Corson war brutal wie eiskaltes Wasser. Martin war der Beste, der Klügste und Beste, aber er kam ins Gefängnis. Darum tut es mir manchmal leid, sie enthalten uns so viel vor, diese unsere Helfer.«

»Gefängnis. Warum?«

»Das weiß ich eben nicht. Sie haben es uns nie gesagt, obwohl wir darum gebettelt haben.«

»Erzähl es mir«, buchstabierte sie. »Erzähl *mir.*«

Er erzählte ihr von Martin, wie Martin zur Arbeit an die Schule kam und wie phantastisch er war, wie schnell und gut seine Zeichensprache war und wie witzig und erfahren. Er erzählte ihr, wie Martin für die zwei Taubblinden mit den ›Beweglichkeits-Touren‹ durch die Stadt angefangen hatte, zweimal die Woche und dann viermal und dann jeden Nachmittag, einmal mit John und einmal mit Herbert, hierhin und dorthin und durch die ganze Stadt. Er erzählte von der Verschärfung seiner Sinne: Ort, Richtung, Schattenempfinden, sogar Geruch und Geschmack. »Immer dem Blindenstock nach – er folgt mir, aber ich führe selbst, bei jedem Wetter, in alle Richtungen, bis ich die Stadt kenne. Hier bin ich jetzt seit drei Jahren, und ich weiß gar nichts – Autos bedeuten nicht Beweglichkeit, nicht für uns, keine Unabhängigkeit wie selbst am Stock zu gehen.« Er erzählte ihr, wie Martin eines Tages nicht da gewesen war. War er krank? Niemand sagte etwas. Die beiden taubblinden Schüler gingen zu den Lehrern, die Lehrer sagten nichts. Zum Direktor. Nichts. Durch die blinden Schüler sickerte etwas zu den Gehörlosen durch, und die tauben Schüler gaben ihr Wissen schließlich an John und Herbert weiter. Knast. Martin war im Knast. Nach weiteren Monaten des Bohrens, des Sparens und Planens und Überzeugens gelang es John und Herbert schließlich, einen Dolmetscher zu mieten, um mit ihm zur Polizei zu gehen und Martins Aufenthalt herauszufinden. Sie gingen zum Gefängnis. Immer noch wollte ihnen niemand etwas sagen oder klarlegen, was die Ursache des Ganzen war. Sie setzten durch, daß sie Martin sehen konnten, und da sie sicher waren, mit ihm sprechen zu können, hatten sie nur einen Begleiter dabei. Das Wachpersonal hielt sie an, und da gab es keine Verständigung, nichts als eine Glaswand.

»Ein Fenster?«

Er zuckte die Schultern.

»Und ein Telephon?«

Er nickte. Sogar jetzt, so viel später, fühlte er den Schmerz und den Kummer. Er versuchte, das schreckliche Gefühl abzuschütteln, die Bitternis dieser Erinnerung. Sie schien es nicht zu bemerken. Sie sagte: »Hättest du es gern, wenn ich es für dich herausfinde?«

»Es ist schon Jahre her.«

»Möchtest du es?«

»Ja.« Aber er glaubte nicht daran, daß sie es tun würde.

Sie beendeten das Abendessen. So voll und so schläfrig hatte er sich seit seiner Kindheit nicht mehr gefühlt. »Laß uns heim laufen«, sagte sie.

»In Ordnung.« Plötzliche Entschlüsse. Wie wunderbar Spontaneität doch war.

Nach Hause waren es ein paar Meilen. So weit war er

seit Martin nicht mehr gelaufen, so glücklich war er seitdem auch nicht mehr gewesen. Als sie an einer Ampel anhielten, wandte sie sich ihm zu und buchstabierte leicht ermüdet: »Das ist gut für mich, Vorsicht. Ich gehorche sonst den roten Ampeln nicht.« An einer anderen Ampel meinte sie: »Könntest du den Weg zum Restaurant zurückfinden?«

Er sagte: »Bis jetzt sind wir nur vier Häuserblocks nach Westen und zwei nach Süden gegangen.«

Sie gingen weiter, und Leda buchstabierte, während sie ging: »Das ist wundervoll«, und führte ihn direkt in einen Hydranten. Er fiel darüber und schlug sich das Knie auf. An der Eingangstür seines Hauses küßte sie ihn auf die Wange und sagte auf Wiedersehen. Er blieb so müde und erfüllt zurück, daß er zweimal auf den Treppenstufen anhalten mußte, weil er lächelte. Erschöpft. Die Anspannung und die Freude, die Angst und das Vergnügen sammelten sich in seinen Knien. Sie zitterten unter ihm. Als er an seine Wohnungstür kam, vibrierte sein Bauch vor Lachen. Er konnte sich nicht auf Sonntag vorbereiten. Er konnte noch nicht mal lesen oder Gedichte schreiben. Er konnte sich kaum ganz ausziehen. Zu viel Erschöpfung, zu viel Freude. Er zog den Pullover aus, die Schuhe und Hosen, und blieb in Hemd und Unterwäsche auf dem Bett liegen.

Er lag auf dem Rücken und versuchte, den Tag festzuhalten, alle Veränderungen in der Luft, in der Stimmung an seinem inneren Auge vorbeiziehen zu lassen. Das Rentier zu erinnern, den Bär, den Büffel, den Tiger und den hundeähnlichen Wolf. Dem scharfen Essen nachzuschmecken. Nelken und Zimt. Ledas ungeduldige fedrige Berührung, ihre weiche mehrschichtige Kleidung in seiner Erinnerung einzuschließen, und unter dem Seifen-und-Rosen-Duft die Aromen ihres Körpers.

5

Eine Woche lang sah er sie nicht. Sam sagte, sie sei da, hätte aber irgendeinen Schauspieljob. Sie fuhr den Bus und verschwand dann schnell, um zu der anderen Arbeitsstelle zu gelangen. Jeden Tag hatte John ein Extra-Maisbrötchen oder -Toffee zum Mittagessen eingepackt in der Hoffnung, es mit ihr gemeinsam zu essen. Jeden Tag mußte er es am Ende Bernhard oder sonst jemand geben, oder den Leuten im Bus. Ein- oder zweimal las er etwas über eine Schauspielerin, aber die Berichte sagten nie, was sie genau taten, und John hatte Leda nicht viele Fragen gestellt aus Angst, dumm zu erscheinen.

Freitag kam Mr. Sherline wieder. John war wegen seiner neuen Gedichte aufgeregt, Ideen, die ihm durch den Kopf gegangen waren, Gedichte über *Moby Dick*, über *Schuld und Sühne* und eins über *Captain Blood*. Er war überrascht, als Mr. Sherlines Dolmetscher sagte, *Handicards* hätte keine Verwendung für solche Gedichte. Er war so überrascht, daß er die Dolmetscherin bat, noch einmal nachzufragen. Nein. Das war sicher. Es gab etwas, das Mr. Sherline wollte: einen Gedichtzyklus über das Religiöse, vor allem über Jesus oder Maria oder Gott. Gedichte zum Beten wären ebenfalls gut.

John war erstaunt. Er wußte eine Menge über Religion, war oft im Gottesdienst gewesen. Viele aus seiner Taub- und Taubblinden-Gruppe waren sehr religiös; sie waren in konfessionellen Schulen unterrichtet worden. Jetzt boten hauptsächlich die Kirchen die Zusammenkünfte für Taubblinde an, und Leute aus der Gemeinde holten sie zu den Gottesdiensten ab. Die *Braille*-Büchereien enthielten viele Gebetbücher und religiöse Werke. Vor Jahren, sagte Martin, hätte es nur solche Bücher in *Braille* gegeben. Die Dolmetscherin erklärte jetzt, wie die neuen Gedichte aussehen sollten: inspirierend, begeisternd, sagte sie, sollten sie von Religiösem oder vom Beten handeln, über die Sonntagsmesse oder über das Gebet eines taubblinden Menschen, in der Art, wie er sich ausdrücken würde. Am besten wäre es, sich ein Buch mit inspirierender Lyrik zu besorgen, es zu lesen und sich von den Ideen anregen zu lassen. Kein Abschreiben natürlich, nur eine Anregung. Sie waren mit Johns früheren Gedichten sehr zufrieden, sagte sie, und zwei seiner Freundschafts- und Weihnachtsgedichte verkauften sich ganz besonders gut, so sehr, daß sie für Broschen und keramische Untersetzer Verwendung fanden. Untersetzer? Sie erklärte *Untersetzer*. Mr. Sherline und die Dolmetscherin gingen dann, und John stand in Mr. Bisoglios Büro und fühlte sich ziemlich nervös und verlagerte sein Gewicht von einem Fuß auf den andern, so wie Sehende es tun, wenn sie unruhig sind und nicht weg können.

Die ganze Woche über hatte er an Leda gedacht. Die ganze Woche schwelgte er in der Erinnerung, hegte und pflegte ihren gemeinsamen Tag und wurde unsanft darauf gestoßen, daß seine Arbeitsroutine, wie befriedigend und selbstbestimmt auch immer, auch langweilig und gewohnheitsgeprägt war. Er war der einzige Taubblinde, der allein lebte – soweit er wußte – und einer der wenigen mit einem

Job. Es war wunderbar, ein Triumph. Aber es war auch einsam und langweilig. Er dachte an das Zeichen für *Gewohnheit*, das Zeichen für *Geist* und dann das Zeichen für *Sklave*. Seine Arbeit war Routine und ziemlich stupide, und er fühlte sich ruhelos: seiner Lyrik müde geworden, sie hatte keine Zukunft mehr. Sein Leben war geistig in Abhängigkeit gehalten, und anstatt sich auf seine täglichen Arbeiten zu konzentrieren, dachte er über sie nach, ihre schnelle Berührung, ihre witzige Lebhaftigkeit, die Aufregung in jedem ihrer Augenblicke und Tage. Er begann sich vorzustellen, mit Leda an Bord der *Pequod* zu sein oder gemeinsam zu lesen, sie in Flachdruck und er in *Braille*.

Dann, auf einmal, hatte er eine Idee. Es war so, als ob zwei in seinen Händen getragene Ideen an eine Mauer gestoßen, ineinander zerbrochen und miteinander vermischt worden wären. Er hatte über *Moby Dick* schreiben wollen, und Mr. Sherline hatte stattdessen Gebete gewollt. Er und Leda, lesend – sein dickes *Braille*-Buch und ihr dünnes Taschenbuch. Plötzlich dachte er an ein dickes *Braille*-Buch; *Braille*-Bücher sind immer dicker. Das größte Buch im Universum wäre Gottes Buch, und das würde ein *Braille*-Buch sein. Gott würde *Braille* nicht deshalb lesen, weil er etwa blind wäre, sondern weil Er durch Berührung die Schöpfung entstehen ließ. Diese Idee war neu. Mr. Sherline wollte eine neue Idee, und das war eine Idee, die John auch wollte. John hatte viele Gedichte darüber geschrieben, taubblind zu sein, aber sie blieben irgendwie entschuldigend. Dieses Gedicht war anders. Er war aufgeregt und freute sich darauf, daran zu arbeiten, sobald er nach Hause kam.

John machte seine Einkaufsplanung mit Sam, der eine gewisse Unaufmerksamkeit bei ihm bemerkte. »Du stehst da mit deinem Wort in der Luft, wie jemand, der bei dem Versuch steckengeblieben ist, die Windrichtung herauszufinden. Es ist ein wunderschöner Anblick.«

»Ich habe noch anderes im Kopf.«

»Kann ich dich heute nachmittag an deiner Wohnung aussteigen lassen, oder werden mich dann die Bullen um drei Uhr mit der Mitteilung aus dem Bett klingeln, daß du im Schlafanzug in der Innenstadt herumwanderst?«

»Ich schlafe nackt.«

»Um so schlimmer.«

»Laß uns nach dem Einkaufen ein neues Restaurant besuchen.«

»Okay, und was für eins?«

»Indisch.«

»Das einzige, das ich kenne, ist weit weg, nahe dem Museum.«

»Laß uns dahin gehen.«

»Auf keinen Fall. Ein Chinese ist in der Nähe; den können wir ausprobieren. Was ist denn in dich gefahren?«

»Mein Leben muß interessanter werden.«

»Das geht vielen so.«

»Ich muß aufhören, darüber nachzudenken, warum...«

»Warum was?«

John wollte sagen: warum sie mich nicht angesprochen hat, warum sie mich nicht besucht hat, aber er sagte nur: »Mir geht eben so manches durch den Kopf.«

Sam schlug ihn leicht auf die Schulter. »Was ja immerhin beweist, daß du einen hast.«

Als John nach Hause kam, setzte er sich sofort an die Schreibmaschine und begann über Gottes *Braille* nachzudenken. In der ersten Strophe wollte er zeigen, wie Gott alles durch seine Berührung erschuf, in Leben verwandelte: Berge und Meere. Dann wollte er beschreiben, wie Gott seine *Braille*-Schrift jeden Tag liest, Sonnen-*Braille*, Mond-, Sterne-, Blumen-*Braille*. In der letzten Strophe wollte er ausdrücken, daß in dem Moment, in dem Gottes Finger sein Gesicht lesen würden, Gott sein Lächeln und die Liebe in seinen Zügen ertasten würde. Dieser letzte Gedanke war ein neu gewonnenes Wissen, das er Leda verdankte, daß die Gesichter der Menschen in irgendeiner Weise ihre Gefühle widerspiegeln. Er hatte darüber in Büchern gelesen, aber die Autoren hatten nie genau beschrieben, wie man es machte. Während sie im Restaurant gewartet hatten, hatte Leda ihm den Gesichtsausdruck der Leute vorgespielt, wenn sie zornig waren oder furchtsam, liebevoll, fragend, traurig oder erstaunt. Sie ließ ihn mit den Fingern die kleinen Veränderungen auf der Stirn entdecken und die Furchen über ihren Augen, die die unterschiedlichen Gefühle spiegelten – was für feine Unterschiede...

Der Reim war sehr schwierig. Wieder und wieder mußte er Wörter umstellen, um den Reim zu erzeugen. Vorher überprüfte er sie im Wörterbuch sorgfältig auf ihre Reimbarkeit. Dann mußte der Rhythmus hier und dort verändert werden, und einige der Zeilen liefen im Rhythmus in die nächste Zeile hinein. Er fragte sich, ob man das wohl so machen könnte.

Er arbeitete bis zur totalen Erschöpfung. Es war neun Uhr. Er fühlte sich ruhelos und zerstreut. Für einen Snack war es zu spät, fürs Bett zu früh, und die Arbeit lag halbfertig auf der Schreibmaschine und wartete auf eine Überarbeitung. Er spürte, daß er einen Durchbruch geschafft hatte, daß er in der Arbeit eine Grenze überschritten hatte, daß er mit wirklicher Lebenserfahrung in Kontakt gekommen war, wie Martin einmal gesagt hatte. Er dachte, wenn er Martin irgend etwas ins Gefängnis schikken könnte, dann würde es dies sein, umgeschrieben in Flachdruck für Sehende natürlich; obwohl Martin nicht allzu begeistert von Lyrik war. »Es soll dir scheißegal sein, ob ich es mag oder nicht«, hatte Martin mit seinen stämmigen Fingern schnell in Johns Hand gesagt, einzigartig wie seine ganze jetzt geliebte Aura. »Hauptsache, dir gefällt's.«

Daß *Gottes Braille* nicht um Entschuldigung für die Taubblindheit bat, sondern sie als Lebenserfahrung darstellte, war eine Grenze, von deren Existenz John vorher nichts geahnt hatte. Hier hatte er sie überschritten, hier war der scharfe Rand, den er gesucht und passiert hatte. Er flößte ihm Ehrfurcht ein; er löste auch Furcht in ihm aus.

Am nächsten Tag beim Arbeiten wurde er auf einmal Ledas Gegenwart gewahr, ganz in der Nähe. Da war ihr Geruch und dann ihre Hand. »Hallo.«

»Hallo.«

Dann sprachen sie beide auf einmal. »Ich habe dich vermißt; ich mußte arbeiten.«

»Ich habe dich auch vermißt; ich habe ein Gedicht geschrieben.«

»Es hat mir Spaß gemacht, mit dir auszugehen –«

»Das Essen war gut, als wir weggegangen sind.«

»Unsere Gespräche...«

»Unsere Gespräche.«

»Willst du es noch mal machen...«

»Laß uns noch mal ausgehen...« Sie brach ab, dann brach er auch ab, und dann konnten sie nicht wieder anfangen, bis sie sagte: »Sprich du.«

Darauf sagte er: »Ich möchte dich wieder treffen – so viel zu erzählen.«

»Ich auch.«

»Wann? Samstag? Sonntag?«

»Ich probe; abends auch. Vielleicht in deiner Wohnung danach? Ist für mich auf dem Weg.«

»O ja. Gut. Sam sagte, du spielst in einem Theaterstück mit.«

»Das eine ist Werbung und das andere Theater.«

»Julia?«

»Kaum. Muß jetzt gehen.«

»Wann kommst du?«

»Heute so gegen halb zehn oder zehn?«

Er wollte ihr nicht sagen, daß er um zehn ins Bett ging. Es mußte irgendwie gehen – vielleicht konnte er sich vorher ausruhen, und sein Wecker würde ihn aufwecken. Die Luft um sie herum wogte so vor Aufregung und Leben, daß er dachte, jedes Opfer würde ihm den Preis wert sein. Anstatt in die Nacht hinauszugehen, sich ihren Düften hemmungslos hinzugeben – frostberührt, taubenetzt, die aufsteigenden Nebel, die atmeten, so wie er sie nie vorher hatte einatmen können – würde sie durch die Nacht zu ihm kommen, den Duft ihrer Versprechen und Gefahren auf Gesicht und Haaren.

Den Rest des Tages verbrachte er damit, den Besuch zu planen und sich zu wünschen, daß die Zeit schnell vergehen möge.

Es erstaunte John, daß das Problem der Zeit, die sich ausdehnte und zusammenzog, was ihn in der Kindheit sehr verwirrt hatte, ihn immer noch so quälen konnte. Mit der erzwungenen Geduld des Wartens war er sehr vertraut. Dolmetscher und freiwillige Helfer kamen oft zu spät; die versprochenen Anfangszeiten eines Ereignisses verzögerten sich immer wieder, bis die Teilnehmer sich alle begrüßt und in ihren Sitzen niedergelassen hatten; sogar der Gottesdienst fing nicht pünktlich an. Das war *ihre* Methode, die Methode der Sehenden und Hörenden, die Wartenden mit Verspätung zu quälen, die Energie der Taubblinden zu verbrennen im Feuerofen des Wartens. Manchmal stieg ihm die Hitze ins Gesicht vor lauter unterdrücktem Ärger.

Diese Zeit-Dehnung war anders, ein riesiges Ganztagsziehen wie in den Tagen nach Martins Weggang.

Er diente seine Zeit ab, Stunde um Stunde, arbeitete und versuchte, nicht zu träumen. Endlich war es Zeit heimzugehen. Am Bus sagte Sam nichts von Ledas Kommen, so daß John vermutete, er wüßte es vielleicht nicht. Der Gedanke stimmte ihn vergnüglich, aus einem Grund, den er sich selbst nicht erklären konnte.

Abendbrot. Geschirr. Nachdem gespült war, stellte er für ihren Besuch Kaffeetassen und Schoko-Toffees raus, dann setzte er sich, las und wartete. Sein Buch war ein amerikanisches Geschichtsbuch, das von der Revolution handelte, von der Sklaverei und dem Bürgerkrieg. Er hatte vorgehabt, darin zu lesen und dann von acht bis neun ein Nickerchen zu machen, auf dem Boden, mit Wecker, um wachgeklingelt zu werden. Er hatte noch nicht begonnen, den Wecker zu stellen, als er merkte, daß er bestimmt nicht ruhen oder gar schlafen könnte; er war zu aufgeregt. Das nervöse Warten ließ ihn das Essen schwer verdauen; es drehte sich unter seinem Herzen, und er konnte fühlen, wie es erst nach rechts, dann nach links schwappte, als die angespannten Muskeln damit kämpften.

Und dann endlich kam sie, mit Nachtluft im Haar und zwischen den Falten ihrer Kleidung; eine erregte Müdigkeit war in ihrer Hand und in der Luft um sie herum; ihr Fingeralphabet stolperte vor Erschöpfung. »Zu langsam«, sagte sie, »diese verdammte Sprache ist zu langsam.«

»Laß die Vokale weg«, sagte er. »Ich verstehe dich trotzdem.«

»Dauert zu lang, es hinzubekommen.«

»Trink Kaffee; das wird helfen.«

»Hab schon zu viel getrunken, sehe jetzt doppelt.«

»Du meinst also, ich sollte auch davon trinken?«

Sie verstand den Scherz nicht; daran erkannte er das Ausmaß ihrer Erschöpfung.

Sie erzählte ihm von der Arbeit, mit der sie beschäftigt war. Zuerst gab es da einen Werbespot für Autos, den ein Autohändler in Auftrag gegeben hatte. Darin spielte sie vier Rollen: eine reiche, verwöhnte Sexbombe, eine tatkräftige Geschäftsfrau, eine fleißige junge Mutter und eine alte Dame in Spitzenkragen und blumigem Hut; in jeder Rolle lobte sie ein anderes Auto. Das Stück war eine

Komödie, ›seicht‹, sagte sie. Er wußte nicht, was das bedeutete, schämte sich aber, zu fragen.

Wie machte sie das alles nur? »Du erstaunst mich.«

»*Du* könntest das auch.«

»Ich doch nicht.«

»Doch; ich sag dir, wie. Du mußt dir vorstellen, du wärest diese Leute. Wenn du eine fleißige junge Mutter wärst, wie würde das Zeichen dafür aussehen?« Er bemühte sich, darüber nachzudenken, und fühlte einen Wand-Schatten in seinen Gedanken. »Erinnere dich an die Bewegungen deiner Mutter«, sagte sie. Dann: »Ja, du tust es ja.«

Die Wand hatte eine Tür. John erinnerte sich an Hände auf seinem Körper, und die Geräusche, die seine Mutter machte, bevor er taub war, Halbwörter, in schnalzenden Lauten verschluckt, ihre Hände, die eifrig seine Kleidung zurechtzupften und glätteten, die seine Nase putzten, sein Gesicht wuschen, ihn berührten; Liebe und Praktisches im gleichen Augenblick, aber so geschäftig, daß die Berührungen wie im Vorübergehen erfolgten, manchmal auch eine halbfertige Aufgabe hinterließen. Er machte die entsprechenden Gebärden zu Leda hin. Halbwörter und dann ein Klaps, Zupfen an der Kleidung, eine leichte Berührung – er erinnerte seine Mutter so, mit leichten, abwärts streifenden Berührungen: »So; so ist's gut. Jetzt sei aber erwachsen.« John erinnerte sich an Pastor Reiber, das Zittern. Die Berührung des Mannes war so vage wie die seiner Mutter, aber weniger zielgerichtet, und es gab darin eine Aufforderung – der Pastor knuffte einen immer, um auf sich aufmerksam zu machen, als ob es nicht reichte, gerade vor ihm zu stehen, die Hand für sein Tastzeichen ausgestreckt. »Du bist 'ne ganz schöne Nummer«, sagte sie.

»Das hat man mir schon früher gesagt. Sam behauptet es.«

Sie signalisierte ›Lachen‹, hob dann aber seine Hand an ihr Atem-Lachen und küßte sie danach wie selbstverständlich. Er spürte, wie er vor Vergnügen schauderte. Die Hitze stieg ihm ins Gesicht. Sie lachte immer noch. Er bemerkte es, weil er noch ihre Hand hielt. »Hab keine Angst«, sagte sie, »entspann dich.«

Er erzählte ihr von seinem Gedicht *Gottes Braille*.

»Ich würde es gern sehen.«

»Ich zeig dir ein anderes von meinen Gedichten.« Er ging zu der Gedichte-Box. Da war die Kopie, die er für Mr. Sherline vorbereitet hatte. Es war die oberste. Er ging an die kleine tragbare Schreibmaschine für Sehende, die er für die Briefe an seine Mutter in Aureole und für Mr. Sherline benutzte. Er sagte in ihre Richtung: »Ich werde ein Gedicht für dich abschreiben.« Es war gut, daß er das konnte. Er war begierig, ihr alle seine Möglichkeiten und Mittel zu zeigen, Fertigkeiten, für die er hart und lang gelernt hatte. Er wollte ihr zeigen, daß er ihrer bewundernswerten Energie würdig war, des mutigen Windwirbels in ihrem Haar, Nachtwind, Nachtgefahr. »Ich mache uns Kakao«, sagte er in ihre Richtung, »und während du trinkst, werde ich eins meiner Gedichte für dich abschreiben.«

Er ging hinein, um die Milch zu erhitzen. Er maß und mischte Kakao und Zucker, wie Mrs. Pfansteihl es ihm in der Schule beigebracht hatte. Leda war hereingekommen und stand neben ihm. »Ich habe noch nie gesehen, daß jemand das von Grund auf selbst macht...« Sie hatte seine Hand von der Arbeit fortgenommen und buchstabierte in sie. Das ärgerte ihn, aber er wagte nicht, es zu sagen.

»Grund auf.«

»Von Anfang an.«

Er lehnte sich ein bißchen hinüber, als ob er nach dem Salzfäßchen für die Prise Salz zum Kakao suchte. Tatsächlich wollte er herausfinden, ob ihr Haar noch den Nachtgeruch trug. »Steck deinen kleinen Finger in die Milch«, sagte er, »wenn sie fertig ist, hole ich die Tassen zurück, die ich rausgestellt habe.«

Sie sagte ›John‹ mit der Hand auf seiner Schulter, wie den Namen selbst, und dann ein weiteres ›John‹, indem sie mit ihren nachtkühlen Fingern ein ›J‹ auf seine unteren Handknöchelchen malte. »Du bist excellent, mein aufmerksamer Gastgeber. Ich fühle mich wie eine Königin.«

»Königinnen trinken keinen Kakao; sie trinken sprudelnden Wein.«

»Wie auch immer«, sagte sie, indem sie es in drei Teilen buchstabierte.

Während sie die Tassen füllte, kopierte er ein einfaches Katzen-Gedicht, das er geschrieben hatte:

Midnight, meine Katze, hat tiefe grüne Augen,
Midnight, meine Katze, ist ruhig und klug;
Und wenn sie kommt, um Milch zu trinken,
möcht ich in ihrem Seiden-Schnurrn versinken.

Sie gab die Tasse in seine Hand. Jemand hatte ihr gesagt –

»Jemand hat dir gesagt, wie du –«

»Wie –«

»Wie du das machen kannst.«

»Ich habe Sam gefragt. Er hat es mir gezeigt.«

»Du hast es für mich gemacht?«

»Na ja, schon. Aber nicht nur. Ich wollte es nicht vermasseln.«

Er legte das Gedicht in ihre Hand, wartete: »Kannst du es lesen?«

»Ja«, sagte die andere Hand, »aber –«

»Aber?«

»Es ist... als ob du sehen und hören könntest.«

»Ja, darauf bin ich stolz.«

»Aber deine Katze heißt *Fourbuds*, nicht *Midnight*. Du hast mir gesagt, warum, und ich mochte den Namen.« Er hielt seinen Ringfinger mit dem Daumen zurück und machte das Schnapp-Geräusch, mit dem *Fourbuds* kam. Die Katze, blinder-Mann-gewitzt, kam an seine herabgelassene Hand. »Kannst du das Geräusch deiner schnappenden Finger hören?«

»Nein, aber ich nehme Vibrationen als atmosphärische Veränderung wahr.«

»Warum sprichst du in deinen Gedichten nicht davon?«

»Wen würde das interessieren?«

»Mich zum Beispiel.« Sie nahm ihm die Katze weg und sagte in seine Hand: »Ich möchte, daß du über *Fourbuds* schreibst.« Sie buchstabierte den Namen fester in seine Hand als nötig. »Darüber, wie du sie wahrnimmst.«

»Wahrnehmen?«

»Verstehen«, sagte sie. »Begreifen, erkennen.«

Das würde einer neuen Art von Sprache bedürfen, dachte er, einer Sprache, von der er keine Kenntnis hatte. Sie konnte nicht wirklich meinen, was sie gesagt hatte; es mußte etwas anderes sein. Es gab keine Worte für das, was er in seinem gewöhnlichen, unpoetischen Alltag erlebte.

Eine Zeitlang sprachen sie nicht, sondern saßen ruhig nah beieinander. Die Luft um sie herum kühlte sich etwas ab; daran und an der Häufigkeit ihres Atmens, das er an ihrem Körper spürte, wußte er, daß sie eingeschlafen war. Auf der Couch neben ihr begann auch er im Sitzen ein wenig zu dämmern. Es war sehr angenehm, halb wach mit jemand ganz in der Nähe zu sein.

Sie berührten sich. Durch die kaum wahrnehmbaren Bewegungen ihres Ärmels konnte er das gleichmäßige konstante Auf und Ab ihres Atems fühlen, den Rhythmus ihres Körpers zählen. Er fragte sich, wie ihr Herzschlag sei. Es ging nicht, sie dort zu berühren; es war ihm schon oft gesagt worden, zweimal war er sogar schon von Leuten deswegen geschlagen worden, obwohl die Erklärungen dafür immer sehr seltsam waren; und sogar jetzt verstand er nicht ganz die Beziehung zwischen all diesen Dingen, die Corson und andere ›Lust‹ nannten. Seine Bücher und die Lektüre verwirrten ihn noch mehr. Sam sprach davon, Mädchen zu besorgen. Meinte er damit das Gegrapsche, in das Jungen und Mädchen im Heizraum der Blindenschule verfielen? Das war ein einziges Geschiebe und Gedränge, Hände, Gesichter, Schwänze und Ärsche, Bedürfnis und Wut. Er dachte, daß er sich lieber selber reiben würde, als das weiterhin zu tun. Es hatte Mädchen gegeben, eins, ein taubes Mädchen, das erblindete und an die Schule gekommen war, als er Förderstudent war. Sie war noch zusätzlich zurückgeblieben, und alle Jungen waren mal mit ihr zusammengewesen, weil sie es anscheinend die ganze Zeit wollte.

Keine Berührung, sagten sie an der Schule. Berührung zum Gespräch: in Ordnung. Berührung darüber hinaus: nicht in Ordnung. Es führte zu Krankheit und Wahnsinn. Im Wahnsinn verliert man seinen Richtungssinn. John konnte sich nichts Schlimmeres vorstellen. Er spürte ein Bedürfnis, Leda sanft zu berühren, ihren ganzen Körper zu erlernen, von Kopf bis Fuß, ihre lebendigen Stellen zu erfühlen, all die Herzschlag-Puls-Stellen, alle Rhythmen ihres Körpers, vorsichtig, in ihrer Wärme, in ihrem Rosen-Apfel-Frauen-Duft.

Als sie halb auf der Couch lagen, landete *Fourbuds* auf Johns Brust und faltete sich in ihrem üblichen Häufchen aus Hautfalten und Knochen zusammen; ihr Herz schlug wild unter ihrem Fell, sogar als sie beim Zusammenfalten langsam einschlief. Jedes Tier hatte einen anderen Herzschlag. Das wußte er aus der Erfahrung und aus Büchern. Und sie – neben ihm, Leda, halb Tier – hatte ihre eigenen Rhythmen und Körpervorgänge, besonders, getrennt, vollkommen. Wie erstaunlich war das, diese Getrenntheit, die er immer für Einsamkeit gehalten hatte. Körperbewegung, und die Luft zitterte ein wenig. Das war ihr Aufwachen.

»Oh, eingeschlafen.«

»Ja, ich beinahe auch, aber *Fourbuds* wollte auf meine Brust und hat mich geweckt.«

»Entschuldige mich, bitte –«

»Wofür?«

»Fürs Schlafen.«

»Ich mag es, daß du dich hier so ruhig fühlst.«

Sie nahm seine Hand in einer natürlichen, leichten Bewegung, führte sie an ihre Kehle und ließ ihn ihr Lachen spüren. »Was?«

»Ich möchte dein Lachen mit der Handinnenfläche fühlen, so als ob ich es hielte.«

»Geht nicht. Es ist vorbei.«

Er wußte, daß sie mit ihm spielte, scherzte. Plötzlich, ernsthaft, fragte er: »Wie sehe ich aus?«

»Ich finde, daß du hübsch bist.«

»Ich weiß nicht, was das bedeutet.«

»Es heißt, daß deine Gesichtszüge in einer Art Harmonie zusammenkommen. Dein Haar ist schwarz, und deine Augen sind grün – kennst du diese Farben?«

»Nein, obwohl ich von ihnen gelesen habe.«

»Dein Gesicht ist lang, deine Nase schmal. Dein Mund ist hübsch geformt; sanft... ich bin ein bißchen verlegen... im entspannten Zustand bekommt dein Gesicht eine traumähnliche Qualität, aber dein Lächeln kann ein ganzes Zimmer zum Leuchten bringen... dein Körper... ich kann nicht mehr. Außerdem muß ich jetzt gehen. Es ist spät.«

»Ich möchte dich wiedersehen, und öfter.«

»Ja.«

»Ich möchte –«

»Ja, ich auch.«

Sie nahm seinen Kopf, eine Hand auf jedem Ohr, und

hielt ihn, und dann beugte sie seinen Kopf ganz leicht nach rechts und nach hinten und küßte ihn.

Ihr Mund war ein wenig geöffnet. Er schlüpfte hinein und hielt sie. Er zitterte unkontrollierbar, aber nicht gegen den Boden oder die Luft, so wie Donner zittert, er hielt sie und zitterte gegen sie. Sie hatte seine Ohren losgelassen. Er schloß seine Arme um sie, um sie sanft festzuhalten. Sein Herz warf sich wie ein bestraftes Kind gegen den Käfig seiner Rippen. Sein Glied wuchs beschämend. Sie zog sich sanft zurück.

»Es tut mir leid«, sagte er. »Ich kann nicht verhindern –«

»Es wird passieren. Wir werden es passieren lassen. Ich muß jetzt gehen.«

»Gute Nacht.«

»Gute Nacht.« Sie küßte ihn noch einmal, mit geschlossenen Lippen erst auf die eine und dann die andere Wange, seine Augen nacheinander, seine Ohren, erst das eine, dann das andere. »Schlaf gut.«

»Ich werde nicht gut schlafen. Ich werde überhaupt nicht schlafen.«

Und er schlief nicht bis zum Geruch der Morgendämmerung, die feucht und kühl aus dem Osten aufstieg.

6

Deine Fenster sind entsetzlich. Ich bin gekommen, um sie zu putzen«, und sie halste ihm den Eimer auf. Es war ein Sonnabend, eine Woche, nachdem sie sich zuletzt getroffen hatten.

»Ich brauche keine Fenster...« Er stellte den Eimer hin.

»Wenn *ich* zu Besuch komme – außerdem sieht's komisch aus, wie ein leerstehendes Apartment.« Sie kam freudig-warm herein. »Zwei Schwämme. Kann nur bis zwei bleiben. Proben.«

»Das Stück –«

»Läuft nächste Woche aus. Ich hab eine Aufforderung zum Probevorspielen bekommen. Ach ja, *Martin*...«

Waren sie alle so, die sehenden Frauen? Aufforderung, Probevorspiel, Fenster, Schwämme, *Martin*? »Martin –« John hatte Schwierigkeiten durchzuatmen. Sie war auf einmal nicht mehr neben ihm. Er wußte nicht, wo sie war. Er wollte Worte vibrieren lassen. Das einzige Problem beim lauten Sprechen war, daß man nie wußte, ob sie einen hörten, und wie laut oder leise es war, außer wenn man laut vibrierte – plötzlich war sie wieder da. »Bitte –«, schrie er.

Er versuchte, ruhig zu sein, um die geringste Bewegung der Kehle mit seiner Hand zu spüren, deshalb hielt er sie dorthin. »Bitte...« Langsam nahm sie seine Hand. Er befürchtete irgend etwas, weil die langsame Art, in der sie sich bewegte, etwas Zeremonielles hatte, und sie buchstabierte in seine Hand: »Tut mir leid. War gedankenlos von mir ... hätte warten sollen mit dem, was ich über Martin rausgefunden habe.«

»Jetzt. Ich will es jetzt –«

»Bitte verzeih mir und warte ab.«

»Jetzt. Bitte, jetzt.«

»Martin ist immer noch im Gefängnis«, sprach ihr langsames Fingeralphabet. »Er hat zwanzig Jahre bekommen, ist in zehn draußen – auf Bewährung, wenn er dafür in Frage kommt.«

»Das verstehe ich nicht.«

»Ich werde es später erklären. Er wurde wegen Drogenhandels verurteilt. Als er dich und deinen Freund in der ganzen Stadt herumschleppte, dealte er gleichzeitig mit Drogen.«

John fühlte sich plötzlich getrennt von dem Körper, der die Hand ausgestreckt hatte, der die Wörter gelesen hatte. Seine Hand fiel herunter. Dann, weil er Leda bei sich brauchte, streckte er sie wieder nach ihr aus und hielt sie so, daß sie nicht weg konnte. »Mehr«, sagte er. »Erzähl es mir.«

»Er wurde geschnappt. In dem Jahr damals wurde das Gesetz verändert, weil die Leute viel Angst vor Drogen haben. John, laß uns ausruhen. Es wird dir wehtun –«

»Mehr. Laß mich alles wissen ...« John fragte sich, was ihm noch mehr wehtun sollte als das, was er bereits erfahren hatte. Er hatte gestanden. Sie zog ihn etwas rauh auf das Couch-Bett hinunter und setzte sich. Sie saß neben ihm. Er wollte stehenbleiben – Kommunikation ist einfacher im Stehen und von Angesicht zu Angesicht, aber sie dachte, sie würde ihm damit helfen.

»Sie gaben ihm die Höchststrafe wegen dir und deinem Freund, weil sie sagten, Martin habe euch beide mißbraucht und auch die Schule – hilflose Menschen als Tarnung –.«

John nahm die Hand zum Mund, um jeden Schrei zu dämpfen, der vielleicht herauskäme. Es war nicht wahr, was sie sagte, was das Gericht sagte. Für einen Augenblick saß er da, vom Schmerz zerrissen. Dann begann er zu weinen. Er saß auf dem Couch-Bett und weinte. Sie zog ihn auf den Boden. Er ließ sie, wußte nicht, wie er sie aufhalten könnte. Er saß auf dem Boden, und sie saß Rücken an Rücken mit ihm und ließ ihn die Ungerechtigkeit ausweinen, während er ihren Rücken an seinem spürte und den Schmerz fortschwemmte. Das war ganz wunderbar. Er war für sich, aber nicht allein. Wenn er sie nicht liebte, hätte er niemals geweint und sich so offenbart, aber sie saß hinter ihm, seinem weinenden Gesicht abgewandt, präsent. Er konnte das Geben und Nehmen ihres Atems spüren, aber sie ließ ihn weinen. Da war etwas ganz Einzigartiges, vollkommener Takt, taubblinder Takt.

Als er ruhiger wurde, stand sie auf und stellte sich von Angesicht zu Angesicht. Sie nahm seine Hand und sagte: »Willst du hingehen, zu ihm?«

»Ja, bitte, ja.«

»Ich werde dafür sorgen, daß sie mich als Dolmetscherin reinlassen.«

»Bitte, ja.«

»So, dann laß uns jetzt die Fenster putzen. Ich habe zwei Lappen, Schwämme und Zeitungspapier mitgebracht.«

Er überraschte sie. Fensterputzen war eine seiner Aufgaben in der Schule gewesen, aber mittendrin übermannte ihn ein erneuter Tränenausbruch. »Entschuldige –«. Nasse Hand in seiner Hand, »wußte nicht, wieviel es dir ausmacht – wie eng ihr befreundet wart. Schäme mich für meine Grobheit.«

»Was ist das?«

»Stolz auf meine Abgebrühtheit. Hast viel durchgemacht, vergesse immer ... ich sehe Krimis im Fernsehen. Abgebrüht. Hab's vergessen.«

»Dann macht es dir nichts aus, wenn deine Freunde im Gefängnis sind?«

»Doch, ja, aber ich gebe es nicht zu.«

»Ist das Abgebrühtheit?«

»Ja. Putz die Fenster.«

Als sie fertig waren, zog sie an ihm. Er folgte. Er hatte an der spät-warmen Seite der Wand gestanden. Sie brachte ihn in die Küche. »Was passiert gerade?« fragte sie.

»Sonne? Um diese Zeit ist es hier immer sonnig.«

»Siehst du es denn?«

»Nein – ich spüre die Wärme überall hier, hier.«

»Aber *hier*, wo du jetzt bist – was ist da vor dir?«

»Was?«

»Ein Schatten; hier ist ein großer Schatten.«

»O nein, das ist kein Schatten. Schatten ist das, was eine Wand oder Bäume oder eine Menge Leute, die in der Nähe stehen, machen.«

»Du erkennst keinen Unterschied zwischen hier und hier?«

»Die zweite Stelle ist kühler.«

»Hast du wirklich Torero mit der Bahn gespielt?«

»Ja, als sie vorbeifuhr. Mit *Schatten.*«

»Um zu –«

»Um nicht zu nahe zu kommen, nicht in Berührung zu kommen.«

»Das ist nicht Schatten, John, es ist etwas anderes. Wir werden herausfinden müssen, was es wirklich ist. Ich vermute, daß es so etwas wie die Vibration von etwas Herannahendem ist. Ich nenne es mal ›Ahnung‹.«

»Ich nenne es ›Schatten‹.«

»Die Fenster sind wunderschön.«

»Das Haus ist wärmer.«

»Unsere Arbeit.«

»Nein, die Luft.«

»Ich muß bald gehen.«

»Ich möchte, daß du bleibst und die Fenster genießt.«

»Arbeit. Nächsten Montag oder Dienstag komme ich mit Kalender und werde etwas für den Gefängnisbesuch arrangieren.«

»Du meinst es ernst, du versprichst es?«

»Ja.«

Er fühlte, wie ihr Schatten sich bewegte; ihre Hand entschlüpfte ihm. Er wollte eine Versicherung, daß er sie wiedersehen würde, aber Sams Geist und Martins Geist standen dabei und verhinderten es. Beide hatten immer wieder gesagt, daß die Hörenden es nicht leiden konnten, in die Ecke getrieben zu werden, von Ansprüchen erdrückt. Sein Wunsch überfuhr ihre Klugheit. »Wann sehe ich dich wieder?«

»Montag oder Dienstag. Übernächste Woche, nicht diesen Montag oder Dienstag, den danach.«

»Dann werde ich mein Gedicht fertig haben.«

Als Sam später kam, um John zum Einkaufen zu holen, sagte er, der Raum wäre wie eine Erleuchtung. »Jedenfalls ist es heißer so«, sagte John.

»Hör auf, dich zu beklagen. Immer müssen sie rumnörgeln.« John war im geheimen höchst erfreut. Leda hatte Sam nichts erzählt, hatte kein Lob für freiwilligen Einsatz von ihm eingeheimst. Leda hatte es heimlich getan, wie zwischen Freunden.

Den Sonntagnachmittag verbrachte John damit, weitere Gedichte zu schreiben. Er arbeitete hart und beendete *Gottes Braille*. Die zweite Strophe, in der es darum ging, daß Gott jeden Tag, indem er las, alles berührte, brauchte noch zwei Zeilen, weil John beim Schreiben erkannte, daß eine Berührung Herzschlag, Gezeiten, Atem in allen Dingen ist. Er begann, über die Bewegung von Mond und Sonne nachzudenken, die er nicht aus eigener Anschauung, wohl aber aus der Schule kannte. Ihre Bewegung war ein Fortschreiten. Das Wort hatte er immer mal wieder gelesen und nachschlagen müssen. Er hatte Sam danach gefragt, weil es so ein wunderbares Wort schien, ein Taubblinden-Wort. Als er Sam davon erzählte, fragte dieser warum. »Es ist die Art, wie Dinge passieren. Ihr Sehenden sagt ›vor‹ und ›dahinter‹. Wir kennen die Dinge als *dann*, und dann und dann. Das ist ein Fortschreiten.« Sam sagte, er verstünde das nicht, aber John hatte in sich hineingelächelt, weil er jetzt wußte, daß es ein Wort dafür gab, wie er die Dinge erlebte.

Die Idee erforderte zwei zusätzliche Zeilen, wodurch das Gedicht unausgeglichen wurde. Er fuhr über die erste

Strophe hinweg und merkte, daß er seine zwei Zeilen mit Zeilen in dieser Strophe reimen lassen konnte. Seine letzte Strophe lief glatt, aber es gab einen Reim ›Liebe‹ mit ›Wiege‹. Für dieses Gedicht wollte er etwas Neues, Besonderes, etwas, das die Überraschung und Freude widerspiegelte, die er bei seinem ersten Einfall empfand.

Er merkte, daß er zwei Stunden lang gearbeitet hatte: Nachschlagen im Wörterbuch und in seinem Reimsteller, Veränderungen, Rhythmen verschieben, Wörter umarrangieren, ohne den ursprünglichen Sinn zu verlieren. Er war erschöpft, aber er triumphierte, fühlte sich wie ein Tiefseeschwimmer. Steif erhob er sich und ging in die Küche, um seinen abendlichen Eintopf aufzuwärmen. Er nahm den Wecker, stellte ihn auf fünf Minuten und behielt ihn in der Hand, um das Rasseln zu fühlen. Dann ging er mit ihm in den großen Raum zurück und legte sich auf den Fußboden. Er wurde vom Wecker geweckt, erschöpft von seinem Dauer-Rasseln, und fand das Essen am Boden des Topfs verkohlt vor. »Taubblinde«, sagte Sam am nächsten Tag, als John ihm die Geschichte erzählte, »müssen mehr für ihre Unachtsamkeit büßen.«

»Gemein.«

»Tja.«

Johns Leben hatte sich verändert. Vorher waren immer die Werktage die aufregenden Zeiten der Woche gewesen – Begegnungen auf der Arbeit, Änderungen in der Jobroutine und dann nach Hause zum Lesen und Gedichteschreiben. Gottesdienst war einmal im Monat, danach gemütliches Beisammensein. Manchmal kam er mit Luke zusammen. Manchmal holte Swede ihn ab und nahm ihn zu einem Besuch mit. Madonnas Geburtstag war ein Höhepunkt des Jahres. Eleanor gab Weihnachtsparties und ein Picknick am 4. Juli, dem Nationalfeiertag; die Kirche veranstaltete Weihnachtsparties und Thanksgiving-Dinners. Jetzt auf einmal ließ die simple Möglichkeit von Ledas Gegenwart in der Mittagspause oder an Wochenenden den Rest seines Lebens im grauen Mauerschatten verschwinden, vorhanden, aber nicht bedeutsamer als ein Begleiter gegenüber den Mittagen oder Wochenenden, an denen sie auf ihn wartete. Seine Hoffnung wuchs jetzt Montag oder Dienstag der übernächsten Woche entgegen. Plötzlich war er erfüllt von Möglichkeiten, sein Kopf war voll von Geschichten, Hoffnungsgeschichten über Leda. Sie würden zu neuen Orten gehen, und sie würde dem eine Bedeutung geben, was ihm immer in der Beschreibung der menschlichen Motivation gefehlt hatte: das fortwährend schreckliche *warum* bei dem, was die Leute taten. Jetzt verstand er Sams Rede über Entscheidungsmöglichkeiten und Martins Hinweis auf die Absicht. Er fühlte sich fähig und weise, und er wußte, wenn er mit *Gottes Braille* fertig war, würde Mr. Sherline sehr erstaunt sein. Er würde zwei Abschriften anfertigen – eine für Mr. Sherline und eine für Leda. Er mußte beim Tippen sehr sorgfältig sein, weil er manchmal schlimme Fehler machte, die dann – laut Sam – komisch waren. Donnerstag abend machte er die Kopien, schrieb auch noch ein anderes Gedicht ab, eins über Frühling und Neuanfänge. Am Freitag morgen, während der Arbeit, kam Leda, Berührung vor dem Geruch diesmal.

»Extra-Besuch«, sagte sie, »der zählt nicht.«

»Wo ist dein Duft?« (Sie hatte ihm das Wort beigebracht. ›Geruch‹ mochte sie nicht.)

»Du hast mich verlegen gemacht.«

»Benutze ihn wieder. Du bringst die Wiese herein.«

»Du gibst mir das Gefühl, eine Frau zu sein, die – die auf die Flut wartet.«

»Was ist das?«

»Ach nichts.«

»Trag deinen Duft wieder. Du trägst immer noch Sklavenkleider.«

»Hab ein Einsehen, sei nicht herzlos.«

»Hier ist es«, und er legte ihre Hand auf seine Brust. Sie spreizte ihre Finger weit. »Ich fühle es da drinnen.« Sie lernte gut, merkte er. Die andere Hand benutzte sie, um zu buchstabieren, und es gab ein oder zwei Zeichen, die unbeweglich waren, so daß er sie ohne seine Augen verstehen konnte.

Das Wissen, daß sie für ihn übte, rührte ihn und ließ ihn scheu werden. Sie hatte hart trainiert, dazugelernt. Für wen, wenn nicht für ihn? »Wann hast du das Zeichen gelernt?«

»Alma hat es mir beigebracht. Du solltest ihr eine Chance geben. Sie hat keinerlei Bildung genossen, aber sie lernt schnell. Sie ist nicht so dumm, wie du denkst.«

»Niemand könnte so dumm sein.«

»Das ist grausam. Du solltest nicht so grausam sein.«

»Ich weiß, Arthur hat uns das gesagt – er sagte, daß Taubblinde etwas Besonderes für Gott seien, deshalb dürften sie nie grausam oder zornig sein.«

»Und hast du das verstanden?«

»Nein.«

»Gut, ich habe etwas anderes gesagt – etwas Persönliches über Alma.«

»Kannst du am Sonntag kommen? Ich möchte dich in die Kirche mitnehmen. Es ist der Gottesdienst für die Taubblinden mit anschließendem Beisammensein.«

»Ich würde gern kommen, aber ich bin nicht religiös.«

»Ich auch nicht. Wir können uns die ganze Zeit über unterhalten, und niemand wird es auffallen. Ich werde buchstabieren, anstatt zu sprechen. Es hat doch Vorteile, wenn man beim Sprechen kein Geräusch macht.«

»Wann hole ich dich ab?«

»Halb elf?«

»Gut.«

An diesem Nachmittag wartete John unten im Büro auf Mr. Sherline. Er hatte eine Flachdruckkopie seiner beiden Gedichte dabei. Auf einmal war er nervös auf eine Art, wie er es seit der ersten Begegnung mit seinem Arbeitgeber nicht wieder gewesen war. Er versuchte, sich durch langsames Aufundabgehen wieder zu beruhigen, aber seine Konzentration war gestört, und er stieß an Möbel an, was ein Geräusch gegeben haben mußte, denn es kamen Leute, die es ihm mit ungeduldigen Händen sagten und ihn dann zu einem Stuhl führten.

Mr. Sherlines Sekretärin/Dolmetscherin nahm die zwei Gedichte. »Nur zwei diesmal?«

»Ja –«

»Wir wollten gerade –«

»Es dauert nicht lange. Ich will wissen, ob sie so sind, wie Sie letzte Woche gesagt haben.«

John wartete. Die Sonne wärmte, später erhitzte sie die linke Seite seines Kopfes, weil sie in ihrer Frühlingsstellung kurz vor Mittag war. Sam sagte, die Sonne käme durch das Fenster, eine Idee, die John nie ganz begriffen hatte. Sonnenwarm, ja, aber Sonne? Wie? Was waren die Merkmale von Licht? Er hatte oft davon gesprochen, »Sonnenschein durch mein Fenster«, aber es war eine Idee; er hatte sie nie wirklich verstanden. Er spürte ein starkes Bedürfnis zu pinkeln. Er wechselte das Standbein und wartete. Dann nahm die Sekretärin seine Hand. »Sie sind gut«, sagte sie, »sehr gut. Dieses Gedicht, *Gottes Braille*, macht hundert Dollar, und das andere fünfundsiebzig. Sie haben niemals zuvor einhundert Dollar für ein Gedicht verdient.«

John nahm den Scheck und dankte Mr. Sherline, und nachdem er gegangen war, gab er ihn Mr. Bisoglio. Die Einrichtung erledigte seine Bankgeschäfte. Er ging wieder hinauf, und erst auf der Toilette fiel ihm auf, daß seine zwei Gedichte ihm einhundertfünfundsiebzig Dollar gebracht hatten, und daß er für seine vier Gedichte zweihundert Dollar bekommen hatte. Es war besser, einfachere und dafür mehr Gedichte zu schreiben. Dies war ein Problem, das mit Sam und Leda besprochen werden mußte.

Sams Kommentar war unbefriedigend. »Ich hab nicht viel an Lyrik, aber ich denke, mehr Geld ist besser als weniger. Allerdings gibt es da die Nummer Sechs.«

»Was ist die Nummer Sechs?«

»Beim sechsten Mal bin ich schlau geworden. Ich hatte einen Job mit einem Stundenlohn von dreißig Dollar. Ich dachte: dreißig Dollar mal vierzig Stunden mal zweiundfünfzig Wochen. Sehr hübsche Summe. Ich kaufte ein Auto und machte eine Anzahlung auf ein Boot. Ja, ich bekam zwar dreißig Dollar die Stunde, arbeitete aber zu den besten Zeiten nur zwanzig Stunden und in den meisten Wochen gar nicht.«

»Konnte man dir nicht mehr Jobs geben?«

»Nein.«

»Da ist wohl was dran, oder?«

»Würde ich wohl sagen.«

»Was soll ich machen?«

»Frag nicht mich. Ich kenne niemand, der oder die Lyrik *liest*, geschweige denn *schreibt*.«

Leda kam am Sonntag, und John konnte kaum abwarten, bis sie im Bus saßen, um ihr das Problem darzulegen. »Das ist die älteste Wahrheit in der Kunst«, sagte sie. Sie stellte ihm Fragen zu den Gedichten: welche er mochte, welche ihn forderten. Er erklärte ihr, wie glücklich er über *Gottes Braille* war. Sie sagte, sie würde nach dem Gottesdienst mit zu ihm kommen und seine Gedichte lesen.

Während der Messe war Leda eine zu langsame und ungenaue Dolmetscherin, um mit dem Ablauf mitzuhalten.

»Ich mag es sowieso lieber, mich mit dir in Zeichensprache zu unterhalten. Du sprichst mit mir, und niemand wird bemerken, daß du nicht die Predigt übersetzt, sondern dich mit mir unterhältst.«

»Ziemlich schwer, die Aufmerksamkeit so zu teilen«, sagte sie, aber sie sprachen über Dinge, die sie interessierten. John beschrieb seine Freunde.

Er verstand die Unaufmerksamkeit seiner sehend-hörenden Bekannten nicht. Manchmal schienen sogar Dolmetscher innerlich abzuschweifen. Er verglich es mit dem Treffen mit seinen Freunden, das jetzt bevorstand: zwei oder drei Hände würden ihn berühren, und er würde sofort diesen oder jenen Freund erkennen, und alle Hände würden miteinander in einem großen freundlichen Kommunikationszirkel zusammenkommen, jeder und jede nach den Worten der anderen suchend.

Leda fragte ihn, was danach bei dem Treffen passieren würde. Sie schien aufgeregt deswegen, wegen seiner Freunde. »Sie sind ganz gewöhnlich Leute«, sagte er, »ich weiß nicht, wer da ist, bis wir alle zusammen sind. Das Schwierigste für Taubblinde beim Treffen ist, einander zu finden.« Dann spürte er ihr Lachen.

Dann war da die wunderbare Vibration, Ohren, Gesicht, Kopfhaut, Hände, Zähne; manchmal wußte er dann, daß die Orgel gespielt wurde. Die Versammlung sang. John liebte diesen Teil. Er konnte sehr tiefe Töne hören, aber der Genuß lag jetzt in der durch und durch vibrierenden Luft. Die Vibrationen verdichteten und verdünnten sich wie Gezeiten gegen die Knochen seines Gesichts und die Knochen unter den Kleidern und die Handknöchelchen, die das Holz des Stuhls vor ihm berührten. Unglücklicherweise erhob sich hinter dem angenehmen Knochen-Gefühl der Musik das häßliche Brummen des Tinnitus, eindringlich wie eine Biene in der Nase.

Als hätte Leda in seinen Gedanken oder seinem Gesicht gelesen, buchstabierte sie in seine Hand: »Bist du taub und blind zur Welt gekommen?«

»Nein«, signalisierte er in ihre Richtung, »ich bin blind geboren. Taub wurde ich mit neun.«

»Wie ist das passiert?«

»Manchmal haßte mein Vater meine Blindheit. Manchmal betrank er sich, und dann kamen Mitleid und Haß zusammen. Manchmal schlug er mich. Einmal passierte es wieder, und ich fiel hin und erwachte in einem fremden Bett. Krankenhaus. Als ich aufstand, hatte ich kein Richtungsgefühl und kein Gehör. Dann war ich eine Weile im Bett, und dann bekam ich meinen Richtungssinn zurück, aber niemals wieder hörte ich einen Ton.«

Es schien, als rücke sie etwas von ihm ab, als er erzählte. Die Luft lag kühl zwischen ihnen. Er streckte die Hand aus und fand sie. Sie schien zurückzuzucken.

»Was –«

»Laß mich für einen Augenblick allein.«

»Was –«

»Nachdenken. Muß allein sein.« Er saß neben ihr. Keine Berührung. Dann sagte sie: »Entschuldige« in seine Hand.

»Was war es?«

»Was du gesagt hast, hat mich aus der Fassung gebracht. Wenn mir etwas so nahegeht, muß ich allein sein.«

»Was hat dich so aus der Fassung gebracht?«

»Mehr, als ich sagen kann.«

Der Gottesdienst war vorbei. Er konnte den Boden spüren und über den Teppich, angenehm aber nicht luxuriös, die Bewegung um ihn herum. Langsam glitt er zum Ende der langen Bank und dann am Gang entlang, so wie sie hereingekommen waren, zurück, während er mit einer

Hand geschickt nach vorausgehenden Menschen tastete. Sie holte ihn am Eingang der Kirche ein.

»Wohin jetzt?«

»Treppen – hier – *vorsichtig*.«

Sie gingen hinunter. In dem Saal im Erdgeschoß war er plötzlich in dem einander erkennenden Freundeshaufen, überall Hände und persönliche Gerüche, Identitäten im Freudentaumel.

»Willkommen in meiner Welt«, sagte er. »Fühl nur –«

Alle stampften, um sich bemerkbar zu machen, und ab und zu hörte man die Vibrationen unkontrollierter Freudenausbrüche.

»Oben haben sie nicht gestampft...«

»Nicht in der Welt der Hörenden – schlechte Manieren in der Welt der Hörenden. Komm mit.«

Es war ein schöner Tag, und fast alle waren gekommen: Harvey mit seinem Identifizierungsklaps, beißend vor Freude, ungeduldig; Madonna, jede Gebärde doppelt, als wäre sie nicht sicher, ob er ihre Hand oder ihre Identität fühlen könne; Swede, der nur taub war und sehen konnte; Eleanor und Rebecca, die taubblind war und neu in der Gruppe; und Luke, sein Freund Luke. Die Frau aus der Werkstatt, Alma, war auch da. Jetzt, da er sich nicht für sie verantwortlich fühlen mußte, war er entspannt genug, höflich zu sein, obwohl die Hälfte ihrer Wörte aus grobem Gebärdenslang bestand, einfach unverständlich, und die Wörter, die sie buchstabieren konnte, waren glanzlos und zeugten von langsamen, gewöhnlichen Gedanken. John witzelte über Sam und führte dann Ledas Hand zu Alma. Er stellte auch Luke Leda vor und stand dabei, als sie sich über den Kirchgang und den schönen Tag unterhielten, so wie Luke es ihm später berichtete. Inzwischen hatte die Gruppe sich an den gewohnten Plätzen und in den üblichen Haltungen aufgefächert, einige wanderten schon bald von Grüppchen zu Grüppchen, von Person zu Person, andere warteten, bis die ersten Wanderer anhielten. Nach alter Gewohnheit blieben oder gingen sie, bis sich alle miteinander in einem Fluß vermischt hatten, zum Plaudern gekommen und gegangen waren, und die, die ein längeres Gespräch wollten, engere Freunde, sonderten sich ab. Leda war von diesem Wunder ganz erfüllt. »Es ist wie ein Tanz, als ob jemand eine Choreographie gemacht hätte.«

»Wir brauchen so etwas, sonst würden wir einen ganzen Tag damit zubringen, einander zu finden, was schwierig genug ist.«

»Es ist beeindruckend – ich habe noch nie darüber nachgedacht.«

»Laß uns aufhören und mit Luke sprechen.«

Unterhaltungen zu dritt waren schwierig. Leda, immer noch zögernd und unbeholfen, sprach mit Luke, und die Zeit verging, Zeit, die John gebrauchen wollte. Er zwang sich, geduldig zu sein und Lukes Hand nicht an sich zu reißen, um mit ihm zu sprechen. Er war überrascht, daß Luke, als er ihn nach zehn Minuten zurückbekam, nur sehr wenig sagte: »Ich möchte dahin gehen, wo Alma ist. Ich möchte zu ihr gelangen, bevor sie von zu vielen anderen verdeckt ist.«

»Warum?«

»Sie ist hübsch. Schüchtern.«

»Sie ist *zurückgeblieben.*«

»Na und? Sie ist nicht so zurückgeblieben, daß es keinen Spaß machte, sich mit ihr zu unterhalten.«

»Sie kann kein *Braille* lesen. Sie kann keine Sprache, keine Zeichen, noch nicht mal das Fingeralphabet.«

»Sie lernt gerade. Ich bringe es ihr bei.«

John fühlte sich überraschenderweise verletzt. Er hatte angenehme Fantasien davon gehabt, wie Luke von Leda beeindruckt sein würde, wie sie zu dritt sprechen würden, eine Art Drei-Personen-Verrückten-Gespräch, wie sie es in der Schule oft getan hatten. Er fühlte sich kindisch eifersüchtig, mit einem Stich desselben bitteren Gefühls, benutzt worden zu sein, das er in der Schule gehabt hatte. Luke verließ sie. »Ich wollte länger mit ihm zusammen sein«, sagte er.

»Es ist holprig zu dritt.« Sie bemühte sich, ihre Langsamkeit wiedergutzumachen. »Ich lerne, daß die Taubblinden-Kultur sehr intim ist; jedes zu seiner Zeit, eins nach dem andern; es geht immer so weit, wie Hände oder ein Stock reichen, so unmittelbar wie eine Berührung. Dadurch wird es privat, stammesähnlich.«

Er verstand nicht, was sie meinte, deshalb sagte er gar nichts außer: »Jetzt werde ich dir Madonna und Swede vorstellen. Es sind Freunde. Erinnerst du dich, du hast sie schon mal getroffen.«

»*Du* hast sie getroffen, in dem Wirbel von Leuten.«

»Aber du hast ihre Hände genommen. Sie werden sich an dich erinnern.«

»Von der kleinen Berührung?«

»Ein Blick – behauptet jedenfalls Sam –, mehr brauchen

Sehende nicht, wenn sie einer Frau begegnen, die so hübsch ist wie du.«

»Hat Sam gesagt, daß ich hübsch bin?«

»›Starkes Aussehen‹ sagte er. Erinnerst du dich nicht, als wir uns trafen?«

»Das ist kein Kompliment. Es bedeutet, daß er glaubt, ich könne Bierdosen mit der Nase öffnen, oder daß meine Stirn so vorspringt, daß nichts darunter bei Regen naß wird.«

»Hört sich interessant an, finde ich. Er mag auch dein Haar.«

»Die Farbe ist in Ordnung, aber es ist kraus.«

»Bist du schwarz?«

»Nein.«

»Das sind die mit dem krausen Haar.«

»Ich dachte, du wüßtest, daß ich weiß bin.«

»Woher?«

»Jemand hätte es dir gesagt.«

»Manchmal wird es gemacht. Wenn sie keine Vorurteile haben, tun sie es nicht.«

»Liberales Getue.« Sie buchstabierte die Wörter.

»Was?«

»Vergiß es.«

Sie gingen zu Swede und Madonna. John mochte Swede, der eine Menge las und, da er sehen konnte, alle möglichen Erfahrungsbereiche hatte – Fernsehen, Kino. Er war einer der wenigen Tauben, der Taubblinde mochte und mit ihnen gesellschaftlichen Umgang pflegte, ohne an der entsetzlichen Langsamkeit der taubblinden Kommunikation zu verzweifeln. Oft lasen sie die gleichen Bücher und tauschten ihre Meinungen aus. John erzählte Swede von *Gottes Braille*. Swede bat ihn, das Gedicht zu rezitieren. So gut es aus dem Gedächtnis heraus ging, signalisierte und buchstabierte John das Gedicht. Als er zu Ende war, nahm Swede seine Hand und hielt sie lange fest. Dann sagte er in seiner Kombination von Zeichen und Tastalphabet, elegant und kultiviert: »Es ist wunderbar und sehr schön. Du bist ein wirklicher Dichter.« John spürte, wie die Freude in ihm Flügel bekam.

»Ich hätte sie nie als ein Liebespaar gesehen«, sagte Leda später. »Er ist so klein und alt – ungeführ fünfzig – und sie ist kaum älter als fünfundzwanzig und soviel größer und schwerer als er.«

»Wenn du nichts sehen und hören kannst – zählen solche Dinge weniger. Laß uns zu dem indischen Restaurant gehen, und ich werde dir meine Schulgeschichte erzählen.«

»Vor Jahren wurden Staatsschulen für Taube und Blinde zusammengelegt, um Geld zu sparen. Die hörenden und sehenden Welten sind anders, also hatte es in der Schule Trennungen zu geben. Als ich zur Schule ging, gab es eine Trennung zwischen taub und blind, zwischen Mädchen und Jungen, zwischen drei Altersgruppen, und zwischen schwarzen und weißen Menschen. Das bedeutete, daß es in der unteren Schulstufe acht verschiedene Räume für die Schlafsäle einer Klasse und für die Schulräume geben mußte. Als Mr. Lavater als neuer Direktor kam –«

»Wie hast du das erfahren?«

»Von einem Freund in der Tauben-Sektion. Mr. Lavater

sah dieses System und beschloß, die weißen und schwarzen Studenten zusammenzubringen, was die Zeit, die jeder Lehrer unterrichten konnte, verdoppeln würde, aber die Zahl der benötigten Hauseltern um die Hälfte reduzierte. Schlafsäle und Klassenräume wurden zusammengelegt, Gruppen tauber und blinder Kinder aus den Mittel- und Oberstufen fingen an, gemeinsam zu den Eissalons in der Innenstadt zu wandern. Wenn sie blind waren, orientierten sie sich gemeinsam mit den Blindenstöcken, wenn sie taub waren, unterhielten sie sich in Gebärdensprache. Die Leute aus der Stadt waren verärgert.«

»Wo war die Schule?«

»In Florida.«

»Erzähl weiter.«

»Die Leute aus der Stadt sandten bedeutende Repräsentanten in die Schule, um Mr. Lavater mitzuteilen, daß er die Spaziergänge ab sofort unterbinden müßte und die Schule wieder in Sektionen aufteilen sollte. Mr. Lavater erwiderte, daß er keinen Ärger in der Gemeinde wolle, daß es notwendig sei, Frieden für das Mobilitäts-Training zu haben und Akzeptanz zwischen seinen Schülern und der Außenwelt. Er sagte ihnen, daß er diese Rassenunterscheidungen nicht verstünde, und deshalb müßten die Gemeindemitglieder in alle Sektionen der Schule kommen. Zuerst müßten sie den tauben Schülern die Grundsätze der Trennung erklären, bis sie sie richtig verstanden hätten. Dann müßten sie allen vier Untergruppen blinder Schüler beibringen, woran man schwarze und weiße Menschen sofort unterscheiden kann, damit sie sich selbst voneinander trennen könnten. Da die Repräsentanten dazu nicht in der Lage waren, gingen sie wieder, und die Schule blieb integriert.«

»Ich dachte, du wärst *hier* zur Schule gegangen.«

»Bin ich auch. Später.«

»Warum hast du gewechselt?«

»Sie sagen dir nie warum, nur daß. Es passiert etwas, und die Leute nehmen sich nie Zeit für eine Begründung.«

Sie blieben eine lange Zeit ruhig. Dann sagte Leda: »Deine Schulgeschichte war hübsch, aber willst du mir damit sagen, daß Taubblinde keinen Rassismus kennen?«

»Ich sage dir, daß Mr. Lavater keinen Rassismus kannte, und daß Freddie Taplin keinen Taubismus kannte.«

»Was ist das?«

»Die Tauben halten nicht viel von den Schwerhörigen, weil sie keine Fertigkeiten in der Gebärdensprache haben. Taube und Blinde haben geradezu Angst vor uns Taubblinden. Die Blinden halten nicht viel von den Halberblindeten, weil sie *Braille* nicht beherrschen und nicht so beweglich sind. An der Schule haben sich die Gruppen nie vermischt. Wir mochten Freddie, weil er mit uns buchstabierte und sich mit uns unterhielt und niemals Zeichen benutzte, die wir nicht berühren konnten. Er war einer der wenigen Schüler, die alle Linien kreuzten.«

Sie waren im indischen Restaurant, auf seinen Wunsch hin, aber der Tag schien sich irgendwie nicht so zu entwikkeln, wie er gehofft hatte. Irgend etwas verkrampfte Ledas Finger, statt sie zu lockern; irgend etwas beunruhigte die Luft um sie herum, sie bewegte sich nervös hin und her, Kopfschütteln, plötzliches Wechseln von Hand oder Arm, Schaukeln, Klopfen. Er wußte, daß er besser nichts sagte.

Sie hassen es, wenn man ihnen sagt, daß sich ihre Gefühle auch anders als in Worten äußern. Sie hassen es, daß ihre Worte manchmal Ja sagen und ihre Haltung Nein. Aber sie sagte ja, sie wäre seine Freundin. »Ist es wahr – daß du meine Freundin bist?«

»Ja –«

Das Wort, eindringlich gemeint, fühlte sich in seiner Hand nur verspannt an. »Dann sag mir, was nicht in Ordnung ist.«

»Ich denke, es ist zu viel – es hat mir gefallen, deine Freunde kennenzulernen, aber es ist eine gänzlich neue Welt – ich bin erschöpft. Es ist anstrengend – die neue Sprache – übersetzen.«

»Du scheinst nicht müde zu sein, nur nervös.« Sie saß neben ihm; ihre Hand sprach nicht. Und plötzlich wußte er, daß er auch nervös gewesen war, immer noch nervös war, daß seine eigene Haltung angespannt sein mußte, daß seine Zähne klapperten, wenn keine Nahrung zwischen ihnen war, und es war das, was Corson ›Das Tier‹ genannt hatte und was Arthur ›Blinde Lust‹ nannte. »Es ist ›blinde Lust‹«, sagte er, »oder in meinem Fall ›taubblinde Lust‹.«

»Was soll ich sagen…?« Ihre Finger waren erblindet, stolperten in seiner Hand.

Er spürte die alte Verletzung. »Was würdest du sagen, wenn ich hören und sehen könnte?«

»Das wäre anders. Ich würde sagen, laß uns was essen und dann nach Hause gehen und uns lieben.«

Johns Organe kollabierten, und alles in ihm zog sich tief nach innen zusammen. Plötzlich konnte er nicht schnell genug atmen.

»Was ist los – du bist ganz weiß geworden.«

»Nichts«, sagte er, »es war die Wucht deiner Worte, das ist alles.«

Sie saßen beide ruhig da, Seite an Seite, ohne Berührung. Schließlich sagte John: »Warum bin ich anders?«

»Weil mit dir –«, ihre Hand hielt inne, tippte und verharrte wieder. »Ich hatte jede Menge Sex. Ich hab es so locker getan, wie du ein Bad nimmst. Ich war mal verheiratet. Nach der Scheidung fühlte ich mich häßlich, unbeholfen. Ging auf einen Sextrip, um mir zu beweisen, daß ich nicht häßlich war. Bewies mir nur das Gegenteil. Sex ist einfach mit mir. Hab das Gefühl, daß es das mit dir nicht ist.«

»Nein«, sagte er. »Wie kommst du darauf?«

»Als du mir von deinem Vater erzählt hast – darüber, was er dir angetan hat.«

»Das verstehe ich nicht.«

»Ich kann es nicht erklären.«

Er wollte wüten, schreien, brüllen. Er sagte nur: »Wenn *sie* schwimmen und ich schwimmen kann, dann will ich schwimmen. Wenn *sie* tanzen und ich kann tanzen, dann will ich tanzen. Wenn *sie* Sex haben und ich Sex haben kann, dann will ich auch Sex haben.«

»Es tut mir leid ...«

Das Essen kam. Sie aßen es halbherzig und gingen dann zu seiner Wohnung. Sie küßten sich nicht an der Tür. Sie kam nicht herein, und er zeigte ihr nicht sein Gedicht *Gottes Braille*, und sie begannen nicht mit dem, was er schon vor langer Zeit, in einer Woche voller Träume, begonnen hatte.

7

Die Tage, die Arbeitstage und Gedichttage gewesen waren, ein Übermaß an einzelnen Tätigkeiten, Eintopf kochen, Toffees machen, Maisbrötchen und Schulkuchen backen, unabhängig leben, der Stolz darauf, als einziger ihm bekannter Taubblinder in dieser Form zu leben, all dies wurde verkrampft und einsam. Der Stolz schien so leer. Er lag im Bett und dachte mit Schmerzen an sie und ihren Geruch, an ihre Hände und an die Kleidung, die sie trug, Geschirrtuch-Röcke und -Blusen, und an ihre starken, großen Handgelenke. Sie war überhaupt nicht wie die Frauen in den Büchern. Sie hatte draufgängerische Bewegungen, fliegendes Haar, das von ihrem Kopf abstand, als wäre sie gerade auf der Erde gelandet. Alles schrie ihm zu: Leben, Leben! Oberflächenstrukturen wurden langweilig, und Geschmackserlebnisse verloren sich.

Mitte der Woche kam Carol mit einer Nachricht für John. Es war ein von Eleanors Gefährtin geschriebener Brief. Eleanors Geburtstag war kommenden Freitag. John und Luke und zwei von Eleanors Freundinnen aus der Schule waren eingeladen, den Abend mit ihr zu Hause zu verbringen. Da John und Luke in entgegengesetzten Richtungen lebten, fragte sie, ob es wohl möglich wäre, daß sie die beiden in der Innenstadt abholte: Sie gab die Zeit an und schlug eine Straßenecke vor. John gab Carol ein deutliches Ja. Sie sagte, sie würde anrufen und der Einladung für ihn zusagen. Am selben Abend fragte er Sam, ob es ihm möglich wäre, John an besagter Ecke am Freitag abzusetzen. »Ich habe an dem Abend eine Verabredung«, sagte Sam. »Wenn es dir nichts ausmacht, früher dazusein und eine Weile zu warten, könnte ich um sechs vorbeikommen und dich mitnehmen.«

»Nachtleben«, sagte John. Es war aufregend.

Am Freitag erzählte er Bernhard von der Party. Er mußte das jetzt beim Hereinkommen tun, weil Johns neuer Arbeitsplatz für Bernhards Rollstuhl unzugänglich war. Da Bernhard nicht das Handalphabet beherrschte, sprach John in seine Richtung und erhielt den Klaps aufs Knie, den Bernhard als Zustimmung verwandte. Es war unmöglich, von Bernhard irgend etwas außer *Ja* (Klaps) oder *Nein* (Fauststoß) und ein ordentliches freundschaftliches Grüßen zu bekommen. Bernhards Geist blieb verborgen in Johns Dunkelheiten.

Sobald er am Freitag nachmittag nach Hause kam, zog John sich sorgfältig um und ging nach unten, um auf Sam zu warten. Die stillen Tage waren vorbei, und die Luft schien hohl vor Kälte und einem plötzlichen schneidenden Wind, hier und da vermischt mit Regen. Er trug seinen Mantel und Ohrenschützer, obwohl er schwere Kleidung nicht ausstehen konnte: sie schränkte seine Bewegungen ein und beeinträchtigte seinen Richtungssinn. Er ging hinaus und wartete in der lähmenden Kälte. Der Regen hatte zugenommen.

Außer beim allerschlimmsten Wetter trug John niemals Handschuhe. Er zog kalte Hände der Berührungsunfähigkeit vor. In zehn Minuten waren seine Hände steifgefroren und das Gefühl in ihnen dahin. Sam kam zu spät. John hätte in dem kleinen Foyer seines Apartmenthauses gewartet, aber die meisten Helfer sagten, sie legten keinen Wert auf die Extra-Anstrengung, ihn da herauszuholen, und seine Gegenwart schien die Leute zu stören, die dort auf kleinem Raum ein und aus gingen. Er stand draußen und wiegte sich hin und her, er verlagerte sein Gewicht, um nicht ins Zittern zu geraten. Um sich zu beschäftigen, rezitierte er ein paar von seinen Gedichten, während seine Hände in den Taschen im Rhythmus mitschwangen, bis Sam auf einmal da war und mit ihm ein kurzer Gang zum Wagen.

Er taute auf und trocknete ein bißchen, während sie fuhren. Wegen der Tageszeit gab es viele Pausen und Stopps; das wurde *›rush hour‹* genannt. Dabei taten die Leute alles andere, als sich zu beeilen. John hatte sich an solche Widersprüche gewöhnt. Es dauerte eine halbe Stunde, bis sie die notwendige Distanz zurückgelegt hatten. Die Probleme des Autofahrens und die Realität des Autoverkehrs lagen jenseits seiner Wahrnehmungsmöglichkeit und erschienen ihm künstlich, unwirklich. Er hielt still und dachte mit Schrecken an das zweite Herumstehen in Kälte und Regen, um auf Eleanors Freundin zu warten.

Sie hielten an der vereinbarten Stelle. Sam half ihm heraus. »Kann nicht bleiben. Parke in doppelter Reihe. Luke ist schon da. Kneipe drüben an der Ecke. Geht rein, da seid ihr im Warmen. Trinkt ein paar Bier. Hatten zur Abwechslung reichlich Zeit eingeplant. Ihr seid zu früh. Bleibt bis sieben drinnen.« Es war schwer, die Worte in der Feuchtigkeit zu lesen. Sam brachte ihn zu Luke, zeigte ihnen, wo der Eingang zur Kneipe war, und verschwand.

In der Kneipe war es warm, ein rauchiger, biergeschwängerter Geruch; Lärm – John konnte den Lärm als Musik erfühlen, ein wechselndes Zischen im Boden wie heißes Fett mit einem Ei drin, oder ein heftiger Regen mit unterlegtem Rhythmus. Am unteren Ende wie ein Brummen tief in der Kehle und am obersten Ende wie eine Nadel, im Auge gab es eine Art Bewegung im Ton, und er wußte, das war Hören. Es war ungewohnt und wundervoll, diese Vibrationsgefühle an einem trockenen, warmen Ort zu erleben, und dazu am ganzen Körper, nicht bloß die Berührung eines Fingers an der Seite der Bratpfanne. Unglücklicherweise verdickte der Rauch die Luft und machte es schwierig, sich zu orientieren, aber gemeinsam bahnten Luke und John sich vorsichtig mit ihren Blindenstöcken den Weg zur Bar, bis sie auf Umwegen ankamen und Barhocker für sich fanden. Sie klappten ihre Stöcke zusammen und steckten sie ein.

Luke nahm seine Taubblinden-Karte heraus und fragte John, was er wollte. Es war zu kalt für Bier. Dank Sams Unterricht wußte John, wie man Drinks bestellt, und er buchstabierte in Lukes Hand: »Einen Schuß Bourbon und eine Tasse Kaffee. Wir werden später noch draußen warten müssen.« Seine Hand war steif vor Kälte, und Lukes Hand erging es genauso. Luke schien zu schreiben. Da sie sehr nah zusammen saßen, konnte John den Stoff von Lukes Mantel fühlen, während sich sein Arm bewegte.

Langsam wurde es John wärmer. Er zog seinen Mantel aus und legte ihn über ein Knie, während er das andere Knie in Kontakt mit Luke hielt, der inzwischen seinen

Hocker näher zu ihm gerückt hatte. »Hast du geschrieben?«

John nahm seine Geldklammer heraus und entnahm ihr eine vorgefaltete Fünfdollar-Note. Was auch immer zurückkam, es würden Eindollar-Scheine sein, die er dann wieder sorgsam in seine Klammer falten könnte. Abgesehen von der rauchgeschwängerten Luft fühlte er sich zufrieden mit sich selbst und erfrischt. Sie hatten noch eine weitere halbe Stunde zu warten und mußten das nicht in der knochenerweichenden Kälte tun, ohne Möglichkeit zur Kommunikation, während Dolche von Regen ihre Gesichter aufrissen. Die Drinks. Luke machte John darauf aufmerksam, der auf der holzlackierten Bar, glatt wie warmes Glas, nach seinem Getränk tastete. Sam und er hatten einige Mühe darauf verwandt, herauszufinden, was man mit einem Schuß Alkohol am besten täte. Mit einem Schluck hinunter oder genippt? Oder sollte der Trinker ihn in den Kaffee schütten? John wollte nicht schwankend oder desorientiert bei Eleanor erscheinen, vor allem, weil ihm ihre Wohnung nicht vertraut war. Mehr als einen Drink nahm er besser nicht. Er hob das Gläschen vorsichtig, setzte es an die Lippen, schluckte es in einem. Es war, als würde man das Ende eines Elektrokabels unter Strom aussaugen. Dann entstanden warme Finger in ihm, in Kehle und Kopf. Er atmete, hustete einmal und griff nach dem Kaffee. Inzwischen hatte Luke ebenfalls seinen Mantel ausgezogen. Sie tranken. Luke sagte, er hätte auch einen Kaffee. Er dachte, es war gut so, und vielleicht würden sie von beidem noch einmal bestellen, bevor sie gingen. Eine Art leichtfingrige Freude breitete sich in ihnen aus. Luke und er fingen an, sich zu unterhalten; dabei saßen sie sehr dicht zusammen, um das Lachen des andern mitzubekommen. Sie ›scherzten‹ miteinander. Es war ein Wort von Rahner, Sprechen um der Freude am Sprechen willen. John wollte Luke den Witz über den Zwerg und den Anstreicher erzählen, den er von Sam hatte. Er fing an, aber wegen des Drinks oder weil der Anfang nicht ganz klar war, löste er sich ein wenig auf, und einige Teile gingen in seinem Kopf verloren.

»Warte, ich erzähle ihn falsch.« Er war keineswegs betrunken, ließ es sich nur gutgehen, entkam der strengen Konzentration jedes wachen Moments, entspannte Ortssinn, Haltung, Richtungssinn.

Plötzlich, brutal wurde er von hinten gepackt. Er rang um Gleichgewicht. Irgend etwas. Was? Der Fall beanspruchte seine ganze Aufmerksamkeit, nur nicht auf die Hände fallen – für Fragen gab es keine Zeit. Vibrationen nahe an seinem Kopf. Ein krachender Schlag in seinen Rücken. Er war in etwas verfangen. Ein weiterer Schlag an seinen Kopf, Schmerzexplosionen in Kopf und Gesicht. Nichts mehr.

Erwacht. Wo? Gerüche, nicht seine eigene Wohnung, Schmerz. Sein Kopf, der ganze Gehirnkasten, lebendig vor Tinnitus. Geschmack wovon? Er stank nach abgestandenem Schweiß, und er war eiskalt. Er versuchte, mit seinen Händen nach etwas zu greifen. Irgend etwas hielt ihn. Der Schrecken fuhr in ihn wie windgebeutelte Türen, die ihm ins Gesicht schlugen. Sie öffneten sich, schlugen dann zu wie Autotüren, die an seine Hände krachten. Er schrie auf, zu wem? Wohin? Hände kamen und hielten ihn fest, schnürten das, was ihn festhielt, noch fester. Er war handtaub. Wieder schrie er auf. »Was ist passiert?«, mit einer Vibration, so laut er konnte. Warm, kalt, irgendwo nackt, lang ausgestreckt, von Fingern untersucht. Hände gefesselt, gefesselte Füße. »Was ist das?« Keine Antwort. Schweiß brannte in seinen Augen. Er schrie. Tränen und Rotz flossen hinab auf die Stelle, auf der er lag. Nach Hilfe rufen. Keine Hilfe. Kein Ortsgefühl. Kein Richtungs- oder Positionssinn. Ja, er kannte Positionen. Flach und gehalten waren Positionen, und deshalb dachte er, er wäre nicht verrückt. Nur das. Nicht verrückt. Nackt und gehalten. »Ich bin nicht verrückt«, sagte er, in der Hoffnung, daß *sie* normal würden, sie zu einer Antwort zu zwingen, wenn denn jemand da wäre, um zu antworten. Nichts. Lockerung. Aufsetzen. Etwas wurde auf ihn gelegt. Er gab auf und hörte auf zu kämpfen und ließ sie machen und fühlte sich selber sterben. Eine Nadel wurde in seine Vene eingeführt, impfte ihn mit Verzweiflung. Er versuchte, zu ihnen zu sprechen. Nichts antwortete. Kalt fiel er in Schlaf.

In einem ranzigen Schweiß wachte er auf und versuchte, die unsichtbaren Mächte ruhig zu halten, indem er in einer vibrationslosen Stimme um Wasser bat. Nichts. Er versuchte, sich aufzusetzen, war aber festgebunden. Gestrandet und geschlagen lag er da. Dann, eine lange Zeit später, wurde eine Hand, *eine* Hand losgebunden, und sie war es. Leda. Mit seinem ausgedörrten Mund, dreckig und stinkend wie er da lag, wünschte er sich, vor Scham zu versinken, zu sterben und nichts mehr mitzubekommen. Die Hand sprach langsam zu ihm, zart, aber dennoch in ihrer flatternden, katzenherzschlaggleichen aufregenden Art, ihrer unfehlbar vertrauten, geliebten Art. »Du wurdest verprügelt. Krankenhaus. Du bist in Ordnung. Konnten sich nicht verständlich machen. Niemand. Du hast geschrien, gekämpft. Haben sich gefürchtet.«

»Warum? Warum?«

»Du schreist schon wieder. Sie werden dich wieder betäuben, wenn du schreist.«

»Warum ist das passiert?« sagte er so ruhig, wie er konnte.

»Einen Teil der Geschichte. Nicht die ganze.«

»Bitte, etwas Wasser.«

»Ja, ich werde ihnen sagen, daß du ruhig bist. Sie werden die Zwangsjacke abnehmen und den Katheter herausholen.« Sie übersetzte formell. Irgendjemand oder mehrere andere Leute waren da.

»Ja«, sagte er ruhig. »Ich bin ruhig. Ich bin ruhig.« Die Röhre wurde von seinem Penis abgezogen. Er verschloß seine Lippen gegen den Schmerz. Er lag absolut bewegungslos. Das Tuch um sein anderes Handgelenk wurde abgenommen. Er lag still da wie ein Toter, aus Angst, sie zu provozieren. Als es fertig war, setzte Leda ihn auf. »Wo sind sie?«

»Es ist in Ordnung; ich kann sprechen. Sie können nicht sehen, was ich dir buchstabiere. Warum schreibst du nicht auch zu mir? Dann sind wir ganz unter uns.« Er entspannte sich.

»Du und Luke, ihr wart in einer Kneipe, einer ziemlichen Macho-Kneipe.«

»Was ist Macho?«

»Ein harter Typ.«

»Wir haben uns nicht gerauft.«

»Ich weiß. Die Männer, die hereinkamen, haben eure Blindenstöcke und Zeichensprache nicht gesehen. Sahen eure Rücken, nahe beieinander, händchenhaltend, Körperkontakt. Dachten, ihr wärt ein Liebespaar.«

»Was?« Er wollte sicher sein, wollte hundertprozentig verstehen, was es war. Sie buchstabierte sehr langsam ›*Homosexuelle*‹. Ihr Flattern, ihr geliebtes, vertrautes Flattern landete in seinen Händen, wie ein Vogel buchstabieren würde, Zeichensprache mit Vogelfüßchen. Ein Vogel, oder irgendein Tier, sogar eine kleine Maus oder das leichteste Tierbaby hinterläßt eine Spur, die Spur seiner Füße im Schnee, so leicht und so empfindlich ist Schnee: das hatte Swede ihm gesagt. Er setzte sich auf in seinem knopflosen Gewand und stellte sich vor, bedeckt zu sein, von Mäusen und Vögeln gezeichnet, aber vergraben in seiner schrecklichen Scham.

Noch mal Wasser. Sie gab ihm einen gefalteten Papierbecher, Schulbecher, köstlich. Er nahm ihn und trank. Das Wasser war zahnsplitter-kalt. Sie schlug seine Hand mit dem Becher, und er nickte, dabei erkannte er sogar in seinem Elend, daß sie anfing, Taubblinden-Gewohnheiten anzunehmen. Der Becher noch einmal. Dieses Mal hielt er ihn kurz, um ihn anzuwärmen. Ein warmer Waschlappen. Er benutzte ihn, fuhr damit über eine schmerzende Schwellung an der Seite seines Kopfes. »Wie lang?« fragte er.

»Es ist Sonntag, Sonntag nachmittag.«

»Ich bin nicht homosexuell.«

»Das weiß ich.«

»Wo ist Luke? Geht es ihm gut?«

Sie nickte, die Faust ging auf und ab in seiner Hand. »Also erinnerst du dich.«

»Jetzt gerade, als ich den Waschlappen benutzte. Wir unterhielten uns gerade.«

»Ich weiß«, und zu seiner großen Überraschung setzte sie sich neben ihn und nahm ihn in die Arme. Dabei buchstabierte sie. »Sie sind gegangen. Wir sind jetzt allein.« Dann legte sie ihn nieder und sich neben ihn, am ganzen Körper vor Schluchzen zitternd.

Das Kleidungsstück, das er trug, ließ es zu, daß er ihre Körperbewegungen in den Schluchzern spürte, warmer Mundatem jedesmal, wenn sie gegen seine Brust ausatmete. »Tu das nicht«, sagte er, »wenn sie dich hier weinend vorfinden, werden sie dich festbinden und Röhrchen und Nadeln in dich stecken.« Dann mußte sie nur noch mehr weinen. Danach dösten sie beide. Er bewegte sich noch einmal fort von dem Tod, mit dem er erste Bekanntschaft geschlossen hatte.

Als er wieder erwachte, hatte sie seine Kleider bekommen, den hübschen Anzug, den er vor Äonen angezogen hatte, um zu Eleanores Party zu gehen. Nachdem er angezogen war, sagte sie, der Anzug müßte in die Reinigung und das Hemd auch, wegen des Bluts. Sie erzählte ihm, wie Lukes Bruder angerufen worden und gekommen war und Luke mit nach Hause genommen hatte. Johns Karte trug nur die Telephonnummer der Werkstatt und die seiner Mutter in Aureole. »Als Luke seinem Bruder von dir erzählte, telefonierte er herum. Er hat mich erst heute morgen erreicht.«

»Geht es ihm gut?«

»Ja, sie sind schon gegangen. Die Leute vom Krankenhaus sahen deine Beule am Kopf und glaubten, du hättest eine Gehirnerschütterung – daß du deshalb gekämpft hättest.«

John fragte sich, ob Luke gekämpft hätte, festgebunden und verletzt worden sei. »Und sie nennen unsere Welt eine stille Welt«, sagte er. Sie antwortete nicht.

Sie standen sich in der taubblinden Manier gegenüber, auf angenehme Halbarmlänge entfernt, so daß sie einfach in seine Hand buchstabieren konnte.

»Ich bin kein Homosexueller«, sagte er. »Das sind Schwule.«

»Schlimmes Wort.«

»Schulwort, *schwul*. Da habe ich's gelernt. Degeneriert. Rahner hat es uns gesagt, krank, verrückt. Sie dachten, *so was* wäre ich.«

»Nein ... warte ...« Sie war verwirrt, stotterte vor Ungeduld. »Das müssen wir alles mal auseinandersortieren – wichtig. Aber nicht jetzt. Nichts ist so wie das, was du in der Schule gelernt hast. Das war falsch, ein dummer Fehler –« und ihre Hände hielten inne und hingen vor ihrem Körper und sagten dann: »Sie haben euch Unsinn erzählt. Sie haben euch dumme Ideen vermittelt.« Er sah, daß er sie irgendwie verletzt hatte. Er drehte sich weg. Sie zog ihn zurück. »Nicht dein Fehler.«

»Ich möchte nach Hause. Bitte –«

»Wir müssen auf die Sozialarbeiterin warten.«

Die Sozialarbeiterin beherrschte die Zeichensprache in Englisch.

»Tut mir leid, daß ich nicht eher kommen konnte. Ich war Freitag und Samstag unterwegs.« Er hatte wissen wollen, was passiert war, aber wenn er irgendeine Dummheit oder Unverständnis zeigte, würden sie ihn vielleicht gleich hierbehalten. Immer hing soviel davon ab, was andere Leute dachten. Er stand ruhig da, wartend. »Haben Sie irgendwelche Fragen?«

»Nein«, sagte er.

Es gab eine Pause, dann sagte die Sozialarbeiterin: »Ihre Freundin fragt nach der Bezahlung. Sind Sie krankenversichert?«

»Ich habe OASDI-Krankenversicherung.« Es gab eine weitere Pause. Er streckte die Hände aus, fragte sich, ob sie alle gegangen waren. Die Sozialarbeiterin sprach mit Leda, vielleicht über ihn. Sie bemühten sich nicht, für ihn zu übersetzen. »Gibt es einen Dolmetscher hier?« fragte John. Die Sozialarbeiterin sagte: »Ich übersetze.«

»Aber jetzt übersetzen Sie nicht.«

»Wenn Sie jemand anders wollen, müssen Sie den Service bezahlen.«

Und auch noch warten, dachte er. Sie sprachen wieder. Er wartete, wollte jetzt nichts sehnlicher als zu Hause sein, die Fetzen seines Sonntagshemds nehmen und sich in den Mund stopfen, dabei auf dem Bett liegen, geknebelt seine Angst ins Kopfkissen vibrieren, bis sie verschwände. »Laßt mich heimgehen«, sagte er. »Rufen Sie bitte ein Taxi, und lassen Sie mich gehen.«

»Warten Sie«, sagte die Sozialarbeiterin. »Das Krankenhaus entschuldigt sich. Wir haben unbeabsichtigt einen Fehler gemacht. Niemand wußte, daß Sie taub *und* blind sind, und als Sie hereinkamen, haben Sie wild gekämpft und mußten niedergehalten und mit einer Beruhigungsspritze ruhiggestellt werden, damit man Sie untersuchen konnte.«

Er wußte, daß sie ihn nicht gehen lassen würde, bis sie das alles erledigt hätte. Die Leute an der Schule waren genauso, und Bisoglio auch. Sie alle mußten ihre Sicht der Dinge erklären und ihn dazu bringen, daß er seine Sicht nicht mehr richtig fand. Er stand still und stumm da. Verzweifelt wollte er mit Luke sprechen, um zu erfahren, ob er sich verletzt hatte. Er hoffte, nicht. Er hoffte, daß Leda und die Sozialarbeiterin recht hatten und alles ein Fehler war. Die Sozialarbeiterin sprach jetzt nicht mehr mit ihm. Der Tinnitus rauschte noch immer in seinem Ohr. »Lassen Sie mich jetzt bitte nach Hause gehen«, sagte er. »Schicken Sie mir einen Brief über alles, und Carol wird ihn für mich übersetzen, oder Sam.«

Die Sozialarbeiterin sagte: »Noch jemand ist gekommen. Es ist ein Mann von der Verwaltung, Mr. Thompson. Ich werde für ihn dolmetschen.«

Sie warf sich in eine Erklärung. Es tat ihnen leid, sehr leid sogar, daß sie ihm Unannehmlichkeiten in der Behandlung bereitet hatten, aber das lag nicht daran, daß sie grausam wären, sondern daß er sich gewehrt hatte und sie ihn festhalten mußten. Er hatte eine Beule am Kopf gehabt, und Leute mit Kopfverletzungen müßten oft niedergehalten werden, weil sie sich ihrer Umgebung nicht bewußt wären und sich selbst verletzen könnten. Alles in allem wäre es nicht sinnvoll, über eine Klage oder ein Gerichtsurteil nachzudenken und von der großen Entschädigung durch das Krankenhaus zu träumen. Das Krankenhaus könnte beweisen, daß seine Behandlung auf begründeten Prinzipien und einem hohen Pflegestandard beruhe. Schließlich wäre ihm ja auch kein Leid geschehen. Noch etwas. Leda hielt seine Hand, die, die keine Übersetzung empfing. Er fühlte ein Ziehen und bewegte sich. Eine andere Hand hielt ihn zurück. Ein Schriftstück zum Unterschreiben. Leda sagte, er solle warten.

John sagte: »Wenn ich es nicht unterschreibe, lassen sie mich nicht gehen« und unterschrieb. Sie brachte ihn mit dem Taxi nach Hause.

Im Laufe der nächsten Woche erfuhr er, daß man Eleanores Freundin gesagt hatte, John und Luke wären betrunken in einen Streit geraten. Sie fuhr ins Krankenhaus und erfuhr dieselbe Geschichte. Am Montag rief Leda Lukes Bruder Fred an, und am Donnerstag brachte Fred Luke vorbei, um John während der Mittagspause zu treffen. Laut Fred war der Büffetier am anderen Ende der Theke, als der Ärger anfing. Er hatte gedacht, sie wären blind, könnten aber hören. Die Angreifer hatten jede Menge Kommentare über Schwule gemacht, bevor sie Luke und John angriffen. Er hatte geglaubt, sie würden die Bemerkungen auch hören und gehen. Die Angreifer waren zwei richtige Macho-Typen, die natürlich nicht wußten, daß die Freunde taub und blind waren, und auch nicht, daß es möglich war, sich trotzdem in der Welt zu bewegen. Sie dachten, sie wären Schwule, die beschlossen hatten, weder auf Unterstellungen noch Drohungen zu reagieren. Allen tat es leid.

Einer von Lukes Zähnen war angeschlagen, und er hatte im Krankenhaus dieselbe Prozedur durchlaufen, allerdings nicht so lang. Seine Karte enthielt Freds Nummer, und das Krankenhaus rief Fred um drei Uhr Samstag morgen an. Fred kam und nahm Luke um zwölf Uhr mittags mit. Luke hatte zu John gehen und nach ihm schauen wollen, aber sie hatten ihm gesagt, John wäre schwer verletzt und nicht in der Lage, Besucher zu empfangen. Luke hatte seinen Bruder angefleht, ihn am Sonntag ins Krankenhaus zu bringen, aber inzwischen hatte Leda bei ihnen angerufen, und Fred, entnervt von der ganzen Geschichte, hatte Luke aufgetragen, kein Wort mehr darüber zu verlieren. Er hatte Luke hier auf dem Weg zu einer Verabredung abgesetzt und würde ihn um drei wieder mitnehmen, auf dem Rückweg. »Ich mußte zu dir kommen. Ich wollte wissen, ob du in Ordnung bist. Ich werde wütend, wenn ich nur daran denke ...«

»Also ist es besser, nicht zu denken und nicht wütend zu werden. Wenn wir zornig werden, schließen sie uns irgendwo ein, und es wird keine Wochenenden mehr geben mit soviel Unterhaltsamem wie das letzte.«

»Haben sie dir irgendwas in den ...«

»Ja. Braucht man auch nicht mehr um dem Nachttopf zu bitten, nicht?«

»Homosexuell.«

»Ja. Anscheinend laufen sie in Rüstungen herum wie Ritter, die Tunten.«

»Nein, keine Tunten. Etwas anderes. Leda hat mir erklärt, daß Schwule noch etwas anderes sind.«

Sie saßen freundschaftlich beieinander, Schulter an Schulter. John teilte sein Sandwich mit Luke, und sie aßen gemeinsam, und dann ging John wieder an die Arbeit.

8

Zwei Wochen vergingen. Die Straßen fingen an, sich aufzuheizen. Regen fiel, und manchmal blies er feine Tröpfchen wie nachgeschobene Luft. *Fourbuds* hinterließ Haare in Johns Hand. Er trug keine Pullover mehr, höchstens abends. Er bat Sam, ihn zum Laufen mitzunehmen, jetzt, da er genug Geld hatte, um sich mehr von Sams Zeit zu leisten. Leda arbeitete in einem Werbefilm, und das Geld reichte, um die Schauspielklasse zu bezahlen. John erkannte, daß sie sich seinetwegen geschämt hatte. Er dachte nicht an die Qualen, die er ausgestanden hatte, nur immer wieder daran, wie sie ihn gefunden hatte. Er stellte sich vor, was sie von ihm dachte, als er dalag, stinkend, weinend, ans Bett gefesselt. Er wußte, daß er Frauen überhaupt nicht verstand, aber was er verstand, war, wie angeekelt sie angesichts seiner Demütigung sein mußte. Sogar Sam, der ja schließlich hörte und sah, erklärte, Frauen ergäben für ihn keinen Sinn, aber John wußte, daß seine eigene Verwirrung größer war als Sams. Luke, den er in der Kirche traf, meinte, daß Leda nicht vorbeikäme, weil sie zu beschäftigt mit Sehen und Hören sei. Es wäre besser, mit einer von den eigenen, netten, taubblinden Frauen zusammen zu sein, die verstünden, wie die Dinge lägen. »Diese andern – sie sagen, wir könnten nicht sehen, wie hübsch sie sind. Das ärgert sie. Und wir sind nicht wohlhabend, und das ärgert sie auch.« Seit Lukes Nachmittagsbesuch in der Werkstatt hatten sie beide ihr Erlebnis in der

Kneipe und im Krankenhaus nicht mehr erwähnt. John hörte Lukes Rede über sehende Frauen und glaubte ihm, und vor Verzweiflung fing er fast an zu vibrieren.

Und keine Gedichte. Gar keine. Vielleicht hatte er alles aufgeschrieben, was in ihm war. Es war mehr als seine Ermüdung über Katzen und Freundschaft, Sonnenuntergänge, Mütter und Gottes Liebe. Was Mr. Sherline jetzt wollte, war religiöse Lyrik: Gottes Liebe, aber nicht Gottes Nachlässigkeit. Darüber wurde auch in der Kirche nie gesprochen. Zum Glück gab es seine Arbeit und die Lektüre – Dickens war gerade dran – und es gab eine Routine, die die Verwirrung weit weg an den äußersten Rand des Greifbaren verschob; da war ein Schatten, aber nicht mehr – so wie Sam die Berge beschrieben hatte – vorhanden, aber unbelebt. Aber wenn es für John keine Arbeit zu tun gab, keinen Anlaß für eine Tätigkeit oder Notwendigkeit, dann wurde er von Leda heimgesucht. Dann war sie da und da und da – ein Geruch, ein Durst, eine Sehnsucht, ein Schamgefühl. Sie hatte ihn verwirrt gesehen und bettelnd und weinend wie ein Baby.

Und Träume: er und Sam. Der Strand. Er war am Strand gewesen, als er weit weg zur Gehörlosen-Schule ging. Am Strand gab es nirgendwo Schatten. Darin ist er einzigartig. Die dumpfe Vibration des Ozeans fehlte in seinem Traum, aber dafür gab es nassen Sand. In jenem Traum hatte er ein schreckliches Gefühl von Verlust und Schmerz, grundlos, aber wild wie frische Trauer. Sonst nichts in jenem Traum.

Vor allem hatte er Träume vom Feuer, der alte Ur-Horror, wo die Sinne nicht reagieren und kein Schrei gehört wird, wenn der Orts-Richtungssinn in der neuen – rauchigen – Umgebung verlorengeht. Er hatte Träume über das Krankenhaus, aber so, wie es ihm dort ergangen war: aufzuwachen ohne Orientierung durch Sonnenwärme oder Schatten oder Erinnerung. Ein schweiß- und angstgesättigter Alptraum. Sein Bauch war vor Angst so hart, daß er dalag und sich vor Schmerzen wand. Er hatte auch einen Traum von einer Person, einem Fremden, der ganz professionell – ein einziges Mal nur – in seine Hand buchstabierte: »Du wirst in einem Heim für verrückte Taubblinde enden.« Nicht mehr als das, und ein Aufwachen voller Bitterkeit und Konfusion.

Er konnte seinen Kummer und das Gefühl von Verlust und plötzlicher Leere in seinem Kopf nicht verstehen. Sam sagte: »Reiß dich zusammen. Samstag gehen wir Laufen. Milo nimmt dich mit zum Picknick. Wir beide müssen unsere Reise nach Aureole planen. Deine Familie besuchen. Anscheinend meinen Luke und Alma es ernst miteinander, und ich habe was über einige neue Leute in der Stadt herausgefunden, die ein *Telebraille* haben. Sie spielen Schach und unterhalten sich. Wenn du dir eins besorgst, kannst du dich am Telephon unterhalten, weil alles in *Braille* transkribiert wird.«

Warum drehte John seine Hände nicht vor lauter Freude über diese Neuigkeiten? Sam versuchte, ihn zu ermutigen. Ein normaler Taubblinder konnte sich das Gerät nicht erlauben, ganz zu schweigen von den Telephonrechnungen für dieses elektronische Wunder. »Warum verschiebst du deinen Trip nach Aureole nicht bis zum Herbst oder sogar bis zum nächsten Jahr und kaufst dir ein Telebraille, um dein gesellschaftliches Leben auszudehnen?« Der Gedanke, der ihn vor einem Monat euphorisch gestimmt hätte, ließ John zweifelnd und erschöpft zurück.

Und dann kam sie zurück. Geruch von Berührung, ein Schatten an seinem Nacken, ihre typische Haltung, ihre Hand. »Was?« Er machte ein Zeichen, das sie kannte, ein leicht drohender Finger.

»Gute Neuigkeiten«, sagte sie, als wäre sie niemals weg gewesen. »Ich habe einen Job beim Theater.« Er nickte in keine bestimmte Richtung. »Das bedeutet, daß ich an drei Wochenenden beschäftigt bin. Danach nehmen wir uns ein Wochenende – fahren zum Gefängnis. Besuchen Martin. Samstags und sonntags gibt es Besuchszeiten. Ich habe angerufen. Mit dem Gefängnisbeamten gesprochen. Er meinte, wir sollten Martin schreiben, sehen, ob er überhaupt Besuch von uns will. Ansonsten wär's Zeitverschwendung. *Er* muß entscheiden.«

Ihre Worte überraschten ihn. »Ich dachte, du hättest vergessen –«

»Nein; ich habe dir gesagt, daß wir hingehen würden.«

»Ich dachte, du wärest ... daß du ... weil ich so ...« Er hörte auf, elend und sprachlos.

Sie sagte: »Ich habe nicht verstanden und verstehe auch jetzt noch nicht. Ich vergesse immer wieder, daß taub und blind sein bedeutet, keine Initiative ergreifen zu können ... daß du mich nicht anrufen kannst, wenn du etwas nicht verstehst oder beunruhigt bist. Ich hätte Sam sagen sollen, daß er dir ...«

»Nein – ich will unseren Austausch allein unter uns. Ich hätte dir einen Brief schreiben können, aber ... ich wußte nicht, wo beginnen.« Wie sie ihn gesehen hatte, Demütigung, wie ein Verrückter angebunden, Schweiß und Gestank und Tränen wie ein Kind – entweder sie hatte es vergessen, oder es hatte keine Bedeutung für sie. Es war eine Gefahr oder ein Geheimnis. Sich da hineinzugeben war zu gefährlich. Er zuckte zurück vor der Möglichkeit, sich einzufühlen. Sie begrüßte ihn, als hätte sie ihn nie um Wasser betteln gesehen.

Sie erzählte ihm, wie es war, in einem Theaterstück mitzuspielen, was auch bedeutete, daß sie nur morgens und am Nachmittag Zeit hatte, den Bus zu fahren.

»Ist schon in Ordnung«, sagte John. »Ich werde Martin schreiben.«

»Ich muß jetzt gehen – sie warten auf mich wegen der Probe.«

Sie umarmte ihn eilig und war weg.

Er bemühte sich, so ungerührt zu bleiben, wie Arbeitswelt und Schule es ihn gelehrt hatten, indem er eine Regel an die andere anfügte, als wären es Teile auf der Werkbank. Er wußte, daß er Leda berühren und bei ihr sein wollte, ihre Hand in seiner, daß er jeden Teil ihres Lebens, ihres Geistes, ihres Körpers, ihres Tages und ihrer Nacht kennenlernen wollte, den sie ihm zeigen würde. Er wußte, es war unmöglich und außerdem unklug. Corson hatte gesagt: »Haltet euch fern von normalen Frauen; sie bemitleiden euch nur.« Corson sagte vieles, was sehr schmerzhaft war, aber andere Begleitdolmetscher hatten Ähnliches in entschärfter Form gesagt. John seufzte. Es war schwierig, dabei einen klaren Kopf zu bewahren, als er sich jedoch setzte, um sein Mittagessen zu sich zu nehmen, merkte er, daß seine schlechte Laune verschwunden war. Er fühlte sich wieder aufgeschlossen und voller Hoffnung.

Am Freitag kam Mr. Sherline, obwohl John Sam gebeten hatte, anzurufen und Bescheid zu geben, daß es keine neuen Gedichte gab. Er hatte über sich und Leda geschrieben. Mr. Sherline war gekommen, um Johns Unterschrift für einen Vertrag über ein Poster und eine Anstecknadel zu bekommen, von der er damals gesprochen hatte, als er *Gottes Braille* zum ersten Mal gelesen hatte. Sam übersetzte in jenem steifen, automatisierten Modus, den er benutzte, wenn er professionell sein wollte, Wort für Wort, was manchmal etwas lächerlich war. Ihre Sätze endeten nie, und sie stellten Fragen, und sie beantworteten sie selbst und verwandten merkwürdige Ausdrücke, die nichts bedeuteten oder nichts zu bedeuten schienen. Als es vorbei war, sagte John: »Du hast übersetzt, nicht gedolmetscht. Worum ging es?«

»Es sieht so aus, als würdest du auf deine Art ziemlich berühmt werden. Da steckt Geld drin. Wenn ich du wäre, würde ich mir einen Rechtsanwalt nehmen oder einen Agenten.« Der Gedanke machte John nervös. Seine Hand bewegte sich aufwärts und schlug versehentlich Sams Hand weg. »Warte – Sherline ist wahrscheinlich in Ordnung – er gibt dir Prozente – einen Anteil von dem, was er mit allem verdient, aber du solltest jemand haben, der sich darum kümmert, daß es genug ist, und daß er eine korrekte Abrechnung von seinen Unternehmungen vorlegt. Das scheinen ja ganz besondere Gedichte zu sein.«

John meinte, er würde über Sams Vorschlag nachdenken. Er wünschte, daß Mr. Sherline ihm eine große Summe für *Gottes Braille* und *Ein anderer Weg* gezahlt hätte und nicht Anteile von Anteilen. Er war beunruhigt. »Können wir mit Mr. Bisoglio sprechen?«

»Ich denke schon. Hör zu. Das sind keine schlechten Aussichten. Das bedeutet ein *Telebraille* und ein Besuch zu Hause und mehr Dolmetscher und eine Party für deine Freunde und Freundinnen, wenn du eine willst. Was ich damit sagen will, ist, daß du dir jemand zur Unterstützung für die geschäftliche Seite nehmen solltest. Wer ist dein Sozialarbeiter?«

»Das war Mr. Bonifay, aber er ist weg – jetzt ist es eine Frau – der Name steht zu Hause.«

»Gibst du dein Einkommen aus den Gedichten an?«

Das hatte er nicht. Er antwortete nicht.

»Soll ich einen Termin abmachen? Deine Sozialarbeiterin sollte davon wissen.«

Am Abend beendete John das Geschirrspülen und machte es sich zum Lesen gemütlich, aber die Ereignisse des Tages waren so beunruhigend, daß er seinen Fingern mit dem Kopf nicht mehr folgen konnte. Er mochte seine Gedichte. Er dachte gern darüber nach und formulierte gern. Er war – auf eine neue Weise – sehr glücklich gewesen, als Swede seine Hand genommen und in sie eingeschrieben hatte: »Das ist wunderschön. Du bist ein wahrer Dichter.« Er wußte, daß es einen Unterschied zwischen *Gottes Braille* und seinen anderen Gedichten gab. Irgend etwas bewegte sich in ihm, veränderte ihn. Er hatte Angst vor dem, was Leda über das Schreiben von Worten gesagt hatte, die seine eigene Erfahrung ausdrückten, aber sie hatte die Idee formuliert, und jetzt kam sie ihm immer wieder in den Sinn, wenn er über seine Gedichte nachdachte. Sie wollte ein Gedicht über *Fourbuds,* über *seine* Katze, nicht über *Midnight*, die poetische Katze der *Handicards.* John stand auf und bewegte sich im Raum. Wenn es ein Gedicht aus seiner eigenen Erfahrung sein sollte, dann konnten weder das Wörter- noch das Reimbuch ihm helfen, dennoch blieb er ein Gefangener der Worte. Er mußte immer noch das Gefühl auf der Haut in ein Wort übersetzen, Geruch und Berührung so wiedergeben, wie sie sich anfühlten.

Wie es sich anfühlte ... Er hatte es schon mal getan. ›Wie das Meer‹, ›wie der Himmel‹. Er wußte nichts über den Himmel; es gab keinen Weg, es zu erfahren, außer über das, was man ihm sagte, aber er hatte so oft über den Himmel gelesen, hatte so viel über ihn gehört; sehende Leute waren so von ihm eingenommen ... Eine Idee entstand, völlig losgelöst von anderen, ungereimt:

Fourbuds, entfaltet,
Fourbuds erschwimmt mein Bein.

Er fuhr fort, innerlich lächelnd. »Südschlafend, ist sie heißseitig, kühlseitig, und sie schwimmt mich kühl und links.« Er machte weiter, indem er versuchte, sich an seine Erfahrung und nicht an die Worte des Dolmetschers zu erinnern.

Ihre Schnurrbarthaare erwandern meine Hand.

Und er dachte, ›wie Spinnen‹. Als es fertig war, war es überhaupt nicht wie ein Gedicht, aber es war wie *Fourbuds*, seine wirkliche Katze. Die Arbeit daran brauchte den ganzen Abend und den ganzen nächsten Morgen und Abend. Er hatte versucht, alles wegzudenken, was man ihm über Katzen erzählt hatte, über ihre Augen, ihre Töne, ihr Aussehen. Es war schwierig, neu anzufangen, vom Nullpunkt an, nur zu sagen, was er selbst wußte.

Manchmal spielt sie Kühlnase Heißzähne.
Ihr Zähnespiel sagt: Zustimmung ist nicht Selbstaufgabe.
Die Zähne sind Schmerzpunkte aber sie spielt weiter.
Der Schmerz ist genau so schmerzhaft
wie ihr Biß entscheidet.

Es bedurfte intensiven Nachdenkens, um die Idee mit *Fourbuds*' Zähnen zu entwickeln. Er dachte an das, was Arthur ihm einmal über Katzen erzählt hatte; diesen Gedanken in ein Gedicht einzubauen, würde nicht gehen, aber da es schließlich sowieso kein richtiges Gedicht wurde, dachte er, er könnte vielleicht trotzdem einbauen, worüber er und Arthur damals gesprochen hatten.

Arthur sagt, Katzen lieben nicht.
Was ist das für ein Spiel mit Zähnen, fast verletzend?
Zustimmung ohne Selbstaufgabe ist eine Liebe, die ich
wie ein Banner auf der Schulter tragen könnte.

Es war wahr, daß er von Arthur, einem Lehrer und Dolmetscher aus früheren Zeiten, ein wichtiges Wort gelernt hatte: *Zustimmung*. Vor langer Zeit schon hatte Arthur geheiratet und ihm das Ehegelöbnis und die Worte darin erklärt. Sein neues Werk gefiel John, obwohl es kein Gedicht und dazu ohne Reim war. Vielleicht war es das, was Leda ihm zu sagen versuchte. In einem tieferen Sinn war es das, was er wollte. Er überlegte, daß er einen solchen Erfolg mit *Gottes Braille* gehabt hatte, daß er diesen Text auch Mr. Sherline zeigen sollte, obwohl Mr. Sherline gesagt hatte, er wollte keine weiteren Katzengedichte.

Leda kam in der Frühe zu seinem Arbeitsplatz. »Dein Ruhm hat sich schon in der ganzen Werkstatt verbreitet. Laut Sam wird dein Gedicht bald jede freie Fläche in diesem Land zieren.«

»Nicht jede.«

Es gab eine Pause, und dann sagte sie: »Es tut mir leid, ich wollte Spaß machen, und dann kam es herablassend heraus.«

»Aber versteh doch, warum es nicht auf jeder Fläche sein kann«, sagte er. »All die Punkte auf einem Spiegel – die Leute würden denken, sie hätten die Windpocken.«

Sie ließ ihn ihr Lachen spüren und sagte dann: »Wie kannst du wissen, was Leute im Spiegel sehen?«

»Ich weiß es nicht wirklich; man hat es mir erklärt. Es war ein Witz, den die tauben über die blinden Schulkinder erzählten. Ich habe was für dich. Unten, in meinem Mantel.«

»Okay, ich komme mit dir.«

Oben am Beginn der Treppe fragte er nach dem Theaterstück. Er wollte sie, solange es ging, bei sich haben.

»Es ist nicht besonders gut, aber dafür bin ich's.«

»Du hast Glück.«

»Eigentlich nicht. Das Publikum und die Kritiker werden mich über den schlechten Kritiken vergessen.« Er grinste. Immer gab es etwas zum Lernen und Nachdenken bei ihr. Sie nahmen die Treppe in Angriff. Sie tippte ihn leicht an die Schulter. Er ging weiter hinunter und drehte sich um, als er den Fuß der Treppe erreicht hatte, und schlug sie am Rücken, leicht und auf der Höhe seines Brustkorbs, aber sein Schlag war zu hoch und landete an der Seite ihres Halses. Sie kniff seinen Arm. Er bückte sich etwas und plazierte einen gelungenen Klaps auf ihr Hinterteil. Dann war sie auf einmal ganz nahe, und sie prügelten sich ein bißchen und sehr sanft. Er spürte einen Luftzug auf der Treppe. Jemand war gekommen. Sie hielten beide inne. Er lachte herzhaft und atemlos. Noch ein Wind fuhr vorbei, als die Tür an der Treppe schloß. Jemand war vorbeigegangen. »Du hast gebrüllt«, sagte sie.

»Hab ich nicht.«

»Hast du wohl.«

»Hab ich nicht.«

Und sie schlug ihn noch einmal mit ihrer linken Faust, während sie mit der rechten jeden Buchstaben ausschrieb. »Sei jetzt ruhig, oder jemand bekommt einen völlig falschen Eindruck.«

»Was?«

»Was wir gerade tun. Schlagzeilen: ANGESTELLTE DER WERKSTÄTTEN SCHLÄGT TAUBBLINDEN IM TREPPENHAUS ZUSAMMEN.«

»Hast mich nicht zusammengeschlagen.«

»Hab ich wohl.«

»Hast du nicht.«

»Okay: TAUBBLINDER VERRÜCKTER ENTEHRT WUNDERSCHÖNE SCHAUSPIELERIN IM TREPPENHAUS.«

»Wie fangen sie an?«

»Vergewaltiger?«

»Liebende.«

»Zwei verschiedene Dinge – das sind zwei verschiedene Dinge.«

»Zeig's mir.«

Er hielt ihre freie Hand, während sie einander buchstabierten. Er hatte angefangen, sie ganz leicht mit der anderen Hand am linken Arm und an der Schulter anzustoßen. Bald schubsten sie sich herum. Er buchstabierte Unsinniges in ihre offene Hand, und dann griff er nach ihr und hielt sie fest und fing an, mit ihr zu zittern, so daß sie in Gefahr gerieten, zu fallen. Er versuchte, sie zu küssen, verpaßte aber ihren Mund, weil ihr Kopf weggedreht und nach unten gerichtet war. Sie hob ihn, wandte sich ihm zu, und sie küßten sich.

Es war das zweite Mal, daß sie sich küßten. Einen Augenblick lang erinnerte sich John an die Geschichten in der Schule, das Fummeln und Grapschen. Dies hier hatte nichts von dem Schulgefühl an sich, fertiggemacht zu werden. Sie hatten ihn fertiggemacht, die Gang von der Taubenschule, eine schmutzige Socke in den Mund gestopft, damit er nicht schreien konnte. Etwas Ähnliches regte sich jetzt in ihm, aber ohne die Wut und die Scham. Tief in seinem Körper, seinem Unterbauch und in all den Körperteilen, die das Bedürfnis spüren. Es war jetzt in ihm, stärker als jemals zuvor, außer in seinen Träumen.

Diesmal war es anders. Es war derselbe Drang, aber eine andere Wahrnehmung. John wollte nicht wie sonst, daß es vorbei wäre.

Sie sagte zart in seine Hand: »Nicht der Ort; nicht die Zeit.« Sie hatte seinen Arm von ihr weggenommen. Sein ganzer Körper sehnte sich nach ihr, und er haßte es, weggezogen zu werden. Vorübergehend widersetzte er sich, aber er wußte bereits, was sie tun würde. Sie las seine Gedanken und sagte: »Es scheint, als wollten wir immer an den falschen Orten zusammensein.«

Er sagte: »Warum gehst du nicht mit sehenden, hörenden Männern aus, Männern, die dich ausführen könnten, so wie Sehend-Hörende das tun?«

Sie sagte leichthin: »Frag mich nicht. Wer weiß schon, warum Menschen diejenigen auswählen, für die sie sich entscheiden?«

»Aber –«

»Zeit zu gehen.«

»Wir sind herunter gekommen, damit ich dir mein Gedicht geben kann.«

»Dann laß uns gehen.«

Sie waren jetzt im Erdgeschoß. Er fand die Tür und drückte sie auf und ging sicher zur Garderobe, um seinen Rucksack zu holen, den er immer dabeihatte, um notwendige Dinge in die Tasche zu stecken. Er hatte das Gedicht im Rucksack getragen in der Hoffnung, ihr zu begegnen. Da war es. Es war gut, daß er es in einen Umschlag gesteckt hatte. Er fühlte nach ihr, und dann war sie da. »Hier. Hast du Zeit, es jetzt zu lesen?«

»Ja; aber ich möchte ihm die Zeit geben, die es haben

sollte – um es ernst zu nehmen.« Er wollte sie nicht gehen lassen. Vorsichtig nahm sie seine Hand weg. »Wenn du den Brief von Martin bekommst, gehen wir zum Gefängnis. Ich werde anrufen und alles mit dem Vollzugsbeamten besprechen. Nicht wieder diese Telephon-in-der-Wand-Geschichte.«

John hatte Martin seit Jahren besuchen wollen, hatte sich danach verzehrt, bei ihm zu sein, doch auf einmal würden die besten Teile der Reise die sein, die gar nichts mit Martin zu tun hatten. Der Teil der Reise, den er jetzt herbeisehnte, würden die Hinfahrt und die Rückfahrt sein; Zeiten, die er vorher unwichtig und sogar langweilig fand. Wie merkwürdig das Leben ist, dachte er bei sich und signalisierte dazu, und plötzlich war er verlegen, weil vielleicht jemand in der Nähe wäre. Aus unerfindlichem Grund machten sich die Leute lustig über andere, die zu sich selbst sprachen. Zu Hause sprach er oft mit sich selbst, mit vollen Gebärden, wenn er seine Hände nicht brauchte. Zeichen waren ihm wichtiger als Worte, die er doch nicht hören und an deren Klang er sich nicht erinnern konnte. Er war so von seinen Gedanken in Anspruch genommen, daß er kurzfristig vergessen hatte, daß er sich noch in der Öffentlichkeit befand. An diesem Platz kamen oft Leute vorbei. »Scheiße«, signalisierte er diesem Niemand, »guck, wie du willst. Ich fahre einen ganzen Tag lang mit Leda fort.«

9

Die Busfahrt zum Gefängnis dauerte vier Stunden. Leda hatte ihm geraten, ein Buch mitzunehmen, so daß er eine Zeitlang lesen konnte. »Ich möchte mich ausruhen. Es ist ziemlich anstrengend, eine Fremdsprache so lange zu sprechen.« Er war überrascht und enttäuscht gewesen, aber er nickte zu ihr hin. »Wir werden immer noch reichlich Zeit haben.«

Sie machten sich an die schwierige Routine des Reisens. John ging mit seinem Stock, aber wenn er nicht wußte, wo er ging, brauchte er Ledas Führung. Er bemühte sich um Unabhängigkeit, wo er konnte, ging zur Toilette, als sie die Fahrscheine kaufte. Er hatte ihr fünf der Umschläge mit Geld gegeben, die er sich an der Bank hatte vorsortieren lassen.

»Das ist zuviel –« Er erklärte, daß er für ihrer beider Fahrtkosten aufkommen wollte. »Ja, aber es ist immer noch zuviel.« Wäre er allein gefahren, hätte er vorher Entfernung und Kosten und Richtung herausgefunden.

Im ersten Abschnitt der Reise schliefen sie beide. John war müde, weil er fast die ganze Nacht wach gewesen war, um sich zu überlegen, wie er mit eventuellen Problemen umgehen sollte. Mit Sam und Arthur oder irgendeinem anderen seiner Dolmetscherbegleiter war er nicht so befangen angesichts möglicher Fehler gewesen. Mit Leda wollte er nur noch kompetent und ihr angenehm sein, fähig, sich ohne Schwierigkeiten in jede beliebige Richtung zu bewegen. Er hatte ihr gesagt, er könnte zum Busbahnhof in der Innenstadt kommen und dort auf sie warten. Sie war es gewesen, die darauf bestanden hatte, vorbeizukommen und ihn abzuholen. Er wußte, daß er zu sehr damit beschäftigt war, sie zu beeindrucken, was trotz der Aufregung eine starke Anspannung in ihm bewirkte. Endlich am Bus angekommen, war er dann froh, für eine Weile in den Schlaf zu sinken. Als er aufwachte, schlief sie immer noch. Er lehnte sich zurück und träumte vor sich hin.

Nach der Landkarte reisten sie nach Süden, die Richtung, die er für sich ›mit dem Wind‹ nannte. Er empfand sie jetzt als nicht genau südlich. Er mochte die Ästhetik der Richtung, die Ordnung der runden Welt, Linien, die sich schließlich in einem Gitter trafen, wie die Übungsgitter in der Schule. Aber in Abweichungen von tatsächlichem Süden oder Norden lag eine angenehme Dissonanz, wie der leichte Beigeschmack im Wein oder die Haut des Pfirsichs, nicht rauh, nicht sanft, aber sowohl als auch. Die Aufregung hatte ihm eine kleine Magenverkrampfung beschert, und er hatte zu viel Kaffee getrunken, deshalb fühlte sich seine Haut kühl an.

Sie erwachte neben ihm, streckte sich, drehte sich: »Hallo«, sagte er und schrieb es in Buchstaben auf ihre Wange.

Sie lächelte. »Ich wußte nicht, wie müde ich war.« Sie buchstabierte jetzt leichter in seine Hand, mit mehr Zeichen für ganze Ideen, unter Auslassung von immer mehr Vokalen.

»Du wirst ganz schön raffiniert.«

»O ja.«

John fing an, über seine Gedichte zu sprechen, über seine Hoffnung einer Verbindung zwischen seinen neuen Texten und denen, die er Mr. Sherline gegeben hatte.

»Ich mochte *Gottes Braille*«, sagte sie, »aber nicht so sehr, wie ich gewollt hätte.«

»Warum nicht?« Er war verletzt.

»Weil es nicht blind und taub genug ist.«

Er war sich nicht ganz sicher, aber es schien, als wollte sie das, worüber sie damals gesprochen hatte, seine eigene Erfahrung, seine eigenen sieben Sinne, und nicht das, worüber er von anderen gehört hatte.

»Warum sollte *ich* über Frankreich schreiben?« hatte sie gesagt. »Ich war noch nie dort.«

»Hast du mein Gedicht über *Fourbuds*?«

»Ja, es gefällt mir«, sagte sie, »es ist in meiner Handtasche.« Sie bewegte sich, daran erkannte er, daß sie es herausholte. Es gab eine lange Stille. »Wann hast du es geschrieben?«

»Vor ein paar Tagen. Ich habe über das nachgedacht, was du gesagt hast.« Er nahm das Blatt.

»Es gefällt mir«, sagte sie, »es gefällt mir sehr. Es ist wirklich. Es ist das, was *du* fühlst, was *du* kennst.« (Sie warf das *du* in seine Hand wie das alte Zahlenratespiel, das sie immer an der Schule spielten, heftig und frisch. Die Laken auf der Wäscheleine seiner Mutter waren ihm so ins Gesicht geklatscht, wenn er sie damals aufhängte.) Ihre Finger waren schlank, biegsam und kühl, und je geschickter sie im Fingeralphabet wurde, um so deutlicher trat jenes frische Schnappen in Erscheinung.

»Ist es wahr, daß Katzen auf der Sonnenseite heiß werden, wenn sie schlafen?«

»Natürlich. Wußtest du das nicht?«

»Ich habe noch keine angefaßt. Mir gefällt dieses Gedicht besser als *Gottes Braille*. *Gottes Braille* beschreibt Dinge, die du nie erlebt hast, und es ist zu . . . zu dankbar.«

»Sollten wir nicht dankbar sein?«

»*Wir* schon, aber du?«

Er war wie vom Donner gerührt. Sie fuhr fort: »*Du bist taubgeprügelt worden.* Du wurdest gezwungen, für Corson, diesen gefährlichen Sadisten, Kunststückchen vorzuführen. Vor drei Wochen wurdest du . . . mißbraucht. Wie kannst du lächeln und Gott für *so was* danken?«

Er versuchte, Worte zu formen. »Als mein Vater . . . als die Leute . . .« Er hatte keine Worte.

»Wie kannst du etwas wie *Gottes Braille* schreiben, alles voller Blumen, Berge und Sonnenschein?«

»Gibt es bei Sehenden keine Grausamkeit und keine Vergewaltigung? Wissen sie davon nichts?«

»Warum willst du es nicht sehen – es ist deine Blindheit – entschuldige – es ist diese –« Ihre Finger stotterten, als sie nach einem Wort suchte, das sie benutzen konnte.

Er war einigermaßen verdattert angesichts ihres Angriffs. Es war wie etwas, das sie schon mal gesagt hatte. Die Art, wie sie sich in der Kirche verhalten hatte. Dann hatte sie entschieden, daß sie nicht küssen und nahe bei ihm sein wollte. Er war perplex. Er hatte keine Ahnung, was sie von ihm wollte.

»Warum schreibst du kein Gedicht über das, was dir dein Vater angetan hat?«

»Nein!« Er hatte anscheinend zu laut gesprochen, weil sie ihn schnell festhielt und ihre Finger an seine Lippen legte. »Zu laut!«

»Na und«, signalisierte er in die Luft, das Tauben-Zeichen, und sagte dann, leise, wie er glaubte: »Na und. Du hast etwas gegen laute Wörter und willst, daß ich viel Schlimmeres, Häßlicheres mit meinen Gedichten über das Geschlagenwerden in die Welt setze.«

»Ich will, daß du die Wahrheit sagst.«

»Aber *Gottes Braille* ist die Wahrheit.«

»Ich will *deine* Wahrheit.«

»Meine Wahrheit besteht darin, daß wir meinen Freund besuchen, der mir zwei Jahre lang geholfen hat, der mich zum Lachen gebracht und mir alles Mögliche beigebracht hat, und der mir Beweglichkeit und Selbstvertrauen und Kompetenzen verschafft hat. Zwei Jahre. Sogar Corson war mehr gut als schlecht für uns, obwohl das nicht seine Absicht war. Mein Vater war betrunken und traurig wegen mir, und er schlug mich, aber er wollte mich niemals taub prügeln.«

»Scheiße«, sagte sie brutal in seine Hand und saß den Rest des Wegs in die Stadt zum Gefängnis mit deutlicher Wut im Bauch da.

Das Gefängnis. Sie mußten in einen anderen Bus umsteigen, und wegen der absoluten Sonnenuntergang-Western-Atmosphäre dachte John, daß zuerst die Stadt dagewesen sein mußte, danach erst der Knast. Er stellte Frage um Frage zur Geographie. Sie konnte sie selten beantworten, und als sie schließlich fragte: »Warum ist es denn so wichtig?«, sagte er sanft, weil er sie liebe, »weil zwei meiner Sinne angesprochen sind. Aber ich habe sieben, genau wie du.«

»Welche?«

»Ortssinn, Richtungssinn, Geruch, Berührung, Geschmack, Dauer und Rhythmus.«

Sie gingen am Ende des Ganges, auf den sie anfangs gestoßen waren, hinein. Kies, ziemlich große Steinchen, und ein trocken-heißer Steinstaubgeruch wehten ihn an. Andere gingen auch in ihre Richtung. Er konnte sie um sich herum spüren. Er ging entspannt zwischen ihnen, eine langsame Fortbewegung, dem Stock in einem engen Bogen folgend, ein Gefühl nachbarlicher Nähe. Leda ging neben ihm. Sie lernte gerade, nicht so nervös zu sein und hinter seinem Stock zu gehen, so daß sie nicht über ihn stolperte. Sie bemühte sich, ihre gute Laune wiederzufinden, aber es fiel ihr schwer. Ihre Bewegungen waren etwas steif und ruckhaft.

Die Suche. Glücklicherweise war es beinahe Sommer, und sie trugen leichte Kleidung. Er wurde von oben bis unten abgetastet. Die Taschen geleert. Hunde kamen und schnüffelten an ihnen. Dann wurden sie in ein anderes Gebäude geführt. Leda sagte ihm, daß sie durch eine Art Drahtkorridor gekommen wären. Andere Leute: Gerüche, dann nahm er über seine Füße ihre Präsenz wahr, aber er konnte ihre Anzahl nicht feststellen. Sie dolmetschte – Regelungen. Sie warteten. Wollte er zur Toilette? Nein. Er katalogisierte die Luft in dem Raum, ihre Richtung und ihren Geruch, um sich zu erinnern. Dann die Treppe hinauf. Ostwärts. Sie warteten. Dann ein Gang, von beiden Seiten bedrückende Enge. Wind-aus-der-Station kam durch eine

Tür. Sie warteten. Luftstoß, und plötzlich Martin, Geruch vor der Berührung, diese Zigarren, schrecklich-wunderbarer Martin, und John heulte vor Begeisterung, umarmte Martin und hämmerte gleichzeitig mit beiden Armen auf ihn ein, und Martins kräftige Finger buchstabierten das wundervolle Martin-Selbst: »Was hat dich festgehalten?«

»Dein Gestank ist wunderbar!«

»Das Wort heißt ›Duft‹.«

»Das Wort ist ›Gestank‹. Übler Geruch. Ich hab's extra nachgeschlagen.«

»Wer ist das Mädchen?«

»Leda.«

»Was für Haare! Und hübscher Körper. Kräftig. Schon drin gewesen?«

»Nein.«

»Willst du?«

»Ja.«

Sie standen in der Art der Blinden beim Sprechen. Es war bequemer für lebhafte Gebärdensprache, mit ausgestreckten Händen. John fragte nach dem Leben im Gefängnis. Martin sagte, es sei besser als erwartet, aber auch schlimmer. Es war wie in der Taubblinden-Schule. »Von Hamstern zu Tode geknabbert.« Er sprach von Stunden, Stechuhren, Durchsuchungen, Pässen, An- und Abmeldungen, fehlender Privatsphäre, fehlenden Ideen, ausbleibenden Entscheidungen. »Du warst in der Taubblinden-Schule. Genauso ist es.«

»Und verletzt hat dich niemand – Wächter, andere?«

»Das passiert meist nur bei den jugendlichen Sträflingen. Ich habe nichts, das irgend jemand haben wollte.«

John fing wieder an zu weinen. Martin schlug ihn an die Brust. »Stell deine verdammte Frage. Halt sie nicht zurück.«

»Ich habe davon gehört, was sie dir angetan haben – weil du mit uns unterwegs warst, mit Herb und mir, als du an der Schule gearbeitet hast.«

»Der Richter sagte, es wäre die allerfeigste Handlung gewesen, von der er je gehört hätte. Eine Behindertenschule als Deckung für Drogenhandel zu gebrauchen. Kennst du das Wort ›feige‹?«

»Nein.«

»Es bedeutet ängstlich und gleichzeitig hinterhältig.«

»Hast du uns überallhin mitgenommen, nur *um* die Drogendeals zu drehen, oder hast du uns überall hingebracht *und* mit Drogen gehandelt?«

»Die beiden ersten Male *um zu*, danach *und*. An der Schule gab es Drogen, bevor ich hinkam. Ich habe meist außerhalb der Schule gedealt und keinerlei Schuldgefühle deswegen gehabt. Du und Herb, ihr wart tatsächlich die perfekte Tarnung. Wenn die Leute einen regelmäßig sehen, kommt man in eine Kategorie und wird nicht mehr wahrgenommen. Ich habe in der ganzen Stadt gehandelt. Die Leute kannten meine Route, und ich habe an vorher arrangierten Stellen Käufe getätigt.« John spürte Leda neben sich. »Sie holt Kaffee«, sagte Martin. »Wir können zwei Stunden haben, wenn wir wollen.«

»Du bist aus der Übung; dein Buchstabieren und Signalisieren ist eingerostet.«

»Buchstabieren ist rostig; Gebärdensprache bessert sich. Hier sind zwei Taube.«

»Wirklich?«

»Einer ist von der guten alten T & B.«

»Kenne ich ihn?«

»Vor deiner Zeit.«

Sie kamen dem Thema Verhaftung wieder näher, und John nahm sein Zögern wahr, er spürte, daß Martin nicht darüber sprechen wollte. Jetzt war er den ganzen Weg hierhergekommen. – »Bitte ...«

»Okay, frag weiter.«

»Was hat dich von *um zu* dealen zu *und* dealen gebracht?«

Martins Antworten klangen erleichtert. »Ihr wart das, du und Herb. Ihr wart so aufgedreht, so lebendig. Ich konnte nicht schnell genug reden, nicht weit genug gehen, euch alles rasant genug zeigen. Ich hatte schon viel erlebt in meinem Leben, aber nichts hatte mich auf euch Kokosnüsse vorbereitet.«

Kokosnüsse. Es war ein halb buchstabiertes, halb gestisch übermitteltes Wort, eins, das sie sich nach irgendeinem Witz oder Lied von Martin ausgedacht hatten. Die Erinnerung traf John heftig. »Ihr Kokosnüsse seid verrückter, als einer allein ertragen kann«, pflegte Martin zu sagen. Einmal hatte ein Lehrer John auf dem Weg aus der Schule heraus angehalten, ohne zu bemerken, daß John ein Förderschüler war, und hatte ihn gescholten, weil er außerhalb der Sperrstunde unterwegs war. Als John protestierte, hatte der Lehrer mit unverschämter Schnelligkeit buchstabiert: »Und wer glaubst du denn, wer du bist?« und John hatte geantwortet: »Ich bin einer von den Kokosnüssen« und war stolz und glücklich gewesen.

»Wie lang noch da drin?« sagte er jetzt zu Martin.

»Noch fünf Jahre.«

»Und das wegen uns, wegen Herb und mir, weil wir taubblind sind.«

»Nein, warte –«

»Wir können zu ihnen gehen, zur Polizei, und wir können zum Richter gehen und ihnen sagen, daß wir keine Kinder waren, sondern Erwachsene, und daß es kein Trick war, den du eigens benutzt hast, um dich dahinter zu verstecken. Wir können überhaupt nichts verstecken … Sehend-Hörende wissen, was die Menschen denken.«

»Es würde nichts nützen. Spar deine Energie auf.«

»Aber es ist nicht fair – es ist nicht das, was wirklich passiert ist. Wir werden –«

»Hey!« und Martin gab einen Klaps nach unten, die vertraute, ungeduldige, erinnerungsschmerzende Gebärde, die so sehr Martins Gebärde war, viel mehr als sein Namenszeichen. Die dicken Finger schlugen nach unten und ruhten einen Augenblick im Handteller, wie um zu sagen: »Merk dir das.«

»Es hat keinen Sinn. Euch würde es nur müde machen, und mir würde es nicht helfen. Sie haben getan, was sie tun mußten. Ich habe Drogen verkauft und gekauft, und ich war im Drogengeschäft. Das ist ein illegaler Betrieb. Laß dich nicht verwirren. Ich bin geschnappt worden. Jetzt bin ich in der Mühle.«

»Aber –«

»Hey, Kokosnuß; haben Kokosnüsse eigentlich Ohren?«

Alter Scherz. Er brachte John zum Weinen. Er blieb

stehen, wie er stand, hielt sein Gesicht in den Händen und ließ die Tränen aus den Augen an der Nase vorbeilaufen, und im vollen Weinen das laute Ein- und Ausatmen. Sofort waren Martins Hände auf ihm. »Sie denken, ich prügle dich zu Tode. Hör auf zu brüllen.«

»Was?«

»Die Wärter sind hier. Sie sehen uns durch einen Spiegel, aber die, die uns nicht sehen, sind gekommen, weil du gebrüllt hast.«

»Ich will brüllen.«

»Dann geh zur Toilette und schlag den Kopf gegen die Wand.«

Das war auch eine Erinnerung, und sie stach John und ließ die Tränen in einer Aufwallung von Ärger versiegen. Es war seine Art von Wut gewesen, als kleiner Junge: dann begab er sich in einen engen Raum – Schrank oder Kabine – und schlug an die Wände, erreichbare Feinde. Als Martin dazu kam, hatte er ein- oder zweimal darüber gelacht, hatte es eine Show genannt und gesagt, er würde Eintrittskarten verkaufen und eine Menge Geld dabei verdienen, Leute kommen und zuschauen zu lassen. John hatte damit aufgehört: »Es tut weh«, sagte er, »das alles.«

»Ich weiß.«

»Wo steckt ihr ihn hin, den Schmerz, ihr wundervollen Höries?«

»In unsern Hut.«

John atmete mehrmals schwer ein und aus, um seine Nase und den Rachen freizubekommen. Der Geruch war verschwunden. Er fühlte das unangenehme Anschwellen nach dem Weinen und seufzte.

»Sie nennen sie eine stille Welt, die Taubheit«, sagte Martin. »Wär's doch nur so«, und er schlug John leicht an den Arm: »Jetzt erzähl mir von deinem Leben.«

John bediente sich der komfortablen Kommunikationsform, die er mit Martin entwickelt hatte, eine Kombination von Sprache, Fingeralphabet und Gebärden. Er erzählte Martin von *Gottes Braille* und von seiner Angst vor den Komplikationen, davon, daß Leda sagte, seine Gedichte wären zu ›hörend‹ und ›sehend‹ und deshalb irgendwie falsch, darüber, daß ihm sein Job auf einmal stupide und langweilig vorkäme, von Leda und der Stärke ihrer Anziehung. »Ich will –«

»Was?«

John war ganz elend zumute: »Ich weiß nicht.« Er berichtete Martin von Ledas Erfolgen, dem Theater und den Werbespots und den Proben, daß sie den Bus fuhr, so viele Begabungen und so beschäftigt, daß sie wie der Wind vorbeiflog, wie die Winde von sich öffnenden und schließenden Türen, da und schon wieder vorbei.

Martin akzeptierte Johns Worte, gab leichte Schläge der Zustimmung oder Ermutigung. Die dicken Finger hatten etwas von ihrer Schnelligkeit verloren, aber John fühlte sich so wohl mit ihnen und mit dem Geruch von Martin und mit seinem großen schweren Schatten beruhigend nahe über ihm, daß er den Verlust an Sprachgewandtheit erst später bemerkte.

Nach einer Weile öffnete sich die Tür. John spürte den Zug. Wer war es? Kam Leda zurück, oder wollten die Vollzugsbeamten Martin schon wieder mitnehmen.

»Wer?«

»Woher weißt du?«

»Luftzug, Vibration.«

»Ich hab vergessen, was für heiße Brüder ihr seid, du und Herb.«

»Aber wer ist es?«

»Es ist Tucker, ein Freund von mir, ein Bewacher.«

John fing wieder an zu weinen. »Ich will nicht, daß sie dich schlagen. Alles, was sie sagen –«

»Das ist Blödsinn, John. Knast ist nicht schlimmer als jeder andere Ort, an dem andere Kontrolle über dein Leben haben.«

»Ist es jetzt Zeit?«

»Ja, es ist Zeit.«

»Martin, warum hast du schlechte Drogen verkauft?«

»Meine Drogen waren *gut*. Ich hab sie für Geld verkauft. Ich habe viel Geld verdient. Ich hatte Mädchen, und die Mädchen wollten alles mögliche, Schmuck und Autos und Sex in schicken Hotels, was wir dann auch taten.«

»Das wußte ich nicht. Das hast du mir nicht gesagt. Ich dachte, man erzählt seinen Freunden solche Dinge.«

»Ich hab euch gern gemocht, euch beide. Wenn es dann noch etwas gibt, was einen bedrückt, warum das dann noch aufs Tapet bringen.«

Martin mußte ›etwas aufs Tapet bringen‹ vor Jahren erklären. Niemand hatte es seitdem John gegenüber benutzt, also blieb es voll und ganz Martins Begriff und, mit seinen Händen, eine Art Leitmotiv: Martin, mein Freund. John wollte die tausend Korridore, die er heute durchlaufen hatte, abreißen, wollte alles Feste um sich herum zerbrechen spüren, während er die Zerstörung in Gang setzte, wollte im Mittelpunkt einer Vibration von der Größe eines ganzen Hauses sein. Solche Wutanfälle hatte er schon früher gehabt. Manchmal hatte er sie ausgelebt, warf sich dabei zwischen Fußboden, Möbeln und Wänden hin und her, bis ihn jemand auffing oder bis er zu müde war, sich zu bewegen. In der letzten Zeit hatte er gelernt, sich zu beherrschen; das Abflauen der Wut abzuwarten. ›Nichts dauert ewig.‹ Zitat: irgend jemand. Er hatte vergessen, wer.

Also stand er völlig bewegungslos da, eine lange Zeit. Leda kam. Martin verabschiedete sich. John konnte sich nicht rühren. Jemand, nicht Leda, versuchte, seinen Arm zu nehmen und ihn in die Auf-Wiedersehen – und Wir-gehen-jetzt-Position zu bringen, aber sein Unterleib ließ sich nicht drehen. Leda nahm seine Hand, und er folgte, bewußtlos dem Ort und der Richtung gegenüber. Am Bus stand er lange Zeit unbeweglich, der unterdrückte Donner hallte in seinem Kopf nach.

10

Du hast mich zu Tode erschreckt!«

»Du lebst ja noch!«

»Versuch nicht, komisch zu sein. Was hast du eben gemacht?«

»Du bist komisch. Erst willst du, daß ich wütend werde und meinen Vater hasse, das Leben, überhaupt alles. Und wenn ich dann wütend *bin*, willst du das auch nicht. Schulworte, Arbeitsworte: sei nicht zornig. Alle wollen sie, daß ich alles überstehe, ohne wütend zu werden. Du willst, daß ich zornig werde, aber wenn ich es bin, hast du Angst. Erklär das mal.«

»Kann ich nicht.«

Sie waren im Bus unterwegs nach Hause. Martin hatte gesagt, noch fünf Jahre. John signalisierte halb zu sich selbst: »Noch fünf Jahre.« Dann zu ihr: »Schön, daß sie mich zu ihm gelassen haben.«

»So sehr ich auch mir selbst das Verdienst zuschreiben möchte, *sie* erlauben es. Es war nur das andere Gefängnis, das es damals nicht zuließ. Nur dein Gebrüll war etwas daneben. Es waren noch andere Leute da, Besucher, und du bist wie eine Rakete explodiert.«

»Bist du wütend?«

»Wir streiten uns.«

»Das verstehe ich nicht.«

»Tut mir leid. Du schreist, und mir macht es was aus. Dein Gesicht sieht wie erstarrt aus mit einem Ausdruck, als wolltest du sagen: Bleib weg. Und dein Körper ... Du hast mich erschreckt. Nachdem ich den ganzen Mist für dich durchgesetzt hatte. Ich mußte sie überzeugen, daß du noch bleiben konntest.« Sie saßen eine ganze Weile. Dann sagte sie: »Hör auf zu schmollen.«

»Noch fünf Jahre«, sagte John. Er war müde, ausgelaugt, schwer von verdrängtem Groll.

Ihre Hand zeigte leichte Ungeduld angesichts der Auseinandersetzung. »Was hat er noch gesagt? Ich war nur zeitweise da und habe vieles verpaßt.« Auch sie war erschöpft; er spürte es in jeder Sprachgeste und in den Muskeln ihrer Hände; sogar ihr Atem trug den leicht säuerlichen Geruch der Anstrengung.

Er erzählte es ihr. Was er ihr nicht mitteilen konnte, war, daß es nicht das, was Martin sagte, war, sondern die Tatsache seiner Anwesenheit, seine Berührung, sein Geruch, sein Schatten, die Körpererinnerung an ihn, die wichtig waren. Er versuchte, sich in seine Erinnerung zu versenken und jedes Wort daraus hervorzuholen. Er war ein Dichter, mit Wörtern vertraut, warum konnte er sich nicht erinnern? Schließlich sagte er: »Martin meinte, es würde ihm nicht helfen, wenn ich zum Richter ginge, um sein Urteil zu verringern. Er hat getan, was sie ihm vorwarfen, Drogenhandel zur eigenen Bereicherung. Er sagte, er hatte Mädchen, die hübsche Sachen mochten. Er nannte mich eine Kokosnuß.«

»Bist du eine Kokosnuß?«

»Ja, das war mal ein besonderer Name für mich.«

»Hast du schon mal eine Kokosnuß gegessen?«

»Ja, süß, zum Kauen; es bedeutet süß.«

»Nein, überhaupt nicht. Ich werd's dir zeigen. Sie ist rund und außen hart und haarig, und wenn du sie schüttelst, schwappt es drinnen. Das ist die Kokosnuß, die er meinte; die ungesüßte Version, und dickköpfig dazu.«

»Du belehrst gern.«

»Ich mag die wirkliche Welt.«

»Mein Zorn ist Teil davon.«

Sie waren still, aus Angst, sich zu streiten, sobald sie sprachen. Die Zeit verging, und plötzlich war da in John eine Idee für ein Gedicht. Ein Gedicht an Martin und Leda, ein Gedicht, zum Teil Verteidigung, zum Teil Einführung in das, was sie seine Welt nannte. Er hatte keinen *Braille*-Notizblock dabei. Er dachte, daß er sich nach der Heimkehr daransetzen würde. Sie waren immer noch still, aber die Atmosphäre hatte sich gelockert.

Leda sagte: »Bist du müde? Du kannst diese Sitze etwas zurückstellen und ein bißchen schlummern.«

»Nein, ich denke über ein Gedicht nach.«

»Über deinen Nachmittag in einem Gefängnis?«

»Knast ist kein gutes Thema für ein Gedicht.« Er wunderte sich, daß sie so wenig verstand, was Dichtung ausmachte. Sie hatte gesagt, daß sie eine Menge las. Er liebte sie, sie hatte sein Leben verändert, seine Hoffnungen, seine winzigsten Taten und Wünsche, aber sie verwirrte ihn. Ständig, so schien es ihm, wollte sie, daß er anders wäre, anders über die Dinge fühlte, als er wirklich war. Frustrierend. Das war ihr Wort. »Du bist frustrierend«, sagte er. »Mit dir zusammensein ist wie das Kämmen von verknotetem Haar.«

Zu seiner völligen Überraschung klatschte sie mit seinen

Händen in ihre und lachte: »Siehst du's nicht? Das ist *dein* Bild, *deine* Metapher, deins – taubblind.«

»Aber es ist nicht poetisch – es würde nie in ein Gedicht passen.«

»Warum nicht?«

Erstaunlich. Sie war voller Überraschungen.

Sie kamen spät zu Hause an. John stolperte vor Erschöpfung und der Desorientierung unterbrochener Routine. So viel Freude und so viel Schmerz. Dazu kam, daß es ermüdend war, jetzt wieder in den Alltag zurückzukehren. Er erkannte, daß er auch in seinen Erwartungen an Leda enttäuscht war. Das Begehren war dutzendmal aufgetaucht und wieder verschwunden, völlig verstrickt in Zorn, Kummer und der Verzweiflung eines Tages, an dem man mit dem falschen Fuß aufgestanden und mit dem Stock in allen Ecken festgehalten worden ist. *Fourbuds* drapierte sich in Katzen-Kringeln um seine Fußgelenke herum. Er ging, um Wasser zu holen und ihr Futter nachzusehen und stolperte dabei über sie. Leda war noch da und ruhte sich auf dem Couchbett aus. Als er aus der Küche zurückkam, setzte er sich neben sie. Sie lag da, zusammengerollt und eingenickt. Er fing an, sie zu berühren, strich über ihr langes Haar, das warm war an der Kopfhaut, kühl in der Mitte und an den Enden aufgerauht. Abendkühle herrschte, und die Wärme ihres Kopfes tat ihm gut. Er legte seine Finger in ihr Haar und kämmte es sanft mit seinen Händen.

Dann war sie wach. Er wußte nicht, wie er es bemerkte – irgendeine Bewegung, wahrscheinlich eine veränderte Atmung.

»Ich habe geträumt, ich sei blind«, sagte sie.

»Komisch, ich träume, daß ich sehe.«

»Wir haben kein Licht an.«

»Brauchst du's?«

»Nein.«

Er streichelte sie mit einer Hand, mit der andern wartete er auf ihre Worte.

»Ich habe plötzlich verstanden, warum wir nicht zusammenkommen, du und ich, warum es uns so schwerfällt, miteinander zu schlafen, obwohl wir es beide wollen.«

»Warum?«

»Weil all diese Einladungen, Fragen und Antworten für Sehende optisch gestaltet sind. Bei uns geht es über die Augen und Brauen.«

»Jetzt hat niemand Licht.«

»Ja, und hierfür ist es besser.«

Er hatte geglaubt, er wäre müde, aber er stellte fest, daß er jetzt doch nicht müde war. Er ging zum Fenster und öffnete es. Eine warme, feuchte Brise, das langsame Ausatmen der Stadt, wehte ihn an. Er ging zum Couchbett zurück und setzte sich. Sie hatte sich aufgerichtet. Er legte seine Hand auf den warmen Fleck, auf dem sie gesessen hatte. Sie nahm seine Hand und zeigte ihm, indem sie die Hand bis zu ihrem Hals und wieder hinunter führte, daß sie ihr Oberteil abgelegt hatte. Sie buchstabierte in seine Hand: »Soll ich dich ausziehen?«

»Warum?«

»Gilt als sexy.«

»Ich ziehe mich selber aus. Deine Methode erinnert

mich zu sehr an die Hilfeleistungen von sehenden Menschen für Blinde.«

»Du meinst, daß du dich dann passiv fühlst?«

»Wort?«

»Ein Objekt, ein Ding, eine Person, der etwas angetan wird, nicht die Person, die etwas tut.«

»Ja.« Er schlug ihre Hand mit einem zustimmenden Freudenaufschlag, und während er sein Hemd mit der einen Hand aufknöpfte, wiederholte die andere das Wort ›passiv‹, lernte es.

»Wie wäre es«, buchstabierte sie auf seinen nackten Rücken, »wenn du mich ausziehen würdest.« Das war überhaupt nicht passiv. Ihre Häkchen und Knöpfe und Reißverschlüsse waren nicht schwer zu erlernen; sie half ihm, lehnte ihren Körper rückwärts oder zu ihm hin, um es ihm leichter zu machen, und dann war es auch in Ordnung, wenn sie einen Knopf selber aufknöpfte, ein Häkchen oder einen Reißverschluß öffnete.

Sie bewegten sich zueinander, Haut zu Haut. Sie lagen nahe beieinander und, wie er wußte, in Dunkelheit auch für sie. Er dachte: Sie ist blind und wirklich. Sie sieht mit ihren Fingern, vertraut. Er las die Wärme und Kühle ihres Körpers. In keinem der Liebesgedichte, die er kannte, gab es dieses höchst wunderbare Gefühl, kühle Brüste, warme Schenkel. Kühle Schultern, warmer Bauch – ein weicher Flaum ihren Rücken hinunter, oberhalb von der Spalte, und drahtiges Haar vorn, wo sie sich öffnete. Während er sie erforschte, erforschte sie ihn, so daß seine Hände zitterten, als er auf ihr lag. Als sie sich ineinander bewegten, überkam es ihn zu früh. Dann zog er sich zurück, und sie sagte auf seinem Arm: »Kannst du warten, bis ich komme?« Er glitt in sie zurück. Sie verfiel schnell in eine Art Krampf. Es war eine Art von Schauder, den er von seinem Schulfreund Romano kannte, so daß er Angst bekam und in ihr zusammenfiel.

»Was?«

»Bist du krank?«

»Ich bin... ich hatte einen Orgasmus.«

»Wort?«

»Ich tat, was du auch getan hast.«

»Aber du hast am ganzen Körper gezittert.«

»So ist das bei mir.«

Er war beeindruckt. »Ich kann das bei dir auslösen?«

»Ja, wenn du lang genug dabei bleibst. Es gibt auch etwas, das du jetzt tun kannst.«

»Was?«

Sie zeigte es ihm.

Morgens. Es war so aufregend, neben ihr zu erwachen, ihre Bewegungen zu spüren und ihr Aufwachen in dem ziemlich schmalen Bett mitzubekommen, die Drehung, der langsame Arm. Er hatte den Wecker gestellt, ohne daß er sich daran erinnerte. Also waren sie vor Tagesanbruch geweckt worden und hatten erneut miteinander geschlafen, und er war langsamer gewesen und hatte ihr Erschauern verstanden; obwohl er wieder an Bobby Romano denken mußte, der damals auch unter ihm gelegen hatte, als sie im Schulhof in der Spielecke zusammen hingefallen waren, Bobby mit flatternden Händen, am ganzen Körper zitternd auf eine Weise, die John zunächst für Lachen gehalten hatte.

Dann war sie schnell aufgestanden und buchstabierte ein schnelles *tt* für Toilette, bevor sie verschwand. Er ging hinein, um den Kaffee aufzustellen. Nichts war gemacht. Das Geschirr von gestern stapelte sich im Spülbecken. Die Kaffeetasse war nicht sauber; die Kanne nicht an ihrem Platz. Wo war sie? John hatte ein Gefühl von Desorientierung, fast wie Ärger, das außerdem in gewisser Weise die von ihm so hoch geschätzte Kompetenz unterlief. *Fourbuds* strich mißbilligend um seine Beine herum. Er bückte sich. Sie hatte Wasser. Er seufzte, vibrierte leise dabei, ein tiefes Brummen in der Kehle, das Hörende nicht anstößig fanden und für ihn wahrnehmbar war. Er füllte *Fourbuds'* Futternapf. Er fand die Kaffeekanne und nach längerer Suche den Kaffee. Er spürte seine Konzentration nachlassen. Seine Gedanken waren bei ihr und nicht dort, wo er war. Das ließ seine Finger langsam und umständlich werden, so daß er den Kaffee in die Untertasse statt in die Tasse füllte und ihn nicht wiederfand, bis seine Finger über den Tisch strichen und dort die Bohnen fühlten. Er mußte von vorn anfangen, und die offene Schranktür stieß ihn am Kopf an der vertrauten Stelle. Nochmals von vorne.

Er hatte seinen Morgenmantel angezogen, was er jetzt jeden Morgen tat, nachdem er von dem Blinden in Detroit gehört hatte, der festgenommen worden war, weil er gern nackt herumlief und vergessen hatte, die Jalousien herabzulassen; er wusch seine Hände im Becken, bevor er loslegte. Irgend etwas Merkwürdiges – irgend etwas – sie war von hinten an ihn herangeschlichen und blies jetzt ihren Atem seinen Rücken hinunter, während er die Ablage reinigte, um noch einmal anzufangen. Da war ihr Duft und die Wärme ihres Gesichts, die die Kühle ihres Atems umhüllten. Hinunter und hinab. Er drehte sich schnell um und fing sie. »Was tust du?«

»Spielen.«

»Wir müssen jetzt ernst bleiben; es ist Zeit, zur Arbeit zu gehen.«

»Laß mich das Frühstück machen, während du duschst und dich anziehst.«

Er ließ es zu, weil es einfacher war, als auf seiner Eigenständigkeit zu bestehen. Sie war schneller als er, und sie waren etwas spät dran mit den Vorbereitungen. Während er duschte, erinnerte er sich, daß er sich nicht um das sonntägliche Kochen gekümmert hatte und keine Pausenmahlzeit vorbereitet war. Ein Teil von ihm fürchtete sich etwas, so aus der Bahn der Gewohnheit geworfen zu sein, die seinem Leben, wie Orts- und Richtungssinn, Grenzen und Form gab. Ein Teil von ihm war aufgeregt wie damals, als er eines Tages von der Schule aus Schlittenfahren ging. Er hatte die Geschwindigkeit geliebt, das ungebremste Hügelabwärts-Rasen, eine neue Bewegungsmöglichkeit mit neuen Gesetzmäßigkeiten. Mit Corson hatten sie lebenswichtige Dinge gelernt: Rhythmus durch Dauer, was Geschwindigkeit bedeutete. Vor Corson hatte John keine Möglichkeit gehabt, Geschwindigkeit zu erleben außer jener, die ihm widerfuhr. Corson hatte sie ihre Köpfe auf Bahngeleise legen und den Rhythmus hören und die Dauer fühlen lassen. Leda war zu Tode erschrokken über das, was Corson getan hatte, und erst dann hatte John ihn als sadistisch einschätzen gelernt. Einige der ›Spiele‹ waren grausam, aber als die Spiele aufhörten und

Corson gegangen war, waren Herb und John klug. Sie hatten genug Überlebenstricks gelernt, um sich innerlich warm und stark zu fühlen.

»Hast du immer noch Hunger?« fragte sie ihn nach dem Frühstück.

»Ja, das weißt du doch.«

»Wie kann ich erkennen, ob du glücklich bist?«

»Ich sage es dir.«

»Du zeigst sehr wenig mit deinem Gesicht, und wenn du sprichst, hat deine Stimme keinen Ausdruck. Es ist irgendwie – manchmal stört es mich.«

»Wenn ich vibriere ...«

»Ja, dann weiß ich, daß du sehr wütend oder sehr glücklich bist.«

Er spürte, wie sie neben ihm unruhig wurde. »Was ist los?«

»Du hast beinahe die Milch umgeworfen.«

»Du solltest mich den Tisch decken lassen. Dann weiß ich, wo alles ist, aber ich wußte es sowieso. *Beinahe* hat keine Bedeutung für einen Blinden. Du tust es, oder du tust es nicht. Die Wand ist da, oder sie ist nicht da.«

»Und *fast*?«

»Fiktion.«

»Aber bei deiner Lektüre – was stellst du dir vor, wenn du diese Worte liest?«

»Eine andere Welt.«

Er verließ das Haus zur gewohnten Zeit und wartete auf Sam und den Bus. Sie war früher gegangen und hatte ein Taxi zum Standort des Busses genommen. Sie hatte Angst, zu spät zu kommen. Es war gefährlich, sagte sie, die Leute wissen zu lassen, daß sie miteinander geschlafen hatten. Zu persönlich. Mr. Bisoglio würde es auch nicht gefallen, und es könnte sie den Job kosten. John war verwundert über seine Gefühle. Er war zunächst dankbar gewesen für Ledas Verschwiegenheit, die private Welt, die sie zusammen gehabt hatten, aber in letzter Zeit wollte er gern ein bißchen angeben, sie vorzeigen. Seine taubblinden Freunde hatten nicht so auf sie reagiert, wie er gehofft hatte. Den Hörenden gegenüber schien sie ängstlich zu sein; da war eine Vorsicht, ein Zögern in ihrem Sprechen über sie. Er dachte darüber nach, als er außerhalb des Gebäudes wartete. Dann erkannte er, daß sie beunruhigt war, und er versuchte es sich zu erklären. An der Schule gingen alle möglichen Gerüchte in der Gehörlosen- und in der Blindenabteilung um. Manchmal erfuhren auch die taubblinden Schüler von diesen Gerüchten. Als John von den Jungen mißbraucht worden war, hatte er Angst gehabt, sie würden es herumerzählen und daß er aus einem Jungen in ein Etwas verwandelt werden würde, das jeder mißbrauchen könne. Die Angst vor schlimmen Dingen.

Gab es einen Grund für die Angst, daß die Leute von etwas Gutem erführen? Er könnte Sam oder Swede später danach fragen.

Drei Tage lang traf sie ihn nicht, und während dieser drei Tage träumten seine wartenden Sinne sie ins Leben. War da ein Rosenduft, der sich auf ihn zu bewegte, eine Spur nur, die sich verstärkte, als sie sich ihm näherte? War das ihre Hand, die die Rückseite seines Nackens streichelte? Eine Wärme, die nahe seinem Gesicht in der Luft hängengeblieben war, war das ihr Gesicht?

Seine Konzentration litt. Er wurde unaufmerksam gegenüber seiner räumlichen Befindlichkeit und schlug sich Knie und Ellbogen auf. Er ließ Sachen fallen. Er verbrannte sich am Arm in der Nähe des Ofens. Am Donnerstag kam sie zur Mittagspause und aß mit ihm, und er erzählte ihr, was mit ihm los war.

Sie sagte: »Es wäre schön, wenn ich dich am Telephon anrufen könnte, nur für eine Minute, um dir zu sagen, daß ich an dich denke. Ich habe einen Job bei einer neuen Firma in der Innenstadt, Kosmetik vorführen, für sechs Wochen.«

»Aber –«, und seine Hand war über ihrer, und sein Wort verließ den Mund allein.

Sie sagte: »Ich fahre den Bus immer noch morgens, und wir können die Samstagabende für uns haben.«

»Gottesdienst nächsten Sonntag?«

»Vielleicht.« Das Vielleicht der Hörenden. »Vielleicht noch einmal. Ich habe nicht viel davon.«

»Ich habe ein Gedicht für dich. Zu Hause.«

»Zeig es mir. Ich komme am Sonntag, und wir können tagsüber rausgehen. Kommenden Samstag abend kann ich nicht da sein, aber ich werde zum Frühstück am Sonntagmorgen kommen.«

Am Sonntag stand er um fünf Uhr auf, um zu kochen und seine Sonntagsarbeiten zu erledigen. Sie kam und auch ihr Rosenduft und der Geruch ihres Haares und Gesichts und Körpers, aufregend und vertraut. Sie umarmten sich glücklich. Dann machte er ihr Frühstück, und sie aßen. Hinterher zeigte er ihr sein Gedicht. Es war ein Liebesgedicht, das er für sie gemacht hatte.

Meine Liebe ist wie der Ozean.
Sie hat einen Rhythmus, sie hat Gezeiten.
Sie zieht warm und begierig an mir.
Sie wird mich begleiten.
Meine Liebe hat mir Flügel gegeben,
Um über das Meer zu fliegen,
Zu schweben, zu warten, zu hoffen
Und bei dir zu liegen.

Er hatte es auf seiner Normalschreibmaschine getippt und hoffte, daß er keine Fehler gemacht hatte. Er gab es ihr. Sie legte ihre Hand auf seine, während sie las, und buchstabierte mit, so daß sie es zusammen lasen. Er war bewegt von ihrer Sensibilität. Sie schien quasi magisch zu wissen, was in seiner Welt Anmut bedeutete. Sie las bis zum Ende.

»Gefällt es dir?«

»Es ist hübsch«, sagte sie, »aber es ist nicht dein Gedicht. Es ist das Gedicht eines sehenden Menschen.«

Er fühlte sich verletzt. »Wo ist davon die Rede, daß ich sehend bin?«

»*Ozean* ist ein Begriff der Sehenden. *Gezeiten, Meer.* Das Gedicht baut auf ein Wissen auf, das du nicht haben kannst.«

»Aber ich war am Ozean.«

»*Deine* Erfahrung.« Sie schlug das *deine* hart. »Dein Ozean ist nicht *Ozean. Wasser* vielleicht. *Sand* vielleicht –«

»Ich müßte eine völlig neue Sprache erfinden –«

»Du könntest es auch auf englisch tun.«

»Ich dachte, das Gedicht würde dich froh machen.« Er

war beschämt, verwirrt, auch ein bißchen zornig. Sein ganzes Leben lang hatten Lehrer und Erzieher und Hauseltern an der Schule gesagt: »Dies ist die Art, wie die Sehenden es machen! So machen es die Hörenden!« Das höchste aller Komplimente, das einem gemacht werden konnte, wenn man blind war: »Er verhält sich wie ein Sehender«, oder, wenn man taub war: »Man merkt gar nicht, daß er taub ist«, und wenn man taubblind war: »Es ist genauso, als würde er sehen und hören.« Seine eigenen Eltern bemitleideten und haßten seine Taubblindheit. »Willst du, daß man mich auslacht?« sagte er in Richtung auf den Platz, an dem sie saß. Er hatte seine Hand vor Überraschung zurückgezogen. Nach seinem Empfinden war sie weg. Dann spürte er ihre Atmosphäre, das leichte Aufsteigen von Wärme an seinem Gesicht und ihren Schatten, ganz nah. Sein Gesicht war schon heiß vor Scham; es fiel ihm schwerer, ihre Anwesenheit zu entziffern.

»Du verstehst noch nicht, oder?« fragte sie. »Ich will, daß du *du* bist, daß du deine eigenen Erfahrungen aussprichst.«

»Du willst auch, daß ich zornig und doch nicht zornig bin.«

»Ich vermute, das stimmt – ich bin schuld, aber das ist nur menschlich, es ist normal, zu –«

Jetzt fühlte er den Zorn wie einen Ozean in sich hineinströmen, den er erfahren, aber nicht gesehen hatte. »Keine Menschen und keine Normalen mehr! Ich bin menschlich und normal mein ganzes Leben lang gewesen – ohne zu sehen und ohne zu hören, aber sei wütend, sei friedlich, jedermann ist menschlich, jedermann ist normal. Du willst, wie die anderen, daß ich ein Gefäß bin, etwas zu Füllendes –«

Er vibrierte wieder, er wußte es. Das bedeutete, daß er schrie. Er hielt an. Die Luft war geladen vor Zorn. Sein erstes richtiges Begreifen des Worts *Raum*, als er noch nur blind war, war aus dem Erlebnis von um ihn herum im Raum abprallenden Geräuschen entstanden. Seitdem hatte er längst vergessen, wie ein Geräusch sich anhörte, außer wenn ihn der Tinnitus überfiel, aber der Luftabprall war Teil seines Berührungssinnes, einer Vibration als einer Art innerer Berührung, die er spürte und als Geräusch erkannte. Leda sagte, daß das vielleicht auch sein ›Schatten‹ wäre. Er spürte, wie es weiterging, zufriedenstellend irgendwie, und dann bemerkte er eine Veränderung. »Da ist ein Fenster offen.«

»Ja. Die Nachbarn glauben, daß ich dich vergewaltige. Woher weißt du es überhaupt; es gibt keinen Luftzug.«

»Luftabprall ist anders; drei Seiten ohne die vierte.«

»Du meine Güte. Mann, das sage ich dir doch die ganze Zeit. Niemand außer euch weiß irgend etwas davon. Erzähl es uns. Nimm uns mit in eure Welt. Ihr müßt tagtäglich in unserer leben. Nachts in unseren Träumen, da könnt ihr uns mit durch die Tür nehmen.«

»Zu schwer, zu anstrengend –«

»Also bist du doch nicht so wunderbar, du bist nur faul. Alma ist weniger faul als du.«

Sie fielen sich in die Arme.

Dieses Mal sprachen sie nicht. Er stellte fest, daß sie kein Reden mochte, oder eher, daß sie bei der Liebe gern taubblind war, um Vibration, Ort und Richtung, Berührung, Geruch, Geschmack, Rhythmus und Dauer genauso wie er auszuprobieren. Es gibt einen Ort, an dem die Taubblinden und die Sehend-Hörenden gleichermaßen weise sind. Er hatte angefangen zu lernen, was ihr gefiel, im Geben und im Nehmen, und sie hatte ihm gesagt, daß diese Dinge etwas Besonderes für sie seien. Später buchstabierten sie ein bißchen, plauderten. Sie lernte allmählich, Bedeutung in wenige Worte schläfriger Unterhaltung zu komprimieren.

Mittags gingen sie in den Park, und Leda erklärte ihm, daß *Gottes Braille* wichtig wäre und daß es notwendig sei, das Geld aufzubewahren, das jetzt hereinkäme. Er müßte einen Weg finden, es zu halten und es sorgfältig zu verwenden. Wußte seine Sozialarbeiterin von dem Geld? John hatte ihr nie davon erzählt, obwohl Sam auch davon gesprochen hatte. Die REHA-Leute hatten ihm die Arbeit in der Werkstatt besorgt, aber er hatte das Gefühl, daß seine Gedichte seine eigene Angelegenheit waren und auch deren Verkauf oder Nichtverkauf. Es war kein regelmäßiger Job. *Gottes Braille* schien allerdings eine andere Geschichte zu sein, komplizierter irgendwie. Das hatte Sam auch gesagt.

»Meine Theaterklasse«, sagte Leda, »nächsten Sonntag abend, so ein kleines Fest. Ungefähr zehn, zwölf Leute bei mir. Kannst du kommen?«

»Dolmetscher?«

»Das wäre tatsächlich das beste, wenn du es dir leisten kannst.«

»Ich versuche, Sam zu bekommen.«

Am Montag fragte er Sam, ob er frei wäre.

»Ich würde gern kommen«, sagte Sam. Da war ein Zögern in seinen Fingern. War es Müdigkeit oder irgendein Ärger, ein Zurückziehen? »Ich muß dir etwas sagen.«

»Ich weiß.«

»Wieder die blöde Gerüchteküche?«

»Nein – deine Veränderung – Körperhaltung, irgendwas...«

»Ich muß mit dem Job aufhören«, sagte Sam. »Ich gehe wieder zur Schule.«

Die Welt schwankte nach links, wie immer, wenn ein Tag schlecht verlief. »Warum?«

»Du weißt, daß ich halb in der Schule war, halb der Bus. Halb du und die andern zum Dolmetschen. Das ist nicht genug Geld, Dolmetschen wird nicht so gut bezahlt. Liegt keine Zukunft darin. Es gefällt mir, und ich mag dich, aber ich kann es mir nicht leisten. Ich möchte mich auf die freundliche Art verabschieden. Sonntag geht deshalb auf mein Konto, okay?«

John nickte und fühlte sich fingertaub dabei.

»Aber neuer Mann, Melvin, religiös. Er wird dich Sonntag zur Kirche bringen.«

»Bloß nicht.«

»Warte – keiner von den Moralaposteln. Auch kein ›Kommt-alle-zu-Jesus‹-Typ, wenigstens glaube ich es nicht.«

»Manchmal benutzen sie uns...«

»Ich weiß: Ich denke, Melvin ist in Ordnung.«

»Würdest du – gelegentlich – extra Bezahlung –«

»Ich weiß nicht; hängt von der Schule ab. Vielleicht

kann ich es einrichten – ich weiß nicht – ich war jetzt zwei Jahre hier.«

»Ich weiß.«

»Also bis Sonntag.«

Die Werkstatt. John machte sich zu seinem Arbeitsplatz auf, mit dem Stock ging es ihm leicht von der Hand, weil er sich auskannte und den Stock überhaupt nur benutzte, falls Leute in Rollstühlen oder andere Leute ihm in der Halle begegneten, und manchmal stand ein Reinigungswägelchen oder ein Servierwagen herum. Er machte sich gerade an die Treppe nach oben, als er Mr. Bisoglios Hand spürte. Er drehte sich um. Mr. Bisoglios holprige Zeichen bedeuteten ihm, daß seine Sozialarbeiterin im Büro auf ihn wartete.

Die Besprechung war kurz. Mrs. Farrell signalisierte sehr ungeduldig, und sie war wütend. Sie sagte, er sei ein Lügner und Betrüger, und daß er jahrelang Geld erhalten habe, ohne es der Agentur zu melden. Sicher wüßte er, daß außerhalb erzieltes Einkommen angegeben werden müßte. Er sagte ihr, daß einige Leute von dem Geld wußten – Sam wußte es, Mr. Bisoglio wußte es, und er hatte es einem der Arbeiter letztes Jahr erzählt.

»Aber Sie gaben an, daß der erhaltene Betrag gleich bliebe.«

»Na und?«

»Also war es Betrug. Wieviel Geld haben Sie im Jahr durch Ihre Teilzeitbeschäftigung verdient?«

»Es war keine Arbeit, es war Dichtung, aber ich hatte an die tausend Dollar.«

»Wir werden das regeln müssen, so daß Ihnen monatlich eine Summe abgezogen wird, bis die Schulden bezahlt sind.

Sie wissen doch, daß Sie Unterschlagung begangen haben?«

»Soweit ich weiß, darf ich nicht mehr als zweitausend Dollar zusätzlich verdienen, sonst werde ich rausgeworfen.«

»Wer auch immer Ihnen das erzählt hat, hat sich geirrt. Jeder zusätzliche Dollar muß angegeben werden.«

»Also kommt es gar nicht darauf an, wieviel ich verdiene, und *Gottes Braille* macht da auch keinen Unterschied?«

»Wenn Sie mehr als einen bestimmten Prozentsatz Ihres Einkommens zusätzlich verdienen, wird es Ihnen abgezogen. Das beinhaltet auch Lebensmittelmarken und die medizinische Versorgung.« Die Botschaft schien eine Warnung zu sein.

Als Leda am Sonntag kam, erzählte er ihr, was passiert war. »Hast du es Sam erzählt?«

»Sam geht weg.«

»Der einzige Mann. Du brauchst einen Anwalt.«

»Du?«

»Ich arbeite zur falschen Zeit. Außerdem kenne ich die Gesetze nicht. Du brauchst wahrscheinlich einen Rechtsanwalt für *Gottes Braille*.«

»Das kostet Geld.«

»Ich weiß.«

Dann dachte er an Mr. Bisoglio und Mr. Sherline. Sie wußten, was er wissen mußte. Er beschloß, einen Termin mit beiden von ihnen zu verabreden, wenn Mr. Sherline das nächste Mal wegen der Gedichte kam. Die Entscheidung gab ihm etwas Ruhe.

Über der Verwirrung wegen der Wohlfahrtsgelder – Mrs. Farrell bestand darauf, sie nicht Wohlfahrts-, sondern Sozialversicherungsgelder zu nennen, eine Unterscheidung, die er nicht verstand – lag der Kummer wegen Sam. Der neue Mann, Melvin, würde seine eigene Wirklichkeit mitbringen. Würde sie wie Corsons sein oder wie Rahners oder wie die irgendeines Dolmetschers aus dem Dutzend, die er im Lauf der Jahre gehabt hatte? Es war so wichtig, und niemand sonst dachte so oder verstand ihn.

11

Die Party sollte um sieben beginnen. Um fünf holte Leda ihn ab, und sie gingen gemeinsam zu ihrer Wohnung. John genoß es, andere Leute in ihrer Wohnung zu besuchen, obwohl er selten dazu kam. Das Heim eines Menschen enthält all seine Arrangements zur Organisation seines Lebens. Johns Apartment bestand aus einem einzigen länglichen Raum, der dem Nord-Süd-Wind zugewandt war und von dem aus die kleinen Quadrate, Küche und Bad, sich zur Morgen- und zur Nachmittagssonne hin öffneten. Sein Bett lag quer zum Sonnenbogen, weil er es immer so wollte, egal wo er lebte. Türen und Fenster zum Lüften lagen alle auf der Morgensonnen-Seite, und außer wenn er die Vorhänge geschlossen ließ, bedeutete das Morgenwärme, solange er auf dieser Seite arbeitete. Sie kroch an seinem Körper empor bis kurz vor Mittag, wenn die Wärme aus dieser Richtung plötzlich und gänzlich erlosch.

Bevor die Party anfing, nahm Leda ihn auf eine Wände-Erkundungstour durch die Wohnung. Auf diesem Wege konnte er sich mit allem vertraut machen, ehe die Anwesenheit vieler Menschen dies verhinderte. Im Innern roch es nach garendem Fleisch und Tomatensauce (nicht Tomaten) und nach altem Gips, gestrichenem Holz, Heizkörpern, Ton – diesen Teil der Gerüche assoziierte er mit Schule. Hier gab es Quadrat an Quadrat, einige groß, einige klein, und eine Abweichung von der Sonnenaufgangs-/Sonnenuntergangsachse um etwa fünfzehn Grad, eine angenehme Ungenauigkeit, wie die süß-saure Frucht im Hühnergericht damals im Restaurant, wie das Rauh-Geschmeidige eines Katzenfells. »Das ist ein altes Haus«, sagte er, »und es hat Wasserdampf-Beheizung und alte Bäder und vielleicht eine Badewanne, die tief und lang auf Vogelfüßen frei im Raum steht. Es hat Tapeten an den Wänden, und die Räume sind hoch. Es hat eine bequeme obere Etage, große warme Betten und Holzfußböden mit gefährlich rutschigen Teppichen. Du hast nur so viele Möbel, wie du brauchst, das macht es angenehm und beruhigend für Besucher.«

Es war ein bißchen wie ein Spiel; offensichtliche Wahrnehmungen und Herleitungen. Im Westen der Stadt sind die älteren Häuser Bauernhäuser aus der Zeit vor der Ausdehnung der Stadt bis hinaus zu ihnen. Das hatte Sam ihm gesagt.

Johns Wissen war: Sie lagen abweichend von der Sonnenachse, weil die Stadt auf geraden Linien ausgelegt war. John kannte Denver kaum, aber er und Sam waren in ein paar Häusern von Bekannten gewesen und hatten einige Stadtteile besonders erkundet. Sam reparierte sein altes Auto, deshalb hatten sie damals zwei oder drei Spezialisten und mehrere Schrottplätze aufgesucht. John hatte – dank Sam und auch dank Martin – eine Menge aus solchen Stadtgängen herausgeholt. Er dachte wieder an Sam, das alte, allzu vertraute Gefühl von Bedürfnis und Verlust. Heute abend würde er sich von Sams großzügiger Lebensfreude verabschieden müssen, seiner kühnen, fröhlichen Version der Welt, den zusätzlichen Wahrnehmungen vor allem, die er vermittelte. Er schlug sich Sam aus dem Kopf, obwohl er gleichzeitig versuchte, ihn festzuhalten. Vertrauter Schmerz. Wieder einmal. Er begann, Leda über alte Häuser zu erzählen. Ein Haus mit abweichender Stellung zur Sonnenachse ist wahrscheinlich aus einer früheren, weniger strikt reglementierten Zeit. Das Alter des Hauses wurde darüber hinaus durch den besonderen Heizkörpergeruch bestätigt, den er wahrnahm, sogar wenn die Heizung gar nicht lief: ein besonderer, nicht unangenehmer Staub-Rost-Geruch; und die hohen Decken veränderten die Vibrationen der Luft: sie war kühler an den Füßen, da warme Luft steigt. Alte Häuser sind zugiger. Leda war erstaunt. Sie waren den Wänden nach vorn gefolgt, von der Tür aus durchs Erdgeschoß, rechter Hand die Wände entlang bis zurück zum Ausgangspunkt. Dort gab sie ihm einen Sessel in der Ecke, damit er, wie sie sagte, dort den Vorsitz über die ankommenden Gäste übernehmen konnte. Sie drückte ihm einen Drink in die Hand und erklärte, sie wollte keine Hilfe von ihm für das Buffet. Also saß er da, lächelte mit seinem ›sehenden‹ Gesicht – leicht hochgezogenen Mundwinkeln, was man ihm als freundlichen Ausdruck beigebracht hatte. Es war ihm zur Gewohnheit geworden, diesen Gesichtsausdruck zu tragen, wenn er mit Sehenden zusammen war. Manchmal wurden Kiefer und Wange steif davon.

Jetzt kamen Leute zu ihm. Eine Frau, Merle, nervös, mit kühl-feuchter schmaler Hand, obwohl sie ansonsten eher großgewachsen war. Sie wollte nicht, daß er ihr Gesicht berührte, obwohl sie versicherte, es sei in Ordnung. Wo war Sam? Leda dolmetschte für sie. Bennet wartete geduldig auf Johns Berührung, er kannte das Fingeralphabet einigermaßen. Seine Hand war leichtknochig und gesund. »Wo haben Sie das Fingeralphabet gelernt?«

»Pfadfinder vor acht Jahren; dachte nie, daß ich es mal benutzen würde.«

Doris – ah, ihr Haar ein Wasserfall feiner Haare. »Blond?« fragte er.

»Ja, wie haben Sie das erkannt?«

Leda dolmetschte immer noch, und er lächelte stärker und erklärte ihnen, daß es Übung sei, und er spürte ihr Lachen und ihr Interesse. Eigentlich waren es Tricks. Lee, eine kurze Berührung. »Oh, Sie sind, glaube ich, schwarz?« – und sie zog sich zurück. »Wie –« Er hatte nur ihre Wange gestreift. »Sehr glatte Haut, sogar bei älteren schwarzen Frauen diese Glätte, und die Falten kommen später und an anderen Stellen.« Dazu ein Geruch schwerer, reifer Melone. Marlene, eine Frau mit winzigen nervösen Impulsen und Zuckungen. Winzige Hände, winzige Finger, eine kleine Frau, und kühl. Seife und der Geruch ihrer Nervosität. Sie hatte gerade ihre Periode; ein metallischer Beigeschmack auf ihrem Atem und am Geruch ihrer Hände. Sam hatte ihm gesagt, daß der Geruch möglicherweise mit dem Stoffwechsel zusammenhing – Ketone nannte er das. John bemühte sich immer noch, sein Gesicht freundlich zu verziehen. Ted: eine feste, vertrauensvolle Hand, ein regelmäßiges Gesicht, dickes, krauses Haar. Ein Geruch nach warmem Öl – Babyöl. Jetzt wollte John lächeln, aber sein Gesicht war erschöpft vom Dauerlächeln. Louise: eine kräftige Hand, wie die eines Mannes. Kein Parfum. Ein Körpergeruch nach Alkohol und Seife und etwas aus einer Körperhöhle, aufregend, weniger angenehm als provozierend, und sein gesamtes Körperhaar stellte sich in Reaktion auf. Er berührte ihr Gesicht; gewöhnlich, eine große Stirn, aufgerauhtes Haar, vielleicht gefärbt. Er hatte Lust, mit ihr zu ringen und dann Sex mit ihr zu haben. Es war ihr Geruch, ein Geruch von sexueller Bereitschaft, und es gab Falten in ihrem Gesicht, die erkennen ließen, daß sie schon älter war. Hugh: eine weiche Hand, zart. Hände waren oft schweißig-kalt, aber diese war warm und angenehm. Oh, ein Bart. Der Bart fühlte sich dick an, aber das Kopfhaar war dünn. Gläser. Der Geruch dessen, was er aß: aromatisches Essen. Darunter ein leichter Geruch von schlechten Zähnen, zu leicht, um von einem Gebiß zu stammen. Da war Leda wieder. Ihre Vertrautheit war eine Erleichterung. Gruppen strengten ihn an. »Hier, ein Canapé für dich.« Er wollte keinen Teller tragen, deshalb nahm er nur eine Serviette. Ein angenehm salziger Geschmack – gebraten, warm, etwas feucht. Ah, gebratener Käse. Eigenartig. Er nahm noch etwas. Ein Hot dog, winzig, als äße man gebratene Finger. Er stand auf und machte sich auf die Suche nach weiteren dieser Käsedinger. Er bewegte sich langsam durch die Gruppe hindurch und sagte höflich im Vorbeigehen, unterstützt durch Geruch, Berührung, Schatten: »Entschuldige, Bennet; entschuldige, Lee; entschuldige, Ted.« Er bewegte sich in Richtung Küche, fast genau entlang einer Achse, die das Haus längs durchschnitt, weil es hier keine Möbel gab und die Gerade zur Küche führen mußte. In zwölf Doppelschritten kam er an und berührte Hugh, der in der Küchentür stand. Dieses Verhalten war ihm bei

Sehenden schon oft aufgefallen. Sie hingen irgendwie gerne in Türen herum. Er fragte sich, warum, da es doch das Hinein und Hinaus bremste und für jedermann unbequem war. »Entschuldige, Hugh«, sagte er und ging an ihm vorbei, und da war, wie erwartet, Leda. »Kann ich von den Käsedingern noch welche bekommen?«

»Sie sprechen alle über dich«, sagte sie, »du hast sie aus den Socken gehauen.«

»Ist mein Reißverschluß offen?«

»Woher weißt du, wer wer ist? Wie hast du deinen Weg direkt hierher gefunden? Sie gauben, daß es ein Trick ist; sie denken, du kannst sehen.«

Es war schon ein Trick, irgendwie. Er hatte bereits vor langer Zeit erfahren, wie erstaunt die Sehenden über die Erinnerungsfähigkeit der Blinden sind. Sie beschrieben es als Intensivierung der verbliebenen Sinne auf einem übernatürlichen Niveau. Das stimmte natürlich nicht. Es war nur ein Anzeichen dafür, wie ernst er die Botschaften von Berührung und Geruch nehmen mußte. Er hatte das Spiel schon früher gespielt, hatte die Sehenden mystifiziert mit einem offensichtlichen Fakt, den sie nicht akzeptieren wollten: daß ihre Knochen verschieden und daß ihr Geruch ein individueller war und sie damit identifizierbar; daß ihre Gewohnheiten nicht vollständig kontrolliert abliefen: Schweiß, kühle Stellen, nervöse Zuckungen, Zittern, Gerüche wie Dampf und Wasser beim Kochen, die unter einem Topfdeckel hervorquollen, eine Metapher, die sowohl Corson als auch Arthur gern für verschiedene Phänomene benutzten. Sie hatten beide gesagt, daß dieser Dampf, wenn er zu lange gestaut würde, Metall auseinanderblasen kann. Ebenso hatte er vor langer Zeit gelernt, daß Sehende nicht so gern von ihren Gerüchen und Schwächen erfuhren, deshalb sagte er: »Die Orientierung ist einfach, dank deiner Hilfe. Du hast mir die Wohnung vorher gezeigt, Zimmer für Zimmer, und so habe ich sie auch erlernt. Jetzt bin ich hier, um von dem Käsezeug zu essen.«

Danach passierte nicht mehr viel. Ab und zu kam Leda und dolmetschte etwas von dem, was gesagt wurde – Theatergespräche, Schauspielerklatsch, ein neues Stück. Hin und wieder war Bennet an seiner Hand, um zu sprechen, vorsichtig und eher schwierig. Gefiel ihm die Stadt? Hatte er einen Job? John benutzte seine Stimme, zurückhaltend, um nicht zu vibrieren. Es war schwierig, zu erkennen, ob er laut genug sprach, um den Lärm ringsum zu übertönen, oder ob seine Art zu sprechen verstanden wurde. Das freundliche Lächeln verkrampfte allmählich seine Wange. Bennet ging weg und kam später zurück und fragte ihn nach seiner Lektüre. John konzentrierte sich die meiste Zeit darauf, seinem eigenen Körper bei der Arbeit zuzuhören. Das Würzmittel des Hot dogs brachte sein Gesicht zum Glühen, und das Bratfett ließ seine Innereien schwerer an der Verdauung arbeiten. Dann war da der Marihuana-Geruch der Zigaretten, die sie rauchten. Leda benutzte keinen Tabak, aber sie rauchte oft Gras, und er roch es so scharf wie jede andere brennende Substanz.

Vor allem wollte John seriös und gleichzeitig freundlich auf Ledas Freunde wirken, weil es ihr wichtig war. Er kannte die Welt nicht, in der sie sich bewegten – er hatte Theaterstücke in *Braille* gelesen, hatte aber keine Ahnung, was eigentlich ein Drama ausmachte. Er hatte vier Shakespeare-Dramen gelesen und *Cyrano de Bergerac*, *Medea*, *Tod eines Handlungsreisenden* und *Warten auf Godot*, aber er stellte sie sich im Zusammenspiel von Berührung und Zeichensprache vor; er hatte von Willy Loman geträumt, wie er in Gebärden mit sich selbst flüsternd Zwiesprache hielt – er dachte nicht an eine Bühne oder Schauspieler. Diese Leute benutzten Worte ganz eigen, hatten eine eigene Sprache, die ihm fremd war. Leda war zu hektisch, um sie ihm zu erklären.

Ihre Gegenwart war wie Wasser zum Trinken, wie Luft zum Atmen. Während er dasaß und den langen Abend hinweglächelte, fing er an, ein Meeresgedicht für sie zu komponieren – es war anders als alles, was er bisher gemacht hatte, und auf eine besondere Art eine Rechtfertigung seines früheren Ozean-Gedichts:

Am Ozean das Picknick der staatlichen Blindenschule.
Neben mir George, und außer George
Kein Schatten in irgendeine Richtung.
Ohne solchen Schatten reiten zehn Winde
Den Tag, vom Kuß zum Stoß.
Hitze aus dem Osten. Juni morgen:
Ich habe gelernt, mein Schatz,
Ihr den Namen SONNE *zu geben.*
Ein Geruch nach Äpfeln und altem Jod.
George sagt, manche schreiben Gedichte über diesen Geruch.
Barfuß gehen wir durch den Sand,
Sand wie heißes Salz, gleichzeitig fest und weich.

»Die Meeresküste ist ein besonderer Ort«, sagt George.
Der Sand ist hart, erinnert sich, daß er mal Stein war.
Und hinunter, allmählich, bis ich das Herz des Ungeheuers
Langsam schlagen spüre unter meinen Füßen und in der Luft
Seinen zitternden Atem
Wie Angst vorm Sterben.
Sein pulsierender Blutstrom ist eine Woge aus Wasser;
Der Puls drängt und drängt: George ist fort. Ich klammere mich an die Luft,
Und das Wasser läßt nach. Ich glaube, es hat mir vergeben,
Aber es beginnt, mich zu ziehen,
Vorwärts seinem Herzen entgegen. Die lange Pause war ein Pulsschlag, den ich nicht gemessen.
Das Drängen, das Ziehen, wie ein sehender Führer im Verkehr,
Nicht mehr menschlich, stärker als Wind.
Stark wie die Liebe. Wieder, wieder.
Zehn Winde. Kein Schatten.

Er wiederholte sich das Gedicht, buchstabierte es für sich, als Bennet auf einmal da war. »Schlechte Nachrichten«, sagte Bennet in seine Hand, die jetzt feucht war von einem Drink mit Eis, den er wie das Almosen-Kästchen eines Blinden hielt.

»Was?«

»Sam. Kann nicht kommen. Zusammengebrochen«, und dann war Bennets alkoholisierter Atem fort.

Zusammenbruch. Geistig? Körperlich? Auto? Jetzt würde Sam, sein Freund, fort sein – niemand würde wissen, wo; so wie sein Vater gegangen war und Warlock, sein Hund vor langer Zeit in Aureole, und Margie, die Putzfrau. Menschen waren nicht wie Häuser. Häuser, wenn man einmal wußte, wo sie waren, produzierten verläßliche Schatten. Immer wieder. Menschen sagten einem nie, wohin sie gingen oder wie und warum. John hatte immer das Gefühl, daß sie sich irgendwo versteckten, alle außerhalb seiner Reichweite, daß er, wenn er nur wüßte, in welche Richtung sie gegangen wären, ihnen folgen könnte und sie finden. Er träumte oft einen Traum, den er den Türentraum nannte.

Eine Wand. In der Wand eine Tür und kein Hinweis wohin, nicht einmal eine Richtung. Finde die Tür. Es ist ein Sesam-öffne-dich, dahin, wo die andern sind – all die Leute, die er getroffen und kennengelernt hatte: Schulfreunde, Lehrer, die er mochte, sein Vater und sein Hund und Margie und sein Bruder Irwin. Er kann ihre Berührungen spüren und ihren Duft um sich herum wahrnehmen. Eine starke Erregung bemächtigt sich seiner, und damit wacht er auf, manchmal in dem sicheren Gefühl, daß es einen Weg dahin gibt, den er kennt.

Er sehnte sich so nach der Tür, und er vermißte Sam, als er Bewegung in der Luft um sich herum spürte. Die Party schien zu enden. Endlich. Sie kamen zu ihm, um ihm die Hand zu geben und sich zu verabschieden, was er dann auch tat. Bennet entschuldigte sich, daß er so ein langsamer Buchstabierer sei. John sagte, es sei in Ordnung. »Gehen alle nach Hause?«

»Nein«, sagte Leda, »sie lassen den Abend in einem Nachtclub ausklingen. Ein Freund tritt dort auf.«

»Willst du gehen?«

»Ich möchte hier bei dir bleiben.«

»Laß mich dir beim Aufräumen helfen.«

Also blieb er, stand auf und ging überall im Zimmer umher, um ihr zu helfen. John war dankbar für die Möglichkeit, sich zu bewegen, obwohl er Ledas Nervosität angesichts seiner Beweglichkeit spürte; sie zweifelte an seinen blinden Sinnen und konnte ihn kaum zwischen ihren Tassen und Tellern ertragen. »Glaubst du, ich werde meinen Stock in ein Duellierschwert verwandeln und hier und da dreinschlagen?«

»Diese Gläser sind wohl kaum aus Kristall, nehme ich an.«

»Ich werde sie wie Kristallgläser behandeln. Ich werde ein sanfter Zauberfinger sein, wenn ich sie aufnehme. Ein magischer Teppich-Service.«

Später sagte sie: »Du hast sie alle überrascht – sie so wiederzuerkennen und beim Namen zu nennen. Du hast mir nie gesagt, wie das geht.«

»Geruch vor allem, und Berührung.«

»Du meinst Parfum?«

»Nicht nur, noch nicht mal überwiegend.«

»Welcher Geruch?«

»Körpergerüche, Atemgerüche, Berührungen, Zittern, Schweiß, Trockenheit –«

»Unangenehm...«

»Nein, menschlich. Du hast dich damals dafür begeistert...«

»Ich liebe die *Vorstellung* davon. Es scheint – es kommt mir wie Verrat vor.«

»Ich werde mich auf deinem Atem riechen, nachdem wir miteinander geschlafen haben.«

»Unmöglich. Einbildung.«

»Wahr. Und eine der Frauen hatte Sex vor der Party.«

»Wer? Ach, egal; sag's mir nicht. Das gehört sich nicht.«

Man hatte ihm so etwas schon früher gesagt, aber nicht so deutlich, weil er selber nicht so deutlich gewesen war. Er konnte nicht verstehen, warum seine sinnliche Wahrnehmung der Menschen, die ihm das Mit-Leben ja überhaupt erst ermöglichten, von den andern als Verrat empfunden wurde. »Laß mal sehen, wie gut dein Gedächtnis ist«, sagte sie. »Stell die Stühle zurück.« Er tat es.

Er entzückte sie; das konnte er fühlen. Er half mit dem Geschirr und dem Aufräumen und fuhr mit dem Teppichkehrer durch die Räume. Es machte ihm Spaß. So konnte er ihr Haus besser erlernen, obwohl er in zwei Aschenbecher gestolpert war, die Leute auf dem Fußboden zurückgelassen hatten.

»Wie bist du an ein solch wundervolles Haus gekommen?«

»Meine Großmutter hat es mir hinterlassen, als sie starb. Da war ich verheiratet.«

Er hatte vergessen, daß sie verheiratet war – gewesen war. Er hatte richtig erraten, wie begabt sie selbst, wie aufregend und lebendig ihr Leben war. »Verheiratet –«, sagte er. Sie veränderte ihre Haltung. Sie lagen halb auf dem Boden einander gegenüber, beide mit einem Ellbogen aufgestützt, die andere Hand frei zum Sprechen.

»Ich war auf der Schauspielschule, nach dem College. Ich wollte nach New York, aber ich hatte kein Geld.«

»Warst du hier, in Denver?«

»Ja. Ich hatte hier und da einen Job, *Dinner Theater* und solche Geschichten. Bei einer Inszenierung von *Venus Observed* habe ich Steve Milan kennengelernt.«

»Was für ein Mensch war er?« John wollte es im Grunde gar nicht wissen. Der unbekannte Steve konnte sehen und hören und war geschickt und klug.

»Er war anders als die Männer, die ich hatte. Zum einen waren wir gleichaltrig. Er war unermüdlich und nie fertig oder am Ende seiner Kräfte. Er kam aus einer großen, offenen, liebevollen *Chicano*-Familie. Wir haben uns geliebt und dann geheiratet.«

»Warst du unglücklich?«

»Nicht während des ersten Jahres. Was ich nicht wußte, war, daß er selbst versuchte, das *Barrio** in sich loszuwerden, die Sprechweise, die Familie. Was er nicht wußte, war, daß seine große Familie und seine Verwurzelung genau das waren, was ich brauchte. Wir hatten aus – aus einem leidenschaftlichen Mißverständnis heraus geheiratet.«

»Dann wurdet ihr geschieden ...«

»Nicht sofort; noch drei Jahre lang haben wir durchgehalten. Bevor es zum Ende kam, hatte Steve angefangen, stark zu trinken, und Ed, mein Vater, kam zu uns und brachte Steve auf den Drogentrip. Das Haus – dieses Haus, nach dem du mich gefragt hast – hat uns am Ende auseinandergebracht. Meine Großmutter hatte es mir hin-

* Slum, Elendsviertel der Mexiko-Amerikaner in den Großstädten der USA oder in ihrem Ursprungsland

terlassen. Steve fühlte sich dadurch an Verwurzelung, an Niederlassung, an Schulden und Reparaturen erinnert, ein Leben, wie es seine Eltern geführt hatten. Für mich war es der einzig stabile Teil meiner Vergangenheit. Bei meiner Großmutter blieb ich, wenn meine Eltern in den Kommunen wilderten, Partnertausch oder Drogenspiele betrieben.«

Er lachte. »Tut mir leid, es klingt so komisch.«

»Ich weiß«, sagte sie, »ich hab's mal in einem Schulgedicht so beschrieben ohne die geringste Vorstellung, wie bitter es klingt. Die Lehrer waren empört.«

»Du hast deine Großmutter geliebt.«

»Ja. Sie starb im ersten Jahr unserer Ehe und hinterließ mir das Haus. Sie glaubte, sie täte uns einen Gefallen. Sie tat *mir* einen Gefallen. Ich liebe es und will es behalten.«

»Siehst du deine Eltern oft?«

»Das geht nicht. Ich weiß nicht, wo Ed jetzt ist, und Leatrice, meine Mama, ging zu den Zeugen Jehovas in Phoenix. Jedesmal, wenn wir uns sehen, versucht sie, mich zum Eintritt zu bewegen.«

»Dein Leben ist so ...« Er konnte keine Worte finden, um diese Mischung aus Aufregung und Heimatlosigkeit zu beschreiben.

»Meine Eltern sind Alt-Sechziger ...«

»Sechzig Jahre alt?«

»1960 – die Sechziger, man sagt, es sei eine Zeit der *Erleuchtung* gewesen.« Sie buchstabierte *Erleuchtung* sorgfältig in seine Hand.

»Erhellen«, sagte er.

»Ja, und nach einem solchermaßen erhellenden Feuerwerk am 5. Juli sind die Felder voll mit taubblinden Menschen, die verlassen herumlaufen und nach Wasser schreien.«

»Taubblind?«

»Nicht wörtlich, nicht so wie du. Ich glaube, dein Seh- und Hörvermögen ist besser ausgebildet als Eds und Leatrices.«

Was sie sagte, machte John unglücklich, aber er konnte nicht erklären, warum.

»Aber ich habe kein Geld, um das Haus zu unterhalten. Ich will es nicht verkaufen, weil es all die Stabilität bedeutet, die ich habe.«

»Ich mag es auch, sein Alter und seine Gerüche.«

»Aber ich mag die Nachbarn nicht, oder vielleicht mögen sie mich nicht. Oma schien immer gut mit ihnen auszukommen. Laß uns raufgehen.«

12

In der folgenden Woche wollte Leda nicht mit John zur Kirche kommen. Er ging mit Melvin, seinem neuen Begleitdolmetscher. Sie sagte, sie käme später am Nachmittag noch vorbei. Er hatte Glück, denn er stieß draußen auf Luke, ihre Stöcke kollidierten miteinander, und nachdem sie sich gegenseitig identifiziert und Melvin vermittelt hatten, daß sie ohne ihn weitergehen konnten, kramten sie ähnliche Begegnungen aus der Schulzeit aus dem Gedächtnis hervor und duellierten sich ein wenig mit ihren Krükken. Mit Lust am Spiel fochten sie miteinander beim Hinaufgehen, Stufe um Stufe, bis sie nach der abgezählten Anzahl oben vor der Kirchentür standen. Solche Spielerei war während der Schulzeit immer unterdrückt worden. Dort war Würde eine der höchsten Tugenden, und ein Blinder hatte immer alle Blinden zu repräsentieren. Die schlimmsten Bestrafungen erfolgten für Dinge, die sich in der Öffentlichkeit ereigneten, wie ein solches Spiel zum Beispiel. »Was wäre, wenn um euch herum Leute wären?« sagten die Lehrer, aber jeder wußte, daß die Blindenstöcke sie schon gewarnt hatten, sich fernzuhalten. Jetzt war Frühling, eine Zeit für leichtere Kleidung und Lebensfreude und Öffnung nach außen.

»Hör mal«, sagte John, »Leda behauptet, das, was wir Schatten nennen, ist überhaupt kein Schatten. Vielleicht etwas, das wir fühlen, aber sie sagt, Schatten kann man gar nicht wirklich fühlen.«

»Was ist es?«

»Etwas anderes. ›Ahnen‹, sagt sie, aber nicht Schatten.«

»Du bist viel mit ihr zusammen.«

»Ja. Ich bin verliebt in sie.« Es war das erste Mal, daß John diese Worte zu jemand anderem gesagt hatte. Er war stolz darauf.

»Dummer Mann.«

»Nein – sie ist nicht wie die meisten von ihnen. Sie ist anders.«

Luke kannte Ledas Art zu spaßen nicht, ihren Humor, ihre Lebendigkeit, wie ihr das Duell auf den Kirchentreppen gefallen hätte, ihr Bedürfnis nach Risiko und Freiheit und Lachen.

»Es ist schade«, sagte Luke.

»Nein, überhaupt nicht.«

»Diese Menschen – du kannst dich nicht auf sie verlassen.«

»Verlassen. Kennst du das Zeichen dafür? Finger beider Hände drücken nach unten. Ich will nicht mehr nach unten drücken. Ich will nach oben, ein bißchen neu werden.«

»Heute abend ›Tanz für Senioren‹. Hier. Pastor sagt, auch für uns. Ballons. Für die Musik. Eine richtige Band. Rhythmus im Fußboden. Rhythmus in der Luft, um dazu zu tanzen. Und eine Frau ist da, die allen den neuen Tanzschritt beibringt. Warum du nicht?«

»Ich frage Leda. Du und wer? Vielleicht kann Melvin dich nehmen.«

»Alma.«

»Dumm.«

»Vielleicht, aber ich glaube, nur unwissend. Aber sehr nett, freundlich und großzügig. Vielleicht heiraten wir.«

»Dumm. Dein ganzes Leben mit einer Idiotin?«

»*Dein* ganzes Leben mit einer Hör-Schnalle?« Luke gab eine ätzende Imitation zum besten. Seine beweglichen Finger wurden stumpf und zögernd. Sein Arm pendelte ziellos. »Keine Zeit. Zu viel zu tun. Zu beschäftigt, zu sehen; zu viel zu hören. Warum beeilst du dich nicht? Warum verstehst du unsere Witze nicht? Das Dolmetschen wird mir zu viel. Meine Finger sind müde; mein Bein schmerzt, deshalb kann ich nicht dolmetschen. Meine Nase läuft.«

John mußte vibrieren. »Stimmt alles, aber nicht bei Leda.«

Luke hatte begonnen, John ungeschickt und mit demütigendem Schubsen, aufdringlich und herrisch, herumzuführen. »Komm jetzt, tauber Opa, komm, Blindschleiche. Wir haben keine Zeit, dich den Weg selbst finden zu lassen. Wir müssen uns beeilen, sonst verpassen wir das Ende der Welt. Keine Zeit für dich, die Zimmer zu erlernen, in denen du dich bewegst, die Straße für deine eigenständige Beweglichkeit. *Unabhängigkeit* und *Beweglichkeit* sind Worte – wir haben einfach keine Zeit dafür.«

Wieder spürte John den Humor und vibrierte, um Luke zu vermitteln, daß er den Scherz verstand. »Es ist jetzt Zeit, hineinzugehen und mit dem Spielen aufzuhören.«

»Ich glaube, der Gottesdienst hat angefangen.« Sie hatten kein Gefühl für die Leute um sie herum gehabt, nur so konnten sie sich so ins Spiel vertiefen, und als John seine Uhr berührte, merkte er, daß es wahrscheinlich stimmte. Der Gottesdienst hatte bereits angefangen.

Luke hatte sich über die Hörenden lustig gemacht, aber einige seiner Ideen hatten wehgetan. John konnte morgens nicht aufwachen, ohne sich nach Leda zu verzehren; er konnte weder essen noch trinken, ohne an sie zu denken. Seine Schritte zum Bus, seinen Weg zur Arbeit teilte er in Gedanken mit ihr. Jede Handlung und jedes Ereignis des Tages wurde im Geiste mit ihr verhandelt.

Die Lyrik, die sie von ihm wollte, rührte sich in ihm. Er begann zu erkennen, was sie meinte, oder es zumindest zu glauben, und die Gedichte, die sich wegen der inneren Veränderung nicht mehr reimten, bewegten sich langsam in seine Finger und Gedanken hinein. Jetzt saß er mit Melvin als Dolmetscher in der Kirche. Er ließ Melvins Hand in seiner spielen, aber er las seine Zeichen und Buchstaben nicht. Er formte die Idee zu einem Gedicht.

Als der Gottesdienst zu Ende war, ging er mit Luke hinunter zum Taubblindentreffen. Alma war da und Eleanor und ihre Freundin. Eleanor hatte seit der Nacht der Party nicht mehr mit ihm gesprochen. Mit ihrer zarten, exquisiten Zeichensprache und dem Fingeralphabet teilte sie ihm mit, wie leid ihr das Mißverständnis täte. Sie wußte immer noch nicht, daß er gedemütigt, gefesselt und fast für verrückt erklärt worden war; nur, daß es einen Kampf gegeben hatte und daß er zum Krankenhaus gebracht worden war. Er sagte ihr nicht mehr dazu. Konnten er und Luke ein anderes Mal kommen, vielleicht nächste Woche, um für das Abendessen entschädigt zu werden, das sie versäumt hatten? Dieses Mal würden sie nicht draußen warten müssen, sondern ein Taxi nehmen. John nahm dankbar an.

»Vermißt du Sam?« fragte Eleanor zartfühlend. John konnte nur stumm nicken. »Sie sind nicht wie Freunde«, sagte sie, »Freunde bleiben länger. Wie ist Melvin?«

»In Ordnung, aber ohne Sinn für Humor. Seine Füße kleben am Boden.« Johns Hand wurde von Swede angeschlagen. »Ich werde kommen«, erklärte er Eleanor. »An welchem Tag?« Sie machten ihren Plan.

John sagte: »Ich habe ein neues Gedicht.« Da Swede nur taub war, war seine Anwesenheit unter den Taubblinden etwas Besonderes, und manchmal wurde er ungeduldig wegen ihrer Blindheit – was John wußte –, und manchmal lachte er über sie mit seinen tauben Freunden. Manchmal fragte John sich, warum Swede ihn als Freund mochte.

Swede buchstabierte schnell und effizient in seine Hand: »Kannst du es mir jetzt aufsagen?«

John signalisierte das Gedicht. Es war dasjenige, das er während des Gottesdienstes komponiert hatte; es hatte nur sechs Zeilen. Er übersprang einige Satzteile und stolperte bei anderen, aber er spürte Zustimmung in Swedes Hand. Madonna kam und berührte ihn. Swede hatte zu ihr buchstabiert, als John die Worte sprach: »Gut«, sagte sie. Wieder dachte er nicht an Swede und Madonna, sondern an Leda. Dann kam Alma an seine Hand, und Swede und Madonna verschwanden.

John kannte alle Taubblinden, die ausgingen – einige mehr, andere weniger, aber seine wirklichen Freunde waren Menschen, die nicht taubblind zur Welt gekommen waren. Luke war ertaubt und erblindet, als er vier war.

Swede konnte sehen, und Madonna war zuerst taub gewesen und war mit neunzehn erblindet. Johns Freunde waren Leute wie er selbst, die Sprache besessen hatten und dann, trotz Verlust des Hörvermögens, nicht ihr Verständnis der englischen Sprache verloren hatten, oder die taub waren, aber sehen konnten und eines Tages erblindeten, und denen das frühe Sehen ein Verständnis von Wörtern und Welt der Sehenden hinterlassen hatte. Diejenigen, die taub und blind zur Welt gekommen waren, waren in verschiedener Weise anders, mit Ausnahme von Eleanor. Sie lasen kaum *Braille*, weil sie die Wörter und die Ideen hinter den Wörtern nicht verstanden. Sie konnten schnell buchstabieren, aber sie hatten kein klangliches Bild dazu; Sam sagte, daß ihre Sprache normalerweise unverständlich sei. Einige unter ihnen waren retardiert. Einige, wie Alma, hatten nie eine Ausbildung genossen und benutzten groben Gebärdenslang für ihre alltäglichen Bedürfnisse. Andere waren in einer Welt eingesperrt, deren Zugang sogar ihm verschlossen war. Welten hinter den Welten. Er wußte, Madonna haßte es, taub und blind zu sein. Bevor sie Swede getroffen hatte, war sie jedem gegenüber verbittert gewesen. Wenn die Leute über sie als Paar sprachen, vergaßen sie, wie es gewesen war, als sie sich zum erstenmal trafen, und wie sie selbst vorher gewesen waren, weil Swede sich in der tauben Welt bewegte, zeichensprachlich kompetent und mit klarem Überlegenheitsgefühl gegenüber den Taubblinden.

»Wie kommst du nach Hause?« Das war Swede, der wieder zurückgekommen war.

»Melvin ist mit mir gekommen...«

»Sag ihm, es ginge in Ordnung. Ich nehme dich mit. Spart Zeit.«

»Ich muß diese Stadt jetzt kennenlernen, zu Fuß überallhin gehen. Das kann man nicht im Auto lernen. Sam ist fort. Wir sind zu oft gefahren, sind verwöhnt worden. Jetzt brauche ich jemand, der mir die Stadt zu Fuß erklärt. Ich brauche eine *Braille*-Karte und Zeit, um ein paar Abenteuer zu erleben.« Seit Martin hatte er sich nicht mehr der Stadt gestellt, erkannte er plötzlich. Jetzt war es ihm wichtig. Er wollte zu Ledas Haus gehen, sie bei ihren Theaterproben treffen oder in der Innenstadt, wo sie arbeitete, oder zum gemeinsamen Abendessen in das Restaurant gehen. Er wußte, daß er Fehler machen konnte. Räuber und andere Kriminelle suchten sich mit Vorliebe Blinde oder Taubblinde, aber noch schlimmer war es zu Hause. Es war bequem, angenehm, sicher, tot. Er brauchte weitere Welten, weite Träume, und jetzt gab es Gründe, sich hinauszuwagen, wie es sie seit damals, seit Martins überschwenglichem Riesenzeichen: »Willst du den ganzen langen Tag auf deinem großen dicken Arsch hocken bleiben!« und dem an seinem Hemdknopf abprallenden »Du!« nicht mehr gegeben hatte. Wie er Martins Worte geliebt hatte: »Dumm? Er kann weder mit Karten noch mit Bluthunden seinen Arsch finden.« »Krank? Ich hab auf meinem Arsch gehockt!« John erinnerte sich daran, die Frage eines Lehrers mit ›darauf verwette ich meinen Arsch‹ beantwortet zu haben. Ein halbstündiger Vortrag folgte. Wäre John nicht ein Förderschüler gewesen, hätte man ihn bestraft. An der Schule wurde noch geprügelt.

Alma berührte ihn gerade. Ihre Haltung verriet ein unangenehmes Gefühl; Zögern und ein Zurückziehen, das John mit Kummer oder Geheimnissen oder Wut assoziierte. »Wo ist Luke?« fragte John. »Ist er bei dir?«

»Du willst nicht Luke, Luke-mich«, sagte sie, »du glaubst, ich zu dumm.«

»Na und.«

»Ich, ja, dumm. Tag, Nacht, Jahr-Jahr.« Sie schlug das Jahr-Jahr gegen seine Hand, um den Fortgang der Zeit zu demonstrieren. »Leute kommen, bringen mich zur Schule. Zeigen. Luke unterrichten. Luke sagen, ›bin klug, bin gut‹. Luke sagen, lernen ja. Luke sagen, annehmen ja. *Braille* lernen. Dinge lernen. Ich lernen Buchstaben, Sprechen.« Das Buchstabieren und die Zeichen waren so grob, daß John sie kaum verstehen konnte. Er erkannte, daß Luke ihn dabeihaben wollte, um Alma zu unterstützen, um sie zu unterrichten. Er kannte die Monate, wahrscheinlich Jahre, die es brauchen würde, um ihr Gebärdensprache und *Braille* beizubringen, um ihr Ideen und Ausdrucksformen zu vermitteln. Das Leben mit Leda fing gerade an, sich für ihn aufzutun. Er mußte sein eigenes Lernen bewältigen, seine eigenen Ideen ausdrücken können. Er spürte eine aufsteigende Bitterkeit. Was erwartete Luke von ihm? Alles aufzugeben, von dem er sich Neues für sein eigenes Leben versprach, und sich für ein Projekt zu engagieren, das ihm zwecklos erschien? Was wäre, wenn Alma ein bißchen Zeichensprache lernte, ein wenig Buchstabieren? Ihre Fähigkeiten waren im Keim erstickt worden. Wenn sie fünfzig wäre, hätte sie vielleicht so viel gelernt, wie eine Zehnjährige heute wußte. Aber sie hatte einen

Job, wie die wenigsten Taubblinden, sogar Luke nicht. Plötzlich war Luke da und fand seine Hand.

»Komm mit uns, sprich mit ihr.«

John rührte sich nicht, verärgert und unwillig. Luke fuhr fort. »Sie ist nie zur Schule gegangen. Ihre Eltern halten sie im Haus, keine Schule, kein Ausgehen irgendwohin, keine Erfahrung. Jahrelang. Die Behörden sagen, sie ist zurückgeblieben. Das glaube ich nicht. Sie braucht Leute wie dich, helle Köpfe, Leser, Leute, die gut sprechen. Niemand spricht mit ihr zu Hause, kein *Braille*, gar nichts. Gebärdenslang, zehn Zeichen. Das ist alles, was sie hatte.«

»Ich will mit Alma sprechen«, sagte John, »aber nicht jetzt. Leda kommt. Wir gehen zu ihr nach Hause.« John fing an, Luke von Ledas Haus zu erzählen, von seinem Alter. Als er aufhörte, sagte Luke: »Du willst *ihre* Welt, aber sie werden dich nie hineinlassen. Es ist *ihre* Intelligenz, die du dir wünschst, ihre Erfahrung, aber alles, was du bekommen wirst, ist ihre Ruhelosigkeit und Lieblosigkeit.«

»Glaubst du, unsere Leute sind liebevoller?«

Luke anwortete nicht. Dann sagte er: »Ich glaube, ich liebe Alma; sie hat so viel durchgemacht und ist nicht verbittert oder zornig; sie ist wie süßes Wasser oder ein heimatlicher Duft, zu dem du immer zurückkehren möchtest.«

John dachte über Leda nach, darüber, daß sie ihn immer bitter und zornig sehen wollte, und er antwortete Luke nicht. Nachdem sie das Gefängnis im Anschluß an den Besuch bei Martin verlassen hatten, hatte er Leda berichtet, daß gute, religiöse Menschen ihm gesagt hatten, er solle Liebe und Verzeihen praktizieren. Sie hatte geantwortet, daß die meisten Leute heutzutage nicht mehr allzuviel davon hielten – daß man heute ehrlicher sei, weniger heuchlerisch. Das verwirrte ihn. Das Verwirrendste an der Welt der Sehend-Hörenden war nicht die Hektik oder der Mangel an Aufmerksamkeit – es war die ruhelose Veränderung der Glaubenssätze. Manchmal störte ihn das sehr. Wenn seine Sozialarbeiterin sprach, schienen die Dinge in einer bestimmten Weise gesehen zu werden; beim Pastor war es ganz anders, Welten zwischen seiner Realität und der der Sozialarbeiterin. Ledas Welt war wieder anders. Sei verbittert. Sei nicht bitter. Über allem in ihrem Umfeld schwebte ein Versprechen, Rosenduft und das Öl ihres Körpers, bissiger Hunger und der Ozon-Gewitter-Geruch ihrer Erregung. Welt-Herzklopfen – wie die Vibrationen der Trommeln, damals, als sie beim Schul-Picknick zum 4. Juli die Kanone abgefeuert hatten.

»Erinnerst du dich an den Witz, daß Leute an der Tauben-Schule in Ohnmacht fielen wegen der Kanone? Wir waren so dicht dran, zu dicht wegen unserer Taubheit, und die Vibration warf uns um, und die Leute dachten, wir hätten nur so getan und würden in Wirklichkeit doch hören?« Aber John stellte fest, daß Lukes Aufmerksamkeit ihn verlassen hatte. Er signalisierte in eine Hand, die nicht empfing.

Luke empfing jemand anders. »Oh? Was?«

»Nichts.«

»Hier ist Madonna –« Er signalisierte Madonnas Zeichen-Namen, ein M auf dem unteren Teil von Johns Hand, weil sie so klein war. Dann fing Madonna an, mit John zu sprechen. Sie machte schnelle Zeichen, mit vogelleichten Fingern in seiner Hand. »Wo ist die Freundin?«

»Zu Hause. Hat zu tun.«

»Fällt ihr schwer mit uns tauben Nüssen.«

»Vermutlich.«

»Sie haben ihre eigene Welt, die Hörenden. Sie basteln sich ihre eigenen Gedanken.«

»Vermutlich.«

»Meine Brüder, meine Schwestern, sie hören und sehen.«

»Ja.«

»Ich verstehe nicht, was sie tun und was sie tun wollen.«

»Wenn du in diese Welt eintreten könntest –«

»Du meinst, sehen und hören?«

»Ich meine, Menschen verstehen, die sehen und hören . . .«

Ihre Hand zögerte. »Ich würde gern wieder sehen, aber was das Hören betrifft, weiß ich nicht . . . Wenn ich sehen *und* hören könnte, wäre ich jemand anderes.«

»Wenn du *begreifen* könntest –«

»Ich kann nicht so denken wie sie – ich kann es nicht –, es ermüdet mich. Sie sind so damit beschäftigt, einander zu verstehen, daß sie sonst gar nichts mehr begreifen.« Ihre gehetzten Zeichen hetzten immer weiter. »Als ich ein Mädchen war, ging ich zum Behinderten-Zeltlager. Was das ist? Mit Rampen. Vier Stufen, großes Bad für Rollstuhlfahrer-Kinder. Ich brauche keine Rampen oder ein großes Bad. Drei Jahre war ich in dem Lager, kein einziges taubes Kind außer mir. Aber sie brachten mir dort bei, zu schwimmen und zu tauchen, und wenn ich jetzt gehen will, behaupten meine Brüder, es wäre zu gefährlich. Dasselbe mit dem Skifahren oder Schlittschuhlaufen. Roger Kovach fährt schon immer Ski, er hat jemand, der ihm hilft. *Zu gefährlich! Zu gefährlich!* Sagt jeder.«

»Versicherung«, sagte John. »Sam hat mir darüber erzählt. Sie haben Angst, daß unsere Familien ihnen eine Klage anhängen.«

»Klage. Strafverfolgung. Überall diese Zwangsjacken. Ein Grund, der es so schwer macht, in ihrer Welt zu leben, ist das permanente Lächeln, das man tragen muß. Es tut meinem Gesicht weh.«

»Warum tun wir es dann? Auftritt eingeschlossen?«

Sie nickte, mit ihrer Faust in seiner Hand, und machte ein emphatisches *Ja*-Zeichen. »Du bist Dichter, hörte ich, mach doch ein Gedicht.«

Er gab ihr das Gedicht aus der Kirche, buchstabierte es schnell in ihre Hand.

Immer wieder zitterte sie in zustimmender Bewunderung. »Gut. Das war gut, aber es ist keine Lyrik. Es hat keinen Rhythmus und nicht diese Zeilenabschlüsse von richtiger Lyrik.«

»Es ist eine neue Art«, sagte er.

»Es pulsiert nicht.«

»Es hat einen anderen Rhythmus.«

»Es gefällt mir sehr«, sagte Madonna, »aber meinst du wirklich, daß es Lyrik ist?«

Der nächste Tag war ein Arbeitstag. Er war lang aufgeblieben mit Leda, hatte mit ihr geschlafen und gegessen, und sie erzählte ihm mehr über die Gefühle der Leute im

Theater. Sie hatte einmal gesagt, daß die Schauspieler im Theater immer zu Gefühlen bereit sein müßten, daß sie Gefühle kennen und identifizieren können müßten, weil sie sie für ihre Arbeit bräuchten.

»Kannst du Zorn aufsparen und später benutzen wie Geld?« sagte er.

»Du kannst ihn fühlen und erinnern, und dann kannst du ihn wieder abrufen.«

»Erstaunlich.«

»Das bedeutet, daß Theaterleute flüchtig und labil in ihren Gefühlen sind.«

»Labil?«

»Schnelles Feuer, schnelle Asche.«

»Das habe ich bei dir noch nicht bemerkt.«

»Wart's ab.«

»Das ist ein interessantes Wort – wo hast du es gelernt?«

»Das ist eine lange Geschichte.«

»Erzähl sie.«

»Ed und Leatrice schlossen sich dieser Kommune an. Das war in Boulder. Damals war ich dreizehn und dumm wie Bohnenstroh, wie man das so nennt. Der Anführer war ein Mann namens Eugene. Er war ein großer, bärtiger Typ, so um die fünfzig, und war Philosophieprofessor gewesen, bevor er ausgestiegen ist. Ich fühlte mich von ihm angezogen. Er brachte mich ans Lesen. Als die Kommune sich ein Jahr später auflöste, gingen Ed und Leatrice weg und trennten sich, und ich blieb bei Eugene, um mit ihm zu leben und seine Schülerin zu sein. Alle meine besonderen Ausdrücke habe ich von ihm gelernt.«

»Hast du mit ihm geschlafen?«

»Warum nicht – ich liebte seine Welt, er hat mich für sie geöffnet. Wenn ich ihn nicht getroffen hätte, wäre ich heute keine Schauspielerin.« John wollte gerade anfangen zu sprechen, aber dann ging ihm auf, daß er auch kein Dichter geworden wäre, hätte er Martin nicht getroffen. »Warum hast du ihn verlassen?«

»Er hatte eine Menge radikaler Ideen über natürliche Ernährung und natürlichen Sex. Er glaubte, Sex sollte so einfach sein wie Essen und Trinken. Er teilte mich mit vielen seiner Freunde, und einige mochte ich nicht, und außerdem bekam ich zu oft Geschlechtskrankheiten. Ich brach irgendwie zusammen. Großmutter nahm mich auf.« John saß ganz ruhig da, wie betäubt. »Es ist schwer, es richtig zu beschreiben«, sagte sie, »weil es nicht sehr konventionell war...«

Am Freitag kam Mr. Sherline. *Gottes Braille*, so teilte er John noch einmal mit, war ein großer Erfolg, und es würde Geld geben. Es gäbe Möglichkeiten, John das Geld nach und nach in kleinen Beträgen auszuzahlen, so daß es nicht von seiner Unterstützung abgezogen würde. Das Gedicht würde auf Untersetzern, Wandtellern, Postern und Karten erscheinen. Sie hatten einen Fotografen ausgewählte Bilder an der Blindenschule und bei der Behinderten-Olympiade machen lassen und sich für das Foto eines liebreizenden zweijährigen Kindes entschieden, das zärtlich ein Gänseblümchen berührte. Durch die Art der Aufnahme konnte der Betrachter nicht erkennen, ob das Kind blind oder sehend war. John hatte genickt, ohne viel zu verstehen. Er konnte nicht begreifen, wie man ein Bild produzieren konnte, das etwas schwer erkennbar machte. Er dachte, entweder sähe man etwas, oder man sähe es nicht.

»War es dunkel?« fragte er.

»Nein«, antwortete die flinke Hand des Dolmetschers, »es war ein strahlender Sommertag.«

John nickte und verstand nichts.

»Das gibt mehr Publicity ... Fotos, ein Interview.« John nickte, um sein Verstehen zu zeigen. Dann sagte er: »Ich habe jetzt noch mehr Gedichte, andere.«

»Wenn sie irgendwie ähnlich wie *Gottes Braille* sind, werden sie ein großer Erfolg werden.«

John nahm seine drei Gedichte aus dem Rucksack und erzählte Mr. Sherline, worum es ging: ein Gedicht über Taubblindheit, das Taubblinden-Picknick-Liebesgedicht und ein anderes Liebesgedicht, eine neuartige Version von *Gottes Braille*.

»Ein anderes *Gottes Braille* – wo ist es?«

Er hatte es für Leda geschrieben, aber er dachte, sie würde sich freuen, es von einer *Handicard* abzulesen.

Ich glaube, Gott
Signalisiert seinem Taubblinden –
Einen Sinn vor allen werde ich dir geben:
Einen Sinn voll Sinn auf deinem ganzen Körper
Von der Wind-Seite deines Haars
Zur Boden-Seite deines Fußes?
Er ist in keinem Knoten, keinem Hügel, keinem Loch.
Mein Braille fühlt dich, und dein Körper liest
Weil die Freude viel zu stark ist,
Um sie nur in Händen zu halten.

Es gab eine Stille im Raum. Die Luft war still; sie bewegten sich nicht, lachten nicht, gingen nicht fort. Er versuchte, die Luft zu schmecken. Genuß? Ablehnung? Ah, Mr. Sherline sprach. Er konnte fühlen – Sam fragte ihn einmal, wie –, daß Mißbilligung mitgeteilt wurde, und dann übernahm Melvin.

»*Fühlen* ist kein gutes Thema für Gedichte. Gefühle schon. Verstehen Sie? Es ist gut, den Leuten zu zeigen, wie tief ein Taubblinder Gefühle empfinden kann, aber es ist nicht gut, über die Sinnesempfindungen des Körpers zu sprechen. Das ist vulgär.«

»Vulgär?«

»Zu ... sinnlich. Die Leute wollen über ... über Liebe und Zuneigung lesen, wenn sie unsere Karten oder Poster kaufen. Deshalb ist *Gottes Braille* so gut. Dieses *Braille*-Gedicht ist ... peinlich.«

»Aber sinnlich heißt doch über die Sinne ...«

»Ja.«

»So erkennen wir doch die Realität.«

Die Hand des Dolmetschers hielt inne, stolperte, hielt wieder. »Ein Gedicht *über* das Lieben, kein Liebesgedicht. Ein Gedicht *über* Gefühle, nicht ein Gedicht, das beschreibt, wie die Sinne beim Fühlen gebraucht werden. Sehen Sie den Unterschied nicht?«

Einen Augenblick hielt John an sich, eigentlich wollte er sagen: »Leda sagt ...« Irgend etwas warnte ihn davor.

Hat Feuer Form, Wind keine?
Wenn man einen Herzschlag spüren kann,
Warum nicht einen Schatten?

13

Sie zogen zusammen – das heißt, John zog in Ledas Haus ein. Die Sozialarbeiterin äußerte größte Mißbilligung. Aus einer bequemen, vertrauten Unterbringung, so sagte sie, zöge John durch die halbe Stadt in eine ältere, unsichere Gegend. John sagte ihr nicht, daß er es aus Liebe tat, daß er und Leda ein Liebespaar seien und daß er Leda helfen könnte, indem er ihr Miete zahlte anstelle von Leuten, die sie nicht kannte.

»Ich kann den selben Bus benutzen, um zur Arbeit zu kommen. Es ist sogar näher, hat Melvin mir gesagt.« Er hielt einen Moment lang inne, abgelenkt beim Gedanken an Melvin, der genau und sehr vorsichtig war, aber über keine Beschreibungsgabe verfügte und auch nicht über Sams Sinn für Humor. Hätte John jetzt nicht Leda, würde er an der Trockenheit des ›Angemessenen‹ ersticken. Leda. Mit Leda wohnen ... Er hatte zur Sozialarbeiterin gesagt: »Die Sehenden und Hörenden ziehen um. Ich verhalte mich nur so wie sie«, und er spürte das irritierte Zittern in ihrer Hand.

Als er ankam und Leda ihm erklärte, daß sie kein gemeinsames Schlafzimmer haben würden, war er erstaunt. Sie sagte, sie wollte die Unabhängigkeit, spät nachts von Proben zurückzukommen und vielleicht manchmal in den Tag hinein zu schlafen. John kannte das Problem der Unabhängigkeit gut; in der Schule sprachen seine Lehrer ständig darüber. Er hatte sich vorgestellt, nachts bei Leda zu schlafen, und ihre Einstellung enttäuschte ihn. »Wir werden Zeit genug zur Liebe haben«, sagte sie, »in deinem oder meinem Zimmer, eine finanzielle Erleichterung für uns beide, und ...«

»Was?«

»Jemand, der für uns da ist, wenn wir einen schlechten Tag gehabt haben.«

Er stand in der Wärme eines Spätnachmittags auf dem abgetretenen Teppich, der Wand, die in Windrichtung lag, zugewandt. Er war erstaunt. In den letzten Jahren war er durchaus zufrieden gewesen mit den zeitaufwendigen Tätigkeiten seiner Tage allein. Er hatte die Zeit strukturiert mit Dingen, die erledigt werden mußten, mit all den Jobs voller Kompetenz und Unabhängigkeit, die seine Lehrer so hochhielten. Die Einsamkeit hatte er akzeptiert, wenn sie in stillen Momenten hereinsickerte wie Wasser, das durch die Finger rinnt. Jetzt nicht. Nicht mehr.

Er erlernte das Haus gut. Mit einem langen Stock ging er die Wände und Decken jedes einzelnen Zimmers nach, mit den Händen fuhr er Türen und Türschwellen entlang, auf Händen und Knien erkundete er Heizungen und Treppen, Möbel und Teppiche, die Ausrichtung und Himmelsrichtung jeder Diele und jedes Schranks. Besonders gefiel ihm wieder die angenehme Achsabweichung des Hauses, die die Sehenden Ost-Nordost nannten. Es war ein Haus voller Höhlen und Irrwege, Dielen und Türen, Schränken so groß wie ganze Zimmer und Zimmern so klein wie Schränke, von Vorratskammern und mit Vorder- und Hintertreppen. Es gab eine Vorder- und

Rückterrasse und einen Dachboden, in dem die Hitze brütete wie in einem Backofen.

Die ganze erste Woche verbrachte er damit, das Haus zu erkunden. Sobald seine Besitztümer in seinem Zimmer untergebracht waren, begann er mit dem langen, ermüdenden Prozeß, mit Klebeband oder Schnur oder seinem *Braille*-Stift Zeichen auf verschiedene Küchengerätschaften zu machen, wie er es in der Schule gelernt hatte. Ledas Küche war riesig, anderthalb Räume, eigentlich zwei, mit Vorratskammern und großen Schränken, aber in ihren Schubladen war ein hoffnungsloses Durcheinander von Krimskrams und Küchenutensilien, und ihre Töpfe und Pfannen und Kochgerätschaften waren hier und dort hineingepackt in zufälligen Kombinationen, Deckel und Töpfe wild aufeinandergestapelt. Zweimal schnitt er sich bei dem Versuch, den Inhalt einer einzigen Schublade kennenzulernen. »Brauchst du das alles?«

»Na ja, eigentlich nicht, aber –«

»Hast du kein *Immer-im-Gebrauch*, *Manchmal-im-Gebrauch* und *Selten-im-Gebrauch*?«

»Nein.«

»Ich darf meine Hände nicht so gefährden. Wenn meine Ordnung schlecht ist, dauert es zu lange, bis ich was finde. Haben sie dir nicht beigebracht ...«

»Nein. Bestimmt nicht.«

»*Uns* haben sie es beigebracht.«

»Fühlst dich wohl überlegen.«

»Wenn ich mich in die Hände schneide, bin ich ruiniert.«

»Unordnung ist für mich ein Statement«, sagte sie, »eine

politische Aussage. Aber wenn es dich *wirklich* stört... das verstehe ich.«

So brachte er sie dahin, sich seiner Ordnung zu unterwerfen; alle Messer in eine Richtung ausgerichtet, seine Deckel-Stapel, sein Verständnis von Funktion und Häufigkeit des Gebrauchs. Er merkte, daß sie es haßte; daß sie einen merkwürdigen Stolz auf ihr Chaos empfand. Das Bad war eine weitere Kampfzone, bis sie ein anderes Badezimmer für sich allein nahm und ihm das Bad mit der wunderbaren Badewanne gab, nach rückwärts ausgerichtet und kühl gekachelt mit Hunderten winziger, eisiger sechseckiger Kacheln. Weiß, sagte sie, und schwer zu reinigen.

Weil sie über sein Ordnungsbedürfnis verärgert gewesen war, bemühte er sich, ihr mit dem Putzen zu helfen. Er ging frohgemut daran, scheuerte die Küchenwände, die auch gekachelt waren, und die Böden, glücklich über die körperliche Anstrengung. »Wie ein Verrückter«, kommentierte Leda. Darüber schien sie sich zu freuen. »Werd nicht zu müde, um mit mir zu schlafen.« Er war es nicht.

Die Umgebung zu erkunden war schwieriger und enttäuschend für John. Dort, wo er vorher gelebt hatte, lebten überwiegend ältere Leute, meist pensioniert, die geduldig und freundlich waren. Er kannte die Leute zu beiden Seiten seiner Wohnung, und er hatte ihnen zu Weihnachten Plätzchen gebacken. Immer bekam er Hilfe, wenn er an regnerischen oder vereisten Tagen nach draußen ging, immer gab es einen freundschaftlichen Klaps auf den Rükken oder ein buchstabiertes Wort in die Hand, wenn sie ihm draußen begegneten. Leda hatte sich nicht um ihre

Nachbarn gekümmert, merkte er; sie kannte kaum jemand und meinte, sie wären sowieso keine Hilfe. Beschäftigt und gesund und sehend und hörend wie sie war, hatte sie es nicht vermißt, keine Hilfe in der Nähe zu haben. Es gab immer noch ihre Schauspieler-Freunde, sagte sie, um auszuhelfen, wenn ihr was fehlte. Dadurch war es schwierig, sich überall vorzustellen. Er spürte, daß sie es lieber sah, wenn er sich nicht mit den Nachbarn einließ, obwohl sie sein Straßentraining guthieß. Immer um den Häuserblock herum, erst zwei Blocks, dann vier, schließlich im Sechserblock-Radius ging er, erlernte die Tore, die Türen, die Mauern, die Mülltonnen, die Nebengäßchen und die gefährlichen Hunde. Er erarbeitete sich Busverbindungen und deren Zeitabläufe. Er fühlte sich wieder herausgefordert, wie damals mit Martin, die Stadt zu erlernen, um unabhängig kommen und gehen zu können. Jeden Tag entstanden Dutzende neuer Pläne und Ideen. Er erlebte alles neu, Beweglichkeit, Gedichte, Vorstellungen über das Leben.

Er hatte über das nachgedacht, was Mr. Sherline zum Thema Gefühle und Fühlen gesagt hatte. Er hatte sich darauf gefreut, ein Gedicht über den Umzug zu schreiben, über sich und *Fourbuds* beim Erlernen des neuen Hauses, darüber, wie er die Umgebung erkundete: hinaus und wieder zurück, hinaus und wieder zurück. Mr. Sherline hatte gemeint, seine Gedichte sollten die Hörenden und Sehenden dankbar für ihre funktionierenden Sinne machen. Als er nachdachte, kamen lang vergrabene Erinnerungen zurück, die auf merkwürdige Art nahelegten: wir sind ein Teil deiner gegenwärtigen Gedanken. Was war es noch, die Erinnerung an Mrs. Devlin und den jungen Mann, der ein paarmal aushalf? Sie benutzten ihn für irgend etwas, mißbrauchten seine Dankbarkeit, um sich selbst für ihre Sensibilität zu loben? Diese Gedanken waren schwierig und die Worte dafür flüchtig wie der Duft der Erinnerung... War es das, was Mr. Sherline wollte, Lob für die Leser, die einen taubblinden Menschen bemitleiden konnten? Er hatte ein Gedicht verteidigt mit dem Anfangssatz ›Leda sagt‹, den er dann schnell änderte in: »Manche Leute sagen, diese Gedichte kommen der Erfahrung des Taubblindsein näher«, damit zitierte er Leda Wort für Wort – bevor er spürte, daß die Hand, die Mr. Sherlines Worte vermittelte, schlaff wurde. »Ihre Freunde schreiben keine Karten. Ihr Job ist es nicht, die Erfahrung des Taubblinden zu beschreiben; Sie sollen den Leuten zeigen, daß Taubblinde genauso sind wie Sehende und Hörende, nicht anders. Wir alle brauchen Liebe.«

Das war sicher richtig, aber wenn jegliche Erfahrung gleich war, warum wollten sie diese Aussage dann von einem taubblinden Dichter? »Haben Sie *Ein Gesuch an den Besitzer des Tores* gelesen? Das Gedicht ist nicht wie die andern; es spricht nicht gegen die Sehenden und Hörenden, wie das einige andere tun. Lassen Sie es mich Ihnen zeigen.« Er spürte ihr Zögern in der Hand des Dolmetschers, aber er nahm das Blatt aus seiner Mappe und erfühlte den Titel, der in *Braille* oben auf dem Blatt stand:

Ein Gesuch an den Besitzer des Tores

Zwei Blocks nach Norden: kühle linksseitige Morgende
und zur Rechten aufsteigende Wärme.
Da gibt es an der Ecke, von meiner ausgestreckten Linken
erreichbar,
Einen Eisenzaun von besonderer Pracht,
Der den Block gemeinsam mit mir entlangläuft.
Jeder Pfahl ist ein Schwert oder ein Schößling, der aus einer
Blume aufschießt,
Jede Waagerechte ein spiraliger Riegel.
Es könnte sich um Waffen handeln, dort plaziert
Und bereit gehalten für ihre Soldaten.
Oder die Schößlinge eines Liliput, für den ich Gulliver
bin.
Im Zentrum des Zaunes ist ein verriegeltes Tor.
Wohin führt es, in ein Verlies oder einen Park?
Wer bewegt die schweren Angeln, lang wie mein Daumen?
Draußen am Morgen freue ich mich über die Begegnung.
Heimwärts am Abend – das Ende der Pilgerreise und das
Willkommen des eigenen Heims beginnen hier.
Ich fand diese Romanze mitten in der rauhummauerten
Stadt,
Und ich beginne, den Hunger der Stadt nach Veränderung
zu fürchten,
Daß der Besitzer dieses Zauns und Tores, der mich nicht
kennt,
Es vielleicht davonträgt und mich verlassen und phantasie-
los zurückläßt
In meiner Landschaft.

Die Finger des Dolmetschers sagten: »Das ist nichts für eine Karte. Niemand könnte es irgend jemand an Weihnachten schicken.«

»Das stimmt.«

»Es enthält nichts Inspirierendes. Die Idee eines Tores ist in Ordnung, aber Sie sollten die Erfahrung formulieren, die Sie mit anderen gemeinsam haben, nicht das Trennende. Ein Tor kann zu Gott führen, das sollten Sie ausdrücken. Versuchen Sie das. Wir wollen alle dahin kommen.«

»Den Himmel?«

»Genau.«

Zu Hause versuchte er, ein Gedicht zu schreiben, das für Mr. Sherline akzeptabel wäre, aber es war etwas mit seinem Selbstvertrauen passiert, und es fiel ihm schwerer als je zuvor, die passenden Worte für seine Gedanken zu finden. Er schrieb zwei Gedichte über Tore, die zu Gott führten, aber sie waren nicht das, was Mr. Sherline wollte, das wußte er, Gedichte, die blinde und taube Menschen am Tor zeigten, wo sie den Ruf vernahmen, weil Klang und Vision durch die Seele zu ihnen drangen.

Er schrieb:

Meine Seele hat Augen, dein liebevolles Gesicht zu sehen, meine Seele hat Ohren, deine Worte der Hoffnung zu hören ...

Aber er konnte es nicht abschließen und saß an seinem Schreibtisch, bis Leda seinen Türsummer auslöste und die Vibration ihm ihre Rückkehr ankündigte. Sie würde unangenehm überrascht sein, weil er versprochen hatte, das Abendbrot zu machen, und noch nichts war vorbereitet. Er ging hinunter, um sie zu begrüßen.

Wenn sie ärgerlich war, stotterten ihre Finger, und sie machte so schnell, daß sie nicht mit sich selbst Schritt halten konnte. »Du bist heiß unterm Kragen«, sagte er. Er mochte dieses Bild, weil es ihm oft so ging. »Wenn du wartest, werde ich zubereiten, was ich für uns vorgesehen hatte – Käsefondue. Mrs. Pfansteihl hat es uns beigebracht für den Fall, daß wir katholisch wären.«

»Was?«

»Falls wir katholisch wären und fleischlos essen müßten.«

»Mrs. Pfansteihl wirft ihre Schatten weit.«

»Nein, sie war dünn, aber sehr groß. Sie war wie Corson, aber gut.«

»Wie lang dauert es?«

»Eine halbe Stunde.«

»Ich sterbe vor Hunger.«

John ging in die Küche.

Als er eingezogen war, hatten sie anfangs versucht, gemeinsam zu kochen, im Kopf das Bild eines kameradschaftlichen Miteinander und Nebeneinander, jeder an seiner Arbeit, eine Art, sich zu lieben, die nicht im Bett, sondern am Tisch endete. Bei Tisch nicht zu sprechen, war für ihn unmöglich und erschien ihr als sein eigentliches Handikap, aber er genoß Berührungen im Vorbeigehen, das Sprechen und doch nicht Sprechen, das sie das ›hörende Plaudern‹ nannten. Der Tisch war ihm jetzt ein Vergnügen; sie sagte, daß sie sich an seine Blinder-Mann-

Manieren gewöhnt hätte, Finger hier und dort und verfehlte Bröckchen und danebengefallene Bissen, aber das Kochen klappte nicht. Sie wurde nervös, befürchtete, er würde etwas fallen oder anbrennen lassen, wenn er mit Messern oder spitzen Utensilien arbeitete, erwartete Beinahe-Zusammenstöße mit Tisch- und Herdkanten. Er war nervös, weil er nie wußte, was sie tat, so daß das Messer, nach dem er griff, nicht mehr an der Stelle lag, wo er es liegengelassen hatte, der Topfgriff, den er in eine bestimmte Position gebracht hatte, um den Fortgang des Kochens zu kontrollieren und einen leichteren Zugriff zu haben, war verschoben in eine Richtung, die sie vage ›die Seite‹ nannte. Er war erstaunt, daß es ihr unwichtig war, in welche Richtung er vorher gedreht war. Zwei Wochen lang hatten sie es versucht und dann aufgegeben und sich mit dem Kochen abgewechselt, obwohl die Küche so riesig war, daß er sich verloren vorkam. Sie war fast so groß wie die in der Schule.

In der Küche war ein Tisch, der in der Mitte des Raums stand. Leda war überrascht gewesen, als John vorschlug, ihn genau auf die Sonnenachse zu stellen, das einzige Möbelstück, das ihm im Erdgeschoß Orientierung bieten würde, da das ganze Haus so ... so indirekt stand. Er hatte eine Weile überlegt, um ein Wort zu finden, das genau den Sinn dessen traf, was er ausdrücken wollte. Sie hatte protestiert. Den Tisch in dieser Form zu drehen, wäre merkwürdig und würde im übrigen die Kanten so positionieren, daß sie einem immer in die Quere kamen, wenn man zum Herd wollte. Manchmal, wenn er samstags oder sonntags eine große Mahlzeit kochte, rückte er den Tisch doch weg. Es war angenehm, die natürlichen Richtungen zu spüren, wenn man aß. Genauso arrangierte er sein Schlafzimmer entsprechend der ursprünglichen Achse. Dadurch wurde sein Bett freistehend, wie Leda das nannte. Aber es war gar nicht frei, es war eingebunden in das Straßennetz der Stadt und der Welt, angelehnt an einen inneren Richtungssinn, den er hatte und nicht klar ausdrücken konnte.

Diesmal war keine Zeit für ausgefeilte Arrangements. Das Abendessen würde zu spät fertig sein, und Leda war ärgerlich. Kartoffeln und Fleisch brauchten zu lang; es wäre günstiger, das Fondue zu machen. Er würde gutes Brot im Backofen toasten und die zwei Käselaibe aufschneiden. Er holte eine Pfanne aus dem Unterschrank an der hinteren Wand und stellte sie auf den Herd. Käse reiben. Er ging zum Kühlschrank. Kompetent und leichtfüßig. Bald würde das Abendessen fertig sein.

Butter und Käse waren oben links – wo? Seine Hand traf auf eine unbekannte Ansammlung von Glasflaschen und etwas, das bedeckt war mit – er versuchte es im nächsthöheren Fach. Milch, Soda, Bier, hohe Dosen. Die von ihm markierte Mayonnaise oben links. Er ging zwei Fächer tiefer. Ein Teil dessen, was er fand, befand sich noch in der bekannten Zusammenstellung, so wie er und Leda es markiert und geplant hatten. Da war aber noch mehr, von dem er nichts wußte – eine Pfanne mit irgendwas. Die zugedeckten Schüsseln mit den eingemachten Früchten von gestern, die ein Fach höher auf der rechten Seite stehen sollten. Er stöhnte vor Ungeduld und aus einem Gefühl der Niederlage heraus. Er würde alles herausnehmen und neu einsortieren müssen, bis er sich zurechtfand. Die Käselaibe hatte er noch nicht gefunden. Er fing an.

Die Zeit verging. Er war halb fertig, als Leda kam und an seinen Rücken klopfte, so daß er sich vom Kühlschrank wegdrehte.

»Was ist das denn für ein Chaos?«

»Wo sind Butter und Käse?«

»Ich mußte sie wegräumen, um den Kuchen hineinzustellen. Jetzt ist es zu spät zum Essen. Ich muß mir unterwegs was besorgen.«

»Ich muß sowas wissen.«

»Ich weiß, ich weiß. Tut mir leid.«

Sie war den ganzen Abend zur Probe weg. Später kam sie mit allen aus dem Stück in Hochstimmung nach Hause. Sie waren aufgeregt über den Abend und das Stück. Er kannte die Phasen ihrer Glücksstimmungen. Ihre Freunde kannte er inzwischen auch genau, Geruch, Hand, Größe, emotionale Reichweite, aber das Wunder seiner Fähigkeiten war verblaßt, und sie grüßten ihn eilig, mit kaum mehr als einem fröhlichen Hallo; die Frauen umarmten ihn, die Männer gaben ihm die Hand; nichts mehr. Nachdem John sie begrüßt hatte, ging er in sein Zimmer. Er wußte inzwischen, daß sie ihn als Ledas Liebhaber mißbilligten; warum, wußte er nicht genau. Er spürte es aus einer Mischung von übermäßigem Enthusiasmus bei der Begrüßung und Zögern in der Körperhaltung, ein emotionaler Konflikt, der sich auf ihn bezog. Dieser Konflikt verwirrte ihn so, daß er nicht auf ihn reagieren konnte. Die Lehrer in der Schule waren sehr deutlich gewesen im Hinblick auf die Unmoral von vorehelichem Geschlechtsverkehr. Sam und einige andere Dolmetscher hatten Witze über Sex gemacht – ihre Ansichten waren ganz anders als die in der Schule vertretenen. Ging es hier um Ansichten oder etwas Tieferliegendes? Er konnte es nicht herausfinden. Es war schwierig, über all dies nachzudenken. Er vermutete, daß die Ablehnung von Ledas Freunden, die zwar nie ausgesprochen, aber immer spürbar war, damit zu tun haben könnte. Er hatte angefangen zu verschwinden, wann immer ihre Freunde kamen. Der Traum davon, teilzuhaben an ihrem aufregenden Leben oder die Bedeutung ihrer Handlungen und Worte zu begreifen, war schwächer und immer schwächer geworden.

Am nächsten Morgen stritten sie sich: »Warum hast du für Lucy einen Kuchen gekauft? Ich kenne sie. Ich kann einen Kuchen für sie backen.«

»Spontane Entscheidung; auf dem Heimweg, sah ihn, dachte, ich sollte ihn mitnehmen. Tatsächlich bin ich ja nicht mal vor den Proben zum Essen gekommen.«

»Das lag daran, daß du den Kühlschrank umgeräumt hast.«

»John, ich habe ein Recht auf solche Entscheidungen.«

»Ich glaube, du hast mir nichts vom Kuchenbacken gesagt, weil du mich nicht bei deinen Freunden haben wolltest, außer zur Begrüßung.«

»Ich bin heraufgekommen und habe dich gefragt –«

»Aber du wolltest mich eigentlich nicht dabei haben.«

»Du bist zu empfindlich.«

»Ich muß dich auf meine Art verstehen. Deinen Freunden gefällt es nicht, daß ich hier bin.« Das Gefühl von Ungerechtigkeit überfiel ihn. Es war eine Kühle in der

Hand und Bleischwere in den Beinen. Er würde stolpern und sich unbeholfen in den Händen fühlen, als wäre die Ungerechtigkeit ein eisiger Tag, gegen den keine Erwärmung in der äußeren Welt ankam – Lähmung ...

»Es war keine Party. Es war für die Probentruppe und den Regisseur. Ehefrauen, Ehemänner oder Liebhaber kommen nicht dazu. Es war für Lucy nach der Probe. Du bist gekommen und hast sie begrüßt. Das war in Ordnung; du lebst hier. Darüber hinaus gehörst du nicht dazu. Niemand außer den Leuten im Stück gehört dazu, und vielleicht habe ich aus diesem Grund einen Kuchen auf meinem Heimweg mitgebracht, anstatt dich um einen zu bitten.«

»Wenn du den Kühlschrank nicht umgeräumt hättest ...«

»Es tut mir *leid*, aber ich brauche die Freiheit, zu kommen und zu gehen.«

»Ich will nicht, daß du dich mies fühlst, wenn du kommst und gehst –« John hatte das Gefühl, daß der Streit fast vorbei war, und dann sagte sie: »Bennet buchstabiert mit dir – du mußt dich nicht übergangen fühlen.« Wie ein Wanderer bewegte sich John am Kuchen und an der Party vorbei in eine andere Gasse, eine andere Straße, in der die Trittsicherheit noch mangelhafter war. »Bennet ist der Schlimmste von allen. Ich spüre Wut in seiner Hand und weiß nicht, warum. Er kann mich oder Taubblinde überhaupt nicht leiden.«

»Red keinen Unsinn; wenn er Taubblinde nicht leiden könnte, hätte er nie die Zeichensprache gelernt.«

»Das stimmt nicht.« John spürte Hitze in sich aufsteigen,

ein Zorn, der in ihm loderte, alle Gedanken und Gefühle abschnitt. Der Zorn war so plötzlich und erschreckend, daß er zitternd dastand und Angst vor seiner Gewalttätigkeit bekam. Er hatte mit einer Vibration begonnen, die ihm ein umfassenderes Gefühl von Erleichterung verschaffte, je stärker sie wurde. Bald vibrierte er an der Grenze seiner Vibrationskraft. Er wollte wieder im Schrank eingeschlossen sein, wo er vier Wände zum Schlagen und Treten hatte, aber seine Furcht war jetzt so stark wie sein Zorn geworden, so daß er stehen blieb und auf seinen eigenen Körper eintrommelte und Vibrationen gegen die Wände aussandte, bis er die Luft um sich herum von seiner Kraft gelenkt fließen spürte, bis er völlig erschöpft ward. Bis dahin war sie natürlich fort. Als alles vorbei war, hatte er die Antwortberührung gewollt, auf die sie sich verständigt hatten, keine Zustimmung, aber Gegenwart signalisierend. Natürlich kam nichts. Er fühlte sich so müde, daß er sich kaum die Treppen hochschleppen und in sein Zimmer gehen konnte.

Später machte sie keine große Affaire daraus, oder sagte es zumindest – ihre erste Auseinandersetzung. Er spürte, daß sich etwas verändert hatte. Sie behauptete das Gegenteil, aber ihre Finger waren unsicher und scherzten nicht mit ihm. Sie tätschelte ihn; er tätschelte sie; der Trost tröstete nicht, und er wußte nicht, warum. Er verbrachte den Tag krank vor Angst, erwartete ihre Rückkehr und das Vibrationssummen an der Tür, das sie angebracht hatten. Er versuchte, ihr Schweigen zu brechen, indem er Nähe herstellte, so wie vorher. Sie zog sich zurück. Sie schien verärgert.

»Kannst du mir nicht ein bißchen Raum lassen?«

»Du hast dein eigenes Zimmer.«

»Zeit, dann eben Zeit. Wir hatten einen Streit. Laß mich jetzt in Ruhe.«

Es war ihm ein Rätsel, und sie würde es ihm nicht auflösen. Welches waren ihre unterschiedlichen Rhythmen, ihre Gezeiten? Warum konnten sie nicht über ihre Gezeiten und deren Kommen und Gehen sprechen, die Hörenden. *Er* hatte ihr vertraut. Es war nicht fair.

Später erhielt der Streit sanftere Konturen. Die Luft wurde langsam wieder leicht zu atmen. Sie hatte ihm verziehen. Wenn er darüber nachdachte, waren seine Gefühle verwirrt. In der Kirche machte er Luke und Madonna gegenüber ein paar Andeutungen.

»Es ist nur ein Streit«, sagte Madonna, »Swede und ich streiten uns dauernd, aber die Hörenden sind ungeduldig, und die Sehend-Hörenden noch mehr.«

Luke fühlte sich unwohl, verlagerte sein Gewicht und seine Richtung und stotterte mit seiner warmen Bärentatzenhand. »Sie verstehen uns nicht. Sie bedauern uns, und sie lassen uns links liegen, und sie wissen noch nicht mal, warum sie das tun.«

Nachdem Luke ihr davon erzählt hatte, sagte Alma: »Du wollen in ihre Welt. Sie nicht in unsere«, und John war erstaunt, weil es von Alma kam und weil es wahr war.

Was ihn selbst betraf, so wußte er nicht, warum er wütend wurde, warum die Wut ihn plötzlich und gewalttätig überrollte, durch ihn hindurch schoß, und die Welt wußte nichts davon und kümmerte sich nicht um ihn. Zorn bleibt am besten versteckt. Vertrauen bleibt am besten innerhalb von Wänden und Türen, in der greifbaren Welt. Aber sein Inneres war leer und explodierte fast vor Wut. Sie hatte es jetzt gesehen und haßte seine Wut, obwohl sie gesagt hatte, daß sie all seine Ausdrucksformen kennen wollte; die guten und die schlimmen. Für sie war es eine Philosophie. Er lernte den Unterschied zwischen behauptetem Glauben und täglicher Realität.

Im letzten Monat hatte Leda John gedrängt, sich einen Dolmetscher zu besorgen und zu einem Steuerberater zu gehen. Geld von *Gottes Braille* und *Gebet in der Nacht* kam herein. »Du mußt dich jetzt darum kümmern, es gut anzulegen«, sagte sie.

»Wenn ich erst mal einen Dolmetscher und einen Steuerberater bezahlt habe, werde ich weniger reich sein, als ich jetzt bin.« Und sie stritten sich wieder. Diesmal gab John nach. Es war Teil ihrer Welt, das Gesetz, und sie sagte, er wäre dumm, nicht auf sie zu hören.

»Nimm alles, was du hast«, sagte sie, »alle Quittungen und Steuerunterlagen, die du hast, all die Einkunftsnachweise –«

»Kannst du nicht mitkommen?«

»Bitte den Dolmetscher, alles aufzuschreiben.«

Die Sitzung war lang und sehr anstrengend. John war es gewöhnt, seine einfachen Arbeitsnachweise seinem Bruder Irwin nach Aureole zu senden und ihn die Steuererklärung machen zu lassen. Er hatte immer unterstellt, daß die Einkünfte aus den Gedichten allein für ihn waren. Der Steuerberater berichtigte ihn. John saß in einem Wirrwarr von Zahlen und Wörtern und dachte mit erschöpftem Staunen, daß er sich die Welt der Hörenden so nicht vorgestellt hatte, Ledas Welt, die er so begierig umarmt hatte. Sie waren zu vielen Orten in der Stadt gewandert, und jetzt, seit er umgezogen war, gingen sie nie mehr irgendwohin. Geld, etwas Positives, war jetzt zur Quelle schrecklicher Sorgen und zu Haß und Rache durch den Staat geworden. Es gab schlechte und gefährliche Sorten von Geld, die die Regierung ärgerlich beobachtete. Mehr Arbeit für Irwin, mehr Abhängigkeit für ihn. Auf einmal waren Geld und Einkommen aus *Gottes Braille* und den anderen Gedichten Ursache von Befürchtungen. Mr. Sherline hatte viele seiner Gedichte in der letzten Zeit zurückgewiesen, aber John merkte, daß ihre Lektüre ihn stärker interessierte als bei den andern Gedichten. Dies war erneut Grund zur Verwunderung, ein neuer Boden... Was war es noch, was Sam ihm über den Vietnamkrieg erzählt hatte?... Tretminen, genau. »Tretminen«, sagte er, »diese Angelegenheit ist voller Tretminen.« Der Dolmetscher fuhr fort. John hatte seine Hand. Es war eine Frau, und ihre Hand war kühl und angenehm, aber er verstand nicht wirklich und hing seinen Gedanken nach.

Er dachte über Mr. Sherline nach. Mr. Sherline gab ihm Bücher in *Braille*, um ihm zu zeigen, wie Lyrik sein sollte, wie er die Dinge formulieren sollte, die die Leute auf ihren Karten und Postern haben wollten. Er zog Ideen daraus, aber nicht die, an die Mr. Sherline gedacht hatte. In einem Brief, den er seinen letzten Texten beigelegt hatte, schlug er vor, ein Buch zusammenzustellen aus Gedichten, die zwar nicht geeignet waren für Grußkarten oder Wandteller oder Poster, aber das Taubblindsein zum Thema hatten. Man könnte sie auch illustrieren. Er hatte noch keine

Antwort von Mr. Sherline. Plötzlich merkte er, daß er an diesen Brief gedacht hatte, anstatt zuzuhören, was die Dolmetscherin sagte.

»Sie haben Betrug begangen, indem Sie Ihr letztes Einkommen nicht angegeben haben. Sie werden von dem Geld leben müssen, was zusätzlich hereinkommt, und erst auf die staatliche Unterstützung zurückgreifen können, wenn das Geld aufgebraucht ist.«

»Beinhaltet das meine ärztliche...«

»Alles.«

»Kann ich das Geld ablehnen?«

»Nein.«

Die Finger der Dolmetscherin fingen an zu kratzen und seine Hand zu irritieren; die Botschaft war so schnell und kompliziert gewesen, lange, gewählte Worte. Er fühlte sich erschöpft, überwältigt. Er hob die Hand. »Zeit zum Aufhören –«

Die Hände der Dolmetscherin blieben still, dann langsamer: »Es sollte regelmäßige Treffen geben... mehr Sorgfalt gegenüber den Steuerproblemen... Sie werden eine Schätzung ausfüllen müssen... ein Prozentsatz Ihres Einkommens...«

Die Zusammenfassung begann, beinahe so vielgestaltig wie die ursprüngliche Erläuterung.

»Verwahren Sie Ihre Unterlagen... besonderes Konto...«

John war erschöpft von der Komplexität ihrer Welt.

Es regnete, als sie gingen, ein kühler Frühlingsregen, aber heftig. John haßte Regen, weil er irreführende Gerüche hervorrief und einige Wege schlüpfrig werden ließ;

und wenn schwerer Regen fiel, dämpfte seine Vibration die Berührung von Fingern und die Signale des Stocks. Er und die Dolmetscherin kamen aus dem Büro in den Regenguß.

»Können Sie mich nach Hause mitnehmen?«

Es gab eine Pause, und dann antworteten ihre nassen Hände: »Ich bin nicht von hier; ich komme aus Kalifornien.«

»Fahren Sie jetzt dorthin zurück?«

»Nein, ich meine etwas anderes. Ich meinte, ich bin eine professionelle Dolmetscherin und keine Sozialarbeiterin. Wir bemühen uns, das Dolmetschen als Profession aufzubauen. Sie würden auch nicht Ihren Arzt oder Rechtsanwalt bitten, Ihnen Transportmöglichkeiten anzubieten.«

»Ich bitte Sie nicht um Transportmöglichkeiten. Ich möchte nur mitgenommen werden. Ist es ein Umweg für Sie?«

»Sogar wenn es das nicht wäre, das ist nicht der Punkt. Es geht um Professionalismus. Professionalismus und Versicherungsfragen.« Sie ließ ihn stehen.

Er brauchte eine Stunde, um zur nächsten Bushaltestelle zu gelangen, die er kannte, und er stand im Regen und hoffte, der Busfahrer würde seinen weißen Stock sehen und ihm helfen. Die Leute hatten immer weniger Geduld, wenn es regnete ...

Leda war zu Hause. »Du siehst schrecklich aus! Warum hast du kein Taxi genommen?«

»Zu lang im Regen gewartet. Ich wollte sofort da weg.«

»Was ist los?«

»Müde, verwirrt. Eine Welt, die ich nicht verstehe...«

»Du hast keine Übung, das ist alles.«

»Es ist mehr als das, und mehr als alle Worte...«

Um ihn aufzuheitern, sagte sie: »Laß uns die Fahrt nach Aureole planen.«

14

Vor vielen Jahren, in der frühlingsduftenden Zeit, hatte es Klang gegeben. Damals gab es die Stimme seiner Mutter, seines Vaters, Familien- und Freundesklänge, alle aus der Entfernung zu erkennen. Man hatte ihm gesagt, daß mit dem Sehen die Entfernung noch verlängert werden könnte, daß man Mutter, Vater, Freund und Haus tausend Schritt weit entfernt erkennen könnte. Das hatte er nicht geglaubt. Seine Beweisführung erschien Irwin und Richard, die älter waren, lächerlich. »Du behauptest, du könntest auf die Entfernung feststellen, wer jemand ist? Wieso konntest du gestern noch nicht mal Cathy finden?«

»Wie blöd, sie war doch um die Ecke hinter dem Baum.«

Das ergab keinen Sinn, da Klang aus der Entfernung kam und sich aus allen Richtungen herbewegte.

John lebte mitten in seiner Familie, von Minute zu Minute schwankend zwischen Glück und Unglücklichsein. Gefüttert und warm, müde oder schläfrig war er meistens glücklich. Einsamkeit, Kälte oder Schmerz riefen das dumpfe Unglück hervor, das seinen Körper von Kopf bis Fuß umklammerte. Er konnte im Laufe einer Minute von Furcht zu Freude wechseln, von Freude zu Furcht in einem halben Atemzug.

Die Anlässe zur Freude waren: wenn seine Brüder nach dem Abendessen friedlich gestimmt waren oder wenn sie mit ihm auf dem kratzigen Wohnzimmerteppich herumtobten; oder wenn sie ihn durch eine Fernsehsendung hindurch mit Kommentaren begleiteten, die Handlung der Geschichte beschrieben, wessen Schüsse oder Schreie er hörte; wenn sie ihm seine Blindheit verziehen und ihn mitnahmen; Zeiten allein mit seiner Mutter, die groß und weich nach ihrem Seifen-Schweiß-Wolle-Selbst roch. Manchmal schälten sie Erbsen zusammen, er und seine Mutter. Er auf ihrem Schoß, tink, tink, tink, ihre und seine Erbsen in die Schüssel. Sie sang beim Arbeiten. Seine Lieblingsbeschäftigung war ein Ritt auf dem Staubsauger, einem riesigen pulsierenden Tier, daß nach Aussage seiner Mutter Staub und Schmutz vom Teppich fraß. Innen: sicher. Außen: aufregend, aber nicht sicher.

Eine Angstsituation entstand, wenn er sich draußen über den Lattenzaun hinauswagte, der Heimat markierte. Er konnte fühlen, wie seine Mutter kühl und heimlichtuerisch unter ihrer glatten Haut wurde. Manchmal steckte sie ihn in eine Art Rüstung. Meistens nahm sie ihn an die Hand und sagte immer wieder: »Bleib in der Nähe« oder »Halt dich dicht an mich.« Aber es passierte immer wieder etwas, ohne daß es seine Schuld gewesen wäre. Ein Moment Unachtsamkeit, und er und seine Mutter wurden voneinander getrennt, oder seine Brüder von ihm, und dann gab es eine Torschlußpanik in seiner Kehle, und er stand inmitten der bewegten Geschäftigkeit von Fremden, orientierungslos, und fing an zu weinen.

Weil sein Vater von draußen war, dorthin ging und jeden Tag draußen verbrachte, brachte er die furchteinflößenden Eigenschaften des Außenseiters mit nach Haus, wie Mantel-Luft im Winter. Sein Vater war ein Fremder.

Geheimnisvoll wie die Zoologischen Gärten, erschrekkend wie Parks ohne leitende Mauern und, wie all diese Erscheinungen, zu schnellen Veränderungen und Verrücktheiten geneigt, die saure Winde durch die Welt schickten und den Kehl-Atem wie in einem Würgegriff anhielten. Dieser merkwürdige Atem, den sein Vater, der *Outsider*, abends beim Heimkommen verströmte. Das kam vom Trinken; Jahre danach, durch die Hand seiner Schwester Catherine, erzählte John ein wenig, nur ganz wenig über seinen Vater. Seine Mutter sagte, daß er trinke, aber kein Alkoholiker sei, weil er nur Wein trank. John hatte Wein in der Flasche gerochen; es erschien ihm unmöglich, daß der fruchtig-blumige Duft, den er wahrnahm, auf dem Atem seines Vaters zu einem solchen Gestank von heißem Müll und Sauerfleisch verkommen konnte. Einmal hatte er den Geruch erwähnt, und seine Mutter hatte gesagt: »Wenn dein Vater mit diesem Geruch nach Hause kommt, Johnny, dann halt dich fern. Schlüpf ins Bett, unter die Decke, und tu so, als ob du tief schläfst.«

Das passierte nicht so oft. Seine Mutter wußte es immer irgendwie, so wie Erwachsene immer alles wissen, und sie sagte dann: »Johnny, geh rein«, und er ging ins Haus. Meist war der Weingeruch nur unangenehm wie ein Splitter beim Spielen. Sein Vater kam, hob ihn hoch und warf ihn in die Luft, verwuschelte sein Haar, lachte und scherzte mit ihm und seinen Brüdern.

Aber ab und zu kam er nach Hause und schlug die Türen zu, tobte, weinte und schrie in Johns Ohr: »Blind!« und »Mein kleiner Bub ist blind!« und erdrückte ihn schier. Das war am gefährlichsten. John versuchte sich loszureißen, sich aufzurichten und seinen Kopf oder seine Hände zu schützen, dabei traf er dann manchmal etwas, zerbrach, verschüttete, kippte oder warf es hinunter. Schnell wie Wasser entwickelte sich der Kummer seines Vaters manchmal zu Wut, und dann gab es einen Klaps oder Schläge, oder er wurde heftig gegen etwas gestoßen. Für solche Augenblicke hatte er die Kunst des vollständigen Kollapses erlernt: unter den Schlägen wurde er knochenlos. Es schmerzte weniger, und diese unpersönliche und vollständige Kapitulation befriedigte irgendwie auch seinen Vater.

Einmal versuchte er es mit Schweigen und bekam auf geradezu magische Weise eine Antwort. Es passierte während einer dieser Vorkommnisse, als der Weinatem auf seinem Vater lag und er schon durchs Haus gestürmt war und alle Kinder wegen Ungehorsams und mangelnden Respekts geprügelt hatte; Mama heulte und lief zu den Nachbarn um Hilfe. Die Kinder brüllten, Möbel zerbarsten, Glas zersprang, Geschrei, sein wütender Vater, und dann hatte er ihn in seinem Versteck gefunden, im Schrank hinter einem Kleiderberg seiner Mutter. »Komm raus da, du kleiner Schleicher!«, und sein Vater schlug und schüttelte ihn, so daß sein Kopf nach hinten flog und auf einmal ein merkwürdig-plötzlicher Luftzug...

Ein Bett, nicht sein eigenes, und Friede mit Ausnahme des Fliegengesumms in seinem Kopf. Er lag da und lauschte dem Fliegengebrumm, wiegte sich selbst sanft vor und zurück, bis das Brummen ihn einschläferte. Als er erwachte, bewegte er seine Hände. Sie ließen sich bewegen. Beine, Körper. Sein Kopf war bandagiert. Dann dachte er, er würde jetzt nach Mama rufen. Obwohl er nur den Wunsch gehabt hatte, fühlte er sie nahe bei sich, ihre Hand, wie von Zauberhand geholt, auf ihm. Er versuchte, mit ihr zu sprechen, aber es kam nichts heraus. Er versuchte es heftiger. Schließlich legte sie ihre Hand auf seine und hielt seine Hand an seinen Mund, wo die Luft Wörter formte, die er nicht hören konnte, und dann führte sie sie an ihren Mund, wo die Luft hereinkam und die Lippen sie formten; zurück zu seinem Mund und nochmals umgekehrt. Das lag daran, daß er träumte. Langsam, einen ganzen Tag lang, den er nicht von der Nacht unterscheiden konnte, sickerte in sein Bewußtsein zurück, was passiert war. Ihm war Schweigen geschenkt. Es war ein Wunsch gewesen, den er nur sich selbst gegenüber geäußert hatte, während der an die Wand hämmernden und geschirrzertrümmernden Wut seines Vaters. Der Wunsch war ihm erfüllt worden; der Wunsch war zu weit gegangen.

Ein anderer Wunsch war ebenfalls zu weit gegangen: sein Vater verschwand. Jahre danach, als er das Fingeralphabet beherrschte und ein paar Zeichen kannte und sie Catherine beibrachte, erzählte sie ihm in Bruchstücken, was aus jener Nacht folgte. Alles, was er bis dahin wußte, waren Rätsel: das plötzliche Ersterben von Geräuschen und das plötzliche Nicht-da-Sein seines Vaters, beides durch die unerwartete Erfüllung seiner Wünsche ausgelöst.

Aureole im Sommer, Beweglichkeit fing für ihn mit Irwin an, seinem ältesten Bruder, und mit einem Stöckchen, keinem Blindenstock. Es gab vier Orte, die den Beginn jener Fertigkeiten darstellten, die ihm später den

Mut und die Unabhängigkeit geben würden, die Martin so pries, und die Corson in ihm perfektionierte und sie danach zu zerstören suchte. Irwin nahm ihn mit: 1. zu dem Platz am Fluß, wo die Jungen ihre versteckte Höhle und ihr Clubhaus hatten; 2. zum Süßwarenladen; 3. zum Stein-Mann auf der Wiese beim Prospector Park; 4. zu Mrs. Teagardens Haus. Bis er zehn war, hatte er gelernt, mit dem Blindenstock von zu Hause aus zu all diesen Orten zu gelangen. Nachdem sein Vater verschwand, arbeitete seine Mutter in einer Bank im Zentrum. Irwin hatte die Verantwortung für John, manchmal wurde er auch bei Mrs. Teagarden gelassen. Meistens mußte aber Irwin auf ihn aufpassen.

Mrs. Teagarden war eine alte Dame und sehr religiös. Das Alter erkannte er an ihrem Geruch und am Geruch ihres Hauses; das Religiöse äußerte sich darin, daß er jeden Tag längere Zeit auf den Knien mit gefalteten Händen verbringen mußte. Als er elf war, kamen Leute zu Mrs. Teagarden, um ihn zu besuchen. Sie benutzten Gebärdensprache und Fingeralphabet und brachten ihm *Braille*-Bücher. Er hatte *Braille* in der Blindenschule gelernt, die er im Winter besucht hatte. Wie diese Besucher darauf kamen, ihn zu besuchen, erfuhr er nie; es gab in jenen Tagen für Verknüpfungen keine Erklärungen. Es gab etwas oder es gab es nicht, grundlos, ohne erkennbare Ursachen. Manchmal streichelte Irwin ihn, manchmal knuffte er ihn. Manchmal verpaßte er Mahlzeiten, oder er wurde aus dem Schlaf gerissen oder schlafen gelassen ohne einen Anhaltspunkt, warum. Diese signalisierenden, buchstabierenden und *Braille*-lesenden Leute wechselten oft, und an manchen Tagen erwartete er sie in leidenschaftlicher Begierde, erduldete die Zeit, als würde er geprügelt, aber sie kamen nicht.

Mrs. Teargarden lernte, in seine Hand zu schreiben, aber sie wollte es nicht. Sie sagte Einzelbegriffe wie ›essen‹ oder ›Toilette‹, die sowieso offensichtlich waren, auch ohne das Wort. Irwin mochte keine Berührungen; er schlug Johns Hand weg. Seine Mutter war diejenige, die er mit Hilfe des Fingeralphabets ein bißchen besser kennenlernte – nur wenig, weil sie mit dem Haus zu tun hatte und arbeitete und die anderen Kinder hatte, aber eines Tages sagte einer der Besucher: »Deine Ma will dich zu einer Schule in einem anderen Bundesstaat schicken... mehr Training...«

»Bin ich schlecht?«

»Nein, nein, du bist ein guter Junge.« Dann: »Wenn im Herbst das Schuljahr beginnt, wirst du zu einer Schule gehen, in der es andere Taubblinde gibt, dort kannst du eine Menge lernen. Es ist weit weg, aber du kannst in den Ferien und für den ganzen Sommer zurückkommen.« Spät in jenem Frühjahr passierte das Wunder.

Ferien. Ein Fenster öffnete sich, ein anderes Fenster dazu, und der Wind kam hindurch und blies die Vorhänge unter seinen Händen auf. Beim Frühstück war der Tag heiß auf seinem Hinterkopf, während er am Tisch saß. Piniendüfte und ein Geruch wie nach einem Sturm und nach Äpfeln blies in den Straßen. Füße klebten am Boden im verregneten Garten, und Irwin, mit John wie mit einem Fluch beladen, zog ihn mit sich von Mrs. Teagardens Haus zu dem Ort, wo die Freunde sich trafen.

John konnte sich nicht mehr erinnern, wann es angefangen hatte, daß er Bezüge zwischen der Frühlingssonne auf seinem Kopf und den Richtungen herstellte: Sonne am Morgen und Sonne am Nachmittag und die Straßen von Aureole, der Stadt, in der er lebte. Er war zum Fluß gegangen, zu der Höhle und um den Stein-Mann im Prospector Park herum; und dorthin, wohin man gelangte von der Spitzhackenhand des Stein-Mannes aus und wohin man gelangte von der Hand aus, die etwas hielt. In jenem Frühjahr und Sommer vermittelte sich ihm eine Einheit, ein Sinn, den er erst ahnte und dann erkannte. Orts- und Richtungssinn in Aureole. Das ganze Wunder ereignete sich folgendermaßen:

Es war Sommer, und Irwin hatte ihn fast den ganzen Tag bei sich. Irwin und seine Freunde spielten gern in dem Feld, das, wenn man in Richtung Elternhaus ging, an dem Denkmal im Prospector Park vorbeiführte. An jenem Tag tat John das, was er sonst auch immer tat, wenn die Jungen spielten, er wartete, indem er auf dem Platz umherging, während seine stockfreie Hand ihn von Anhaltspunkt zu Anhaltspunkt führte: der Zaun, vier Bäume, Autofronten, dann ein langes Nichts, wo er sich auf die Erinnerung seiner Füße verlassen mußte, Gras oder Staub oder Weitergehen, den ganzen langen Weg bis zum Kies, dem Kies folgend drehen, Kies jetzt in Richtung der Hand des Denkmals, die irgend etwas gefunden hatte, seine Richtung bis zu einer Bank, eine andere Bank, eine dritte Bank und dann zum Park und wieder von vorne oder anders herum. Das tat er jetzt und noch einmal, bis er irgendwie bemerkte, daß die Jungen anscheinend nicht mehr auf dem

Feld waren. Manchmal war er sich ihrer Gegenwart bewußt. Manchmal kamen sie zu ihm oder berührten ihn, und wenn er in der Nähe ihres Spielfeldes ging, schubsten sie ihn fort. Eine lange Zeit ging er ohne eine dieser Rückversicherungen. Dann wanderte er in Richtung Spielplatz, zu dem etwas niedriger gelegenen Teil, stampfte laut auf, dort, wo die Jungen sein sollten. Nichts.

Sie hatten ihn verlassen. Er war wütend und etwas ängstlich, aber er kannte den Weg nach Hause und wußte, daß er zurückfinden würde. Er beschloß, Irwin und die anderen zu suchen. Es war noch früh am Tag. Die Straßen, die von der Spitzhackenhand des Goldsuchers wegführten, wurden vom Brummen der Last- und Personenwagen erschüttert. John kannte diesen Weg gut, weil die Jungen nach dem Spiel oft noch Sodawasser und Süßigkeiten holten. Mit dem Stock erfühlte er die Straßen und alle Bordsteine; noch war es ihm vertraut. Er war in der Nähe der Schule und des *Seven-Eleven*-Ladens. Er ging zum *Seven-Eleven* den kleinen Hügel hinauf. Dann innen, ging er Gang für Gang ab, und Morty, der Geschäftsführer, nahm Johns Hände und hielt sie an seinen Kopf, den er schüttelte, als ob er sagen wollte: »Nein, nicht hier.« John versuchte die Frage: »Sind sie in der Schule?«, und Morty schüttelte noch einmal den Kopf. Dort auch nicht. Die Schule war auf der anderen Straßenseite.

Als er draußen stand, mit dem Rücken zur kühlen Glasfront des *Seven-Eleven*, passierte das Wunder, das John als Vision empfand. Er wußte auf einmal, daß der Fluß, zu dem er von hier aus noch nie gegangen war, vor ihm verlief, zehn, fünfzehn Blocks hügelabwärts. *Dort*. Die

Schule, so wie er jetzt stand, war hügelaufwärts auf der Seite seiner Tasthand, und sein Haus lag auf einer Linie zwischen Schule und Fluß. Die Linie verlief quer, als ob der Goldsucher seine Spitzhackenhand erhöbe und die Linie zum anderen Fuß auf der Seite seiner Finderhand hinüberlegte.

Ein Muster hat Bedeutung. Bedeutung liegt im Ort. Der Ortssinn bedeutet Macht. Eine unglaubliche Freude stieg in ihm auf. Es gab jetzt niemand, dem er das alles erzählen konnte, daß er *sehen* konnte, daß er die Freude aller Sehenden verstehen konnte: Abenteuer, Stärke, Macht. Kein Wunder, daß seine Brüder es so sehr liebten, zu sehen, kein Wunder, daß sie ihn beiseite schoben. Er umklammerte seinen Stock und ging am Kamm des Hügels hinauf zur Schule, überprüfte das Spielfeld, indem er es erst umrundete und dann betrat. Dort wurde gespielt, eine andere Gruppe, und ein Junge schnappte ihn und ›führte‹ ihn nicht allzu sanft vom Platz, bis er sagte, er kenne sich hier aus, so daß der Junge ihn losließ.

Die Sonne war jetzt ein wenig über den Scheitelpunkt seines Kopfes hinausgewandert und trug zu seiner Sehfähigkeit bei. Er ging auf einer harten Aschestraße um einen weiteren Platz herum, ein Ort, an dem er noch nie gewesen war, aber er fühlte sich sicher, weil die Sonne sicher war und weil er sehen konnte. Nach unten in Richtung Fluß. Mamas Bank würde auf der Seite seiner Greifhand liegen, links. Der größte Teil der Stadt lag auf dieser Seite. Berge auf der Seite seiner Tasthand, rechts. Schneerichtung, Windrichtung sogar jetzt, beim Ausatmen. Dies war der Weg, der Weg, von dem die sanfte Brise kam. Und endlich: der Fluß, und auf der linken Seite, mit dem Fluß rechts, ging es zu den Höhlen und den Sandbänken. John stieß am Höhleneingang in großartiger Selbstgenügsamkeit auf das ehrfürchtige Staunen seines Bruders und seiner Freunde. »Ich kann sehen«, sagte er.

Natürlich war es nicht so, oder sie sagten zumindest, es sei nicht so. Sie ›testeten‹ ihn und lachten dann. Er konnte ihr Lachen spüren und ihren Zorn an der Art, wie sie ihn herumstießen. Er bekam nie aus Irwin heraus, warum die Jungen ihn allein hatten stehen lassen oder wohin sie gegangen waren. Mama war zu Hause, als sie zurückkamen, obwohl es ihm früh vorkam. John erfuhr von ihren langsamen und ärgerlichen Fingern, daß man ihn in der ganzen Stadt gesehen hatte; Meldungen waren an die Bank gegangen, daß er hier und dort allein herumwandere. Sie war in Eile aufgebrochen, hatte versucht, ihm zu folgen, zitternd vor Angst. Irwin wurden die Hosen heruntergelassen. Er mußte sich über Johns Knie beugen und wurde hart mit dem Schuh verprügelt. Das Haus versank in düsterer Stimmung.

Warum? Sie hatten alle das Wunder links liegen gelassen, eine wundervolle Wahrheit, die John für Sehvermögen gehalten hatte, einen Sinn, um sicher und frei in der ganzen Stadt herumzulaufen, einen Sinn, den man überall gebrauchen konnte. Niemand hatte Zeit oder Worte, ihn zu verstehen. In jenem Sommer begann er verzweifelt und mit letzter Hoffnung Catherine zu unterrichten. Sie war erst fünf und tat sich schwer mit dem Alphabet. Im Herbst wurde er zu einer weit entfernten staatlichen Schule geschickt, in der es eine Klasse für Taubblinde gab.

Während der Schulferien, wenn er nach Hause kam, und über die Jahre, baute er das Vertrauen seiner Mutter auf seine Beweglichkeit auf. Catherine wurde älter und lernte das Fingeralphabet besser. Sie war die einzige, die genügend Fertigkeiten entwickelte, um etwas mit John zu sprechen und ihm Dinge zu erklären. Diese Seherfahrung in Aureole war in ihm eingebrannt, so daß er in der Schule, als sie Norden, Süden, Westen und Osten lernten, sofort begriff und in der Lage war, seine Erkenntnis auf jede Stadt und jedes Dorf zu übertragen, in jedem Land und in der ganzen Welt.

Jahr für Jahr verfeinerte sich diese Wahrheit, die er für Sehen gehalten hatte. Wenn die Sonne im Sommer oder im Winter ihre Position um einige Grade veränderte, kannte John ihre Aufgangsposition. Durch dieses Wissen entwikkelte er das, was er den perfekten Ortssinn nannte, einen Sinn, den die meisten Taubblinden nicht so weit entwickelt hatten, wie er später bemerkte, und manche überhaupt nicht. Einige seiner taubblinden Freunde benutzten diesen Sinn bis zu einem gewissen Grad. Keiner der Sehenden oder Hörenden fand ihn besonders wundervoll oder jubilierte mit ihm angesichts dieses Wunders. Armer Mann, sagten sie, armer Mann.

15

Es war nach dem Feiertag des 4. Juli, als John und Leda ihr Wochenende in Aureole verbringen wollten. Leda sagte, es sei zu lang und zu ermüdend, angesichts der Zeit, die sie hatte, den Bus zu nehmen. Wenn er das Geld ausgeben wollte, wäre es besser, zu fliegen. John hatte im Sommer von der Schule nach Denver das Flugzeug genommen. Dies würde sein erster kurzer Flug sein. Früh am Morgen brachen sie auf, aufgeregt und glücklich in Erwartung des Abenteuers. Sie nahmen ein Taxi zum Flughafen, eine neue Richtung von ihrem Haus aus. John hatte auf seiner *Braille*-Karte nachgeschaut. Der Flughafen lag Nord-Nordost.

»Warum?« fragte John.

»Weiß ich nicht; ich vermute, die Sonne scheint so den Piloten nie voll ins Gesicht, wenn sie starten oder landen.«

»Warum ist das ein Problem?«

»Zu hell; die Helligkeit blendet uns.«

»Wie ist das möglich? Ich weiß doch, daß ihr nichts sehen könnt, wenn keine Sonne am Himmel ist.«

»Ja, aber die Sonne selbst – ach, egal; zu kompliziert zum Erklären. Ich werde nie verstehen, wie du davonkommen konntest mit dem, was du geschrieben hast, Sonne, Mond und Sterne, Sonne hier und Mond dort.«

»Die Sonne scheint im Osten,
Die Sonne scheint im Westen.

Aber ich alleine weiß,
Wo sie scheint am besten.«

»Wer? ...«

»Das hat mein Vater immer gesungen. Ich erinnere mich daran aus der Zeit, als ich noch hören konnte.«

John mochte das Gefühl im Flugzeug zuerst nicht. Es war schon Jahre her, daß er zuletzt geflogen war; er hatte vergessen, wie desorientierend es war, wie es seinen Orts- und Richtungssinn so veränderte, daß er glaubte, er würde krank werden, was nur durch die Landung verhindert werden konnte. Er machte sich Gedanken über das Auf und Ab zusätzlich zu dem, was ihm sein Richtungssinn vermittelte. Da er in Aureole aufgewachsen war, hatte er das Auf und Ab der Hügel immer als Teil seiner Erfahrung gekannt; Auf und Ab waren wichtig für die Orientierung wie Wind und Sonne, Bestätigungen seines Gefühls für den Ort, an dem er sich befand. Das Auf und Ab des Flugzeugs war ganz anders, und es hatte ihn gestört, daß, obwohl ihr Ziel ungefähr zwanzig Grad vom Sonnenuntergangspunkt im Westen abwich (er hatte Leda gebeten, es ihm auf der Karte zu zeigen), das Flugzeug aufstieg und in eine Richtung flog, die man in der Schule als Süd-Südwest und dann West bezeichnete, dann nach Norden abdrehte, ohne daß es irgend jemand zu stören schien. Es war ja nicht so, als müßte man am Himmel Flüsse und Häuser und Straßen umgehen.

»Nein«, sagte Leda, »aber es sind Berge da unten.«

»Und die Berge haben Schatten?«

»Genau.«

»Aber ich *spüre* nichts.« Er fing an, sich unwohl zu fühlen, als das Flugzeug sich in der straßenlosen Luft senkte und wieder hob.

Sie landeten. »Wir sind dreitausend Fuß höher als vorher.«

Er spürte es nicht. Irwin und Mama waren gekommen, um sie mit ihren Koffern abzuholen. John hatte immer noch keine klare Orientierung; er wußte nicht, wo er war, und das bedeutete, daß er eine Tendenz hatte, im sicheren Schatten der Wände zu gehen anstatt in der Mitte des Wegs, wo der Strom der Menschen sich bewegte. Das bedeutete auch, daß er mit Leuten zusammenstieß, die eilig aus Türen in den Wänden kamen, und das tat er gerade, bevor alle Wände plötzlich aufhörten und eine Vibration emporströmte, die einen großen Raum anzeigte. Leda, die mit ihrem eigenen Gepäck und eigener Orientierung beschäftigt war, war nicht in der Lage, gut zu führen, und John kollidierte mit einem schnell gehenden Irgendjemand, und dann waren da Mutter und Irwin. Mutter steif, Irwin wütend, und John fühlte den alten Horror, einen, den er in der Schule überwunden geglaubt hatte; ihre Scham und Mißbilligung hingen in der Luft wie der Geruch von schmutziger Wäsche. Zum Stehen verdammt und unfähig, Leda seiner Familie vorzustellen – sie schienen das auch ohne ihn zu erledigen –, sagte er: »Nach welcher Richtung ist dieses Gebäude ausgerichtet?« Mama nahm seine Hand, um ihn zu führen. »Laß mich das selber machen«, sagte er, »wenn Irwin meine Tasche nimmt.« Es gab eine erneute Besprechung. »Können wir nach draußen gehen, so daß ich mich orientieren kann?«

»Beruhige dich«, signalisierte Leda in seine Hand. »Wir sprechen gerade darüber, ob sie gehen und das Auto holen sollen.«

»Ich wollte dich ihnen vorstellen...«

»Ist schon in Ordnung.«

Das war es nicht. Die Jahre der Selbstkontrolle, hart erarbeitet, waren davongeflossen. Jenseits der Reichweite seiner Fähigkeiten mit Stock und sorgfältig kontrollierter Stimme planten sie jetzt seine Wege in einer Weise, die keine Rücksicht auf seine Möglichkeiten nahm, selbstverantwortlich zu handeln. Irwin, der Boss; Mama, die keinen Ärger haben und es allen recht machen wollte.

»Wo sind Richard und Catherine?« fragte er. »Können wir sie sehen?«

Niemand antwortete. Dann sagte Leda: »Sie holen das Auto. Sie wollen, daß wir hier warten. Das war mein Fehler; ich hätte jemand holen sollen, um uns zu helfen.«

»Laß uns wenigstens nach draußen gehen. Es regnet doch nicht, oder? Es riecht nicht nach Regenmänteln.«

»Hör auf zu brüllen. Entspanne dich.«

John fing noch einmal an, leise. »Stell dir vor, du wärst im Theater, und sie würden dich nicht deine Sätze sagen lassen –«

»Wir können hier doch stehen und uns unterhalten.«

»Bitte. Ich will meine Orientierung haben. Ich will nach draußen. Bitte.«

»Sturkopf.«

Er hatte seine Tasche genommen und begonnen, sich mit dem Stock vorwärts zu bewegen. Sie führte ihn zur Tür. Jetzt stand er draußen, aber im Schatten der Mauern, und konnte die Sonne nicht fühlen. Warum verstanden sie nie?

»Ist es dir egal, wo du *bist*?« fragte er.

»Es ist doch nicht so, daß du allein gehen mußt«, antwortete sie. »Ich bin ja hier.«

»Ich will meine eigene Orientierung haben.«

»Hör auf, zu schreien.«

»Ich will meine eigene Orientierung haben.« Noch als er es sagte, fing er an, es zu spüren, und als sie seine Hand nahm und ihn zur Vormittagssonne drehte, war er nicht überrascht. »Wo ist die Stadt?«

»Vor uns, glaube ich.«

»Wo ist mein Fluß?«

»Auf meiner Rechten.«

»Wie weit ist es?«

»Das weiß ich nicht –«

»Wo ist der Berg?«

Sie sagte es ihm.

»Ah – das erklärt die Drehung, die wir gemacht haben, als ich immer in die Wand gelaufen bin. Warum hast du mir nicht gesagt, daß wir uns in einer runden Halle befanden?«

»Das habe ich wohl nicht bemerkt; es war nur eine leichte Drehung.«

Die Drehung war nicht gering gewesen. ›Wenn Sehen so eine großartige Sache ist‹, dachte er, ›warum sehen sie dann nicht?‹

Sie warteten. »Ich dachte, wir würden die Pinien riechen; das ist der Sommergeruch hier.« Sie rochen heißen Asphalt und Autoabgase. Die Mittagshitze kochte außerhalb des schützenden Gebäudeschattens.

»Ich sehe zu den Bergen hinüber«, sagte sie.

»Da«, zeigte er, »ist der ›Spitzhackenhügel‹, und dort hinten sind Bergbauhalden.«

»Wie konntest du das wissen?«

»Orientierung.«

»Das Auto ist da«, sagte sie.

Am Anfang hatte John gedacht, es sei Mamas Aufregung, aber während sie fuhren, merkte er, daß sie das Fingeralphabet fast vergessen hatte. Sie bewegte ihre Finger holprig auf und ab, verwechselte G mit Q, D mit F, P mit K. Sie küßte John und tätschelte seine Hand; es reichte nicht aus. Er hatte sich danach gesehnt, in ihrer Liebe zu baden, aber jetzt empfand er den Verlust ihrer Fingerfertigkeit als bitter, obwohl er ihre Hand ebenfalls tätschelte. »Wie geht es Warlock?«

Leda dolmetschte: »Warlock ist vor sechs, sieben Jahren gestorben.«

»Warum habt ihr es mir in euren Briefen nicht mitgeteilt?«

»Du warst weit weg. Wir wußten, wie sehr du ... wollten dir nicht wehtun.«

»Und Catherine, lebt sie noch?«

»Natürlich!«, und Ledas Hände gaben am Ende des Wortes einen Schnapper mit dem kleinen Finger, der ihr Zeichen geworden war für ein Halb-Lachen, jenes Lachen, das ein Kommentar zur Welt im allgemeinen, weniger zum Witz selbst war. Plötzlich verlief der Weg falsch.

»Warum biegen wir ab?«

»Wir fahren nicht zum alten Haus. Mutter ist umgezogen, und wir fahren jetzt zu Irwins neuem Haus.«

»Wo? Welche Straße?«

»Cascade Straße.«

»Wo dort?«

»Oben in der Nähe der alten Schlackeabladeplätze. Cascade Straße hörte früher am Rand der Stadt auf. Jetzt führt sie noch meilenweit darüber hinaus. Die Schutthalden sind eingeebnet worden, alles befestigt und in eine städtische Parzelle umgewandelt. Diese ganze Seite der Stadt ist neu aufgebaut worden. Du solltest es jetzt mal sehen –«

John seufzte. Was er gewollt hatte, was er sich vor allem ausgemalt hatte, war die Wiederholung seiner damaligen Wundererfahrung mit Leda, ein angenehmer und kenntnisreicher Spaziergang auf Kies und Wegen, der Park, der Goldsucher ...

»Die Statue?«

»Ja ...« Leda nahm sich Zeit und übersetzte dann. »Das Denkmal des Goldsuchers? Das ist zur neuen Mühle versetzt worden. Der Park wurde für den neuen medizinischen Komplex gebraucht.«

»Was ist noch gleich geblieben?«

Es gab eine lange Pause. Leda sagte, nicht als Dolmetscherin: »Sie sind überrascht. Sie glaubten, daß du stolz sein würdest. Die Stadt hat sich verdoppelt. Sehr neu, sehr modern.«

»Gibt es noch irgend etwas?«

»Sie überlegen.«

»Der Fluß?«

»Ein Deich und eine Promenade, sagen sie. Vom Stadtkern aus kommt man nicht mehr zum Fluß. Victory

Brücke und Victory Brückenstraße – das gleiche. Alte High School und der größere Teil der Innenstadt – das gleiche.«

»Oh.« Das waren nicht die Orte, die er wollte. »Und die Straße, auf der wir jetzt sind...«

»Neues Industriegebiet. Die Straße verkürzt den langen Weg quer durch die Stadt, um zu Gold Flume und Bluebank zu gelangen. Wir nehmen die dritte Abfahrt und umgehen damit das Nadelöhr. Wir kommen dann in der Nähe der Prospector-Siedlung heraus.«

»Was?«

»Ein neu erschlossenes Siedlungsgebiet.«

Er saß eine Weile ohne eine Bemerkung da. Er war müde, und es war erst Mittag. Dann sagte er zu Leda: »Wir haben früher auf den Hügeln gespielt, hinter den Abraumhalden. Jeder kleine Hügel hatte eine unterschiedliche Oberfläche; hart oder weich, pudrig oder scharf, einige wie Steinsalz und einige wie Zucker und manche nach Regen, wie Pudding.«

»Das gibt es alles nicht mehr. Es ist ein häßlicher Schandfleck da hinten am Fluß.«

»Woher weißt du, daß etwas häßlich ist?«

Niemand antwortete Leda. Ihre Hände waren still.

Aber in ihrer Beschreibung der neuen Straße hatten sie ihm wenigstens einen Eindruck vermittelt, den er insgeheim für Sehen halten wollte: er wußte, wie der Fluß in die Stadt hereinfloß und sich dann in die Länge streckte, manchmal gerade, so wie der Goldsucher ausgerichtet war, dann floß er zurück zu seinem Nord-Süd-Gefälle, wie es ihnen in der Schule erklärt worden war. Sie hatten

Brücken passiert, jetzt fuhren sie ruhig und schnell beinahe in einen wirklichen Sonnenuntergang hinein. »Ist der Fluß im Norden?«

»Norden?«

John verstand nicht, warum Leda in manchen Bereichen weniger sah als er. »Links«, sagte er.

»Oh ja, er ist auf der linken Seite.« Sie verlangsamten abrupt.

»Was –«

»Jemand hat uns die Vorfahrt genommen.«

»Unhöflich.«

»Ich glaube, er hat uns nicht gesehen.« Leda lachte. Sie sagte zu ihm: »Ich dachte, dein Bruder wäre steif und korrekt, aber er hat gerade ein paar gute Witze losgelassen. Zwei Vögel sind vom Himmel gefallen, vergiftet.« Er wußte, daß sie es in seine Hand sagte, ohne es für die anderen gleichzeitig auszusprechen. Er buchstabierte ihr zurück, im vollen Verständnis des visuellen Eindrucks und dankbar für den Witz darin, weil er sich erschöpft, niedergeschlagen und traurig fühlte.

Er fing an, seine Trauer in ihre Hand zu sprechen. »Ich kenne diese Stadt nicht mehr. Ich träume davon, dich zur weichgrundigen Höhle am Fluß mitzunehmen oder zu dem Denkmal. Ich will deinen sonnennackten Körper küssen und berühren vom Kopf bis zu den Zehen: dann Körper an Körper mit dir liegen im weichen Gras hinter dem alten Haus meiner Mutter, wenn sie am langen Sonntag nachmittag alle außer Haus sind, nackter Körper an nacktem Körper, bis wir so erschöpft sind, daß wir todmüde einschlafen, so wie *Fourbuds* im Schlafe stirbt.«

»Nimm deine Hand herunter; ich werde schon ganz rot.«

Irgend etwas in Ledas Übersetzung hatte John erkennen lassen, daß Irwin stolz auf diese Veränderungen in seinem Leben und in der Stadt war. Er schien auf eine fröhliche Art einverstanden mit der Versetzung des Goldsucher-Denkmals aus seinem Park, mit einem für die Stadt unzugänglichen Fluß, mit der zerstörten Höhle und der Umrundung des Orts durch neue Straßen und Brücken. Nahmen die Sehenden ihren Schmerz hin, ohne mit der Wimper zu zucken? Niemandem schien bewußt zu sein, was diese Veränderungen für John bedeuteten, das Ende eines Heimatortes, in dem er sich leicht bewegt hatte, in dem er per Geburtsrecht die Stadt und den Fluß und die Abraumhalden kannte, Geschichte in den Händen und unter den Füßen.

Sie bewegten sich in der Gruppe. Leda fing an, zu dolmetschen. Catherine und ihr Mann Dean und ihre Kinder würden später zu Irwins Haus kommen. Ebenso Richard und seine Frau Judy. Sie hatten keine Kinder. Irwins Frau Marie würde jetzt schon kommen. Das Auto hielt, drehte und gelangte in die Einfahrt. Sie stiegen aus. John orientierte sich.

Marie. Eine große Hand, warm und kompetent. Wegen der Größe der Hand schaute John auf und spürte ihren Schatten. Ihre Worte: »Woher wußtest du, daß ich groß bin?« über Leda. »Groß und freundlich«, sagte John, »wie der Baum am Nordende des Prospector Park.«

»Jetzt verschwunden«, sagte sie aus Ledas Hand, »verdammt.«

Er blickte wieder auf. »Du glaubst nicht so daran wie Irwin?«

»Ich glaube, diese Stadt hat das alpine Fieber. In den 1880ern hatte sie das Goldfieber, das Silberfieber 1910, und Uranfieber in den Fünfzigern. Jetzt, wo Gold Flume ›in‹ ist, träumen wir davon, Gstaad-am-Utefluß zu werden.«

Leda mochte Maries Gesicht. Sie mochte Marie. Das merkte er. Er lächelte, entspannte sich. »Du teilst Irwins Meinung nicht?«

»Hierin nicht.«

»Wie könnt ihr dann verheiratet sein?« Er spürte ihr Lachen. Leda stoppte abrupt. Ihre Hand hing leblos in seiner.

Für John war es eine existentielle Frage; sie hatte an ihm genagt, seit er bei Leda eingezogen war. Konnten Menschen in allem übereinstimmen? Wenn sie geteilter Meinung waren, was taten sie dann? Gab einer von beiden nach? Das wollte er gerade fragen, als Mama kam, ihren Arm um ihn legte und ihn wegzuführen begann. »Warte, ich ...«, und Leda schnell: »Sie möchte, daß du die Enkelkinder kennenlernst. Außerdem war deine Frage unhöflich.«

»Ich muß es wissen. Ich will ...«

»Nicht jetzt«, sagte sie. »Wir standen gerade alle da ... nicht die geeignete Zeit für eine Unterhaltung.«

Die Kinder fürchteten sich vor ihm. Corson hatte ihm gesagt, daß normale Menschen nicht gern so dicht an Fremde herangingen, wie es nötig war, um mit einem Taubblinden zu sprechen. Normale Leute wollten nicht, daß man sie am Körper berührte und mit ihren Fingern herumspielte. So war es auch mit Irwins Kindern; ihre Hände in seiner Hand waren schlaff oder verkrampft... Sie wanden sich aus seiner Begrüßungsumarmung. Mama kam noch einmal und umarmte ihn zum Trost. Das ärgerte ihn in einer Weise, die er sich nicht erklären konnte. Er fühlte sich bis ins Innerste verletzt, er war wie roh, war zu empfindlich. Er hatte mit den Kindern warten wollen, bis er ihnen vertraut war, so daß sie langsam auf ihn zukommen konnten, die Neugier langsam Oberhand gewinnen würde über ihre Scheu; das hatte er oft mit Swede diskutiert. Er hatte vergessen, wie wenig maßgebend sein Wille bei diesen Leuten war.

Den ganzen Tag über bemühte er sich, wieder in die Nähe von Marie zu gelangen, um ihr die Frage zu stellen, die ihn belastete, die Frage von Übereinstimmung und Widerspruch. »Marie –«

»Spielt Gastgeberin«, sagte Leda, »besorgt kühle Drinks und rennt keuchend herum und läßt mich sehr glücklich darüber sein, daß ich allein bin und keine Familie habe.«

»Wie ist diese neue Wohnung?«

»Warum gehen wir nicht nach draußen, ein bißchen spazieren?«

Kurven, Straßen, die wie gebogene Äste verliefen, Windrichtung zum Sonnenaufgang auf der einen, Windrichtung zum Sonnenuntergang auf der anderen Seite, in einer Biegung, die nicht unregelmäßig wie auf einem Hügel, sondern sorgfältig abgezirkelt verlief. »Das ist sehr angenehm.«

»Es ist sehr modern.« Sie beschrieb Häuser und die sorgfältige Künstlichkeit der Landschaftsgestaltung. »Wohngegenden wie diese bringen meine schlimmsten Seiten an den Tag«, sagte sie. »So verdammt geschmackvoll, daß ich mich zu Tode gewürgt fühle. Ich wünschte, es gäbe Hundescheiße auf der Straße!«

Das war, was er am Zusammensein mit ihr am meisten liebte, ihre Meinungen, Gefühle, Türen zur Komplexität der Welt.

»Diese Schönheit ist dazu geplant, ohne Menschen wahrgenommen zu werden«, sagte sie. »Die Gegenwart von Menschen verdirbt sie eher, als daß sie sie steigerte. In deiner alten Wohngegend machten all die Schwarzen die Straßen interessant. Ihre Gärten waren hübsch, aber lustiger war es, mit ihnen selbst draußen zu sitzen und diese Gärten zu benutzen.« Sie hatten angehalten, weil Leda besser im Stehen sprechen konnte, aber sie standen sich nicht in der gewohnten Weise gegenüber. Er war parallel zur Straße ausgerichtet, und sie stand neben ihm. Ihre linke Hand hielt sie quer vor ihren Körper, ihre rechte stützte sich darauf. Plötzlich sagte sie: »Es ist schön, so mit dir zu sprechen – neben dir, aber ohne dich anzuschauen, wenn wir gehen.«

»Du hast mal gesagt, ich wäre hübsch, zumindest gutaussehend.«

»Das bist du, aber dein Gesicht – ich finde meine Worte nicht in ihm reflektiert. Du zeigst mir nicht, daß du verstehst, was ich sage. Neben den Worten gibt es eine Kommunikation zwischen Menschen, die visueller Natur ist. Als Schauspielerin weiß ich, wie das entsteht, ich weiß, daß es der blinde Anteil in deiner Taubblindheit ist. Du kannst nicht sehen, daß ich nach den Auswirkungen meiner Worte in deinem Gesicht suche. Die Ausdruckslosigkeit in deinem Gesicht ist für mich am schwierigsten zu bewältigen gewesen, wenn wir uns unterhalten. Jetzt auf einmal ist es viel leichter: es ist wie im Dunkeln sprechen. Ich suche nicht mehr nach deinen Signalen.« Sie gingen weiter.

Weitergehend und wieder anhaltend, um zu sprechen, waren sie schließlich an einer Stelle angelangt, die Leda als Sackgasse erkannte. Sie gestand, daß sie sich verirrt hätten. John war erstaunt. Sie hatten nichts anderes getan, als gegen die Windrichtung und der morgendlichen Sonne entgegen zu gehen, meist gegen den Wind, und man mußte jetzt nur die Schritte zurückverfolgen. Wieder einmal fragte er sich, auf welches Sehvermögen die Sehenden eigentlich so stolz waren. Es war so einfach wie das Atmen, sie zurück zur Straße zu führen, indem er sich zurück in die Windrichtung – im Winkel zum Sonnenuntergang – begab, bis sie vor Irwins Haus standen und die Sonne verschwunden war. »Ist es nicht noch früh?«

»Eine Meile entfernt ist ein Berg, die Sonne ist hinter ihm versunken.« John nickte, ohne zu verstehen.

Abendessen. Brathähnchen ... frischer Mais. Wieder spürte John Maries Einfühlungsvermögen: ein Essen zuzubereiten, bei dem er nicht im Nachteil war als der einzige, der mit Fingern essen würde. So war es dann auch, aber andererseits konnte er mit niemandem sprechen oder Bemerkungen entgegennehmen ohne sorgfältiges Waschen und Trocknen der Finger. Nach dem Essen half er mit dem Geschirr und versetzte damit seine Familie, genau wie damals Ledas Freunde, in Erstaunen. Aber er war es langsam müde, seine Fertigkeiten vorzuführen. Er fing an zu erkennen, daß es ein sinnloses Spiel war, das zu keinem weitergehenden Austausch zwischen ihm und den Menschen führte, die so beeindruckt schienen. Sie waren froh, wenn er seine Hände für die Arbeit benutzte, falten, stapeln, trocknen, aber solche Handlungen verhinderten Kommunikation mit den Händen, verhinderten zum Beispiel, daß er Marie das Fingeralphabet beibrachte, damit sie ihm allein und ohne Dolmetscherin ihre Einstellung zur Frage von Übereinstimmung und Nichtübereinstimmung in der Beziehung mitteilen könnte. Er wollte Leda bei der Unterhaltung nicht dabeihaben; es ging um seine Beziehung mit ihr. Er würde über Ängste und auch ganz einfache Dinge sprechen – seine Unkenntnis, Schwächen, die Leda nicht erfahren sollte. Marie stand neben ihm am Spülbecken. Hin und wieder spürte er die von ihr ausgelöste Luftbewegung und ihren Schatten.

»Ich möchte mit dir sprechen«, sagte er. »Ein paar Sachen fragen. Du kannst Buchstaben in meine Hand malen, und so können wir uns unterhalten.«

Sie nahm seine Hände und legte sie auf ihren Kopf, während sie Ja nickte.

Schließlich war das Geschirr gespült und die Kinder im Bett, und Leda sagte ihm, daß Irwin und Marie auf den weichen, geräumigen Sesseln säßen, die John vorher auf seinem Weg durch das Zimmer entdeckt hatte. Mama war auf der Couch neben ihm, Leda saß vor ihm als Dolmetscherin.

Sie hatten lange darüber gesprochen, was er sagen sollte. Sie war immer noch zu wacklig in ihrer Übersetzung, als daß sie gleichzeitig sprechen und buchstabieren konnte. Er begann mit seinen eigenen Neuigkeiten wegen *Gottes Braille*. Natürlich wußten sie über seine Lyrik Bescheid; er schrieb jede Woche an Mama, und sie hatte die Wandteller und Karten erhalten, die er ihr durch Mr. Sherline hatte zukommen lassen. Ihre Briefe enthielten nicht mehr als seine; das Wetter, ihre Gesundheit, eine Ferienreise. Kein Wort davon, daß Warlock gestorben war, nicht daß ...

»*Gottes Braille* bedeutete Geld und Ärger«, sagte er. »Ärger wegen der Steuern. Ich dachte, das Geld gehörte mir, weil es von etwas kam, das ich selbst *gemacht* hatte, etwas, das es vorher nicht gab. Das stimmt nicht.«

Seine Mutter lobte *Gottes Braille*, und dann sprach Irwin über Finanzen. In Ledas Wort-für-Wort-Übersetzung sagte Irwin, daß sein Steuerberater ihm helfen würde, wenn er ihm alle Unterlagen zukommen ließe. John fragte, ob es möglich sei, sich der Hilfe des Buchhalters zu bedienen, ohne daß Irwin alles zu Gesicht bekäme. Es gab eine lange Pause. Dachte Irwin nach? War er wütend? Nach einer langen Zeit griff John nach Ledas Hand. Er nahm sie und spürte in ihr die leichte Vibration ihrer Aktivität. Sie sprach gerade. Er zog an ihr. Sie nahm ihre Hand ungeduldig fort.

»Was?«

»Einen Augenblick noch.«

»Was?«

»Ich spreche gerade für dich.«

»Dann sag mir –«

»Meine Gebärdensprache ist zu langsam; es ist zu frustrierend.«

»Was erzählst du ihnen?«

»Ich sage ihnen, daß du deine Privatsphäre brauchst, Unabhängigkeit –«

»Dann gesteh du sie mir doch zu. Laß mich langsam machen, und übersetze mich.«

Ihre Hände fielen in sich zusammen. »Irwin will nicht, daß du betrogen wirst. Er will, daß du abgesichert bist, psychologisch und finanziell. Zum Beispiel weiß er nicht, wer *ich* bin – was ich hier mit dir zu tun habe. Eine Schauspielerin. Das habe ich ihnen gesagt. Sie glauben, ich sei die Ursache der Prügelei in der Bar gewesen, daß ich in der Kneipe war und dich in den Ärger hineingezogen hätte. Sie wissen, daß ich keine professionelle Dolmetscherin bin. Sie wissen, daß man als Schauspielerin nicht gut verdient, daß man ein unregelmäßiges Einkommen hat. Sie fragen, ob es mir um leicht verdientes Geld geht, ob ich mich dir genähert hätte, weil du jetzt mit *Gottes Braille* an mehr Geld kommst.« Es war eine lange Rede, und Leda war erschöpft von einem ganzen Tag übersetzen. Er konnte ihre Müdigkeit am langsamen, stolpernden Sprechen erkennen, die Zeichen wurden unwillig und stur wie nach einem Kater. Geschockt und wütend, wie er war, konnte er zunächst auch nicht antworten.

»Das habe ich geschrieben, *nachdem* wir – es ist einfach nicht wahr.«

»Er hat recht, sich zu wundern«, sagte sie für sich selbst, aber langsam. »Alle meine Freunde wundern sich.«

John konnte nur noch in stummem Schock dasitzen. Er

hatte um diese Worte gebeten, diese Ehrlichkeit. Er hatte nicht den geringsten Verdacht gehabt, was in ihren Köpfen vor sich ging. Es stimmte, daß Swede, Madonna, Luke und Alma ihre Mißbilligung gegenüber seiner Beziehung mit Leda ausgedrückt hatten; er hatte es für Neid gehalten, aber ihre Fragen hatten sich auf einer anderen Ebene bewegt als diese hier, die Leda etwas Bösartiges unterstellten. Diese Enthüllung erinnerte John an Beschreibungen chirurgischer Operationen, von denen er gelesen hatte: ein Doktor schnitt den Leib eines Patienten auf und fand Krankheit und Gestank darin. Er wollte zu seinem Thema zurückkommen, das Geld, das er bekommen sollte.

»Was das Geld betrifft –« Leda dolmetschte für Irwin. »Glaubst du, ich kümmere mich nicht um dich? Jedes Jahr mache ich deine Einkommensteuererklärung und regele deine Finanzen – zweimal habe ich schon deine Sozialhilfe-Unterstützung nachgefordert, als sie zu spät kam!«

»Das ist gut«, sagte John, »ich will dir nur erklären, daß ich mit diesen Gedichten keine Unterstützung mehr beziehen kann, bis ich das Geld ausgegeben habe. Auch was die medizinischen Ausgaben betrifft . . .«

»Und du erwartest, daß ich das nicht wissen darf? Ich muß es wissen. Ich mußte immer schon alles über dich wissen.«

John erinnerte sich noch gut. An jedem Frühlingstag während seiner Jugend und frühen Erwachsenenjahre mußte John sich vor ihnen ausziehen; zuerst vor Mama, später vor Irwin, um nach Zecken abgesucht zu werden. ›Heb die Arme hoch; bück dich.‹ Als er älter wurde, fing er an, es zu hassen; Irwin haßte es auch. Wenn sie eine Zecke fanden, kam Mama. Wenn das Tier schon Blut in sich hatte, wurde Irwin bestraft. Leda war jetzt zu müde, um eine Sonderbeschreibung von Irwins Gesichtsausdruck zu liefern, als er diese Worte sagte. Waren sie beschützend gemeint? Liebevoll? Oder verurteilend?

John sagte: »Ich denke, du mußt über das Geld Bescheid wissen, weil du mit den Steuern hilfst. Ich werde dir die Summen meines Einkommens schicken – die Zahlen ... Meine Dichtung ist am Endc doch eine schlechte Sache. Ich werde alle meine Beihilfeleistungen verlieren.« Er fühlte sich müde, wie nach einem Gang bergauf. »Leda ist meine Freundin, und sie will mein Geld nicht. Warum muß ich euch das erklären, wenn ihr mir nichts erklärt?«

»Was sollen wir dir denn erklären?«

Eine ganze Zeitlang passierte nichts. Leda hatte ihre Hände weggenommen und wartete. John trat auf der Stelle im Versuch, die Jahre aneinanderzureihen, aber dabei die Verwirrung wegzudenken. Dinge, die schon vor Jahren an ihm kratzten, beeinträchtigten ihn immer noch. Er fühlte sich betäubt von altem Schmerz, den er nicht mehr identifizieren konnte.

Die Hände, die ihm Irwins Worte gegeben hatten, waren selber ungeduldig. War es Irwins oder Ledas Ungeduld? In der Stille schien der Raum unangenehm erfüllt mit Unzufriedenheit. Wessen, außer seiner eigenen? »Ich will ...« Er wußte, daß er etwas lauter sprach, als er sollte, vibrationsverstärkt. »Warum habt ihr mir nichts von den Veränderungen in der Stadt gesagt? Oder wie Warlock gestorben ist? Warum Dad uns verlassen hat?

Lebt er noch? Ist er tot? Warum hat Ma ihr Fingeralphabet verlernt, und warum habt ihr mich eben nicht mit Marie sprechen lassen, bevor ich die Kinder kennenlernen mußte, die dazu gar nicht bereit waren und sich jetzt vor mir fürchten?«

Er vibrierte zu stark. Der Rückstoß, subtil zwar, war an seinem Gesicht zu spüren. Nichts. Sie sagten nichts. Waren sie aus dem Zimmer gegangen? Er wartete. Vielleicht waren sie alle hinausgegangen und saßen jetzt in Irwins Garten. Er war müde und wütend und sehr traurig. Er stand auf und machte sich zu seinem Zimmer auf, versuchte, sich mit den neuen Instruktionen zurechtzufinden, wo es war, und wie man dort hinkam. Wenn er erst in der Halle wäre …

Eine Hand. Catherine. Er hatte geglaubt, Catherine und ihr Mann wären schon vorher gegangen. »Wir wollen dir nur weiteren Kummer ersparen«, in den langsamen, sehr langsamen Buchstaben.

»Warum? Ich bin nicht anders als ihr.«

»Doch. Du reagierst wie ein Kleinkind, kriegst Anfälle. Dad lebt; er lebt in Gold Flume. Manchmal treffen wir ihn. Er hat aufgehört zu trinken, schon vor acht, zehn Jahren. Er hat jetzt ein Immobilienbüro.« Die Worte waren langgezogen und voller Zögern und Fehler.

»Warum kommt er nicht hierher?«

»Irwin mag ihn nicht. Dad schämt sich sehr für das, was er dir angetan hat.«

»Ist er deshalb weggegangen?«

»Ja. Er hat versucht, sich umzubringen, war aber zu betrunken. Er schoß sich ins Herz, verfehlte es aber und traf einen Teil seiner Lunge und die Milz. Er schämt sich immer noch sehr dafür, daß er dich taub gemacht hat.«

»Ich dachte, er wäre tot.«

»Nein. Er hat sogar wieder geheiratet. Sie arbeitet mit ihm zusammen.«

»Weiß er, daß es mir gut geht? Weiß er von mir?«

»Er weiß, wo du bist.«

»Kann ich ihn sehen?«

»Vielleicht kannst du ihn das nächste Mal besuchen. Diese Woche sind sie, glaube ich, fort.«

»Wirst du meine anderen Fragen beantworten?«

»Nein; deine Fragen sind alle durcheinander, und du fängst immer an zu brüllen.«

»Ich werde nicht brüllen. Warum ist Irwin die ganze Zeit verärgert?«

»Das werde ich nicht beantworten. Das ist privat. Es ist nicht höflich, die Leute nach ihren Gefühlen auszufragen, es sei denn, *sie* sagen es dir.«

Die Unterhaltung kam ins Stocken. Leda nahm nach einer Weile seine Hand: »Sie diskutieren darüber. Es geht mir zu schnell zum Dolmetschen. Ich kann jetzt nur zuhören und versuchen, es für später zu behalten.«

John war auf einmal erschöpft. Die Reise und das Verarbeiten aller Informationen hatten ihn zum Umfallen müde gemacht. »Gute Nacht«, sagte er. Er ging durch den Raum, schüttelte seinem Schwager, Catherine, Richard und Richards Frau Judith, Marie und Irwin die Hand, ging in die Diele und drehte sich in der erinnerten Richtung zu seinem Schlafzimmer. Die Tür. Noch eine Tür. Er ging durch die zweite Tür und fand das Bett und setzte sich hin, um seine Schuhe auszuziehen. Das Bett hob sich. Er streckte seine Hand aus und fand die Erhebung – ein Mensch. Es war eins der Kinder. »Es tut mir leid«, sagte er. Die kleine Person wurde stocksteif vor Angst. Er sagte, sie solle keine Angst haben, nahm seine Schuhe, stand auf und ging, wie er gekommen war. Die Tür. Jetzt in der Sonnenrichtung. Eine andere Tür; das Bad. Er erinnerte sich, daß Marie ihn hier entlanggeführt hatte, aber nur zu den Zimmern, die er brauchen würde. Er hatte keine Vorstellung davon, wieviel weitere Zimmer noch da waren, und wieviel weitere peinliche Situationen dort auf ihn warteten, da das, was *war*, nicht mit dem übereinstimmte, was man ihm gezeigt hatte. Vorwärts. Eine Tür. Noch eine Tür. Welche sollte er versuchen? Eine Ahnung von Erinnerung vom Nachmittag, Erinnerung an vier Schritte zwischen der Badezimmertür und ›seiner‹ Tür. Die zweite. Er öffnete die Tür und ging hinein. Wenn das hier jetzt das richtige Zimmer war, mußte das Kopfende des Bettes an der rechten Wand stehen und sein ... Aha. Koffer. In seiner Erschöpfung fummelte er daran herum. Leda hatte ihm gesagt, daß sie nicht zusammen schlafen würden aus Gründen des Anstands, aber niemand hatte ihm gesagt, wo sie war. Vielleicht war dies ihr Koffer und nicht seiner. In der schrecklichen Anspannung von Bemühungen und Anstrengungen, die mit all diesem Neuen einherging, neue Zimmer, neue Straßen, neue Häuser, fühlte er sich unfähig, zu erkennen ... er öffnete ... Geruch. Nicht ihrer. Ein Nicht-Geruch, woran er erkannte, daß es sich um seine eigenen Sachen handelte. Er fiel aufs Bett, zu müde für irgendwelche Schlafvorbereitungen, und schlief bis drei

Uhr morgens, stand dann auf, ging ins Bad, putzte seine Zähne, zog sich den Schlafanzug an und legte sich seine Kleider für den nächsten Morgen zurecht. Um vier ging er wieder ins Bett und schlief, bis Irwin um neun kam und ihn weckte.

16

Sie aßen. Leda kam zu ihm. Er wollte sie umarmen, aber sie war verlegen und hielt ihn von sich weg. »Wer ist da?« Sie sagte es ihm. Wieder war er sich Maries Aufmerksamkeit bewußt. Sein Platz war bequem. Catherine und Dean waren gegangen, sagte Leda. Richard und Judith auch. Mama war fort, würde aber zum Mittagessen kommen und den Nachmittag über dableiben. John wollte irgendwo in Ruhe mit Marie sprechen, um sie zu fragen – wonach? Vielleicht gab es ja eine Möglichkeit, dieses Kissenschlachtgefühl zu beenden, ein Gefühl, als würde man von allen Seiten angegriffen, von etwas, das zu groß, zu weich und zu formlos ist und zu plötzlich kommt, als daß man sich dagegen verteidigen könnte. Das war ihm mit den tauben Kindern an der Schule immer wieder passiert, die Kissen, wieder und wieder, bis er schwindlig und elend und völlig lahmgelegt war; auf der Stelle angewachsen, weil es keinen Ort gab, wo man hätte hingehen können. Irwin hatte über die Prügelei in der Kneipe, sein Geld und Leda gesprochen. Vage wie ein Bauchschmerz war seine Trennung von Irwins Kindern verlaufen; quälend und ausweglos erschien ihm die Tatsache, daß sein Vater lebte und niemand es ihm gesagt hatte. »Marie, wo sind die Kinder? Ich habe gestern nacht einen Fehler gemacht – ich wollte sagen –« Keine Antwort. Die Kinder hatten jetzt solche Angst vor ihm, daß sie sich jenseits seiner Wahrnehmungsschwelle bewegten. Sie versteckten sich; sie verschwanden. Niemandem fiel es auf; und den Schmerz, den er über ihr Verschwinden empfand, sah niemand, trotz all ihrer Sehfähigkeit.

Sein Plan für diesen Sonntag morgen hatte darin bestanden, Leda auf einen Gang durch Aureole mitzunehmen, aber das war das alte Aureole gewesen, Stadt und Fluß und die Spur seines Wunders. Er hatte zu ihr sagen wollen: hier ist es, wo ich glaubte, sehen zu können, weil diese Straßen den Richtungssinn in mir begründet haben, meinen zweiten Sinn. Das erzählte er ihr nach dem Frühstück.

»Laß uns trotzdem gehen«, sagte sie, »mal für eine Weile rauskommen. Ich ruf deine Mutter an – wir können uns in der Stadt treffen und sie zum Essen einladen, anstatt hierher zu kommen. Wir sind hier nur eine Meile außerhalb der Stadt. Ich würde gern allein gehen – sonntags morgens in der kleinen Stadt. So amerikanisch. Ziemlich altmodisch. Für mich etwas Neues. Außerdem sind wir beide wegen letzter Nacht hier in Ungnade gefallen.«

Also erklärte Leda den andern ihren Plan, und sie machten sich auf. Das erste, was ihnen auffiel, war die Tatsache, daß niemand den Bewohnern von Prospector Heights unterstellt hatte, sie würden irgendwohin zu Fuß gehen. Es gab keine Straßen oder Bürgersteige in Richtung Stadt. Sie mußten die Meile auf dem Randstreifen des Highway zurücklegen, der halb kiesbedeckt, halb erdig, schwer begehbar war; Johns Stock blieb stecken, verhakte sich, seine Füße verfingen sich an Unregelmäßigkeiten im Asphalt. Nachdem er mehrmals gestolpert und fast gefallen wäre, hielt er an und drehte sich um. »Hast du das nicht gesehen, als wir kamen?«

»Ist mir nicht aufgefallen.«

»Sehen heißt glauben«, sagte er. Das war die schärfste Kritik, deren er fähig war. Wie konnten sie behaupten, sie wüßten so viel, einzig wegen dieses Sinnes, mit dem sie immer so angaben, und wußten doch so wenig? Leda, die anfing, den taubblinden Stil zu kennen, reagierte auf den Ärger unter der harmlosen Bemerkung. Ihre Hand stotterte vor Ungeduld. »Ich bin es leid, daß du mich immer dafür verantwortlich machst, jedes Problem zu erkennen, das dir begegnen könnte. Sehen bedeutet, *alles* zu sehen. Das wirst du nie verstehen. Als wir gestern hier ankamen, habe ich Berge, Bäume, Straße, den Himmel, die Erde, Autos, Leute, alles zusammen gesehen. Es gibt nichts in deiner Erfahrung, das mit Sehen vergleichbar wäre. Wenn man etwas Neues sieht, sieht man alles auf einmal. Warum hast du mich nicht darauf aufmerksam gemacht, auf den Straßenzustand zu achten? Wenn du zurückgehen willst, werden wir das tun, und Irwin kann uns in die Stadt fahren.«

»Nein«, sagte er unglücklich, »das nicht.« Er seufzte.

»Sieh es als Abenteuer an.«

Das war genau der Punkt: für diese Leute und an diesem Ort waren Abenteuer fehl am Platz, was hier gefragt war, war Kompetenz. Er war hier, um sich als klug, erfolgreich, endlich lebensfähig zu erweisen. Er hatte Leda mitgebracht, damit sie ihm helfen könnte, so gegenüber Irwin und Richard und Mama aufzutreten. Aber, das erkannte er jetzt, er hatte sich auch sehnlichst gewünscht, daß Leda ihn ebenfalls so sehen würde. Das war ihm wichtig, weil Leda ihn als ›Krankenhausnarr‹ und ›Verrückten‹ gesehen hatte, ans Bett angebunden, schmutzig, stinkend und heulend wie ein kleines Kind. Jetzt fühlte er sich wieder wie ein Kind. Aber trotzdem. »Okay«, sagte er, »Abenteuer.«

Also stolperten sie weiter, froh, wenn sie auf ausgetretenen Stellen am Rande des Highways gehen konnten, die länger wurden, je näher sie der Stadt kamen. Sie kamen jetzt an den ersten Häusern vorbei. Plötzlich und intensiv hingen Essensdüfte in der Luft, als stünden sie in jemandes Küche, aber komisch verkehrt, dort mitten auf der Straße. Er mußte lachen. »Hamburger und Pommes frites«, sagte John, »und mexikanisch. Jetzt noch mehr mexikanische Küche – ah, es gibt da zwei Restaurants.« Sie blieben für ein paar Minuten stehen, während John spielerisch ein Menü dem Duft nach in Zeichensprache umsetzte. Es machte ihn ziemlich hungrig, während er die Kneipen abschätzte. »Altes Fett –«

»Ja, aber hier essen Fernfahrer.«

»Klar, ich rieche den Diesel.«

Sie waren an den Restaurants vorbei und auf der Straße weitergegangen, als John am Kopf getroffen wurde und lang hinschlug.

Es kam so plötzlich und mit solcher Wucht, daß er für einen Moment dalag, Bauch und Beine und Brust und Gesicht und sein Arm mit dem Stock irgendwie unter ihm verknäuelt. Er fühlte Leda, die auf ihm versuchte, ihn zu bewegen.

»Laß mich in Ruhe. Ich will hier ausruhen. Hör auf. *Hör auf.*«

Aber sie ergriff seine Hand und buchstabierte in sie

hinein. »Autos halten an. Sie glauben, es hätte dich erwischt. Es wird gefährlich. Steh auf. Bitte.«

»Ich kann nicht. Ich muß erst mal zu Atem kommen.«

»Die Autofahrer ...«

»Sag ihnen, ich bin in Ordnung. Bring sie dazu, weiterzufahren ...«

Sie war weg. Langsam fing er wieder an, tief durchzuatmen, und sein Kopf wurde klarer. In seinem Mund war Staub, und seine Augen fühlten sich sandig an. Er hatte sich an vielen Stellen aufgeschürft. Schließlich war er in der Lage, sich so weit herüberzurollen, daß sein Arm freikam. Er stand auf und fing an, sich abzubürsten. Sie war wieder da.

»Es ist alles in Ordnung, und wir kommen jetzt zu einem Gehweg. Wie fühlst du dich?«

»Staubig und wund, aber sonst in Ordnung.«

»Tut mir leid – schrecklich leid. Es war ein Ast, den ich nicht gesehen hatte. Wir hätten Irwin bitten sollen, uns zu fahren. Ich wollte einfach nur weg, nicht noch mal fragen müssen.«

Er lachte. »Du wirst tauber, meine Liebe; du wirst blinder.«

Auf dem Bürgersteig war das Gehen viel einfacher, aber Johns rechtes Knie schmerzte, und seine Brust war geschwollen, dort wo er sie gestoßen hatte. Sie kamen zu einer Tankstelle, und er ging auf die Herrentoilette und reinigte sich etwas.

»Wie sehe ich aus?«

»Besser. Immer noch etwas verstaubt«, und sie klopfte seine Kleider ab.

»Ich sollte mir diesen neuartigen Stock besorgen, elektronisch, mit Radar ...«

»Ja, aber jetzt ...«

»Jetzt gehen wir erst mal weiter.« Er konsultierte seine Uhr. »Ich habe eine halbe Stunde gebraucht, um hinzufallen und wieder aufzustehen. Wir werden uns beeilen müssen, um nicht zu spät zum Lunch mit meiner Mutter zu sein.«

Also machten sie sich wieder daran, Johns Pilgerfahrt auf den Spuren seines im Alter von zwölf erlebten Wunders zu rekapitulieren. Sie waren schon jenseits der alten High School und auf ihrem Weg zu der Stelle, an der die Straße sich nach unten kehrte, zu einem Platz mit noch mehr Schlackenhalden, der, wie Leda sagte, gesprenkelt mit schicken alt-neuen Häusern war, Nachbauten von Katen aus dem 19. Jahrhundert. »Die Straße –«

»Sieht alt aus, ursprünglich.«

Sie war nicht gerade, überhaupt nicht parallel zur Windschneise. Sie verlief etwa fünfzehn Grad abweichend; den Karten nach Süd-Südwest. Wie konnte das sein? Wie konnte er geglaubt haben, daß diese Straße wirklich in der Windrichtung verlief? Sein Wunder, das ganze Wunder hatte hier seinen Ausgang genommen, der Augenblick der plötzlichen Erkenntnis, der realen Richtung und ihrer Abweichungen, der Grade in der Differenz. »Das hier *weicht ab*.«

Leda versuchte zu erklären, wie so etwas passieren konnte. Er erkannte, daß die Straße viel früher, als er geglaubt hatte, abbog, die Strecke war gar nicht weit zu gehen, und der hügelabwärts führende Teil, den er auf zwei Meilen geschätzt hatte, verlief nur eine halbe Meile dem Sonnenuntergang entgegen.

»Warte mal – hier ist eine Stelle, an der du stehen und über die Dächer der Häuser hinweg den Fluß sehen kannst.«

»Von hier aus?«

»Ja, über alles. Nichts ist im Weg.«

John hatte nie richtig verstanden, was ›darüber hinwegschauen‹ oder ›darunter schauen‹ oder ›im Weg‹ bedeutete, obwohl es ihm immer wieder ausführlich erklärt worden war. Er kannte sich mit Wind und Schatten aus, aber auf diesen Höhen gab es keinen Schatten vor dem Wind, der heute sonnengewärmt und träge in einem Sommer-Nikkerchen Richtung Sonnenuntergang daherkam; nur ein leichtes Haarwirbeln hin und wieder und Kühle im Gesicht, weil es noch Morgen war.

Jetzt standen sie also für eine Weile ›über‹ der Stadt, und im Zustand absoluter Ruhe des Körpers entspannte John sich und ließ seine Sinne frei wandern. Sein rechtes Knie war böse verschrammt, und Ellenbogen und Brustkorb waren verspannt vom schnellen Ausatmen während des Sturzes. Er roch den Staub am Straßenrand, die heiße Straße und ... die ... *Dächer.* Die Teerschindeln. Eine Geruchserinnerung, die so das Gleichgewicht herausforderte und am Gleichgewicht verzweifelte, daß sie immer noch seine Nüstern erregte. Corson hatte sie einmal auf Leitern mit hinaufgenommen, auf die Dächer der Schule, Gleichgewichts-Training nannte er das. Corson, seltsam in seinem Haß, sein Haß war ihm eigentlich selbst fremd, forderte sie heraus, sich langsam zu bewegen und hin- und herzuschwanken und sich damit zu Tode zu stürzen, was ihnen schon bei der Geburt hätte passieren sollen, wie er einmal im Zorn sagte. Aber Corsons Haß hatte sie ›Schatten‹ gelehrt – das Phänomen, das Leda ›Ahnung‹ nannte oder ›Präsenz‹ – und hatte Johns Richtungssinn so perfektioniert, bis er stimmte wie bei jenem Fisch, von dem er gelesen hatte, daß er den Weg zu einem bestimmten Fluß unter Tausenden wiederfinden konnte. Und jetzt strengte er sich an, um eine Idee zu greifen, die plötzlich in Worten erblühte.

»Wir sind«, sagte er, »auf der Höhe der Dächer. Ich kann sie riechen. Richtung, die absolut ist, ist auch im Auf und Ab absolut. Wir sind auf den Hügel hinaufgegangen. Wir sind auf der Höhe der Dächer –«

»Ja«, sagte sie, »also kann ich über sie hinwegschauen. Ich kann den Fluß sehen.«

»Nun ja, ich kann den Fluß riechen, aber ich könnte eine absolute Höhe genau wie eine absolute Richtung erlernen; warum nicht, anfangend von . . . wo?«

»Meeresoberfläche.«

Er fing an, ihr Fragen zu stellen. Beziehungen, die ihm jahrelang verborgen geblieben waren, begannen, einen Sinn zu ergeben, und alles wegen dem Dachgeschmack, den heißen Schindeln und dem Teer, beinahe greifbar in der schweren Hitze, deren Strahlung wie dünnes Wasser schien. So gab es noch einmal, am gleichen Ort, eine Erleuchtung. »Hallelujah, die Hügel«, sagte er.

Sie nickte. Zeichen in seiner Hand. »Wir müssen gehen.«

Mama drückte ihren Schrecken über seinen Fall aus. Sie

bemerkte den Riß in seiner Hose und hier und da etwas, das wie Flecken aussah, und plagte ihn mit Fragen. Wie? Warum? Wo? Bis John sagte: »Wenn du gefallen wärst und dich nicht verletzt hättest, wäre es dir nicht lieber, die Leute hörten auf, darüber zu sprechen?«

»Ich bin deine Mutter und mache mir Sorgen.«

»Ich fühle mich nie so taub und blind, wie wenn ich hier bin.«

»Wenn du öfter hier wärst, könnten wir uns daran gewöhnen, was du tust und wo du hingehen kannst.«

»Hier gibt es keine Möglichkeiten für mich, keine andern Taubblinden.«

»Das weiß ich«, sagte sie, während Ledas Hände anfingen, ein Gefühl ihrer Persönlichkeit mit ihren Pausen und langsamem Sprechen zu übermitteln. »Aber ich verstehe nicht, warum du mit Tauben und Blinden zusammensein willst, die dir nicht helfen können, wenn du Schwierigkeiten hast. Wir haben nie daran gedacht, einen Dolmetscher für unseren eigenen Sohn anzustellen. Gestern nacht in dem ganzen Familienstreit habe ich gemerkt, was für eine gute Idee das wäre. Ich weiß, daß Irwin deswegen schlechter Laune war. Ich glaube, es war wegen der Familie, es ist schwierig, in Gegenwart von Fremden über Familienangelegenheiten zu sprechen. Ich weiß, daß sie für dich keine Fremde ist, aber wir haben sie nie vorher gesehen und vielleicht überreagiert.«

»Das habt ihr«, sagte John. »Warum habt ihr mir nicht gesagt, daß Dad noch lebt?«

»Ich nehme an, aus egoistischen Gründen, mir liegt zuviel an Ruhe und Frieden. Ich hasse es, wenn man sich in der Familie anschreit und bitter wird. Das haben wahrscheinlich meine Jahre mit deinem Vater ausgelöst, diese Angst vor Familienstreitigkeiten. Er schämt sich so schrecklich für das, was er dir angetan hat...«

»Ich möchte mit seiner Scham nichts zu tun haben. Es ist jetzt eben so. Ich bin in Ordnung, so wie ich bin – warum sollte *ich* mich schämen?«

»Ich meine nicht... du solltest dich natürlich nicht schämen.«

»Warum behandelt ihr alle mich dann wie ein Kind?«

»Mitleid«, sagte sie. »Wir können nichts dran ändern. Wir stellen uns vor, taub und blind zu sein... und...«

»Und was?«

»Wenn es mir so ginge, wollte ich nicht mehr leben.«

Eine Idee durchkreuzte seine Gedanken. Eine zweite tauchte auf. »Seid ihr deshalb wütend, ist Irwin deshalb so verärgert; weil er alle diese Bedingungen für ein lebenswertes Leben stellt und von mir erwartet, daß ich auch diese Konditionen habe, und wenn ich das nicht tue, fühlt er sich schuldig und wird wütend?«

»Er lehnt dich immer noch ab... Ich habe manches falsch gemacht, als ihr Kinder wart. Und dann, als ich von deinem Vater verlassen wurde...«

Die erste Idee schlängelte sich noch einmal vor, geduckt und ausweichend wie *Fourbuds*. »Warum ist Irwin mißtrauisch gegenüber Leda?« Langes Schweigen. Niemand rührte sich. John fuhr fort. »Leda war vor mir mit vielen Männern zusammen, und alle konnten hören und sehen. Sie wollte weder von ihnen noch von mir Geld.« Immer noch keine Bewegung im Raum.

Sie hatten Essen bestellt. Jetzt kam es, und John seufzte. In der Schule hatte man ihm beigebracht, wie man im Restaurant Essen bestellt, nicht so, wie es ihm am besten gefiel, aber so, wie es am einfachsten und wohlerzogensten in der Öffentlichkeit wäre. Leda hatte gelernt, ihm zu sagen und zu zeigen, wo was war. Eines Tages würde er den Mut aufbringen, Leber und Zwiebeln und Kartoffelpüree zu bestellen anstelle von Hamburgern im Brötchen mit Pommes frites, aber ohne Ketchup – Kinderkram. Er merkte, daß er ziemlich hungrig war. Er erzählte seiner Mutter von dem indischen Restaurant, das sie besucht hatten. »Leda sagte, es sei dort so dunkel, daß es nicht auf meine Tischmanieren ankäme.«

Er spürte die Anspannung seiner Mutter; die Luft um sie herum flackerte. Hin und wieder griff sie nach seiner Hand und tätschelte sie, und er spürte ihr Zittern. Warum? Schämte sie sich wegen seiner zerrissenen Hose, seines Gesichts, fragte er Leda, indem er ihr in die Hand buchstabierte. Geflüsterte Intimität. »Vielleicht wäre es besser, wenn du aufhören würdest zu lächeln.«

17

Das Lächeln. Er wußte nicht, woher es gekommen war, oder zu welchem Zweck er es ursprünglich aufgesetzt hatte. Jetzt war es Gewohnheit, wie der Rundgang durchs Zimmer, mit dem er sich vergewisserte, daß alles an seinem Platz stand, oder die Art, wie er an sich hinunter tätschelte, um seine äußere Erscheinung zu überprüfen; es war eine Sicherheit, ein Schutz und jetzt so sehr Teil von ihm, daß er nicht mehr sagen konnte, wann er angefangen hatte zu lächeln. Manchmal schmerzte sein Gesicht, wenn er mit Leda und ihren Freunden zusammen war oder mit seiner Familie oder in der Werkstatt, und seine Wangenmuskeln verkrampften sich. Ab und zu würde er sein Gesicht ausruhen, und jemand in der Werkstatt fragte ihn dann, ob er wütend oder traurig wäre. Er hatte nicht verstanden, daß sein Gesicht sich wegen der Anstrengung des Lächelns verkrampfte. Jetzt ließ er es los, langsam, Muskel für Muskel. Sie hörten auf zu essen. Er wußte, daß seine Mutter nicht gern über Unangenehmes sprach, aber sie hatten jahrelang Briefe gewechselt, und sie hatte nie erwähnt, daß sein Vater noch lebte, oder daß er so nahe wie Gold Flume lebte, so daß man ihm hätte schreiben oder ihn sogar mit seiner Frau besuchen können. Genauso hatte sie ihm nie über größere Veränderungen in der Stadt oder über Warlocks Tod berichtet. Was hatte sie überhaupt geschrieben? Wie diese Karten, wie Mr. Sherlines Grußkarten: Frühlingsblumen, Frühlingsregen, Kaminfeuer, Vögel auf der

Fensterbank. Dankbarkeit und Liebe. Plötzlich schlug es doppelt zurück.

»Dankbarkeit...«

»Es ist nett, diese Gefühle zu zeigen, aber du mußt nicht die ganze Zeit lächeln«, sagte Leda. »Manchmal schmerzt mir das Gesicht nur davon, dir zuzuschauen.«

Einen Augenblick lang verstand er nicht, weil seine Gedanken schon allein weitergewandert waren, weitergearbeitet hatten an den angesprochenen Themen, sich anderen Rätselhaftigkeiten zugewandt hatten. Leda hatte gewollt, daß er über die betrunkenen Wutanfälle seines Vaters schrieb. Er hatte gewollt, daß man ihm alles sagte. Plötzlich fühlte John die Welt aus dem Gleichgewicht geraten. Es mochte ja für Sehende und Hörende in Ordnung sein, manchmal wütend oder bitter zu sein; sie waren nicht so aufeinander angewiesen wie die Taubblinden. Wenn die Welt auf Dankbarkeit und Liebe verzichtete, wäre es sehr schwer für die Sehenden und Hörenden, aber eine Katastrophe für die Taubblinden. Und dazu gehörte irgendwie das Lächeln. Sogar hier, mit seiner Mutter, für die er nicht lächeln mußte.

Man mußte sich ja nur ansehen, was für unangenehme Gedanken dieses Wochenende produziert hatte, diese besonderen Tage, für die er so lange gearbeitet und die er so herbeigesehnt hatte. Alles, weswegen er hatte kommen wollen, veränderte sich, wurde unverbindlich und unangenehm, wie die Berührung von Lieblingsgegenständen, nachdem die Finger eingeschlafen waren.

Sie standen in der nachmittäglichen Bruthitze draußen vor dem Restaurant und besprachen die Pläne für den Rest des Nachmittags. John wußte, daß Leda es müde war, ihn ständig wegen des Dolmetschens zu berühren. Er spürte ihre Erschöpfung; ihre Finger stolperten wieder, und dann vergaßen sie die Botschaft, blieben mitten im Wort hängen, während ihre Aufmerksamkeit, flüchtig wie die aller Sehenden und Hörenden, davonschwebte, angelockt von Schmetterlingen und Melodien, von denen er so viel gehört hatte. Der Flug nach Denver war um sieben. Er empfand den Verlust. Er hatte erwartet... was? Eine Feier, Anteilnahme an seinem Erfolg vielleicht. Irwin sah die Gedichte als mißglückt an. Er hatte davon geträumt, seine Familie zu begreifen, so wie er Luke und Swede verstand. Leda hatte ihm eine Menge von ihren Proben und Rollen erzählt, Stück für Stück, Tag für Tag hatte er besser verstanden, was die Zeitabläufe und den besonderen Streß dieser Lebensweise ausmachte. Ihm war klar, daß Mama und Irwin ihn nichts über ihre Arbeit, ihre Tage und Vergnügungen wissen lassen wollten. Seine Nichte und die Neffen hatten immer noch Angst vor ihm. Er seufzte. Leda signalisierte, sie würden jetzt aufbrechen.

Sie waren schon gegangen, nach Osten und hügelabwärts, so daß er glaubte, sie wollten auf die neue Promenade, die zwischen Fluß und Stadt verlief. Es war sehr heiß, und sie gingen langsam, John vorneweg, mit sicherem Schritt dem Stock folgend. Der Weg schlängelte sich etwas steiler hinab und drehte dann nach links ab, und John ging voran im Gefühl seiner Kenntnisse und Fertigkeiten, denn hier gab es einen Bordstein und Gehwege. Leda und seine Mutter sprachen offensichtlich miteinander. Vielleicht war es leichter so, wenn Leda über ihr gemeinsames Leben redete, obwohl es John viel lieber gewesen wäre, daran teilzunehmen. Er ging und beneidete sie, daß sie gehen und gleichzeitig von ernsten, intimen Dingen miteinander sprechen konnten. Leda sagte, daß sie und ihre Freunde das so machten. Er war ganz damit beschäftigt, Ort und Richtung und die Botschaften von Bordsteinen und Feuerhydranten zu entschlüsseln, Dauer und Veränderung wahrzunehmen. Plötzlich war da eine Mauer.

Er fuhr mit dem Stock entlang, ging dann dichter heran und betastete sie. Keine Gebäudewand; es gab keinen Schatten. Er suchte nach der Oberkante; sie war etwas höher als hüfthoch; Adobe, eine Lehmbauweise, die besonders an der mexikanischen Grenze verbreitet ist, oder Beton, und dem Gefühl nach bemalt. Er würde auf sie warten müssen, damit sie ihm den Weg wiesen, rechts oder links. Er wartete und bewegte dabei seine Hand eine Handbreit über der Oberkante der Mauer, um den heißen Dunst darüber zu fühlen.

Er wartete. Fünf Minuten. Zehn. Fünfzehn. Er hatte geglaubt, daß sie gleich hinter ihm wären. Zwanzig. Wo waren sie? Die Hitze brachte ihn zum Schwitzen, und bald würde entsprechender Energieverlust seine Orientierung beeinträchtigen. Er kannte die Richtung zu Irwins Haus und die Entfernung; wenn er dem Fluß folgte und sich dabei, so gut es ging, von der Bruthitze fern und im Schatten hielt, könnte er hingelangen. Es war ein einfacher Weg – nicht mehr als zwei Meilen. Er drehte sich flußaufwärts, der Flußmauer entlang. Die Hitze war erbarmungslos.

Plötzlich hörte die Mauer auf, und John trat auf Erde und Äste. Er ging zurück, indem er den Weg mit seinem Stock prüfte; hier war er ungeteert und holprig. Es wäre viel zu gefährlich, querfeldein zu gehen. Er drehte sich Richtung Sonnenuntergang. Schatten. Hier war eine Gebäudemauer. Er verfolgte seinen Weg zurück, flußaufwärts. Die Mauer endete. Er realisierte, daß es dumm gewesen war, keine Notizkärtchen mitzunehmen: ›ICH BIN TAUB UND BLIND. BITTE HELFEN SIE MIR, ZUM HIGHWAY ZU GELANGEN.‹ Er hatte sich darauf verlassen, mit Leda oder Irwin oder Mama zusammenzubleiben. Wer wußte, wo diese neue Konstruktion aufhörte oder was sie war, Bauten, Brücken, Straßen? Er kannte Irwins Adresse, und obwohl der Weg von der Länge her für ihn zu schaffen war, würde es lange dauern, weil er ihn nicht kannte. Vielleicht sollte er irgendwo ein Taxi nehmen. Er hatte immer noch ein deutliches Gefühl von Orientierung: der Fluß vor ihm, die Stadt in seinem Rücken, Irwins Haus lag auf seiner Linken flußaufwärts. Er erkannte, daß er auch hinfinden könnte, wenn er versuchte, flußaufwärts zu gehen, falls die unbefestigte Gegend schon der Stadtrand war. Seine beste Chance wäre wohl, die Straße zu finden, auf der sie heute morgen gekommen waren; sie mußte ungefähr zehn oder zwölf Blocks in die umgekehrte Richtung verlaufen. Er drehte sich um und setzte sich bergauf in Bewegung, weg vom Fluß.

Aufwärts. Sein neues Wissen, das Wunder der Dächer, half ihm dabei. Bergauf vom Fluß aus. Immer wieder standen Mauern im Weg. Er folgte einer Straße, die sich wie eine Schlange um sich selbst wand und in Sackgassen endete. Zurück. Geduldig, unter der gnadenlosen Sonne. Hier und da, wo er etwas Kühle finden konnte, ruhte er sich aus, und ein paarmal roch er den Duft frischgesprengter Rasen und ging nahe heran, spürte den Segen des Wassers, dem er sich soweit wie möglich näherte, um sich abzukühlen.

Nachträglich war er heilfroh, daß er und Leda heute morgen schon zu Fuß gegangen waren. Er hätte überhaupt nichts finden können, wenn sie gefahren wären. Seine einzige wirkliche Sorge lag darin, daß er die Straße verpassen könnte, auf der sie gekommen waren. Wenn er an jemand vorbeikäme, könnte er fragen: ›Können Sie mich zum Highway bringen?‹ Nur wenig Menschen kannten das Tastalphabet oder wollten ihn berühren, um Worte in seine Hand zu schreiben, die er dann lesen könnte.

Autos, dachte er. Weil es ein Highway war, mußte es viele Autos und LKWs geben, obwohl es ein Sonntag war. Er war froh. Schon vor Jahren hatte er gelernt, Wochenenden und Feiertage an der Zahl der Autos und an den Vibrationen in den Straßen der Stadt zu identifizieren. Montag morgens wurden die Straßen besonders stark von Autos erschüttert. Sonntags morgens um elf zittert die Luft vom Glockengeläut, aber um acht oder neun bewegt sich kein Molekül in Holz oder Stahl, und ein Mann mit Blindenstock kann in seinen eigenen tauben Ohren seinen Herzschlag, seine individuelle Vibration, spüren.

Er hatte ein Plateau erreicht. Alle Straßen waren zwar irgendwie eben, aber diese Straße hatte keinen leichten Mittelbuckel wie die anderen. Er überquerte sie und ging noch einen Block weiter, immer noch eben, und deshalb kehrte er um und fragte sich, ob es vielleicht die Hauptdurchfahrtsstraße der Stadt war, auf der sie heute morgen gekommen waren. Er wartete auf den Schatten eines Lastwagens, auf automobile Erschütterung. Nichts. Er überquerte sie noch einmal. Vielleicht die nächste Straße. Er fühlte, daß sie in der Nähe sein mußte. Er war schon über die Straße hinüber, als er an Arm und Schulter gepackt wurde. »Wer?« »Wer?« Nichts. Er versuchte, sich mit dem Stock zu befreien. Der Stock wurde ihm aus der Hand genommen. Er bemühte sich, sich zu wehren, ohne dabei die Orientierung zu verlieren. Aber er wurde herumgestoßen und dann gedreht und, stolpernd und fallend, in ein Auto geschoben. Das Auto bewegte sich fort von seinem Ziel, dachte er. Er sagte immer wieder: »Rauben Sie mich nicht aus, ich habe nichts.« Er versuchte, Türgriffe zu finden, aber es gab keine. Er versuchte, irgend etwas zu berühren, seinen Stock wiederzubekommen, sich aufzurichten. Seine Arme wurden festgehalten, und dann ergriff jemand seine Handgelenke und legte sie in Schellen, und er lag im Auto, fuhr immer weiter fort von Irwins Haus, Gott weiß, wohin.

Bremsen, aus dem Auto gezogen werden, nicht gewaltsam, aber kräftig. Flankiert. An beiden Armen gehalten, dank der Handschellen, und keine Warnung vor den Stufen, die Treppe hinauffallen und irgendwie nach oben gehalten-gezogen-geschoben werden und in seiner Panik und Desorientierung seine Fragen ihnen ins Gesicht vibriert: »Stopp! Was ist los? Aufhören! Was ist los?«, bis er an den Ellbogen seiner immer noch gefesselten Hände gepackt wurde und Ledas Geruch und Körper über ihn kamen. Sie legte ihre Hand auf seinen Mund und buchstabierte: »Hör auf!« in seine Hand. Hör auf. Er hörte auf. Mit allem. Er stand still. Um sich selbst zur Ruhe zu zwingen, fing er an, mit geschlossenen Lippen und Zähnen eines seiner Gedichte für sich zu rezitieren: so konnte er sich selbst Gesellschaft leisten. All seine Körperöffnungen schrumpften und fielen in sich zusammen. Sein Kopf hing nach unten. Das Gedicht half nicht. Vor Scham fing er an zu weinen, wortlos und ohne Vibration. In seinem Rücken machte sich jemand an den Handschellen zu schaffen. Er bot weder Hilfe noch Widerstand an. Als die Handschellen geöffnet waren, nahm er seine Hände nicht vom Rükken. Er war zu erschöpft für einen Wutanfall.

Leda nahm seine Hand. Er widersetzte sich nicht. »Es war falsch – mein Fehler«, sagte sie. »Ich bekam Angst. Wir unterhielten uns – du vor uns. Dann blieb deine Mutter einen Moment stehen – da war ein kleiner Garten, Blumen, es war in Ordnung, weil wir dich auf der Straße sehen konnten. Es dauerte auch nur eine Minute, höchstens drei oder vier, und du warst *weg*. Wir gingen dorthin, wo wir dich vermuteten. Wir bekamen Panik. Deine Ma fing an zu weinen, wurde hysterisch. Wir gingen in die eine Richtung – es war eine Weggabelung mit drei Straßen; wir gingen die eine hinauf, die andere zurück. Du warst in keiner ...«

»Ich war am Fluß, auf der Promenade.«

»An welcher Stelle: Wußtest du, daß dort an drei Stellen Gebäude bis ans Ufer reichen, und dort sind Arkaden ...«

»Nein, das wußte ich nicht.«

»Deine Ma ist ausgeflippt. Ich dachte, sie bekäme gleich

einen Herzinfarkt. Niemand hatte dich gesehen... wir fragten jeden, den wir trafen. Wir wußten, daß du versuchen würdest, im Schatten zu gehen...«

»Es gab keinen Schatten, nur Sonne.«

»Wir gingen zurück, und deine Mutter ließ mich die Polizei anrufen. Während wir den langen Hügel hinuntergingen, hörten wir dauernd die Sirenen – die Ambulanz. Wir dachten... deine Mutter glaubte, es handele sich um dich. Sie haben dich ganz oben am Prospector Park...«

»Das ist nahe beim Highway, oder?«

»Ich glaube schon.« Es gab eine Pause. Sie fragte: »Es ist einen Block vor der Hauptstraße, die auf den Highway führt. Du warst drüben im Westende der Stadt –«

»Ich ging zu Irwins Haus. Ich wußte, daß ihr dort auch hinkommen würdet.«

»Wir hatten solche Angst. Wir wußten nicht, ob du verletzt wärst oder dich verirrt hättest. Wir dachten, am besten gehen wir zur Polizei.«

»Die mich in Handschellen legte«, sagte John.

»Du hast dich gewehrt – hast du nicht im Krankenhaus etwas dazugelernt, wenn es um Prügeleien geht?«

»Ich wußte nicht, wer sie waren. Warum haben sie nicht meine Hand auf ihre Abzeichen gelegt, wenn sie mir schon nicht sagen konnten...«

»Daran haben sie wohl nicht gedacht. Sie sagten, du hättest Widerstand geleistet.«

»Sie haben meine Hände festgehalten –«

»Es tut mir so leid. Deine Ma... wir hatten solche Angst.«

»Bin ich verhaftet?«

»Nein.«

»Wo ist mein Stock?« Er wurde ihm in die Hand gegeben. »Können wir gehen?«

»Ja. Die Polizisten kennen deine Familie. Der Mann hier sagt, daß zwei von ihnen mit deinen Brüdern zur Schule gingen – nicht die, die dich mitgenommen haben. Sie wollen uns nach Hause fahren, um es irgendwie in Ordnung zu bringen.«

»Im Streifenwagen?«

»Nein. Hier ist Bud Dieter – er kennt dich von damals, als du, Irwin und Rich Softball gespielt habt oben im Prospector Park. Er sagt, wir können mit ihm fahren.«

Eine Hand, die langsam auf seiner buchstabierte. »Hier Bud. Es tut uns allen sehr leid. Bitte. Es war ein großer Fehler.«

»Wo ist Ma?«

»Hier.« Ein leichtes Schaben an seiner Linken, und plötzlich umarmte und küßte seine Mutter ihn.

»Ich bin soweit in Ordnung«, sagte er. »Du kannst jetzt nach Hause gehen.« Ihre Anwesenheit zog sich, Gott sei Dank, schnell zurück.

»Sie ist ein bißchen aufgeregt und desorientiert. Überreizt. Sie sagt, sie nimmt ein Taxi, weil sie in der anderen Richtung wohnt«, sagte Leda. Ihre normale Geschwindigkeit und Fingerspannung war zurückgekehrt. Ihr Verhalten beruhigte ihn etwas. »Sie wird heute abend am Flughafen sein, um uns zu verabschieden.«

»Es wird langsam spät, oder?«

»Ja, es ist bald fünf und wir müssen noch packen und uns fertigmachen.«

»Könntest du –« John sprach jetzt zu Dieter, dessen Arm er hielt, nachdem seine Mutter gegangen war. »Würdest du bitte Irwin nicht erzählen, was passiert ist, daß ich in Handschellen gelegt wurde – weder Irwin noch Rich. Oder sonst jemand.«

»Niemand wird etwas sagen«, die Worte von Leda, »es tut ihnen so leid wie uns.«

Sie fuhren zu Irwin, auf dem Weg zurück, auf dem John gekommen war, auf seinem eigenen, ›sichtbaren‹, Weg, der überstrahlt war von seinem tieferen Verständnis der Vorstellung von Ausdehnung und Höhe, auf dem Weg, den er mit Körper und Geist begriffen hatte. Sie hatten seine Leistung nicht anerkannt, hatten sie nicht einmal bemerkt. Was waren das nur für großartige Sinne, die weder sahen noch hörten, wie er neues Territorium aus einer neuen Richtung zu einem Platz hin beging, den er am Morgen zum ersten Mal betreten und vorher nur mit dem groben Richtungsempfinden eines Autopassagiers gestreift hatte.

Als sie zu Hause ankamen, stiegen sie aus, und John seufzte und verabschiedete sich von Dieter, der noch einmal seine Hand schüttelte. Sie gingen hinein, um zu packen und sich zum Aufbruch vorzubereiten. Irwin brachte die Kinder noch einmal, starr wie kleine Baumstämme, die ihrem Onkel ›Auf Wiedersehen‹ sagen sollten. Marie sagte in Ledas müde Hand, sie hoffe, daß John häufiger wiederkäme, daß Vertrautheit die Kinder freier werden ließe, und daß sie selbst bei einem längeren Aufenthalt buchstabieren lernen würde, und daß Catherine und Ma ihre Fertigkeiten aufpolieren würden in Folge der Notwendigkeit. Dieses Haus würde ihn immer willkommen heißen. »Danke.« Sie umarmten sich. Er war es langsam müde, seine Verwandten zu umarmen. Berührung war heilsam und liebevoll, aber hier gab es nur den guten Willen, ohne eigentliche Kommunikation. Guter Wille allein war in diesem Moment eine zu dünne Decke.

Auf dem Rückflug sprachen sie nicht. Leda war völlig erschöpft, John fühlte sich traurig und allein. Sein neues Raumgefühl, daß Höhe ebenfalls eine absolute Größe ist, war hart gewonnen. In der letzten Minute hatte er noch die Adresse seines Vaters in Gold Flume bekommen. Er würde ihm schreiben.

Unterdessen hatte er in der ganzen Zeit nicht mit Leda geschlafen. Als sie zu Hause ankamen, sagte er: »Laß uns nach oben gehen und zusammensein –«

»Wir waren das ganze Wochenende über zusammen.«

»Du weißt, was ich meine.«

»Zu müde, zu ...«, ihre Hand ließ das Wort im Unbestimmten hängen.

»Was?«

»Müde vom Anfassen. Zu müde zum Anfassen. Launisch. Will in Ruhe gelassen werden.«

»Du hast deine Hände im Flugzeug ausgeruht.«

»Kannst du das nicht verstehen«, brach es aus ihr heraus, »mich hat das Ganze zerrissen! Du hattest dich *verirrt*! Ich mußte die Polizei benachrichtigen und mit ansehen, wie du in Handschellen und schreiend auf die Polizeiwache geschleppt wurdest. Ich mußte mich von deinem Kaltarsch von Bruder und deiner Zimperliese von Schwester und deiner verrückten Mutter beschuldigen lassen, nur auf dein Geld aus zu sein. Ich war verantwortlich für dich und hatte keine Minute, nicht eine einzige, für mich allein. Jetzt reicht's, heute nicht mehr. Ich werde jetzt *meine* Post lesen, *mein* Bad einlaufen lassen, *ich* selbst sein für diese Nacht. Wir sehen uns beim Frühstück.« Sie war fort, und er konnte ihren Weggang im Boden spüren, ein frischer Luftzug in der Muffigkeit des verschlossenen Hauses.

Er machte sich Kaffee, zerbrach dabei eine Tasse, die sie falsch aufs Regal gestellt hatte, und nachdem er feststellte, daß das Getränk gegen seine innere Dürre nichts ausrichtete, legte er seinen Kopf auf den Tisch und stöhnte und wunderte sich, woher in der staubfressenden Trockenheit die Tränen kamen.

18

Ans Bett gefesselt, geschlagen, Befragung durch die Polizei, die die Fragen nicht in seine Hände schrieb, da sie zusammengebunden waren, sondern in Flammenschrift auf seinen Bauch, ätzende Buchstaben, Fragen ohne Antworten. Er wachte auf und fand sich auf den Händen liegend und ins Bettuch verwickelt, das Kopfkissen im Mund. Er blieb unbeweglich liegen, bis die Angst zur Ruhe kam und das Kribbeln aus seinen Händen verschwand, so daß er die Zeit fühlen konnte. Es war vier Uhr, früh, sehr früh am Morgen. Er setzte sich auf und versuchte, *Das Blutmal* zu lesen. Das Buch fesselte ihn nicht. Ein junger Mann darin saß mit Soldaten eines anderen Trupps am Feuer, sie beschrieben ihre eigene Schlacht und das Chaos darum herum, aber die Wörter waren für John weiterhin nur Wörter und hatten keine übertragende Kraft. Seine eigene Angst krampfte seine Organe immer noch zusammen. Es war warm im Zimmer, sogar heiß. Dieses Haus hielt die Temperatur länger als seine frühere Wohnung, wie eine zornige Person, die die Erinnerung nicht losläßt.

Er ging nach unten und machte Tee, von jener herben Sorte, die Leda ihn zu genießen gelehrt hatte, und nahm ihn wieder mit nach oben. Dabei fühlte er sich kühn und eigenwillig, denn es lief allem zuwider, was man ihm in den Schulen beigebracht hatte. Es war wunderbar, im Bett zu sitzen und die warme, nach süßen Blättern duftende

Flüssigkeit zu trinken, die paradoxerweise kühlend wirkte. Er trank aus und legte sich wieder hin, konnte aber immer noch nicht schlafen, also nahm er seine *Braille*-Schreibmaschine und sein Papier und saß erstmal im Bett.

Er schrieb ein Gedicht über Charles Darnay, den Helden von Dickens Roman, aber es war auch über Irwin. Das Gedicht konstatierte, daß er alles über Charles Darnay, Sydney Carton und Captain Ahab, aber nichts über Irwin und Mama wußte. Es war so zornig, wie er einem Gedicht Zorn zugestehen konnte. Es entsprach einem Spaziergang querfeldein statt auf dem Gehweg. Es gab nachweislich keine der sonstigen Sicherheiten von Bordstein, Straße und wieder Bordstein.

Sie trafen sich immer beim Frühstück, obwohl Leda nur Kaffee und Toast zu sich nahm. Er war gut aufgelegt wegen seines Gedichts, und einmal nahm er eine kameradschaftliche Luftbewegung wahr. Sie sprachen nicht viel. Ledas Fernsehshow war zu Ende; das ließ sie traurig und unruhig werden. Sie sagte ihm, sie würde als ›Springerin‹ arbeiten. »Am Ende der Woche muß ich vorspielen«, erzählte sie ihm. Sie erklärte ihm den Begriff. Inzwischen hatten sein Kontakt mit ihren Freunden und die wenigen Bemerkungen von ihr und Bennet, die er für sich interpretiert hatte, ihm ein deutliches Bild davon vermittelt, welche Probleme es mit sich brachte, Schauspielerin zu sein und Angst vor Vorspiel-Ritualen zu haben. John war nie bewußt in Wettstreit um Arbeit oder einen Ausbildungsplatz mit jemand anderem getreten. Entscheidungen wurden ihm nahegelegt, und er akzeptierte sie oder lebte ohne sie weiter. Ledas Leben war voller Stolpersteine, eine

Metapher aus der Welt der Hörenden, die er sehr wohl verstand.

Johns Arbeit war wieder geändert worden. Jetzt mußte er gebrauchte Kleidung sortieren und bewerten, was er hervorragend meisterte. Mr. Bisoglio hatte es sorgfältig erklärt, Schritt für Schritt. Er hatte John gezeigt, wie er die Kleiderbündel, die in Fünfzig-Pfund-Ballen hereinkamen, entgegennehmen und sie anschließend nach Stoffbeschaffenheit und Form in Männer-, Frauen-, Mädchen- oder Jungenkleidung aufteilen sollte. Danach mußte er sie mit Hilfe von Meßlatten noch nach Größe sortieren und für die Reinigung wieder verpacken. Mr. Bisoglio sagte, daß die Kleidung im ganzen Südwesten an Verkaufsstellen verteilt würde und das, was nicht verkauft oder an Arme verschenkt worden sei, würde an arme Menschen in anderen Ländern geschickt. Als er Leda von seiner neuen Arbeit berichtete, lachte sie und meinte, daß sie und ihre Freunde oft in Secondhand-Läden einkauften.

»Deine Sklaven-Kleidung?«

»Genau.«

»Diese Kleider sind für die Armen.«

»Was glaubst du, wer *wir* sind?«

»Arme Menschen hungern und frieren.«

»Ich bin so hungrig, daß ich mir überlege, das Obergeschoß dieses Mausoleums an einige Schauspielerkollegen zu vermieten.«

»Wenn du an Schauspieler denkst, warum nicht auch an Taubblinde?«

»Daran habe ich noch gar nicht gedacht.«

Es war ihm auch noch nicht eingefallen, aber jetzt war es

ausgesprochen und entwickelte sich zu einer Idee zwischen ihnen.

Er fing wieder mit seiner Routine an. Arbeit und Zuhause, und als die Zeit verging, legte sich seine Enttäuschung über Aureole immer mehr, und die schmerzenden Kanten erfuhren eine Abrundung. Hin und wieder ertappte er sich dabei, wie er sich mit ihren argumentierenden Händen im Geist auseinandersetzte, Worte, die sie nicht gesagt, und Fragen, von denen er geträumt, die er aber nicht zu stellen gewagt hatte; und Lob, das er eigentlich verdient, das man ihm nicht gegönnt hatte. Manchmal lief er im Geist die Strecke noch einmal ab, und diesmal unterlief ihm kein Fehler. Manchmal wiederholte er innerlich auch, ohne sich dagegen wehren zu können, die Festnahme und Fesselung, aber sogar das, spürte er, würde allmählich seine Schärfe verlieren. Die Hände, die ihn packten, würden sanfter werden, die Übelkeit bei der Erinnerung würde sich verringern, würde verwässern angesichts der vielen anderen Erinnerungen, um hin und wieder ausschnittweise in Träumen oder Gerüchen oder anderen Ängsten wiederaufzutauchen. Seine ›Kneipen-Prügelei‹ und die Zeit im Krankenhaus waren für ihn zu schmerzhaft, um überhaupt daran zu denken, sogar nach vier Monaten. Er schrieb ein weiteres Gedicht, diesmal kein bittendes.

Meine Schienbeine sind wund vor unerwarteten Stühlen.
Und manchmal duelliert mein Stock sich mit einem Schatten.
Tische überraschen mich, der Schreck der Kanten.

Der Hundebiß an meinen Beinen;
Ich bin ein gottverdammter taubblinder Mann!

Wo ist er, der Sicher-Füßler
Dessen Stock wie ein kurzer Kuß,
Dessen Hände, hier, hier, hier, Finger auf einer Buch-Seite sind.
Sie lesen – sie kennen – sie verdauen die Fakten
Von Wort, Mauer und Toreingängen.
Der Meister der Gehwege auf dickbesohlten Schuhen,
Der König von Roast Beef und Bratensoße,
Wo ist er?
Auf der Schule war ich immer ein Jahr hinter ihm,
Schlief in seinem ausgebeulten Bett, das nach Norden und Süden zeigte,
Um uns Ost und West zu lehren; ich versuchte, ihn zu berühren,
Um ihn dichter als meine Kleider an mich heranzulassen.

Die Lehrer sagten, er ging, bevor ich kam;
Die Berater sagten, er wird jede Minute erwartet;
Gibt es hier anregende Arbeit, Liebe, eine Abendplatte mit Erbsen,
Die nicht rollen
Für diesen begabten Mann?
Bis er kommt, Welt, Welt,
Mußt du mit mir auskommen.

Eines Donnerstags auf der Arbeit saß John beim Mittagessen, als er spielerisch anfing, sich die Leute vorzustellen, die die von ihm sortierten Kleider getragen hatten. Er mußte während der Arbeit zu schnell sein, um an so etwas zu denken, aber manchmal machte ihn ein besonderes Kleidungsstück aufmerksam – schwanger – ein Kleid mit Falten am Kragen, eine kleine Frau, weil das Kleid sehr kurz war. Ein dicker Mann und dazu einer, der viel saß, der Hosenboden war glatt und abgetragen vom Sitzen. Vielleicht ein Richter, verläßlich und mächtig, während er in dieser riesigen Hose ohne Jacke den Vorsitz führte. Ein Richter würde unter seiner Robe keine Jacke tragen. John hatte durch seine Lektüre erfahren, was Roben sind. Er stellte sich die Robe als Bademantel vor, aber nicht aus Frottee. Jetzt fand er ein kleines Mädchen, so beschäftigt wie ihre Rüschen und baß erstaunt über eine Welt, in der es Knöpfe an einem Kleid gab, die nichts verschlossen; und später ihr Pullover, vom vielen Tragen ganz verzogen. Er hatte die Idee, ein Kleidungsstück zu studieren und mit der dazugehörigen Person in einem Gedicht zu beschreiben, das könnte interessant sein und überhaupt nicht bittend oder entschuldigend oder defensiv. Jemand hatte gesagt: ›Kleider machen Leute.‹ In seinem Gedicht würden die Leute durch die Kleider legitimiert sein.

Spontan stand er auf, nahm die Richterbekleidung aus dem Haufen, den er noch nicht gebündelt hatte, und begann, sie mit den Fingern zu untersuchen. Glätte an den Taschen, eine Bahn, die von zwei- oder dreitausendmaligem Hineinfahren ausgefahren war. Der Mann war Rechtshänder gewesen, aber vielleicht kein Richter, oder wenn doch, dann einer, der Schmerzen litt. Die hintere Gesäßtasche war abgetragen und ausgebeult. Wenn er viel saß, wie der abgescheuerte Hosenboden anzudeuten schien, mußte er sich viel nach vorn gebeugt halten, sonst hätte die Brieftasche gegen den Spalt unten am Rücken drücken müssen. John kannte diesen Schmerz aus eigener Erfahrung. Er lächelte. Er hielt die Hose hoch. Ein kleiner Mann. Mit seiner Stirn würde er gerade an Johns Nase heranreichen. Die Hüftpartie war schon einmal enger gemacht worden, deutlich erkennbar durch die gröberen Stiche. Seine Frau hatte ihn wohl verlassen, und er mußte selber nähen. John spürte die Vibration der Glocke und ging zurück an die Arbeit, aber die Wirklichkeit des Richters und seiner getrennt lebenden Ehefrau begleitete ihn den ganzen Nachmittag.

Das brachte ihn darauf, daß er Leda durch ihre Kleider besser kennenlernen könnte. Er entwickelte die Idee auf der Heimfahrt im Bus. War sie früher einmal dicker gewesen, wie der Richter? War sie unordentlich oder präzise in der Art, wie sie Knöpfe annähte? Wie ging sie? Alma hüpfte beim Gehen, und während Ledas Schritte gleichmäßig schienen, war Alma ein ›Stopper‹. Wenn sie irgendwo ankam, stoppte sie ganz plötzlich, ohne vorherige Verlangsamung. Welcher Teil ihres Fußes traf zuerst den Boden? Und – wenn sie nicht bei ihm war und ihn nicht führte – knirschte sie, oder kam sie gleitend zum Halt wie *Fourbuds*, mit allen vieren gleichzeitig?

Als er nach Hause kam, schob er den Stock zusammen und stellte ihn an seinen Platz, begrüßte *Fourbuds* und schaute nach ihrem Teller. Er stellte seine Lunchbox in die Küche und ging dann hinauf zu Ledas Zimmer, an ihren Schrank, in dem sie ihre Kleider und Schuhe verwahrte und in dem ihr eigener Duft war, Essenzen ihrer Seife und Körperöle und die Düfte ihres Körpers und Haars, vertraut und tief geliebt. Es war der Verlust des Geruchs seiner Mutter gewesen, der ihm die schlimmsten Anfälle von Heimweh beschert hatte, als er von zu Hause fort in die Schule geschickt wurde, und vor den Wutanfällen seines Vaters hatte er sich meistens in ihrem Schrank versteckt.

Dieser Schrank war vollgestopft und chaotisch. Die weichen Materialien, die sie liebte, die dünnen Baumwollblusen und Röcke quollen auf überfüllten Kleiderbügeln über oder wurden durch den Druck anderer Kleider gehalten. Manche waren zu Boden gefallen und lagen dort wie in Bündeln, dazwischen Schuhe und Hausschuhe, Sandalen und Stiefel einzeln verstreut. Zu Hause trug sie oft lange Kleider; er amüsierte sich darüber, daß sie so eng am Körper anlagen und über die rauhen Denim-Baumwoll-Sklavenkleider, sämtlich ungebügelt. Er hatte immer wieder angeboten, sie mitzubügeln, wenn er seine eigenen Hemden bügelte, sorgfältig, so wie er es von Mrs. Pfansteihl gelernt hatte. Leda lachte dann und sagte ›nein‹. Er fand ein Hemd, das wie ein Ball zusammengerollt auf dem Boden lag. Er entrollte es, faltig und ohne Fülle und Substanz. Diese hier waren überhaupt nicht wie die Kleider des Richters oder des kleinen Mädchens oder wie die meisten Kleidungsstücke, die er auf der Arbeit in die Hände bekam. Das Taillengummi war schlaff, ausgeleiert. Die Frau, die solche Kleidung trug, schätzte keine Einschnürung oder gestärkte Kragen, keine glatten, enggewebten Stoffe, aber sie mochte Stickereien, Rüschen,

Smokarbeit, weiche Spitzenkragen und weite, lockere Stoffgürtel. Sogar bei ihren Schuhen haßte sie das Beengende, Sandalen, die ...

Ihre Hand war auf ihm, zornig. Er wurde herumgedreht, so daß er herauskrabbeln mußte. »Was tust du da?« Die Geschwindigkeit der Wut. »Warum bist du hier? Das ist privat. Das ist mein privater Bereich!«

Er stand da ohne Schutz und Verteidigung. Seine Idee, sie besser kennenzulernen, führte zurück zu den Kleidern, die er auf der Arbeit sortiert hatte, eine poetische Idee, die im Zusammenhang mit der Idee der Liebe stand. Er sah es jetzt als eine Entwicklung, die zu kompliziert war, um sie jemals zu erklären: »Ich dachte ...« und dann spürte er die Wahrheit dessen, was er getan hatte. »Ich kenne alle deine privaten Körperstellen. Wir lieben uns mit unseren ganzen Körpern, und du hast mir das beigebracht. Jetzt wollte ich dich besser kennenlernen – durch deine Kleider ...«

»Nein. Erstens weil ... das ist zuviel verlangt. So etwas tun wir nicht. Es ist ... das ist *obszön*.«

»Obszön?«

»Na ja, zu intim. Zweitens, wenn wir uns lieben, bin ich *da* und gebe dir die Erlaubnis.«

»Ja, das mit der Erlaubnis verstehe ich. Wirst du mir dann die Erlaubnis geben, und ...«

»Nein!«

»Warum nicht?«

»Es ist mein Schrank. Meine Kleider.«

Warum? Was war das für ein Geheimnis? Wo war er eingedrungen? Kleidung am Körper – Kleidung ohne Körper – sicher muß Kleidung, die nicht am Körper ist, weniger persönlich empfunden werden... Er hatte einige ihrer Kleidungsgeheimnisse schon erkannt; daß die Träger Furchen auf ihren Schultern hinterließen, weil ihre Brüste schwer an ihnen hingen; daß Frauen es schwerer mit Kleidung haben als Männer, wenn sie zum Beispiel in ihrem Rücken, oder hinten am Hals, Blusen zuknöpfen oder Verschlüsse schließen müssen; daß sie alle möglichen Metall- und Plastikhaken und -spangen an ihren Kleidern trugen, all diese persönlichen Dinge fand er wundervoll, weil er sie als verbunden mit ihren eigenen warmen Geheimnissen empfand, mit ihren Körperflächen und -falten, Wärme und Kühle, Gerüche und Düfte. »Das verstehe ich nicht.«

»Das brauchst du auch nicht. Das hier ist privat, persönlich, gehört mir allein.«

Er verließ ihr Zimmer, und einen Tag lang war es kühl zwischen ihnen. Wieder einmal war es ihm nicht erklärt worden; wieder verstand er nicht, warum sie empfand, wie sie empfand.

Am Dienstag der folgenden Woche kam Leda mit lauter Ankündigung des Summers nach Hause, kurz nachdem John scine Sachen weggeräumt hatte. Er kam hinunter und in den Kreis ihrer Arme mitten in eine energiegeladene Luftbewegung hinein.

»Ein Angebot! Eine wunderbare Gelegenheit!«

»Was?« Er wußte, daß sie es ihm zuerst nicht sagen würde. Sie fing immer an einer unerwarteten Stelle zu erklären an, so daß er in sich hinein lächelte, als er ihren Einstieg las.

»Ich war so biestig, seit wir aus Aureole zurückgekommen sind. Fühlte mich so schrecklich, arbeitslos, konnte mich kaum noch an meinen letzten Theaterjob erinnern. Es ärgert und ängstigt mich auch, ständige Rechnungen und dann die Unterhaltung dieses großen Hauses. Ich war fast krank vor Sorgen.«

Er wollte gerade sagen: »Warum hast du mir nichts davon gesagt?« Aber sie fuhr schon fort, und während sie das tat, bemerkte er, daß sich ihre Finger- und Gebärdensprache so verbessert hatte, daß sie fast mit normaler Sprechgeschwindigkeit mithalten konnte.

»Du erinnerst dich, daß ich letzte Woche zum Vorspielen gegangen bin?«

»Ja.«

»Und nichts passierte. Bei diesen Gelegenheiten hängen immer ein paar Leute herum, die so aussehen, als wären sie gerade von der Straße hereingekommen. So – einer von diesen Herumstehern kam gerade aus *Grays Anatomy*, einem Theaterstück aus New York, das im Augenblick hier anläuft... Nun ja...«

Von allem, was John an Leda liebte, begeisterte ihn dieses Herumtanzen, Hüpfen, die handklopfende Aufregung am meisten. Ihre Freude war so ein vollständiges, spontanes Erleben, wie er es einmal aus seiner hörenden Zeit erinnerte. Er liebte diese überraschenden, ungeprobten Ausbrüche. »Yeah!« sagte er.

»... und ich werde *mit auf Tournee gehen!* Phoenix, Los Angeles und dann nach Norden, San Francisco, Portland, Seattle.«

Im Fall offenbart sich manchmal plötzliche Erkenntnis. »Das heißt, du wirst nicht hier sein –«

»Für ungefähr drei Wochen, aber ich werde dir sagen,

wo ich bin und was so passiert. Ich werde dir Postkarten schicken und dich auf der Arbeit anrufen, wenn ich kann...«

Es kam so glücklich von ihren Händen, aber er fühlte sich, als stünde er im Regen. »Und wann...«

»Mit Aufenthalten, drei oder vier Wochen. Die Hauptrollen sind ab September verpflichtet.«

»September!«

»Stell dich nicht an. Es ist doch noch nicht klar, ob es bis September genau ist. Das bedeutet Geld für uns, und für meine Karriere ist es sehr wichtig.«

»Aber...«

»Ich werde mich um alles kümmern, bevor ich gehe: Licht, Telephonnachrichten, alles, es wird höchstens für ein paar Wochen sein, und ich weiß, daß ich beruhigt sein kann, was das Haus betrifft, weil du da bist...«

Er stand im Regen und ließ sich durchfrösteln.

»Hör auf damit.«

»Womit?«

»Starr und tragisch dazustehen.«

»Du hast dich über mein ausdrucksloses Gesicht beklagt –«

»Es ist deine ganze Haltung. Der geschlagene Junge von Nummer sechs.«

»Ich kann mich nicht fröhlich benehmen, wenn ich's nicht bin, und außerdem hast *du* gesagt, das sollte ich nie tun.«

»Okay, okay.«

Sie schmollten. Beim Abendessen fehlte die Stimmung. Leda fragte, ob er neue Lyrik geschrieben hätte, und er war plötzlich befangen wegen des neuen Gedichts. Vielleicht würde sie ärgerlich werden, weil sie glaubte, daß er sie kritisierte. Sie hatte seine Hand energisch geschlagen: ›Sei ehrlich‹, ›Zeig Gefühl‹, ›Zeig Wut und Ungeduld‹, ›Weine um die Prügel von damals‹, aber nicht beim Abschied, der... wann... sein würde?

»Wann gehst du fort?«

»Übermorgen.«

»Okay«, sagte er.

»Maria Magdalena, die Märtyrerin.«

»Nur traurig«, sagte er.

»In Ordnung, das ist erlaubt.«

So ging sie, und die Luft im Haus schloß sich über ihrer Abwesenheit. Nichts bewegte sich außer dem, was er in Bewegung versetzte und was *Fourbuds* an seinem Knöchel bewegte. Nichts wurde gesagt außer dem, was er sagte.

An den ersten Tagen nahm er Rache. Er putzte und ordnete die Küchenschränke gründlich. Er räumte den Kühlschrank auf, wie es sein sollte, damit er nicht mehr herumtasten und Zeit vertrödeln mußte. Dosen und Geschirr wurden markiert, und Gott sei Dank gab es Plastik in den verschiedensten Formen. Und er verletzte ihre ausdrücklichen Anweisungen – während er dabei vor sich hinmurmelte –, indem er in ihr Zimmer ging und sich in ihrem Schrank inmitten ihrer weichen, spinnwebenfeinen Kleider versteckte, von denen sie die meisten zurückgelassen hatte mit der Bemerkung, beim Theater lerne man, leicht zu reisen. Sogar *Fourbuds* schien zum insubstantiellen Geist zu werden, der mit der vertrauten Geste des Trostes um seine Füße strich.

19

John schrieb Texte – er konnte sie nicht Gedichte nennen – und er versuchte auch schon nicht mehr, sie Mr. Sherline zu zeigen, aber es waren Texte über das Taubblindsein.

Sam sagte mir, daß für die Sehenden alles größer wird, wenn sie näherkommen, und kleiner, wenn sie sich entfernen. Das Gegenteil trifft für uns zu.

Nenne ein beliebiges Jahr, und jemand in unserer Gruppe wird sagen: Das ist das Jahr, in dem ich taubblind wurde.

Er schrieb eine Haiku-Serie über die sieben Sinne und konzentrierte sich zum ersten Mal in seiner Lyrik auf jeden einzelnen. Es machte ihn glücklich, seine eigene Realität widergespiegelt zu finden.

Eines Abends nach der Arbeit ging er zu seiner Druck-Schreibmaschine, legte die Hände sorgfältig auf die Tasten und tippte.

Lieber Vater. Wie geht es Dir? Mir geht es gut. Ich bin sehr glücklich über die Neuigkeit, daß Du nicht tot bist, sondern in Gold Flume lebst und dort im Geschäft bist, und daß Du Irwin und Mama triffst und Richard und Catherine. Ich würde Dich auch gerne wiedersehen. Ich arbeite, wußtest Du das? Ich schreibe auch Gedichte, und ich lebe unabhängig. Ich wollte, daß Du diese Dinge über mich weißt.

Ich war im Krankenhaus wegen etwas, das in einer Kneipe passiert ist. Vielleicht erzählt Dir Irwin davon, und wenn er es tut, möchte ich Dir bitte auch meine Seite darlegen. Außerdem bin ich verliebt in eine normalsehend- und hörende Frau. Vielleicht erzählen Dir Irwin und Ma auch davon. Bitte laß mich Dir dann auch meine Ansicht dazu erklären.

Bitte vergiß nicht, daß ich ein guter Mensch mit vielen Fertigkeiten bin und daß es besondere Seiten an mir gibt, die sogar die meisten Taubblinden nicht entwickelt haben.

Weiterhin Dir und Deiner neuen Ehefrau gute Gesundheit.

Dein Sohn, John Moon

Dann verlangsamte sich die Zeit bis zu jener Geschwindigkeit, die er kannte, bevor er mit Leda zusammengezogen war. Aber jetzt konnte John diese Langsamkeit kaum ertragen. Sie war wie ein sterbender Puls, verstopft und stolpernd im Kampf gegen den tödlichen Stillstand. Seine Arbeit kam ihm routinemäßiger denn je vor. Gedichte blieben im Kopf. Essen verlor den Geschmack.

Zweimal in der Woche kam Bennet, spielte Ledas Anrufbeantworter ab, fragte John, wie es ihm ginge und ging durch das Haus auf der Suche nach undichten Stellen und anderen Problemen. Die ersten zwei, drei Male bot John ihm Kaffee an, aber Bennet lehnte auf eine Art ab, daß John ihn nicht mehr fragte. John bekam jeden Tag Post, und Bennet ging auch sie nach wichtigen Rechnungen durch. Nach zwei Wochen las er John eine Postkarte von Leda vor. Das Stück war nicht sehr gut, hatte aber eine gute Besetzung und bekam ziemlich gute Rezensionen. Sie wurden in Kalifornien aufgehalten, bei schönstem Wetter und einem immer nahen Strand. Aus Bennets Händen klangen die Worte kalt und automatisch, und John bemerkte, wie er Freude heuchelte, die er nicht empfand. Nach einer weiteren Woche kam wieder eine Postkarte. Sie war unterwegs. Die Hitze war furchtbar, sie bekam keinen Schlaf, es gab Auseinandersetzungen in der Truppe wegen schlechter Unterkünfte und der Allüren der Hauptdarsteller. Bennets Hand übermittelte die Botschaft und zog sich dann abrupt zurück.

»Was ist denn jetzt los? Warum bist du diesmal ärgerlich?« fragte John.

»Ich bin nicht ärgerlich; ich hab's eilig. Ich muß jetzt gehen.« Die Buchstaben sprangen davon, unversöhnlich.

»Du kannst buchstabieren, sogar die Gebärdensprache kennst du ein wenig. Was hast du gegen Taubblinde?«

»Nicht gegen Taubblinde, gegen dich. Leda und dich. Ich glaube, daß du sie ausnutzt.«

»Wie? Meinst du, daß ich sie dazu bringe, Dinge zu tun, die sie nicht will? Daß ich sie betrüge?«

»Ja.«

»Ich bezahle hier Miete und darüber hinaus für manches, was ich in meiner alten Wohnung nicht bezahlen mußte. Wir sind zusammen, weil wir uns lieben.«

»Liebe! Seit du hier bist, habe ich sie immer nur angespannt und besorgt gesehen. Sogar bevor du einzogst, die ganze Zeit; sie fährt dich herum, sie rannte ins Krankenhaus nach der Prügelei, in die du geraten bist. – Ich weiß, sie hat einen Hang, Leute aufzulesen, die ... Nach diesem ›Wochenende‹ mit dir sah sie aus wie ein Schatten ihrer selbst.«

»Ich weiß, daß das Wochenende schwierig für sie war. Das hat sie mir gesagt. Es war nicht so geplant. Es sollte für uns beide ein Vergnügen sein; natürlich ein bißchen Dolmetschen, ja, aber auch Spaß, es sollte ...« John merkte, daß er nicht ausdrücken konnte, was er meinte. Es war zu kompliziert.

Bennet buchstabierte so schnell, daß die Buchstaben abbrachen und es schwer war, sie zu lesen. »Nutzen aus ihr gezogen ... sie ausgenutzt ... erschöpft und besorgt und du verirrt und irgendwo in der Gegend herumlaufend ...«

Etwas Übelschmeckendes stieg in ihm hoch; etwas, das er nicht gegessen hatte. »Ich hatte mich nicht verirrt«, antwortete er und befürchtete, er müßte die Worte auskotzen. »Ich hatte mich überhaupt nicht verirrt. Sie waren fort, und ich fing an, nach Hause zu gehen.« Noch während er sprach, um sich zu verteidigen, mit Vibration, das heißt zu laut, wußte er, daß die Anschuldigung nicht die Ursache seines Schmerzes war. Leda hatte Bennet davon erzählt, hatte Johns Geheimnis weitergegeben; sie war taubblind über seine Triumphe und Erfolge hinweggetrampelt und hatte nur von seiner Demütigung und *ihrer* Scham erzählt. Gab es noch mehr? Hatte sie von den Handschellen berichtet, daß er in Autos geschoben und wieder hinausgezerrt worden war? Wieviel hatte sie erzählt? Die Qual der Erinnerung wurde noch verschlimmert durch das Bild seiner Fesselung in Eisen und die Männer, die ihn niederhielten. Er fing an, zu stöhnen. Er konnte nichts dagegen tun. Es überkam ihn so schnell, daß er es nicht aufhalten konnte. Er stand vor Bennett in Ledas Wohnzimmer, das er jetzt teilte, und ließ die Vibrationen kommen. Nachdem er sich beruhigt und entschuldigt hatte und gegangen war, um Tee für Bennet zu machen, entdeckte er beim Zurückkommen, daß er schon wer weiß wie lange allein war. Bennet war fort.

Seine Einsamkeit fiel inzwischen schon den Leuten in der Werkstatt auf. Mr. Bisoglio erwähnte es, und Bernhard schlug an seine Hand auf eine andere Art als sonst, mitleidig, wie ihm schien. Wenn es Taubblinden so schwer fiel, ihre Gefühle zu zeigen, wie kam es dann, daß jeder so viel über seine Gefühle wußte? Sogar Alma kam eines Mittags aus dem vierten Stock, und nachdem sie mit einem leichten Antippen ihres Stocks an sein Schienbein gefunden hatte, blieb sie vor ihm stehen und fing gleich an, zu sprechen.

»Ich – Luke sagte, du viel Kummer jetzt. Wir mögen nicht Leda. Du kommst Wochenende zu uns, bleib über Nacht mit Luke, essen, reden, viel Spaß, schöne Zeit.«

Er fragte, ob sie zu Luke in dessen Zimmer gezogen sei. Sie schüttelte heftig den Kopf. »Wochenende. Nur Samstag – nacht. Meine Familie holt Priester. Aufgeblähter Bum-bum-Sprecher, Gebärdensprache wie aus Hölle; aber er kaut seine Fingerhaut wie kleiner Junge, sagt mir, Sex schlecht, ich und Luke im Bett. Wir gehen Samstag abend. Lukes Bruder sagt okay Samstagnacht. Großes

Bett. Du komm, ich und Luke.« Die Zeichensprache war nicht mehr ihr altes Baby-Gefingere; sie wirkte ursprünglich wie von jemand, der sich mit Handschuhen die Schuhbänder bindet. Sie war jetzt schneller, und die Worte, zwar immer noch kindlich, erhielten aber Kontur im Heben und Senken der Hand. Luke unterrichtete sie, so wie John es sich vor einiger Zeit noch von Leda erhofft hatte. Wie hatte er sich nach jener Welt gesehnt; immer noch sehnte er sich danach, obwohl es sich als weit komplexer und verwirrender herausstellte, als er je geträumt hatte, voll von Ärger und Neid, den er nicht entziffern konnte. Die Tatsache des Sehens und Hörens schien den Intellekt zu zerstreuen, statt ihn zu konzentrieren.

»Warte –«, sagte er, und er überschritt eine Grenze und fand dahinter eine Idee. »Leda und ich haben ein Zuhause. Es ist ein ganzes Haus, Küche, Wohnzimmer, oben die Schlafzimmer. Warum besucht ihr nicht *mich* am Wochenende?«

Noch während er die Worte buchstabierte, bedauerte er sie. Er mochte Luke sehr, aber es fiel ihm immer noch schwer, Alma auch nur zu tolerieren, und wenn die beiden Liebende waren so wie er und Leda, würde es schwierig werden, ihr Glück vor dem Hintergrund seiner Einsamkeit zu ertragen. Dann war da auch der plötzliche Angstklumpen im Magen. Vielleicht würden sie sich streiten. Aber die Worte waren gesagt, und er wehrte sich gegen den Wunsch, sie zu ändern. Das, wußte er, wäre ein Leichtes, wenn er sie nur durch viele Worte verwirrte oder sie mit einer Sprache überfuhr, die sie nicht verstand. Dann könnte er immer sagen, sie hätte ihn nicht richtig übersetzt. Ein, zwei Atemzüge lang klammerte er sich an seinen Wunsch, dann ließ er den Atem los. »Und?«

»Ich mit Luke sprechen. Morgen komme dir sagen.«

Den ganzen Tag über schwankte er hin und her zwischen Vorfreude und Angst wegen seines Vorschlags. Das Leben mit Leda hatte ihn in gewisser Weise an seine Schulzeit erinnert, an die Phase, in der sein geselliges Leben am ausgeprägtesten, allerdings auch am grausamsten war, wenn er von den tauben Schülern wegen seiner Blindheit und von den Blinden wegen seiner Taubheit gehänselt wurde. Zog er etwa Auseinandersetzungen und Grausamkeit dem Nichts vor, das er jetzt empfand? Die Jahre einsamen Arbeitens waren nur erträglich gewesen, weil er so wenig Erwartungen an ein Leben außerhalb der Arbeit gehabt hatte, und weil Lesen und Gedichteschreiben ihn voll ausgefüllt hatte. Leda hatte Johns Welt aufgerissen und das Innere nach außen gekehrt, und jetzt wußte er manchmal nicht – ähnlich, wie es ihm auch mit Kleidung ging –, wie er sein Leben auf der Haut tragen sollte.

Trotzdem war es sein Haus, und er müßte bestimmen dürfen, was dort passieren sollte; wann er mit seiner Lektüre allein gelassen werden wollte, und wann er ihnen zur Verfügung stünde.

Alma kam am nächsten Tag zurück. »Abgemacht«, sagte sie. »Wir kommen Freitag nach der Arbeit, bleiben Samstag-Sonntag. Montag Arbeit. Wir nach Hause.«

»Abgemacht«, sagte John.

Es gefiel ihm, Alma nach der Arbeit das Haus zu zeigen und dann auf Luke zu warten. Lukes Ankunft: durchs Haus spazieren, kochen, nach dem Abendessen draußen im gerümpelübersäten Garten. Langsam, Stunde um Stunde, begann John hinter Almas grober und manchmal unverständlicher Gebärdensprache eine Güte und einen Humor zu erkennen, der keine Worte hatte, um sich zu äußern. Im Kampf darum, eine Idee zu formulieren, griff sie manchmal wahllos jedes beliebige Wort, so daß sie um so wilder um sich schlug, je mehr Worte sie kannte, und sich um so weiter von allgemeiner Verständlichkeit entfernte. Wenn Luke und John sie nicht verstanden, war sie manchmal frustriert und schlug ihre Hände in ungeduldiger Wut beiseite, und manchmal weinte sie, aber John konnte erkennen, wie in ihr ein Begreifen der Macht von Worten wuchs, die Bedeutung aus der Ferne herantrugen, wie die Gerüche, angenehme oder unangenehme, an denen er die Tage der Müllabfuhr im Viertel erkannte. Er verstand auch, daß Almas Liebe zu Luke und ihr Wunsch, ihm zu gefallen, die Gründe für ihre Lernbereitschaft waren. Irgendwie enttäuschte ihn das. Sie selbst wäre zufrieden damit, ihre Bedürfnisse so einfach wie *Fourbuds* kundzutun: in gereizten Augenblicken wäre es ihr ausreichender Trost, mit Liebkosungen, Wasser, Speisen und einer warmen Ecke versorgt zu werden. Die Liebe hatte sie aus dem Paradies in eine Welt geworfen, in der sie unterscheiden lernen mußte zwischen Stehlen, Nehmen, Leihen und Verleihen; zwischen Wunsch, Wollen, Bedürfnis und Hoffnung.

War es überhaupt ein Paradies gewesen? Wenn der Schmerz mißglückter Kommunikation auf ihr lastete, konnte Alma wie eine Wilde an Luke und John zerren und reißen, und am Samstag vibrierte sie so stark, daß am

Sonntag nachmittag ein Nachbar kam und ihnen mit Hilfe der Fingersprache seiner achtjährigen Tochter mitteilte, daß die Nachbarn der Meinung wären, in ihrem Garten würde eine Frau festgehalten und gefoltert. John erklärte Alma, daß sie als Preis für das Privileg ihres Aufenthaltes im Garten niemals, aber auch niemals vibrieren dürfe. Sie schmollte, hielt sich aber daran. Sie gingen Sonntag abend. Es war freundlich und fröhlich und sogar aufregend gewesen. John lud sie für das nächste Wochenende ein, und sie sagten zu.

Mittwoch abend. Bennet wieder. Dieses Mal waren seine Gebärden wie beim Baumwollhacken. »Die Nachbarn reden über wilde Parties hier. Der Mann von nebenan war eben in seinem Garten. Sagte mir, sie hätten fast die Polizei geholt. Du und deine Freunde.«

»Nur zwei Freunde – auch taubblind –« John stand da, mit offenem Mund, bereit zu sprechen, und merkte, daß er Bennet in keiner Weise mitteilen konnte, was passiert war, einschließlich Almas Geschichte der Wortlosigkeit. John hatte Glück gehabt, das sagte er Bennet, daß er ein Förderschüler gewesen war, mit Dolmetschern und Lehrern, die ihm seit seiner Kindheit geholfen hatten. Er versuchte, dies alles schnell zu sagen, während er spürte, wie Bennet seine Position hin und her veränderte, das Standbein wechselte, als ob dieser ungeduldige Mann bereits seinen Aufbruch vorwegnahm: weggehen und fort sein.

Dann meinte John: »Als ich hier einzog, sagte Leda, daß sie Besuch von ihren Freunden und ich von meinen haben könnte und daß sie, wann immer ich das wollte, auch hier übernachten könnten. Und bevor sie ging, sprachen wir darüber, daß alle Zimmer hier auch von Taubblinden genutzt werden könnten. Um Unterstützung bei der Miete zu bekommen.«

Bennet antwortete nicht, und dann sagte er langsam und mit nur noch von Verachtung gedämpfter scharfer Wut: »Ich kann dich nicht ausstehen. Ich glaube, daß du dich hier an etwas Gutes herangemacht hast. Leda liebt diese Pechvogel-Stories. Ihr Ehemann war eine Pechvogel-Geschichte. Walter Kadama war auch eine. Du. Sie riechen es irgendwie, daß sie sich um sie kümmern wird.«

John wollte Bennet schlagen, stattdessen sagte er: »Ich bezahle hier Miete. Sie hat mir erzählt, daß du so etwas zu ihr gesagt hast. Ich spüle Geschirr und putze und wasche die Wäsche. Ich räume nach Parties auf, zu denen ich nicht geladen war. Ich liebe Leda.«

»Paß auf, daß die Nachbarn nicht die Polizei holen«, erwiderte Bennet. »Der Mann sagte, beim nächsten Mal würden sie es tun.« Und er ging. John saß den Rest des Abends sehr nachdenklich da.

John wartete die drei Wochen ab, die Leda fort sein wollte. Dann folgte noch eine Woche. Festgehalten, sagte Bennet. Dann noch eine Nachricht und noch eine.

»Aufgehalten«, sagte Bennet wieder. John wußte, daß Leda viele Möglichkeiten hatte, ihn aus der Ferne zu erreichen. Sie könnte über Mr. Bisoglio mit ihm Kontakt aufnehmen. Warum tat sie es nicht? Sogar die Postkarten, von Bennets unwilligen Händen vorgelesen, kamen nicht mehr.

Und endlich, plötzlich, war sie wieder da, alles von ihr

auf einmal, Geruch, Arme, Haar unter den Haarreif gezwängt, der ganze Körper, alles durchbrach seine Einsamkeit so vollständig, als wäre sie nie fort gewesen. Und sie war voller Geschichten. Der Produzent, die anderen Stars der Show, die Stadt ... Städte, die Kritiken, das Stück, der Autor. Sie sprachen eine Stunde lang, und dann ging Leda hinauf und nahm ein Bad, und sie sprachen im Bad weiter, während John ihren Rücken einseifte und sie ihre badewarme Seifenhand feucht in seiner Hand drapierte und in der Wanne liegend redete. Dann gingen sie zu Bett, begegneten einander von Angesicht zu Angesicht und von Hand zu Hand und mit seinem Körper an ihrem. Sie zog seinen Schmerz von ihm ab.

Er lag im Bett, trunken vor Freude und mitten am Tag gesättigt und beglückt darüber. Leda war nach unten gegangen, um sich umzusehen und Kaffee zu kochen. Sie war eine ganze Zeitlang weg, so lange, daß er aufstand und sich wusch und anzog. Er war fast fertig, als sie wieder da war. Er hörte ihre Schnelligkeit die Stufen hinauf und über den nackten Boden pulsieren. Die Worte waren hastig und deutlich, aber es gab keinen Sinn. »Bennet. Nachrichten. Mein Anrufbeantworter. Zwei Wochen. *Zwei Wochen!* Bisoglio. Ich habe ihn zu Hause angerufen. Notfall-Flug, wenn du willst.«

»Was?«

»Wir können zwei Tage freinehmen ... ich jedenfalls.«

»Was ... was ist los?«

»Dein Bruder. Es geht um deine Mutter. Vor zwei Wochen hatte sie einen Schlaganfall.«

20

Zwischen den Reisevorbereitungen erzählte Leda John bruchstückhaft, was passiert war.

Die Mitteilungen waren auf ihr Telephonband gesprochen worden. Bennet war zweimal in der Woche gekommen, um sie abzuhören und sie anzurufen, wenn irgend etwas beruflich Wichtiges darauf war. Er hatte sich dazu entschlossen – aus ihr unerfindlichem Grund –, diesen Gefallen sehr eng zu interpretieren, und hatte die Nachricht für John, die zwei Wochen vorher gekommen war, ignoriert.

»Mein Bruder hätte mich auf der Arbeit erreichen können –«

»Ja, das war mein Fehler. Als wir in Aureole waren, hatte ich ihn gebeten, immer hier anzurufen, weil einige seiner Nachrichten vorher nicht bis zu dir vorgedrungen waren. Wir hatten diese Abmachungen getroffen, und er hat sich an sie gehalten. Er hat zweimal angerufen. Ich vermutete, daß er sich auch deine Arbeitsplatztelefonnummer verschafft hätte, wenn es schlimmer stünde; ich habe mit ihm gesprochen, sobald ich davon erfahren hatte, und dabei sagte er, die Dinge stünden viel besser, als sie zunächst geglaubt hätten. Deine Anwesenheit dort war nie dringend, deine Mutter schwebte nicht in Lebensgefahr. Inzwischen geht es ihr besser, als sie zuerst dachten. Irwin möchte, daß du das weißt. Was ich nicht verstehe, ist, warum Bennet so blöd war, es dir nicht zu sagen.«

»Das ist mir sonnenklar. Bennet denkt, ich lebe auf deine Kosten. Ich benutze dich, sagt er.«

Diesmal nahmen sie ein Auto. Sie fuhren den ganzen Weg hin und zurück nach Aureole, eine völlig andere Art zu reisen als das Fliegen, daß es ihnen fast wie ein anderes Reiseziel vorkam. Jetzt wurde auch die westliche Sonnenuntergangsrichtung der Strecke deutlich, und der unterschwellige windwärts gerichtete Zug auf dieser verläßlichen Straße hatte etwas Komisches an sich. Die Stadt mußte vor der Straße dagewesen sein, sonst wäre die Straße geradeaus verlaufen und dann um neunzig Grad abgebogen, so wie Straßen im städtischen Straßengitter abbiegen, mit Ecken wie Papierblätter, Schränke, Bücher, Fenster, Häuser. Stadtbewohner lieben Ecken; John mochte sie auch – eine Ecke bedeutet eine wichtige Wahrheit in Lokalität und Richtung, vergleichbar dem, was Hörende in der Musik beschreiben; und das Vergnügen, das sie aus der Musik schöpften, basierte auf den gleichen Erkenntnissen und Bezügen, die John im Raum erfuhr. Er wollte darüber nachdenken, als sie westwärts fuhren, erst direkt Richtung Sonnenuntergang, dann im Bogen, so daß die Kurve nach Norden oder Süden verlief aus Gründen, die er nicht sehen, aber manchmal spüren konnte, so wie Musik erfühlt und nicht gesehen wird. Er dachte, er würde sich damit auskennen, weil einmal auch in ihm Musik gewesen war, und immer noch konnte er ein Lied wiederholen, das er vor Jahren gelernt hatte, als er noch hören konnte:

Hatt' 'nen kleinen Nußbaum,
Tragen würd' er nichts

Außer 'ner Muskatnuß
und 'nem kleinen Wicht.

Er hatte seitdem längst vergessen, wie das Lied auf und ab verlief und wo die Töne sich veränderten, aber nicht den Sinn für Witz und Richtung, den es in Liedern gab, eine Qualität, die mit seinen angelernten Kenntnissen über Ort und Richtung übereinstimmten, so wie Leute Straßen bauten. Die Straßen wurden schließlich von Menschen gebaut, und zwar mit den gleichen Gefühlen, mit denen sie ihre Musik schufen – Weggehen und Ankommen.

John arbeitete daran, sich auf diese Idee zu konzentrieren, weil er nicht über seine Mutter nachdenken wollte, der es jetzt schlecht ging; oder über seine Brüder, die sicher wütend auf ihn waren; über seine eigene Unzulänglichkeit. Wenn er sich nicht aktiv um einen anderen Gedanken bemühte, kamen sofort die Sorgen, die Traurigkeit und der Zorn, so hinderlich wie die Drehkreuze im Zoo.

Die Fahrt dauerte fünf Stunden. In Windom machten sie eine Kaffeepause und dann noch eine am Chinaman's Creek, wo sie sich die Beine vertraten. Dort gab es Camper, sagte Leda, aber sie kamen nicht näher, so daß er keine Wahrnehmung von ihnen erhielt.

Und plötzlich, weil es Sommer war und die Autofenster geöffnet, überfiel ihn die Erinnerung, und er zuckte vor Überraschung und Freude zusammen. Die Luft hatte sich verändert. Die Zusammensetzung der Luft, ihre Temperatur und der Luftdruck waren anders. Sie waren im Ute-Canyon. »Das ist besser als das Flugzeug«, sagte er zu ihr, und sie berichtete ihm nebenbei ein wenig von den äußeren Eindrücken, den schwarzen Klippen aus glattem Felsen, sauber abgebrochen, als wären sie gemeißelt und zu Traumstädten zusammengefügt. Sogar die Bäume schienen dunkel – überwiegend Kiefern und Blautannen. Links der Straße, träge und unwillig, der Fluß mit seinem Herbstwasserstand. »Welche Wirklichkeit hat dieser Ort für dich?« fragte sie. Er wußte, er konnte es ihr nicht sagen, aber die Art der Fragestellung ließ seine Lungen das Herz vor Freude erdrücken. Dies war Schatten in seiner tiefsten Manifestation, ein Unterschied im Körpergefühl, Luftdruck am Gesicht und in seinen Vertiefungen und etwas, das das Vorhandensein der Welt über die Reichweite seines Fingers oder Stocks hinaus nahelegte. Geruch bewirkte das. Schatten auch. Er grinste in den Wind der Fahrtgeschwindigkeit hinein und wiederholte für sich: »Heimkommen... heimkommen.« Diesmal wenigstens mußte niemand ihm die Wirklichkeit erzählen. Es gab Momente, da war er es satt, immer alles erzählt zu bekommen. Dies hier war so offensichtlich, so greifbar wie das Essen eines reifen Pfirsichs. Dann erinnerte John sich daran, daß diese Reise nicht zum Vergnügen gedacht war, aber er konnte das beglückende Gefühl des Nach-Hause-Kommens im Canyon-Schatten nicht vergessen und auch nicht Ledas Wissen, daß das eine vollständige Wirklichkeit war, ebenso wie eine Anzahl ähnlich wertvoller Wahrheiten, und er beschloß, ein Lobgedicht darauf zu schreiben.

›Stop and go‹, ›stop and go‹, nachdem sie den Canyon verlassen hatten und in die Stadt hineinfuhren. Leda mußte das Krankenhaus finden. Sehen war John schon viele Male beschrieben worden. Warum sahen sie nicht, wo etwas war, und näherten sich dann über Straßen, bis sie dort waren? Allerdings hatte er gelernt, solche Fragen nicht den Sehenden zu stellen, besonders nicht während eines solchen Vorgangs von Anhalten und Losfahren. Sowohl Martin als auch Sam hatten dazu Erklärungen abgegeben, aber John konnte immer noch nicht richtig begreifen, was sie gemeint hatten.

Schließlich erreichte Leda einen Platz; die Verlangsamung und das Abbiegen um neunzig Grad von der eigentlichen Richtung ließen ihn erkennen, daß sie in der Einfahrt zu einem Parkplatz waren und daß sie das Krankenhaus erreicht hatten. Sie stiegen aus und gingen in die seltsame Kühle der Raumklimaanlage hinein, wo alle Gerüche sich verändern und das Atmen langsamer und dichter wird. Zusätzlich zum Geruch der Klimatisierung gab es auch noch viele, viele andere Gerüche, allesamt besorgniserregend, Erinnerungen an Unfälle und Krankheiten, ein Körpergeruch nach Überwinterungsschlaf, der Geruch von Schweißausbrüchen vor Schmerzen, Urin, Medizin, Wäschestärke und Bohnerwachs für die glatten Flure. Aufzug, Halle, noch eine Halle. Zum zweiten Mal spürte John den Biß der Angst. Diese Angst war anders als die, die er kannte, wenn man Schläge fürchtet oder Verbrennungen oder vertraute Verluste, es war eine Angst vor etwas Unbekanntem und von daher verbunden mit Scham und Ungeduld mit sich selbst. Sie gingen in die Halle hinein. Leda zögerte. Er hielt sie am Arm, weil ein weit ausschwingender Stock in einer solchen Menschenmenge unmöglich war.

»Was ist los?«

»Versuche nur, das Zimmer zu finden ...«, sagte sie. Sie drehten sich und gingen durch eine Tür, die sie aufhielt. Johns Stock traf ... was? ... einen Stuhl. Das Zimmer war klein; er konnte die Nähe der vier Wände fühlen und die eingesperrten Vibrationen, die ihm vermittelten, daß der Raum vollgestellt mit Möbeln oder Gerätschaften sein mußte. Ah – das Bett. Ein großes Bett – hoch und schwer. Er schob seinen Stock zusammen, bis er ihn in die Tasche stecken konnte. Er bewegte seinc Hände über dem Bett. Keine Hand kam ihm entgegen, um ihn zu führen, bis Ledas Hand dazustieß und seine Hand auf eine andere Hand legte, die fast an seiner Hüfte und zwischen Gitterstäben lag. Er fing in wachsender Verzweiflung an, an den Stäben zu rütteln, um sie wegzuziehen, fand aber weder Schnur noch Riegel, um sie zu bewegen. »Hör auf«, sagte sie. Es war ein gebieterisches Zeichen in seiner Hand, »ich nehme das Gitter weg.« Es gab eine lange Pause, während der sie sich bemühte, das Gitter zu entfernen. Als sie es schaffte und er merkte, daß es weg war, griff er noch einmal nach der Hand seiner Mutter. Sie war klein wie die von Mama, aber sonst gab es keine Ähnlichkeit. Sie lag desinteressiert und reglos in seiner und war zu heiß und gänzlich ohne die frühere Zudringlichkeit und Begeisterung. John lehnte sich hinein. Ihr Geruch war fremd, feindlich, farblos. »Ist das meine Mutter?« sagte er laut, und noch einmal klarer: »Ist dies meine Mutter?«

Ledas Hand buchstabierte schnell: »Hör auf damit. Sie kann zwar nicht sprechen, aber vielleicht kann sie dich hören.«

»Ich will wissen –«

»Natürlich ist sie –«

Nichts war so wie früher. Die fremden Gerüche stießen ihn ab, Badezimmer- und medizinische Gerüche warnten ihn, aber er konnte sich nicht die Abwesenheit jener Gerüche erklären, die er immer mit seiner Mutter verbunden hatte. Es kam ihm vor, als wäre sie schon tot. Die ganze Zeit stand er ziemlich nahe bei ihr und war verwirrt. Leda sagte in seine rechte Hand: »Küß sie.« John wollte es nicht, aber er beugte sich zu ihr und legte seinen Kopf an die Wange der Frau, drehte sein Gesicht zu ihr und küßte die Wange. Er spürte nichts Vertrautes.

Jemand hinter ihm. Eine Hand, nicht Ledas. Er erhob sich und drehte sich um. Catherine. Ihre Gebärden waren grob wie immer, vertraut und geliebt. Er fiel ihr in die Arme. Sie führte ihn in die Halle hinaus. »Mama ist sehr krank, aber sie wird einen Großteil ihrer Bewegungsfähigkeit zurückgewinnen.« Leda war auch herausgekommen, bemerkte John, und sprach mit Catherine. »Jetzt kann sie sogar schon beide Hände bewegen«, sagte Catherine. Die Gebärden waren sehr schwerfällig. Leda übernahm die direkte Übersetzung. »Sie hat Beweglichkeit und Kraft in ihren Beinen. Der Schlaganfall war ungewöhnlich und an einer ungewöhnlichen Stelle im Gehirn. Mama kann jetzt nicht sprechen, und das macht sie wütend und frustriert. Ein Teil ihres Gehirns ist betroffen, das läßt sie ohne ersichtlichen Grund zornig werden. Ich glaube, sie war jetzt gerade zornig, und deshalb wollte sie dir nicht zeigen, daß sie ihre Hand heben und auch die andere gebrauchen kann.«

»Sie war wütend, weil ich nicht zu ihr gekommen bin.«

»Leda hat mich angerufen und alles erklärt. Ich habe es Mama gesagt. Sie wußte davon.«

»Aber sie war wütend. Sie war wütend, weil ich nicht gekommen bin.«

»Das glaube ich nicht, Johnny. Ich glaube, sie war verärgert wegen etwas, das wir noch nicht einmal erraten können. Sie war in den ersten Tagen so krank, daß ich glaube, sie wußte nicht einmal, wo sie war oder wer wir waren. Bitte fühl dich jetzt nicht schlecht deswegen, und denk bitte auch nicht, daß sie wegen Dads Besuch so aufgebracht ist.«

»Dads Besuch?«

»Wegen deines Briefes.«

»Was ist das denn jetzt?«

»Sch ... du brüllst.« Ledas Spezialgeste. »Zu laut.«

»Oh Gott, bitte ...«, sagte er.

Leda fuhr schnell und gekonnt fort. Dad hatte Johns Brief bekommen. Er hatte aus Gold Flume angerufen und mit Mama gesprochen, und sie hatten sich wieder gestritten, glaubte Catherine. Der Streit war vielleicht wegen John, vielleicht aber auch nicht. Mama weinte, und Dad fühlte sich immer noch schuldig und schämte sich wegen seiner Tat, und er sagte, er könne John wegen seiner Scham nicht sehen. Catherine war nicht dabei gewesen, die anderen auch nicht, aber sie hatte die Teile nach Mamas Schlaganfall und mit Hilfe von Dads neuer Frau Colleen zusammengefügt. Mama hatte mit Dad vor seinem Weggang zur Arbeit gesprochen. Sie war selbst in die Stadt zum Arbeiten gegangen, war dort aber stolpernd und schwankend angekommen, so daß man sie für betrunken hielt. Dann war sie an ihrem Schreibtisch zusammengebrochen und ins Krankenhaus gebracht worden. Dort hieß es, sie habe einen Schlaganfall. Irwin hatte John zweimal angerufen, hatte auf Ledas Anrufbeantworter gesprochen. Sie hatten Mamas gefährlichste Tage abgewartet, und die Auswirkungen des Anfalls zogen sich zurück wie ein Handschuh, der die Finger verdickt und dann langsam abgestreift wird, um wieder Beweglichkeit und Erkennen zu ermöglichen, Leben. Tag für Tag kam mehr und mehr zurück, sagte Catherine. Eins kam nicht zurück – die Sprache. Mama hörte alles, und sie konnte auf Worte auf einer Tafel zeigen, um ihre Wünsche auszudrücken, aber es gab kein Anzeichen zurückkehrender Sprache, und die Laute, die sie artikulierte, waren unverständlich.

Während Leda Catherines Worte übernahm und sie in der ausführlichen Wiedergabe glättete, entstand in John die Idee, daß Mama bei fortdauernder Sprachlosigkeit die Gebärdensprache lernen könnte. Die Idee wurde so plötzlich real wie eine Geschmackssensation im Mund. Er war auf einmal ganz aufgeregt und wedelte mit der freien Hand herum – eine Bewegung, die Leda haßte.

»Was denn jetzt?«

»Also, ich glaube, Mama könnte jetzt die Gebärdensprache benutzen. Ich könnte ihr das Tastalphabet beibringen, und wir würden noch jemand anderen zum Unterrichten suchen, denn wenn sie ihre Hand zum Zeigen benutzen kann, kann sie auch buchstabieren, und ihre Stimme müßte sie gar nicht gebrauchen, sie könnte sie gänzlich umgehen, und wenn sie erst mal das Tastalphabet beherrscht, lernt sie Zeichensprache, und wenn sie üben würde...« Er entwickelte Ideen am laufenden Band, wie er es oft tat, wenn er aufgeregt war. Er hatte das Gefühl, daß er das von Leda gelernt hatte und von der Welt der Hörenden; sie nannte es ›Kreativ-sein‹, voller Ideen und Pläne. Er glaubte nicht, daß alle Pläne gut waren, aber das Wichtige dabei, hatte sie einmal zu dem gesagt, was sie ›Brainstorming‹ nannte, war einfach, so viele Ideen wie möglich zu bekommen. Das hatten sie in ihrer Improvisationsklasse probiert, und sie hatte ihm davon erzählt. Nun, da er ihr alle seine Ideen erzählen wollte, stoppte sie ihn abrupt.

»Was tust du da? Du regst dich ja fürchterlich auf.«

»Ich mache ›Brainstorming‹.«

»Es ist jetzt aber nicht die Zeit dafür.« Er spürte ihre Ungeduld, eine Verfestigung ihrer Hand, Schweiß, etwas Gehetztes und Zorniges im Wortendschlag. »Niemand weiß genau, wie ihr Zustand ist; jetzt ist nicht die richtige Zeit dafür.«

Wieder stand John vor einem Rätsel. Er hatte Leda ausführlich über dieses Brainstorming ausgefragt, zum einen, weil das Wort so viele Assoziationen in ihm hervorrief, und zum andern erschien es ihm nach ihrer Erklärung wie eine ursprünglich taubblinde Idee. Taubblinde versuchten eine Sache und dann eine andere, gaben sich eine Erklärung und dann eine weitere, suchten wieder und wieder nach dem, was einen Sinn ergab und ihre Frage beantwortete, rätselten herum, wenn die Worte der Leute sinnlos erschienen, wenn Tür und Mauer nicht dort waren, wo man sie erwartet hatte, und der Stock leere Luft traf anstelle des willkommenen Wegweisers. Leda hatte gesagt, daß die Leute dieses Brainstorming benutzen, wann immer eine Antwort gesucht wurde; er erinnerte sich deutlich an die Unterhaltung. Damals waren sie draußen gewesen, in ihrem zugestellten kleinen Garten, und er hatte windwärts- und sonnenuntergangsgerichtet gestanden, und es war noch nicht ganz Nacht; die Sonnenwärme war trotz der ersten kühlen Abendwinde auf seinem Gesicht noch zu spüren. Die Sonne hatte auch die rostrauhen Werkzeuge erwärmt, so daß er sogar in der Erinnerung beinahe den alten Messing- und Eisengeruch und den abblätternden Rost roch. Sie hatte gesagt: »Du kannst diese Methode, wann immer du willst, gebrauchen, und sie ist sehr kreativ.«

Jetzt nicht. Er fühlte den Zorn erwachen, denselben Zorn, der manchmal aus seinem Magen hochschoß und den Mund als Vibration verließ. Er biß ihn zurück. Sie sagte gerade: »Wir – sie – wissen nicht, was ihr Gehirn leisten können wird; es ist zu früh, um zu beurteilen, ob sie fähig sein wird, solche Hilfe zu nutzen.«

»*Ich* würde ihr helfen«, sagte John, »diesmal wäre ich derjenige.«

»Ja, wir wissen, daß es das ist, was du willst.«

Ecken treffen sich manchmal scharfkantig. Der Sonne zugewandte und der Sonne abgewandte Wahrheiten nähern sich bis auf Messers Schneide. Andere Ecken kommen von Seiten, die lange vor ihren Bruchkanten beginnen, ihre Wahrheiten zu konstatieren. Sie kommen wie ein Aroma, eine Brise, eine Ahnung, immer sicherer, aber so, daß eine Hand oder ein Fuß niemals genau vorhersagen kann, wann die Kante erreicht ist, Ideen ähnelten diesen zwei Arten von Rändern. Manche Ideen schaffen ihre Verbindung, Gedanke an Gedanke in dieser scharfkantigen Zusammenkunft. Manche kommen Ahnung auf Ahnung und biegen sich in eine Form ohne den geringsten Moment von Bewußtsein: hier ist es. Manche Ideen sind wie ein fallendes Dehnen; bei einigen verliert sich das Gleichgewicht erst nach langem Kampf.

Die Idee, Mama das Tastalphabet und die Gebärdensprache beizubringen, war scharfkantig und ein Dehnen, aber ein plötzlicher Fall ist so total wie ein langsamer, und die Idee hatte bereits von ihm Besitz ergriffen. Als sie ins Zimmer zurückkamen, griff John wieder nach Mamas schlaffer Hand. Diesmal gab es eine kleine Bewegung, ein Wedeln, als winkte sie ihm zu oder wedelte ihn weg. Langsam, zart schrieb er in ihre Hand: »Mama, ich liebe dich, und jetzt will ich dir helfen zu sprechen.«

Es gab keine Antwort. Er hatte auch nicht wirklich eine erwartet. Jemand anderes war noch da, und Leda sagte: »Die Krankenschwester sagt, es sind verdammt viele Leute hier drin. Sie hat allen gesagt, unsere Besuche müßten einzeln erfolgen.«

»Hast du ihr gesagt, daß es einen besonderen Grund gibt –«, aber John wurde abgeschnitten und irgendwohin geschoben und, bevor er denken konnte, aus der Tür gezerrt.

Am Abend gab es so etwas wie eine Familienkonferenz bei Irwin. Leda hatte John gesagt, daß sie nur sonnabends und den halben Sonntag bleiben könne. Entweder würde er mit ihr zurückfahren, oder er müßte sich um andere Reisearrangements kümmern; sie hatte Sonntag abend eine Vorstellung, »und für dich und deine Familie dolmetschen ist kein Urlaub. Sie sind nett, versteh mich nicht falsch ... es ist nur ... erschöpfend.«

»Warum?«

Sie hielt eine Zeitlang inne, bevor sie antwortete. »Du willst so viel – Beschreibungen des Orts und der Bewegungen der Menschen. Was erwähne ich, was lasse ich aus? Welche der vielen sinnlichen Wahrheiten werden integriert? Die Auswahl – es ist die Auswahl, die es so schwierig und ermüdend macht.«

Es war schwer zu verstehen, was sie meinte, noch schwerer, es zu glauben. Am Ende ließ er es bleiben. Er wußte, daß sie nicht log, aber er legte ihre Feststellung in der Schublade ab, in der er seine Fiktionen aufbewahrte, wo Mr. Micawber im Gefängnis schmorte und Sydney Carton sich selbst durch Charles Darnay ersetzen ließ.

In dieser Nacht hatte John einen Alptraum. Es war eine Erinnerung an ein Ereignis aus der Zeit, als er noch ein Junge war; nur war das Geschehen häßlich vor Traumangst und ohne sein tatsächliches Ende. Es war der Dschungel-Hallen-Traum. Er befand sich in einer Dschungel-Turnhalle, Gitter hier und dort. Er kletterte darüber, untendurch; es gab kein Ende und keine Form. Sein Stockführer half ihm nicht, weil es keine festen Wände gab, kein Ende, keinen Rand, keine Grenze, nur Klettern und Kriechen, und er hatte zusätzlich seinen Orientierungssinn verloren und war bar jeder Vorstellung, ob er sich in Richtung des Randes oder der Mitte bewegte, ob es überhaupt so etwas gab. Erschöpfung und Angst bauten sich in ihm auf. Der Boden war hart an Knien und

Händen, und niemand schien in der Nähe zu sein. Er bemerkte ein Schwanken auf dem Boden, erst ganz schwach und dann deutlicher, als die Erschütterung klarer wurde. Die Dschungel-Halle stand auf einer Insel entweder im Wasser oder in der Luft. In ihrer Mitte war deshalb das Gewirr von Gitterstäben und der harte Boden; an den Rändern der Tod. Er erwachte mit starken Vibrationen und vom Bettuch fast erstickt; die leichte Bettdecke war heruntergeworfen, und er zitterte jetzt aus dem Traum heraus und in der Kälte der Bergnacht. Er fragte sich, ob er geschrien hatte. Er hoffte nicht. Vor Jahren, als er noch bei seiner Familie lebte, war ihm das passiert, es hatte sie gestört; sie würden sich daran erinnern und ihn kritisieren. Er wartete auf sie und fühlte nach seiner Uhr; halb fünf. Sie kamen nicht. Die Zeit bis sieben las er.

John und Leda fuhren, nach einem letzten Besuch bei Mama, am nächsten Tag wieder los. Diesmal ging es ihr etwas besser. Ihre Hand kam John entgegen und streichelte sein Gesicht, als er sich zum Küssen über sie beugte, aber sie hatte für ihn immer noch keine Identität, was er ihr nicht sagen durfte, wie man ihm bedeutet hatte; ihr Geruch war merkwürdig, ihre Hand unbestimmt, ihre Gestik ihr unähnlich. Nichts Vertrautes erreichte ihn. Sogar ihr Haar schien anders. Nur das kleine Muttermal am Hals vermittelte Identität. Als er hinweggeführt wurde, sagte er zu der Schwester: »Sie kann die Gebärdensprache lernen, sie kann lernen zu sprechen –«

»Okay, okay«, sagte Leda, »das wissen sie.«

Aber wußten sie es wirklich? Niemand hatte seine Idee

bis jetzt anerkannt. Er fühlte sich hinweggezerrt und widersetzte sich. »Warte, bitte –«

»Sie haben gesagt, wir sollen jetzt gehen.«

»Ich will mit dem Arzt sprechen.«

»Der ist nicht hier – es ist Sonntag, und wir müssen uns auf den Heimweg machen. Du mußt morgen arbeiten, und ich habe heute nacht Vorstellung.«

»Wir müssen nächstes Wochenende wiederkommen –«

»Darüber sprechen wir später.«

»Wir müssen Mama helfen – sie kann nicht sprechen.«

»Ich weiß, aber John, ich bin weder deine Dolmetscherin noch deine Chauffeurin; ich bin deine Freundin. Ich habe meine eigene Arbeit zu erledigen und meine eigenen Wochenenden, auf die ich mich freue. Wir müssen sofort losfahren, sonst komme ich zu spät zu meiner Vorstellung. Wenn du jetzt nicht mit mir kommst, muß ich ohne dich fahren, und du wirst dann den Bus nach Denver nehmen müssen.«

Sie ärgerten sich übereinander während der Rückfahrt. John war hierhin und dorthin geschoben worden, und vom ärztlichen Personal hatte er nichts erfahren über die Verwandlung seiner Mutter, die eine Fremde geworden war. Leda ärgerte sich über ihn, weil er jedes Wochenende wieder herkommen wollte. Auf der Rückfahrt brütete er vor sich hin und saß dabei zuerst auf seinen Händen, ein Verhalten aus der Schulzeit: so hinderte er sich selbst daran, im Zorn auf etwas zu schlagen und dafür bestraft zu werden. Er wollte alles verprügeln, was in seiner Nähe war. Die Tritte seines Fußes konnte er nicht unterdrücken, dann mit der Hand Schläge auf den unnachgiebigen Boden und an die Verkleidung der Tür. Nach einiger Zeit stieß Leda ihn an, und er hörte für ein paar Minuten auf und fing dann wieder an. Er wollte...

Sie hatte das Auto um die anderen Autos herumbewegt, so wie sie es ihm einmal beschrieben hatte, um schneller zu fahren als die anderen. Er hatte ein Gefühl von Beschleunigung, aber er wußte nicht, wie schnell. Dann gab es eine Vibration in seinem Kopf wie von einem Sturm, aber anders, von hinten her. Leda verlangsamte und fuhr auf die rechte Seite, auf rauhen Untergrund, hinunter von der Autobahn, und hielt. »Polizei«, sagte sie, »und hör auf mit dem Treten und Lärmen, oder du machst ihn so verrückt wie mich.«

Eine lange Zeit. Was taten sie? Er spürte seinen Fuß wieder in Bewegung, auf der Stelle tretend, als ob er weggehen oder -laufen wollte, wenn er nur könnte. Was taten sie? Warum dauerte es so lang? Zweimal buchstabierte Leda »sei still, und warte ab« in seine Hand. Er fragte: »Was ist los?«, und sie fing an zu übersetzen, mit vor Nervosität schweißnassen Händen. »Ich war zu schnell. Ich bekomme einen Strafzettel.«

»Warum dauert es so lange?«

»Ich muß ihm die Papiere für das Auto zeigen, das ja Bennet gehört, damit sie wissen, daß das Auto nicht gestohlen ist.«

»Warum bist du so schnell gefahren?«

»Ich muß zurück nach Denver, weil ich, wie du weißt, dort eine Vorstellung habe, und weil du mich verrückt gemacht hast mit deinem Trommeln und wegen bestimmter anderer Dinge. Jetzt laß mich mit diesem Cop verhandeln, damit es weitergeht, und *Ruhe*. Kein Klopfen, Hämmern, Stoßen, Klicken. Die taube Welt ist zu laut für mich!«

Er wußte, daß sie wütend war. Er war auch wütend gewesen, aber nach dem, was sie gesagt hatte, blieb er still und ließ den müden Teil seiner Gefühle an die Oberfläche kommen. Er bemerkte die kleine harte Verdickung an der Seite seines Fingernagels und zog daran, bis es schmerzte. Als die Reise beendet war, ließ sie ihn am Haus zurück und fuhr zum Theater. Er ging hinein, wo ihm wegen der geschlossenen Fenster der verhaßte Geruch muffiger, ungelüfteter heißer Räume entgegenschlug. *Fourbuds* Begrüßung schob ihn in die Küche. Es fühlte sich an, als seien sie Jahre fortgewesen und jetzt, Jahre später, hätten sie das Haus gewechselt und seinen Inhalt entfremdet vorgefunden.

Er fing an, sich etwas zum Abendessen zu machen, mit einem Gefühl von Ärger und Unruhe. Die Routine seines Wochenendes war zerstört. Wieder keine vorbereiteten Mittagsmahlzeiten diese Woche. Das Durcheinander dieses Wochenendes hatte ihn erschöpft, und er fühlte sich kraftlos und unkonzentriert. Er schlief ein, während er darauf wartete, daß der Ofen sein Essen anwärmte, und erwachte, als es schon halb angebrannt, ausgetrocknet und ungenießbar war. Seine Kleider hatten sich an seinem Körper verdreht. Er gab *Fourbuds* den größten Teil des Essens und blieb verwaist und bekümmert in der Mitte des Raums stehen. Er wußte, daß er sich konzentrieren mußte. Er beschloß, für sich ein Sandwich zu machen und eins für Leda, wenn sie nach Hause käme. Sie mochte das Brot im ganzen Laib, noch ungeschnitten. Er hatte gelernt, gut Brot zu schneiden und hübsche Sandwiches zu machen. Hartgekochte Eier, Käse und eingemachte scharfe Paprika, gut auf einem Küchentuch getrocknet, und Salatblätter – das war eines ihrer Favoriten. Immer wieder schweiften seine Gedanken ab zum Krankenhausbett seiner Mutter, den Gitterstäben, Mama als Fremde, die seine Hilfe verweigerte.

Ein Teil in ihm wollte zurückfahren, ein guter Sohn sein und das tun, was ein guter Sohn tat: Mama besuchen, sie wieder wirklich und vertraut werden lassen und damit Respekt und Lob von seinen Brüdern ernten. Ein Teil in ihm wollte bleiben, sich sein Leben lang mit ganzer Kraft auf seine Gedichte konzentrieren und um einen besseren Job bemühen, damit Leda ihn mehr achtete. Er wußte, daß ihre Freunde ihn nie respektieren würden. Bennet hatte ihn nicht über die Anrufe von Irwin informiert aus Wut und Gemeinheit, und jetzt hatte Leda Bennets Auto für die Fahrt nach Aureole leihen müssen. Das Messer, mit dem John das Brot schnitt, verletzte seinen linken Zeigefinger. Er spürte den leichten Stich beginnenden Schmerzes, der schnell zunahm, so wie der Finger die Tatsache seiner Verletzung akzeptierte. Deshalb vermutete er, daß er blutete.

Das Schlimmste am Bluten für ihn war, daß er manchmal seine ganze Garderobe und den Fußboden und alles, was er berührte, mit Blut verschmierte; er wußte nicht, wo das Blut war. Die Leute bekamen einen heiligen Schrekken, wenn sie blutige Kleidung sahen, sie haßten Blut an anderen. John bewegte sich zum Spülbecken und zur Küchenpapier-Rolle. Er konnte blutige Schlüpfrigkeit an seinen Händen spüren, riß zwei Papiertücher von der Rolle und hielt sie eine halbe Stunde lang auf seinen Finger, bis er ziemlich sicher war, daß das Blut nicht mehr floß.

Seine Hand pochte an der Stelle, aber es gab keine Möglichkeit, genau herauszufinden, wie schlimm die Verletzung war oder wieviel Blut in der Küche geblieben war. Die Tücher waren inzwischen an der Schnittstelle verklebt, so daß John die Hand wegstreckte, während er mit der anderen die Ablage, an der er gearbeitet hatte, abwischte und den Fußboden auch. Er hatte Ledas Sandwich vorbereitet für später, wenn sie heimkäme. Als er mit Aufwischen fertig war, vollendete er das Sandwich und legte es auf den Tisch. Morgen mittag würde er mit Dosenwürstchen oder kalten Bohnen zurechtkommen müssen.

Leda war müde, als sie nach Hause kam. Er wartete oben im Wohnzimmer. Er merkte es an ihrem Geruch, sogar als sie ihn berührte. »Ich ... bin fast eingeschlafen auf der Bühne. Was ist dir denn passiert?«

»Habe mich geschnitten.«

»Zeig mal.«

»Morgen. Kann das Papier nicht abreißen. Geh in die Küche, dort habe ich etwas für dich vorbereitet. Snack.«

»Ich hatte vor, das alles auszulassen, ein Bad und dann schlafen, aber lieb von dir, daß du's gemacht hast. Vielleicht gehe ich doch noch hinein.«

»Da ist auch noch Kräutertee. Ein Schlaftee.«

»Ich nehme alles nach oben und verspeise es in der Badewanne, wie ein römischer Imperator.« Sie ging, um es zu holen.

Nachdem sie hoch gegangen war, las John ein Weilchen und ging dann in die Küche, um seine Lunchbox vorzubereiten. Zufällig fand er einen Teller im Becken. Einen Augenblick lang verstand er nicht, wie er dahin geraten war, und dann dachte er – Leda. Vielleicht hatte sie im Stehen in der Küche gegessen, wie sie es oft tat. Er lächelte. Wenn sie am Abfalleimer gewesen wäre, hätte sie bestimmt den Deckel nicht ganz geschlossen und *Fourbuds* ... also ging er hin und fand den Eimer unverschlossen. Er untersuchte ihn auf heraushängende Sachen und fand das Sandwich dort, dasjenige, das er ihr gemacht hatte. Er war schockiert und verletzt, so sehr, daß er spürte, wie es sich in seinem Magen zusammenzog wie saure Kiesel. Er schluckte schwer, versuchte, sie hinunterzuschlucken. Es ging nicht, nach dem schrecklichen Tag, den sie hinter sich hatten. Er ging hinauf in ihr Zimmer, klopfte an ihre Tür und trat ein. »Warum hast du es wie Abfall weggeworfen?«

Sie konnte nicht antworten, weil er nicht nahe genug gekommen war. Er war nicht einmal sicher, daß sie da war. Sie hatte gesagt, sie wollte zu Bett gehen, aber vielleicht hatte sie es noch nicht getan; vielleicht war sie sogar ausgegangen, um ihre Freunde zu besuchen. Er ging zum Bett und fragte noch einmal. Da war ihre Hand. In seinem Elend bemühte er sich, wenigstens froh zu sein, daß sie ihn nicht angelogen hatte. »Warum?« Die Hand war müde und stolperte vor Erschöpfung und einer Art Traurigkeit. »Tut mir leid, ich dachte, ich könnte es erledigen und dir die Enttäuschung ersparen. Habe den Appetit verloren ... Blut überall auf dem Brot.«

21

An drei Wochenenden fuhr John mit dem Bus nach Aureole, wofür er um sechs Uhr morgens von zu Hause aufbrechen mußte. Leda brachte ihn zur Bushaltestelle, bis er sich damit vertraut gemacht hatte, wo es die Fahrkarten gab, und wo der Bus wartete und abfuhr. Dann konnte er mit einem Taxi hinkommen, das sie am Abend vorher bestellte. Marie oder Richards Frau Judith holten ihn vom Bus ab, und von dort gingen sie zum Krankenhaus und nach der zweiten Woche zu einem Pflegeheim, wohin Mama gebracht worden war.

Ohne Leda verloren diese Besuche ihren Gehalt, blieben unübersetzt und angefüllt mit langem Schweigen und ziellosem Warten, Stunden, in denen er so viel las, wie er konnte, aber er konnte noch nicht einmal schreiben. Eine Unruhe ergriff von ihm Besitz und eine Schwerfälligkeit im Gehirn. Er konnte noch nicht einmal Gedichte für Mr. Sherline schreiben. Alle Versuche, Gebete des Blinden Menschen zu formulieren, endeten als Liebesgedichte oder Sehnsuchtsschreie oder als Gedichte in Ledas Stil, der zu seinem eigenen geworden war und nicht auf Sternennächte oder liebliche Blumengärten an taubenetzten Morgen Bezug nahm.

Wann immer er Mama sah, bemühte er sich, ihr das Fingeralphabet beizubringen – Haus, Maus, Schmaus, aus, so wie er es vor Jahren gelernt hatte. Sie ermüdete so schnell und so vollständig, daß er ihrer Aufmerksamkeit immer nur für drei oder vier Minuten sicher sein konnte. Ihre Finger bewegten sich langsam und widerwillig und fielen dann plötzlich herunter und konnten gar nichts mehr tun.

Im Laufe des vierten Wochenendes sagte Catherine: »Komm bitte nicht am nächsten Wochenende. Mutter spricht jetzt. Verwirrt sie nur, wenn sie buchstabieren soll. Sie machen Physiotherapie mit ihr; bald wird sie sich wieder bewegen können.«

»Wann kann ich sie wieder besuchen?«

»Komm um ›Thanksgiving‹ herum. Dann ist sie vielleicht in der Lage, mehr zu lernen.«

Sorgfältig gewählte Worte. Er hörte mehr aus Catherines Stimme heraus. »Sagt Mama das auch?«

»Ja.«

»Hat sie es dir gesagt?«

»Ja, und die Ärzte und Schwestern sagen dasselbe.«

»Also geht es ihr besser, und sie kann sprechen?«

»Ja, sie spricht, und wir sind alle voller Hoffnung.«

Aber als John zu ihr ging, um sie zum Abschied zu küssen, beugte er sich dicht über sie und sagte: »Wenn du wirklich sprechen kannst, Mama, dann sag etwas.« Dann hielt er seine Hände nahe an ihren Unterkiefer und spreizte sie über ihre Kehle, wie *Tadoma*-Leser es tun. Vibrationen kamen zwar, aber er merkte, daß sie keine Worte produzierten, weil die Stelle, an der die Vibrationen entstanden, sich nicht wölbte und wieder verschwand, mal langsam, mal schnell, wie es bei sprechenden Menschen passiert. Er hatte nie gelernt, in *Tadoma* Worte zu empfangen, aber soviel verstand er schon davon. Er erinnerte sich an Irwins Ausflüchte, an Catherines und Ledas. Es gab nichts, was er tun konnte. Sie hatten alle Entscheidungen auf ihrer Seite.

So kam John mit dem Bus nach Hause, erfüllt von dem Wunsch, sie zu verstehen, alle oder irgendeinen von ihnen. Ging es Mama besser? Wenn er sie anfaßte, schien sie immer noch eine Fremde, und ihre Konzentrationsphasen waren immer noch nur Augenblicke, ihr Griff und Geruch immer noch fremd und beunruhigend. Hatten sie ihm nur etwas von Verbesserung erzählt, um ihn heimzuschicken?

Er hatte nichts gegessen, bevor er in den Bus stieg. Der Bus fuhr stundenlang ohne Zwischenstopps. Er legte sich zurück und versuchte, nicht an seinen Hunger zu denken. Eine Idee im Zusammenhang mit Essen überfiel ihn, vermischte sich mit seinem Unglück wegen Mama; sie fing mit etwas an, das Marie ihm gestern abend erzählt hatte, als er vom Pflegeheim zurückkam. Marie und Catherine waren dabei, für ein Gemeindefest zu kochen, etwas, das sie *covered-dish supper** nannten, und Marie hatte ihm über Catherines langsame Finger erzählt, wie alle diejenigen Gerichte mitbrachten, auf die sie am meisten stolz waren. John fing ein Gedicht in seinem Kopf an, und als er sich die Worte ausdachte, erschien ihm die Idee immer deutlicher – die Identität von Hunger und seiner Einsamkeit, ein völlig neues Denkmuster.

Er wollte über die mitgebrachten Gerichte schreiben, wollte sie als vergleichbar mit seinem Leben darstellen,

* Gemeinsames Mahl, zu dem alle Geladenen eine Speise mitbringen

so, als sei sein Beitrag zum gemeinsamen Essen das Produkt all seiner Anstrengung und Erfindungsgabe. Die letzten Zeilen lauteten:

»Niemand«, sagtest du auf meinem Handrücken,
»Nicht einmal die Hungernden
wollen essen, was du bringst.«

Er feilte lange an dem Gedicht, setzte Wörter neu ein, strich sie wieder heraus, aber als der Bus endlich hielt, um den Leuten Zeit zum Essen zu geben, war John einigermaßen zufrieden. Während er mit der Essens-Metapher arbeitete, war ihm ein anderer Einfall gekommen, der zwar nichts mit Essen zu tun hatte, aber mit Hunger in einer versteckteren Form. Er saß vor seinem Hamburger mit Pommes frites. Was hatte er geschrieben? »Nicht einmal die Hungernden« – er suchte in seinem Gedächtnis nach dem, was jemand einmal zu ihm gesagt hatte, jemand in der Schule, über solche Art von Dichtung.

Was auch immer geschehen war, John wußte, daß er eine Grenze überschritten und einen Ort erreicht hatte, an dem er vorher noch nie gewesen war. In seiner gesamten Dichtung hatte ihn nichts auf dieses Phänomen vorbereitet. Nur in Einzelzeilen oder Worten hatte er eine Sache durch eine andere beschrieben. Es hatte einen Hinweis darauf in einigen seiner jüngsten Gedichte gegeben. Er war an eine Grenze gestoßen, hatte sie aber nicht überschritten. Er dachte angestrengt darüber nach, als der Busfahrer ihn an die Schulter tippte, weil der Bus weiterfuhr. Daß sie ihn abgelehnt hatten, schmerzte ihn noch, aber jetzt gab es auch das Gedicht, das nicht weniger real war als der Kummer selber.

Er wollte den Rest der Busfahrt über das Gedicht und über seine Überflüssigkeit in Aureole nachdenken, aber stattdessen schlief er ein; so tief und fest, daß er beim Aufwachen an der Endstation in Denver nicht wußte, wo er war, und lange in seinem Gedächtnis kramen mußte, weil niemand da war, der es ihm hätte sagen können, und auch sonst gab es keinerlei Hinweis.

Der Fahrer, der ihn weckte, holte ihm den Handkoffer aus dem Gepäcknetz. Während John überprüfte, ob es auch wirklich seiner war, realisierte er, daß er wieder zu Hause war. Er durchquerte die Busstation, die vertraute Wand auf der rechten, was zwar länger dauerte, wie er Leda erklärt hatte, aber sicherer war. Er hatte bereits die Stelle mit den Stühlen an der Wand passiert. Manchmal gab es dort Ärger. Der Fluß der Bewegung verlief in der Mitte des Gebäudes, wie er es über Flüsse gelesen hatte und einmal auch über Blutadern. An den Rändern flossen Wasser, Blut und Leute langsam. Manche Leute verließen den Strom. Sie gingen auf die Seite. Manchmal warteten Leute dort, oder sie schliefen; oder sie waren so verwirrt wie er, und man stieß leicht an ihre Füße, wenn man die Wand zur Orientierung benutzte; manchmal saßen sogar ein paar auf dem Boden an die Wand gelehnt, und dann stieß er sie mit dem Stock an oder stolperte über sie.

Diesmal bewältigte er den Weg gut und stand bald in der Nähe des Taxistandes. Dann spürte er jemand in der Nähe, holte tief Luft und sagte: »Ich bin taubblind. Ich kann sprechen, aber ich kann Sie nicht hören. Können Sie mir zu einem Taxi verhelfen?« Wer immer es war, wartete den letzten Teil seiner Rede nicht ab, nahm seinen Arm und zog ihn über die Straße, widersetzte sich Johns Worten und ließ ihn auf der gegenüberliegenden Straße stehen. Er spürte die Vibrationen von starkem Verkehr und mußte lange warten, bis ein anderer Fußgänger vorbeikam und ihn zurückbegleitete.

Diesmal war er froh, wieder in die Routine der Werkstatt zurückzutauchen. Alma kam jetzt öfter in der Mittagspause herunter und aß mit ihm. Er fand ihre Gespräche immer noch eingeschränkt; sie waren schwer zu verstehen und handelten nur von den trockensten und alltäglichsten Tätigkeiten, aber da sie Luke häufig traf, konnte er über sie das Neueste von seinem Freund erfahren.

Luke bekam staatliche Unterstützung, so wie John früher, aber obwohl er offensichtlich taub und blind war, wurde bei jeder Überprüfung sein Geld erst mal zurückgehalten und eine Bedürftigkeitsprüfung vorgenommen. Er lebte in ständiger finanzieller Sorge und konnte nichts Längerfristiges planen. Lukes mit ihm lebender Bruder – so sagte Alma – versuchte, Zugriff auf das Geld zu bekommen, indem er sich selbst zum ... von Luke machen ließ. »Wie ein Vater«, erklärte Alma. Alles würde besser werden, wenn Luke arbeiten könnte. »Ich wünschte, er Arbeit Bettler«, sagte Alma. »Betteln gutes Geld. Leichter Job.«

»Das ist schlecht für das Selbstbewußtsein und für das Image der Taubblinden«, signalisierte John, »und es würde Lukes Bruder leichteren Zugriff auf das Geld ermöglichen.«

Am Freitag kam Mr. Sherline. John hatte keins von den geplanten Gedichten geschrieben; keins der Gebete von Taubblinden, von denen sie gesprochen hatten. Stattdessen zeigte er Mr. Sherline das Gedicht über das Mitbring-Essen. »Ich weiß, daß Sie dieses Gedicht nicht nehmen können, weil es zornig ist...«

»Unsere Karten sollen den Leuten ein gutes Gefühl vermitteln –«

»Ich wollte es Ihnen nur zeigen... die stilistische Idee...«

»Zu ausgefallen. Die Leute wollen sich nicht erst hinsetzen und entschlüsseln, was Sie wirklich meinen. Sie wollen, daß es für sie ausgesprochen ist. Sie waren früher mal gut darin. Erinnern Sie sich an die Idee mit dem Taubblinden-Gebet? Die Leute müssen spüren, daß es andere gibt, die weniger glücklich dran sind als sie. Dann leben sie besser mit dem, was sie haben.«

»Weniger glücklich heißt schlimmer, oder?«

»Was immer es bedeutet, schlauer heißt es nicht. Sprechen Sie einfach, nicht ausgefallen. Werden Sie nicht poetisch, außer wenn es leicht zu entziffern ist.«

»Also muß ich's wohl noch mal versuchen.«

»Es tut mir leid, daß ich Ihnen diesen Monat nichts bezahlen kann. Die Tantiemen für *Gottes Braille* kommen erst im nächsten Quartal. Sie werden nicht schlecht sein. Wir rechnen mit einem, vielleicht zwei Jahren Laufzeit für das Gedicht, dann brauchen wir einen anderen Verkaufshit. Die Leute werden schnell müde; der Markt ist übersättigt. Warum schreiben Sie kein Gedicht über einen Blindenhund? Die Leute lieben Hunde.«

»Ich habe keinen Blindenhund.«

»Warum nicht?«

»Es ist gar nicht so leicht, ihnen die nötige Aufmerksamkeit zu widmen, unmöglich, ihnen Auslauf zu verschaffen und sie zu versorgen. Bald kommt der Herbst, dann der Winter – Wind, Eis und Schnee. Dann können wir nicht genug rausgehen. Außerdem ist es schwer, ein Tier für etwas zu loben, wenn man nicht weiß, was es getan hat. Besonders bei schlechtem Wetter fühlen wir nicht –«

Plötzlich kam John in den Sinn, daß seine Welt mit Leda vielleicht auch nur für die Dauer einer Saison existierte. Wie Verheiratete hatten sie miteinander geschlafen; wie Verheiratete hatten sie einige Gegenstände gemeinsam angeschafft, zuletzt einen Holzkohlengrill; aber die Beziehung hatte sich in ihnen beiden verändert; er war nicht in ihrer Welt akzeptiert worden, und sie war nicht sehr erfolgreich in seiner gewesen. Sie war verärgert darüber, in seiner Familie als Johns Augen und Ohren zu fungieren. Sie wollte Dinge, die er weder sehen noch hören konnte. Er wollte eine Welt, die für sie vielleicht unmöglich war...

Wie eine Mauer im Park oder unerwartetes Wasser überfielen ihn diese Wahrheiten. Er hielt inne. Sein Mund stand offen, und er mußte kräftig durchatmen, weil sein Kopf auf einmal leer war. Er hatte zudem kein Gefühl in der Hand, in die der Dolmetscher sprach. Orts- und Richtungssinn verließen ihn, und für einen scheinbar langen Zeitraum stand er da und kämpfte darum, die Entfremdung zwischen der gewußten und der wahrgenommenen Realität zu ertragen.

Endlich kehrte seine Aufmerksamkeit zurück. Er fühlte sich wieder wach. »Sind Sie krank?«

»Nein, ich hatte zu viele Gedanken im Kopf. Jetzt geht es mir wieder gut, danke.«

»Also, bitte denken Sie daran: die Leserschaft will angenehme Gedanken. Es gibt schon genug Elend in der Welt, und genug Leute haben Angst vor Dichtung, die sie nicht verstehen. Ich möchte weiterhin kommen – wir brauchen Gedichte für unsere Karten, aber nicht die, die Sie produziert haben.«

John verließ das Büro und lief hart in die rückwärtige Wand hinein, was ihn flach zu Boden warf. Einen Augenblick lag er zusammengerollt da und versuchte, sich vorzustellen, warum es passiert war. Der Weg war: aus dem Büro herausgehen. Stufen, eine, zwei, nach rechts drehen, den Stock herausnehmen und lang ausziehen. Er hatte nichts dergleichen getan. Der Stock – ein praktischer Teleskop-Blindenstock – war weiß Gott wo, aber er hatte ihn noch nicht einmal ausgepackt, und obwohl er sich gedreht hatte – aber er konnte sich gar nicht gedreht haben. Zehn Atemzüge lang blieb er still liegen, dann fing er an, seine Arme und Beine zu bewegen. Der stärkste Aufprall war an Stirn und Knien passiert. Er tastete hinauf und befühlte seinen Kopf. Eine Beule begann sich zu bilden. Der Körper ließ keine Zeit verstreichen, um seine Klagen zu äußern. Das Knie schmerzte heftig, schien aber nicht gebrochen. Vielleicht war er gerade umgeben von einem ganzen Kreis von Leuten, die ihm bei seinen Bewegungen, beim Tasten und beim schmerzvollen Atmen zusahen. Wenigstens taten sie hier nicht das, was sie sonst draußen immer taten: ihn aufheben, bevor er soweit war, an ihm zerren und ihn hinstellen, bevor er seinen Orientierungssinn zurückgewonnen hatte. Beobachteten sie ihn? Was sähen sie wohl? Bedeutet Zusehen, daß man auch das Gefühl des Fallens nachempfindet? Hatten sie gesehen, wie er in die Wand gelaufen war? Was für ein Sinn war es, das Sehen? Warum beschämte es die, die gesehen wurden?

John atmete tief ein und setzte sich auf. Dann ging er auf die Knie und fing an, den Boden nach seinen Gedichtblättern und dem Stock abzusuchen. Die Gedichte fand er zuerst – eins, zwei, drei von ihnen. Der Stock war ... er dehnte die Suche auf einen erweiterten Halbkreis von der Wand aus. Er war ... hier war er, an der Wand, knapp zwei Meter entfernt von der Stelle, an der er gefallen war. John stand auf. Er fühlte sich verletzlich und beschämt. Er zog den Stock lang heraus und ging die Treppe hinauf zum Arbeiten, ohne den Aufzug zu benutzen; heute hatte es schon genug Auftritte gegeben, genug Fehler waren gemacht worden. Als er endlich alle Stufen geschafft hatte, schlotterte sein Knie vor Schmerz und Schwäche.

Warum schmerzte das Hinfallen heute so viel stärker als zu der Zeit, als er noch ein Kind war? Damals hatte es auch schlimme Stürze gegeben; er erinnerte sich an einige von ihnen, aber seit er die Schule hinter sich gebracht hatte, schienen sie immer mehr zu schmerzen, und es dauerte länger, bis man sich wieder wohl fühlte. Er ging zu seinem Arbeitstisch und durchschnitt die starke Schnur, die ein Kleiderbündel zusammenhielt. Er war froh über die Arbeit, die er zu tun hatte, obwohl er sich von dem Fall immer noch etwas elend fühlte. Kleider sortieren: nach

Frauen-, Mädchen-, Männer- und Knabenkleidern. Jetzt bestimmte er auch die Größe mit einem Spezialmaß. Diese Arbeit bevölkerte seine Welt mit Menschen. Er hatte keine Zeit, über die unerwarteten Gedanken und Erkenntnisse, die ihm in Mr. Bisoglios Büro gekommen waren, nachzudenken, über das innere Bild von der Veränderung in seiner Beziehung mit Leda und vom Tod seines Traums.

Am nächsten Montag nach der Arbeit wartete er an Almas Bus. »Ist Luke heute nachmittag zu Hause?«

»Ja.«

»Du lebst in Gehentfernung von ihm. Wir könnten zusammen hingehen, weil ich mit dir kommen will, um ihn zu besuchen.«

Während John sprach, griff eine Hand, ein Jemand nach ihm und begann, ihn wegzuführen. »Ich will in den anderen Bus steigen.« Der Jemand ließ ihn stehen. Er fand seinen Weg zurück zu Almas Bus. Die Leute stiegen ein. Er war fast drin, als ihn wieder jemand zurückzog. »Ich will mit Alma gehen«, sagte er noch einmal. Die unbekannte Person zerrte ihn wieder mit sich und verließ ihn dann, und eine Minute später machte Mr. Bisoglio sein Zeichen in Johns Hand. »Ich möchte mit Alma fahren, um Luke zu besuchen«, wiederholte John.

»Tut mir leid, der Bus ist gerade abgefahren. Vielleicht morgen mehr Glück.«

»Machen Sie ein Gesetz, das es mir erlaubt, den Bus zu nehmen, den ich will.«

»Es hat nie eine gegenteilige Regelung gegeben.«

»Man hat mich nicht gelassen ...«

»Das war nur ein Mißverständnis.«

»*Sagen* Sie es ihnen.«

»Mach ich.«

An dem Abend kam Leda nicht nach Hause. Um acht Uhr erinnerte sich John, daß sie sich ein System überlegt hatten, um Nachrichten an der Kühlschranktür zu hinterlassen. Er ging in die Küche und ließ seine Hand die Tür hinuntergleiten. Da war ein Zettel. Sie hatte ihm eine Nachricht mit der *Braille*-Schreibmaschine geschrieben.

Vorsprechen. Washington, D.C.
Vielleicht die Unterbrechung, die ich brauche.
Komme Freitag. Alles Liebe.

Es fühlte sich seltsam, weil er die Kühlschranktür zehnmal auf- und zugemacht hatte, ohne das Flattern des Papiers wahrzunehmen, das er jetzt, als er damit rechnete, sofort bemerkte. Unaufmerksamkeit, sagte Mrs. Pfansteihl, ist der Feind aller Taubblinden. Wußte Mrs. Pfansteihl, wußte Sam, den er immer noch vermißte, wußte Martin im Gefängnis, was es bedeutete, so aufmerksam zu sein, wenn Herz und Gedanken in zehn verschiedene Richtungen gezerrt wurden? Er hatte immer noch nicht die Sorge um Mamas Schlaganfall beiseite gedrängt, den Schmerz der Erkenntnis, daß seine eigene Familie ihn lieber los war, und daß Mama lieber gar nicht als mit seiner Sprache sprechen wollte. Leda sprach jetzt von der Unterbrechung, die sie vielleicht brauchte. Die Bedeutung, die das Wort Unterbrechung hatte, gab keinen Anlaß zur Freude.

Aber Ledas Abwesenheit ließ ihn auch unbefangener werden, und dieses Bewußtsein verwirrte ihn noch mehr.

Er liebte sie. Er konnte keinen richtigen Kummer oder richtige Freude empfinden, ohne sich ihr mitteilen zu wollen, ohne sofort aufzuspringen von dem Ort, an dem sie ihm gegeben war, und sie zu ihr zu bringen, ihr die Worte in die Hände zu legen, die ihr empfangendes ›ja, ja‹ kundtaten. Sie und ihre Wünsche, Meinungen, Zornesausbrüche und Hoffnungen füllten seine Tage, und er ging immer noch zu ihrem Kleiderschrank, wo ihre weichen Baumwollkleider hingen, in denen er sein Gesicht verbarg, um ihren Geruch zu spüren, ein Vergnügen schmerzhaftester Intensität. Dennoch zwang ihre Gegenwart ihn zu dem ständigen Bemühen, sie nicht zu blamieren, sondern stolz auf ihn zu machen. Sie war unordentlich; er war pingelig sauber. Er mußte lernen, hinter ihr aufzuräumen, ohne seinen Ärger zu zeigen. Sie war in der Lage, alle Oberflächen und Strukturen seines Lebens zu verändern und ihre Freunde ebenso. Bennet zum Beispiel kam immer noch vorbei. Leda hatte ihm verziehen, hatte sie gesagt. Sie hatte sein Problem mit ihm diskutiert. Bennet war immer in mancher Beziehung ›unreif‹ gewesen. Er hatte eine schreckliche Kindheit gehabt, die ihn noch belastete.

Jetzt, da sie weg war, hob er die Kleider vom Boden auf, leerte die stinkenden Aschenbecher und räumte die Zimmer auf, und sie blieben ordentlich, so daß er sich bewegen oder sitzen konnte oder im Haus irgendwohin gehen, ohne über etwas zu stolpern, zu fallen, etwas zu verschieben oder sich in ihrem Dschungel-Bad zu verstricken, wo sie ihre Strumpfhosen und Unterwäsche aufhängte.

Am nächsten Tag wollte er noch einmal mit Alma heimfahren, aber es gab wieder Ärger. Er ging auf den Bus zu, und wieder wollte ihn jemand wegführen. Diesmal griff er nach Alma und sagte: »Wenn ich nicht zu ihr in den Bus komme, kommt sie auch nicht hinein.« Alma erkannte seine Berührung und fing an zu lachen, und sie hielten sich aneinander fest, bis er endlich losgelassen wurde. Mr. Bisoglio hatte den Busbegleitern offensichtlich nicht Bescheid gesagt. Dachten sie etwa, John wäre geistig zurückgeblieben und könnte den einen Bus nicht vom andern unterscheiden? Mit Alma in den Bus zu steigen war wie ein Triumph, aber John erkannte, daß es kein Triumph des Intellekts oder des Willens oder der Kreativität war. Es war wie die Triumphe in der Schule, wie Rache.

Zu Johns großer Überraschung war Luke nicht sehr mitfühlend. »Sie ist eine Durchreisende, das haben wir dir doch gesagt. Die Welt der Taubblinden war wie ein Urlaub für sie, und jetzt muß sie wieder an die Arbeit gehen. Ist dir das nicht schon vorher passiert? Sie sehen uns als neuen Reiz. Manche von ihnen bemitleiden uns, manche benutzen uns, um in den Himmel zu kommen. Es ist ein Spiel.«

»Du hast sie zuviel gebraucht«, sagte Alma. »Du willst Mutter, Kind, Freundin, Frau, Dolmetscherin, Chauffeurin. Unser Problem taubblind. Für sie *vielleicht*, für uns *alles*.«

»Sie sollten ...«

Und Alma schlug seine Hand weg, streitlustig. »Sollten, sollten, sollten. Nein. *Wir* kommen immer, *wir* brauchen etwas. Sie nie *von uns*.« Sie fing an, seine Hand in einer Art von Freude und Frustration zu schlagen, als ob etwas in ihr vorging, das schwer in Worte zu fassen war.

»Überschwemmen«, sagte er. »Glaubt ihr, daß ich sie

überschwemmt habe?« Er stellte die Frage erst an Alma, dann an Luke.

Luke antwortete: »Das sagen die Sehenden manchmal über uns. Ich verstehe nicht warum, aber so sagen sie es.«

»Ich glaube, das ist auch das, was mein Bruder Irwin denkt«, sagte John, »und meine Mutter.«

Die Worte, die er in die Hand seines Freundes buchstabierte, ließen seine Gefühle überfließen. Seine Augen liefen auf einmal, und dann war da das vertraute Gefühl von Körperflüssigkeiten, die Gesicht, Nase und Kehle anfüllten. Sie wuchsen und platzten in ihm, und er weinte, bevor er es wußte. Luke und Alma merkten es nicht sofort. John mußte ein Taschentuch suchen, und dabei war ein Zittern in seiner Hand, das Alma wahrnahm und Luke mitteilte. John war glücklich, daß es ihm diesmal hier und nicht bei den Sehenden passierte, das Überlaufen der Gefühle. Er verstand nicht, was sie unterstützten, was sie bemitleideten, und wann sie ungeduldig wurden. Vielleicht hätten sie ihn einen Feigling oder ein Baby genannt, so wie sie es an der Schule getan hatten. Hier war er sicher und wurde nicht ausgelacht, bekam keinen falschen Trost; sie ließen ihn allein, bis der Fluß versiegte.

»Das Problem liegt darin, daß ich sie mehr vermisse als sie mich.«

»Das Problem liegt darin, daß du sie mehr *brauchst* als sie dich«, sagte Luke.

»Ja.«

»Das wird ein Problem bleiben, bis Gott uns all die Sinne gibt, die Er hat.«

22

Mr. Bisoglio hielt John auf seinem Weg zum Bus an. »Nachricht aus Washington, D.C.«, in seinem langsamen, stolprigen Fingeralphabet. John brach plötzlich der Schweiß aus. »Es ist ein Telegramm gekommen, sie haben es am Telephon vorgelesen: ›Hab die Rolle. Komme morgen. Stell Kaviar und Champagner kalt. Liebe. Liebe. Liebe.«

»Könnten Sie jemand anrufen, der mit mir einkaufen geht?«

»Ich weiß nicht, ob sie das wirklich so meint...«

»Ich möchte es gerne tun.«

Sue, eine der Sekretärinnen aus der Buchhaltung, nahm John mit ins Einkaufsviertel. Die Verkäuferinnen waren freundlich und besorgten die Sachen, die er wollte. Er war überrascht, daß die Preise für diese Lebensmittel so unterschiedlich waren. Sue schrieb ihm in die Hand. Sie sagte, er sollte das jeweils billigste nehmen, aber Martin hatte gesagt, wenn man es sich leisten könnte, sollte man immer das Beste kaufen, deshalb entschied er sich für die mittlere Preislage, eine Flasche von diesem Wein und auf dem Markt eine kleine Dose Kaviar, so groß wie ein Cremedöschen. Sue erklärte langsam, was Kaviar ist, und sagte, die Leute äßen ihn mit Sauerrahm oder Frischkäse oder auf kleinen runden Crackern.

John war euphorisch. Leda würde morgen zurück sein, aber da sie von D.C. kam, wäre sie wohl kaum vor dem späten Nachmittag oder Abend da. Er könnte nach der Arbeit heimkommen und den Käse auf den kleinen runden Crackern verteilen – jeweils vier? – und ein bißchen Kaviar, nur sehr wenig, hatte Sue gesagt, auf die Spitze streichen. Gläser ... Weingläser ... in dem ... wo? Er rief sich Ledas Party ins Gedächtnis zurück, dort hatte es Wein in besonderen Gläsern gegeben, und sie hatte ihm gesagt, wo sie standen, als sie alles durchgegangen waren. Ja, die Speisekammer, Schrankfächer, die zwei oberen. Zwei Gläser: man mußte sie kühlen. Das hatte Martin ihm erzählt. Er hatte gesagt, er stellte sie in den Gefrierschrank, nachdem er sie mit kaltem Wasser abgespült hätte.

Natürlich waren die Titel von Ledas Schallplatten nie in *Braille* geschrieben worden. Sie mochte Musik im Hintergrund, und manchmal, bei dem einen oder anderen Titel, gab es Vibrationen, die er in diversen Knochen seines Gesichts und Körpers spürte. Jetzt wünschte er sich, er hätte die Namen auswendig gelernt und in *Braille* notiert, so daß er sie für Leda auflegen könnte; die Musik für gedämpftes Licht, von der er mal gehört hatte, und die Kaviar-Dinger und den Champagner in Gläsern, um was zu feiern? Einen Toast anbringen, hieß das. Leda hatte bekommen, was sie wollte, aber es war in D.C., und was würde das bedeuten? John seufzte und überantwortete seine Angst der fernen Zukunft. Jetzt mußte eine Party vorbereitet werden.

Champagner und Kaviar und gedämpftes Licht, und dann würden sie ein Taxi rufen und in das indische Restaurant fahren. Danach kämen sie heim, und er würde oben Räucherstäbchen anzünden und dann – ihr körpereigenes

Öl würde kühlend wie Champagner sein, so daß sie es trotz der Hitze kühl haben könnten, wenn sie das wollte. Sie würden oben den Ventilator laufen lassen, er würde ihn frühzeitig anstellen, so daß sie sich in ihrem Zimmer lieben könnten, weil es dort kühler war und dort ein Doppelbett stand. Blumen – solche Abende brauchen Blumen. Blumen, die die Frau trägt. Erfahren von ... Rahner, ausgerechnet. Morgen würde er Carol bitten, im Blumengeschäft die passenden Blumen zu bestellen. Der Blumenstrauß. Das Haus in Ordnung. Er würde es überprüfen müssen.

Also ging John am Abend barfuß über den Fußboden. Alles war glatt. Jede Oberfläche, die er kontrollierte. Er nahm den Besen und einen Lappen und wischte damit über alle Wände, dort, wo sie an die Decken stießen, und über Türrahmen, wegen der Spinnweben. Er staubsaugte Teppiche und Couch. Wenn er morgen nach der Arbeit heimkäme, würde er die Gläser herausstellen, vielleicht erst, wenn sie kalt waren. Als er den Staubsauger wegräumte, stieg er auf den Trittstuhl in der Speisekammer und nahm die zwei Gläser herunter, wusch sie sorgfältig, spülte sie nach und stellte sie in das oberste Fach des Kühlschranks, in das Eisfach.

Am nächsten Morgen wachte er festlich gestimmt auf. Leda kam nach Hause! Wenn der Abend kühler würde, würde sie bei ihm in dem Ventilator-gelüfteten Zimmer sein, während die Nachtkühle hereinwehte. Er bereitete sein Frühstück zu, packte das Mittagspaket und überprüfte den Aufbewahrungsort von Kaviar, Käse und Champagner, den kleinen runden Cräckern und der schikken Platte. Ein Tischtuch wartete auf der Ablage in der

Speisekammer. Er war viel zu aufgeregt gewesen, um an seinen Gedichten zu arbeiten oder sonst etwas zu machen neben den Vorbereitungen für heute abend.

Bevor er zu arbeiten anfing, ging er in Mr. Bisoglios Büro und ließ Carol den Blumenladen anrufen. Zwanzig Dollar. Sie sagte, das läge daran, daß der Strauß wunderschön sei und direkt an seine Wohnung geliefert würde. Anweisungen.

Den ganzen Tag lang stellte er sich vor, wie der Abend werden würde, von der ersten Vibration der zugeschlagenen Tür bis zum letzten Flackern seiner nächtlichen Begierde. Ihre Hand, ihre glücklichen Worte, ihre weichen Kleider und ihr Teerosen-Duft ganz nah bei ihm. Vor allem das Gefühl, nirgendwo anders zu sein, als da, wo er sich gerade befand: während er über die Straße ging, zum Haus gelangte. Ein Gefühl, das gleichzeitig beruhigend und aufregend war. Würde der Tag nie vorübergehen? Stunden des Wartens zogen an seinen Fingern inmitten der Kleider, die er sortierte. Er merkte, wie er die Minuten zählte, während er Größen ausmaß, den Stoff befühlte. Gehörte zu diesem Kleid ein Gürtel? Ja – hier war er: derselbe Stoff, dieselbe Größe. Er konnte sich nicht an das Mittagessen erinnern.

Am Ende des Tages hatte das Warten ihn erschöpft. Er stolperte am Bus und verletzte sich erneut das Knie, das kürzlich schon in Mitleidenschaft gezogen worden war. Am Haus nahm er die Post mit und machte eine schnelle Runde in der Hoffnung, daß nichts in Unordnung geraten war. Manchmal warfen Kinder Papier oder Schlimmeres in den Garten. Das Faktum seiner Taubblindheit hatte sich nach Auskunft Ledas in der Nachbarschaft herumgesprochen. Kinder, die sich im Sommer langweilten, hatten aus Spaß damit angefangen. Sie hatte ihm gesagt, daß die Nachbarsleute nervös auf ihre Schauspielerei reagierten: außerdem waren nach dem Weggang ihres Ehemannes andere Männer bei ihr im Hause gewesen, und auch jetzt kamen öfter Männer zu Besuch, manchmal ausschließlich zum Proben. Ab und zu hatte sie Leuten, die zu Proben oder Shows kamen, einen Schlafplatz angeboten. Ihr Garten nach hinten war vernachlässigt und der Vorgarten seinem wuchernden Wachstum überlassen. Die eher konventionellen Nachbarn hielten sie für eine Schlampe. Sie hatte ein unsicheres Element hereingebracht, sagten sie, und ihr neuer Liebhaber war taub und blind.

Der Garten schien in Ordnung. Es war schwer herauszufinden, wann die Kinder Toilettenpapier hineingeworfen hatten, weil er den Garten als Ganzes nicht überprüfen konnte, und jetzt wollte er nicht noch auf Händen und Knien durchgehen.

Er ging ins Haus und öffnete die Fenster, um Luft hereinzulassen. Dann brannte er zwei Balsam-Räucherstäbchen ab, um das Klima im Raum zu erfrischen. Es war fünf Uhr fünfunddreißig. Er nahm die runden Cracker und strich Käse auf eins, nachdem er vorher sorgsam seine Hände gewaschen und die Menge mit einem Meßlöffel abgemessen hatte. Dann öffnete er den Kaviar und roch daran. Er war nicht wie Fisch, überhaupt nicht wie ein Lebensmittel, aber er roch wie ein Ort, an dem er einst gewesen war – er versuchte sich zu erinnern –, es war in der Nähe des Meeres, ein wäßriger Platz im Sturm ... oder ...

es hatte auch etwas vom Geruch kochender Wäsche in der Wäscherei der Blindenschule. Er probierte vorsichtig. Weich – wenn Kügelchen weich sein können –, eine plötzliche Explosion salziger Lake erfüllte seinen Mund. Er schüttelte enttäuscht den Kopf. Er hatte auf einen neuen Geschmack gehofft. Dies hier war nur salzig. Trotzdem war er froh, daß er es probiert hatte. Er würde nur ganz wenig auf die Cracker geben. Mit großer Vorsicht schob er die Messerspitze hinein und maß mit dem Finger an der Schneide ab. Er probierte einen weiteren. Viel besser, aber immer noch zu salzig. Nach zwei oder drei Crackern würde er es können. Vom Probieren hatte er einen riesigen Durst bekommen. Aha – das war der Moment, um zum Champagner zu greifen.

Er war gerade damit fertig, die kleinen runden Cräcker zu arrangieren, als er die Veränderung am Luftzug spürte. Jemand hatte die Tür geöffnet. Leda hätte die Klingel benutzt. Wer war es dann? Er spülte schnell seine Hände ab, trocknete sie und rannte zur Vordertür, ohne eine Wand oder einen Türpfosten zu berühren. Die Person, die ihn anhielt und umarmte, war nicht Leda. Dann noch jemand und noch jemand. Wer?

»Wer?« schrie er in die Körper hinein. Dann war sie da.

»Party«, sagte sie nach einer schnellen, unpersönlichen Umarmung, »für mich. Sie haben mich am Flughafen abgeholt.«

Bennet wieder, er haßte Bennet. »Toller Tag für Leda. Große Rolle. *Equity-Inszenierungen.* Ein großer Durchbruch.« John saß auf einem Stuhl, während die Raumluft von unhörbaren Stimmen vibrierte. Hin und wieder gab es stärkere Vibrationen, das hieß Musik, und die Stimmvibrationen in seinem Kopf wurden heftiger. Er hatte gelernt, daß so etwas passierte, wenn Leute sich über den Lärm der Musik hinweg etwas zuriefen. Jemand gab ihm einen Teller mit Kuchen und später ein Glas Wein. Eine Stunde später kam Leda zu ihm, ein bißchen verschwitzt und nervös-erregt. »Tut mir leid. War nicht mehr zu ändern. Sie haben mich am Flughafen abgeholt. Das war lieb von dir – Kaviar und Champagner. Ich habe es gesehen, bevor sie sich darüber hermachten. Es ist aufgegessen. Sie waren ausgehungert. Später, wenn sie alle weg sind –« Aber sie blieben bis drei Uhr morgens. John verließ die Party um zwölf, ging hinauf und fand ein Liebespaar in seinem Bett vor.

Er mußte gehen, bevor sie aufstand. Er machte sich diesmal kein Frühstück, weil die Küche ein Minenfeld wackliger Teller und offener Schränke war. Glücklicherweise hatte er seinen Lunch gepackt, bevor er gestern den Kaviar vorbereitete, als er noch so aufgeregt, dumm und froh gewesen war. Jetzt konnte er das Päckchen im Kühlschrank finden. Spontan öffnete er das Gefrierfach. Die zwei Gläser waren nicht mehr da. Er seufzte und ging zur Arbeit.

»Wir müssen miteinander reden«, sagte sie am Abend.

»Ja.«

Sie hatte einen Teil des Durcheinanders aufgeräumt. »Es tut mir wirklich leid –«

»Es ist eine schnelle Welt. Ich kann mit eurer Welt nicht mithalten.« Sie antwortete nicht. »Niemand braucht anscheinend jemals etwas vorzubereiten«, sagte er, »du springst so oft auf und bist wieder verändert. Jetzt frage ich mich, wie das Leben eigentlich für euch ist. Das habe ich noch nie zuvor getan.«

»Wir sind auch frustriert – wir können dich nicht anrufen und informieren. Sogar wenn du ein *Telebraille* hättest ... müßte ich auch eins am anderen Ende haben ...«

»Ich weiß.« Er erkannte, was er fühlte. Dieses aus ihm herausströmende Gefühl, das er beim Kopfüber-Fallen gehabt hatte und das Gefühl, das vor ein paar Tagen in Mr. Bisoglios Büro über ihn gekommen war, waren das gleiche.

Er wollte sich für das wappnen, was jetzt kam, aber es gab keine Möglichkeit, also saß er schweigend und wartete. Auch sie hatte Schwierigkeiten. Sie fing an zu reden, brach ab, begann noch einmal, brach wieder ab, halbfertige Buchstaben taumelten aus ihren Fingern. Die Ideen tröpfelten mitten im Wort davon. »Ich werde ... ich muß ... es gibt keine ...«

Er nahm ihre Hände in seine und sagte: »Du wirst nach D.C. gehen. Um dort zu leben. Ich kann nicht mitkommen, weil das keine Welt für mich ist. Du würdest dich dauernd so verhalten, würdest mich in einen Sessel setzen mit einem Kuchenteller und einem Glas Wein und dich weiter mit deinen Freunden unterhalten, die dann glauben, ich klebte an dir.«

»Du bist grausam«, sagte sie.

»Ich bin ehrlich.«

»Ich will dieses Haus, und ich will, daß du hier lebst«, sagte sie. »Vielleicht ist D.C. gar nichts für mich, drei Monate, sechs ... und ich möchte, daß du hier bist.«

Er dachte darüber nach, dann sagte er: »Und die Miete wäre die gleiche?«

Sie sagte: »Ich würde wohl mehr verlangen müssen – du müßtest die Verbrauchskosten ganz statt nur halb übernehmen und alle Reparaturen und Steuern –, dafür müßte deine Miete aufkommen. Ich will nicht daran verdienen...«

»Auf wieviel, glaubst du, käme die Miete?«

Sie war eine Zeitlang außerhalb seines Radius, um zu rechnen. Als sie es ihm sagte, war er wie betäubt.

»Das kann ich nicht bezahlen.«

»Vielleicht könntest du einige deiner Freunde von der Kirchengemeinde...«

»Taubblinde?«

»Warum nicht?«

Er fühlte den kalten Finger der Ablehnung an seinen Innereien, der alles verlangsamte. Aber sie hatte gesagt... und er wollte ihr mit allem, was sein war, einen Gefallen tun. »Und das würde das Haus für dich hier erhalten?«

»Ja.«

»Ich werde Leute ansprechen.«

»Ich glaube, daß du gern mit anderen Taubblinden...« Das sagte sie, weil sie es glaubte, und weil es bequem für sie war.

»Und du kommst zurück...«

»Ich bin nicht naiv. Theatermenschen sind heimatlos: das müssen sie sein. Mit diesem Haus bin *ich* es nicht mehr. Ich werde diesen Ort haben, um dorthin zurückzukehren, und dafür muß ich Großmama danken.«

»Und mir«, sagte er.

Sie nahm ihn in die Arme. Er war zu traurig, um ihr nachzugeben und seine Arme um sie zu legen. Er nahm ihre Umarmung passiv hin und ließ zu, daß es sie beschämte. »Du weißt, daß es in D.C. *Telebraille*-Geräte gibt. Wir könnten – wenn du eins hast, könnten wir uns unterhalten und es wäre wie eine Telephonunterhaltung zwischen Hörenden...«

»Du wärst näher, wenn du weiter weg wärst«, sagte er. »Das ist ein guter Trick.«

»Bitte erspar mir den Abschiedsschmerz und die Schuldgefühle. Ich möchte deine Freundin sein, dich lieben und trotzdem frei sein, zu tun, was ich tue, und dorthin zu gehen, wo ich hin muß, um Arbeit zu finden.«

»Und Bennet wird hierher kommen und Nachrichten entgegennehmen und mir mitteilen, was du sagst...«

»Es tut mir sehr leid, aber so müssen wir es machen. Bennet kann das Fingeralphabet, und er ist hier, und er wird es machen. Nicht allzuviele Leute erfüllen diese Voraussetzungen.«

»Wenn dich jemand haßt, mußt du auch nicht mit ihm zu tun haben.«

»Ich habe mit ihm gesprochen. Ich werde nicht da sein, um ihn zu verwirren.«

»Ihr wart ein Liebespaar.«

»Ja.«

»Und ihr seid immer noch...«

»Er kann buchstabieren.«

John spürte, daß er sich über die falschen Dinge stritt. Die wahren Gründe, die wirklichen Anlässe seiner Ängste, waren jenseits seines Begreifens, jenseits seiner Worte und seiner Macht, sie zu ändern. »Wann wird all das passieren?«

»Ich habe die Rolle. Die Proben fangen nächste Woche an. Ich muß eine Unterkunft finden.«

»Also wirst du in fünf Tagen fortgehen?«

»Vielleicht schon in vier. Ich werde mich mit Bennet besprechen. Er tut mir wirklich einen großen Gefallen.«

Also fing sie an zu packen und sagte ihm zwischendurch Wichtiges über das Haus, über dic Heizung und den Warmwassertank. Er schrieb alles auf der *Braille*-Schreibmaschine auf und hatte am Ende eine Liste all der Dinge, die getan und überprüft werden mußten, die länger war als die Liste bei ihrem ersten Weggehen.

Am nächsten Tag besuchte er Alma in der Werkstatt und erzählte ihr von Ledas Idee. Am darauffolgenden Tag kam Luke mit Alma in die Werkstatt, und sie sprachen darüber. An dem Nachmittag fuhr Alma mit Johns Bus zu ihm nach Hause. Die Werkstattleitung ließ Luke nicht mitfahren, weil er nicht dort arbeitete und die Versicherungsgesellschaft es verbot. Luke mußte ein Taxi nehmen, was bedeutete, daß er sich am folgenden Tag kein Essen leisten konnte. John war bereit, ihm das Geld für das Taxi zu geben.

Leda und die drei anderen standen in einem Kreis und übersetzten gegenseitig. Lukes Fragen machten John deutlich, wie schnell er sich gewünscht hatte, daß sie bei ihm wären, so schnell, daß er vergessen hatte, wie aufwendig es werden könnte. Leda wußte nicht, was er wußte, daß es nämlich nicht das Zusammenleben aller war, was ihrer beider Familien verboten hatten, sondern Lukes und Almas gemeinsame Häuslichkeit. »Vielleicht dauert das Stück nicht lange – wenn es nur ein paar Wochen läuft, sind wir gerade hier und müssen dann wieder umziehen.«

»Nein«, sagte Leda, »in diesem Haus ist Platz genug für euch alle, ob ich da bin oder nicht. Wenn ihr die gleiche Miete bezahlt wie jetzt auch –«

»Wir bezahlen keine Miete. Alma lebt bei ihren Adoptiveltern, und ich lebe mit meinem Bruder zusammen. Ich bekomme Sozialhilfe, und Alma hat Sozialhilfe und ihren Arbeitslohn aus der Werkstatt. Mein Bruder verlangt einen Anteil von mir. Ich werde ausziehen und ihn stattdessen dir bezahlen.«

Alma sagte: »Mutter, Vater: nein-nein, Luke und ich zusammen. Sie sagen es Mr. Bisoglio. Was sagt das Gesetz?«

»Über einundzwanzig.«

»Luke hat Sozialarbeiterin; ich habe Sozialarbeiterin...«

Leda sagte: »Ich denke doch, daß ihr beide mündige Bürger seid. Ihr könnt umziehen, wenn ihr wollt. Gute Idee, das mit euren Sozialarbeiterinnen und Eltern zu besprechen.«

John hatte sie bei ihrem früheren Besuch durch die Räume geführt. Jetzt gingen sie vor dem Hintergrund eines möglichen Einzugs noch einmal durch. Die Tour dauerte bis spät in die Nacht. Leda rief Lukes Bruder und Almas Adoptiveltern an, und sie kamen alle. John hatte Lukes Bruder schon mehrmals getroffen; er war ein Mann, der von der gleichen Ungeduld wie Irwin umgetrieben wurde. Almas Adoptivmutter war sanfthändig, konnte aber nicht buchstabieren, außer, indem sie die Wörter in Almas Hand schrieb. John bat Leda, das Thema von Almas und Lukes Einzug anzusprechen.

»Zu spät, es ist zu spät.« John verstand nicht, was sie meinte. Später sagte sie: »Sie hatten es eilig, nach Hause zu kommen; zu ungeduldig zum Zuhören.«

»Aber du wirst mit ihnen sprechen –«

»Natürlich.«

Wieder kamen Freunde und noch mehr Freunde von Leda, um sich an ihren letzten Tagen, Samstag und Sonntag, von ihr zu verabschieden; die Leute vom Theater kamen und Freunde von anderswo her. Bennet kam auch und ein Mädchen namens Kitty, die für John dolmetschen wollte, wenn er ein *Telebraille* bekäme und die Verbindung im Taubenzentrum in Betrieb genommen wäre. Dann könnte er dort anrufen und nach ihr fragen. Ihre Gebühren waren ... John bedankte sich. Er wollte gerade weggehen, als er sich überlegte, trotz des höflichen Anlasses ehrlich zu sein. »Ich brauche selten eine Dolmetscherin. Ich brauche jemand mit weniger Ausbildung, die oder der mehr für mich tut. Ich brauche Einkaufshelfer und jemand für den Kauf von Kleidung und jemand, der mir mit den Rechnungen hilft.«

Ihre Hand war schnell und kompetent in seiner. »Ich beherrsche alle Kommunikationsformen: Amerikanische Zeichensprache, einfache Zeichensprache, Gebärdensprache und natürlich das Fingeralphabet.«

»Ja«, sagte er, »und ich vermute« – er bemühte sich um sorgfältige Wortwahl –, »daß Sie das einfache Handalphabet für eine Zeitverschwendung halten.«

»Ich habe zwei Jahre lang Amerikanische Zeichensprache studiert.«

»Ich habe die Gebärden der Tauben von meinen tauben Freunden gelernt«, sagte John, »aber nicht ihre Sprache. Ich bin blind geboren und ertaubte erst später. Die wunderbare Sprache der Tauben ist mir so fremd wie Japanisch.« Er spürte ihre Ungeduld.

»Ich wollte nur meine Dienste anbieten«, sagte sie. Sie reichte ihm ihre *Braille*-Visitenkarte. Sie war größer als die normalen Karten wegen der Schrift.

Er tätschelte ihre Hand. »Ich brauche eine süßduftende Blume in meinem Fenster«, sagte er, »nicht einen botanischen Garten.« Er nahm die Karte und steckte sie in die Tasche seines Hemds, dann wollte er ihre Hand nehmen.

Sie war fort. Das war eines der Probleme, die aus seiner früheren Sprechfähigkeit herrührten. Die Leute verstanden ihn ohne Berührung, und während er sprach, konnten sie sich entfernen, ohne daß er es bemerkte. Er ging in die Küche, um Leda zu suchen.

Und dann kam Montag, und Leda war weg. Dieses Mal war er wegen ihres Aufbruchs gereizt. Sie hatte wenig von ihren Sachen mitgenommen. Die Anwesenheit der Kleider, die sie zurückgelassen hatte, zumeist Wintersachen, tröstete und beruhigte ihn. Jeden Tag berührte er sie, bevor er hinunterging, um zur Arbeit aufzubrechen. John arbeitete hart daran, den Listen zu gehorchen, die sie angelegt hatte. Sogar Bennet war milder gestimmt und sagte zu, jede Nachricht für John weiterzugeben.

23

Vier Tage nach Ledas Weggang kam Luke mit all seinen Kleidern und Besitztümern in Koffern. Er hatte sich mit seinem Bruder gestritten. Einen Tag später traf Alma ein. Sie brachte elektronische Gerätschaften. Diverse Zeitimpulsgeber versetzten ein kleines Kästchen an ihrer Hüfte in Vibration. John gab ihnen Ledas großes Vorderzimmer. Dann machten sie sich freudig daran, im ganzen Haus Dinge in ihrem Sinn zu verändern, Stühle und Tische wurden umgestellt, um Johns starkem Axialsinn zu entsprechen, den allerdings weder Luke noch Alma zu nutzen schienen. Wenn Luke nach oben ging, konnten sie seine Schritte leicht trommeln hören. Es war möglich, die Bewegungen einer Person auf der Treppe am Treppengeländer unten zu spüren, und wenn man die Wasserrohre in der Küche anfaßte, stellte man fest, ob jemand im Bad war oder Toilette oder Wanne benutzte. John installierte Almas Geräte. »In ein paar Wochen werden wir den Nachbarn zeigen müssen, daß wir nicht verrückt oder zurückgeblieben sind, sondern gute Nachbarn«, sagte er zu den beiden. »Wir werden an jede Haustür gehen müssen und uns vorstellen. Wir müssen immer jemand zum Dolmetschen mitnehmen. In meiner alten Umgebung waren die Leute sehr freundlich zu mir. Hier sind sie nicht so, aber wahrscheinlich nur, weil wir für sie ein Rätsel sind.« Luke hatte sich vorgestellt, daß er John und Alma den Haushalt führte, für sie putzte und kochte. John stimmte zögernd zu.

Der dritte Sonntag des Monats kam, und eine Gemeindehelferin holte sie zum Gottesdienst ab. Sie war eine neue Freiwillige Helferin. In der Kirche holte sie einen Dolmetscher, um ihnen zu sagen, daß sie sie gern nach der Zusammenkunft heimführen würde. »Kirchparkplatz um halb zwei.«

Alle waren aufgeregt über die Neuigkeiten von Luke und Alma, darüber, daß sie jetzt mit John in Ledas großem Haus lebten. »Endlich hast du Gesellschaft.« Warum hatten sie das nicht gesagt, als er mit Leda zusammenlebte?

Als sie vor die Kirche traten, um zu warten, trug die Luft des warmen Nachmittags schon den Geruch des Herbstes, und die Stellung der Sonne hatte sich seit dem Frühling verändert. Während er auf dem Parkplatz stand, spürte er ihre direkteste Wärme an seiner Wange statt am Ohr; außerdem stand sie zu dieser Stunde tiefer. Die Freiheiten des Sommers würden bald vorbei sein; schon kündigten sich in dieser Sonnenstandsveränderung die kalten Herbstnächte und lauen Herbsttage an, die nach Auskunft einiger anderer Leute Millionen von Meilen entfernt entstanden. Plötzlich wurde er weggezerrt. Luke, seinerseits gezogen, zog ihn. Er mußte seine Füße fest plazieren und schnell in den Knien weich werden, um nicht zu fallen. Sie wurden alle in Richtung Auto gezogen. Die Frau wußte nicht, wie sie John selbst nach dem Türgriff greifen lassen sollte. Hände drückten ihn irgendwohin, und bevor er sich schützen konnte, krachte sein Kopf an den Türrahmen. Der Zusammenprall befreite seine Hände, und obwohl er sich eigentlich vor Schmerz den Kopf halten wollte, streckte er die Hände aus, um die Öffnung zu finden und sich ins Auto zu setzen. In seinem Kopf floß der Schmerz wie ein breiter Strom, und einen Augenblick lang fühlte er sich krank. Jemand schrieb etwas in seine Hand, was er nicht lesen konnte. Eine Minute später sagte Luke: »Es tut ihr leid. Sag ihr, daß es dir gut geht, damit wir losfahren können.« John murmelte die passenden Worte.

Sie waren zu Hause. Die Dame schien sich immer noch schlecht zu fühlen; sie zerdrückte seine Hände bei der Verabschiedung. Leda hatte das auch getan, als sie sich zuerst trafen, eine Methode, um Verzeihung zu schreien. Später pflegte sie auf diese Weise ›Ich liebe dich‹ zu brüllen. Der Heimwehschmerz tauchte wieder auf. Das Gefühl hatte er oft gehabt. Was er am meisten an ihm haßte, war sein plötzliches und unpassendes Auftreten. Unmöglich, es vorherzusagen. »Wie Hundescheiße auf der Straße«, hatte Sam gesagt. Jetzt nagte es ein Loch in seinen wunderbaren Tag. Er hatte sich auf ein nettes Mittagessen und einen Lese- und Gedichte-Nachmittag gefreut. Es ist noch da, sagte er zu sich, um sich zu trösten, alles noch da.

Schließlich schrieb John ein Gedicht für Mr. Sherline, aber es berührte sein Gefühl über Ledas Fortgehen nicht.

Liebe und Verlust

Meine Liebe zu dir ist tief
Doch du bist nicht mehr da
Der Schmerz um deinen Weggang
Er geht mir viel zu nah.

Die Sonne auf den Rosen
Der Himmel tiefstes Blau
Sind meinem Geist verschlossen
Wenn ich dich nicht mehr schau'.

Er schrieb ein anderes für sich selbst, das ihm besser gelang.

In einem Büro, das ich kenne, gibt es einen Computer,
Dessen Gedächtnis nicht wie meines ist.
Es wartet hinter einem Knopf, vorletzte obere Reihe:
R, so sagt man mir, bedeutet ›Retrieval‹.
Drück diesen Knopf, und ohne Wärme oder Herzzerreißen
Wird sein Gedächtnis dir seine Erinnerung mitteilen.

In einem Büro, das ich kenne, gibt es einen Computer,
Der dich nicht an der Berührung von Haut oder Haar erkennt;
Besonderes Haar, das weghüpft, als wäre es aufgeregt darüber,
Auf deinem Kopf zu sein:
Und nicht am Geruch, warme Rose auf warmem Körper:
Nicht am Scherz, kleingeschrieben in meine Hände, ein Geheimnis,
Wenn andere reden;
Nicht an dem Schauder, in dem du ekstatisch erzitterst,
Aber an einer Nummer, die nichts von dir enthält.

In einem Büro kenne ich einen Computer,
Dessen Gedächtnis, ohne Wärme und Herzzerreißen,

Deinen Namen einem anderen Computer übermitteln kann,
Der ihn in Braille setzt, eine andere Art von Nummer.
Jetzt kommt das Mysterium: wenn ich diese Nummer berühre,
Klopft mein Herz zum Zerspringen, meine Augen sind tränengefüllt.

Die drei hatten zwei Wochen in dem Haus zusammengelebt, als Madonna und Swede ihren Besuch ankündigten. Irgendwie hatte es Streit mit Madonnas Familie gegeben. Swede hatte die Beherrschung verloren. Sein Sprechvermögen war schlecht, und er konnte sich nicht verständlich machen. John verstand den Grund der Auseinandersetzung nicht, aber es hatte etwas damit zu tun, daß Swede sich zu oft in der Gesellschaft von Gehörlosen bewegte. Man hatte ihn offensichtlich beim Bowling und in einer Kneipe mit Tauben zusammen gesehen, und dann hatten Madonnas Brüder angefangen, ihm nach der Arbeit zu folgen. Das bekam er zum Teil von Madonna und zum Teil aus Swede heraus. Eines Abends kamen sie verärgert an und fragten John, ob sie bleiben könnten. Es gab immer noch den großen Raum auf der warmen Seite des Hauses. Da Swede sehen konnte, dachte John, er könnte die Dinge tun, die Sehvermögen erforderten – letzte Handgriffe nach dem Putzen und im Garten vielleicht. Da drei von ihnen arbeiteten, würde das Geld für Steuern und Verbrauchskosten reichen, und es bliebe immer noch ein Rest für Reparaturen und die Anschaffung der fürs Haus notwendigen Dinge. Swedes gehörlose Freunde konnten, so oft sie wollten, zu Besuch kommen. Luke und Alma waren glücklich. Madonna und Swede zogen ein.

John, Luke und Swede waren auf Internaten für gehörlose Schüler gewesen. Ihren ersten Streit hatten sie, weil John sich vorstellte, daß sie die Hausarbeiten so verteilten, wie es dort üblich gewesen war. Luke konnte nicht für alle die Hausarbeit erledigen. John wollte in *Braille* einen Plan aufschreiben, wer Geschirr spülte, wer kochte, und wer morgens und abends das Haus kontrollierte. Luke sagte, er hätte bis an sein Lebensende die Nase voll von Listen. Alma konnte überhaupt nicht *Braille* lesen. Luke wollte die Reparaturkasse zum Kauf eines *Telebraille*-Gerätes verwenden. John scherzte und fragte: »Mit wem willst du sprechen? Unsere besten Freunde sind alle hier.« Der Witz ging von Hand zu Hand, und sie signalisierten Zustimmung.

Für Johns Selbstdisziplin als Dichter war es nicht einfach. Mit der Verlockung durch Freunde und Gemeinschaft fand er es viel schwerer, auf der Zeit fürs Schreiben zu bestehen. Sie kamen oft zu ihm mit Ideen und Streitereien. Er beschloß, eine Arbeitszeit in seinem Zimmer anzusetzen und dafür die Tür zu verschließen. Die geschlossene Tür war sein Signal für Privatheit. Zuerst mied er Bennet, wenn er kam, um Ledas Anrufbeantworter abzuhören und ihre Post durchzusehen. Bennet tat das Dienstag abends, und John war dann immer oben oder in der Küche beschäftigt. Luke begegnete ihm zuerst, dann Alma, Madonna und Swede. Sie berichteten, daß er keineswegs der wütende Wilde war, als den ihn John geschildert hatte.

»Er ist schon älter«, sagte Swede. »Außerdem ist er fast

kahl. Ein Teil dessen, was du als Ablehnung empfindest, könnte Unbeholfenheit sein. Du weißt, daß er nicht groß ist, aber er ist wie ein sehr großer Mann und ein sehr kleiner Mann, die ständig auf der Straße zusammenstoßen und die oberen Hälften austauschen. Er hat einen großen Kopf und große Schultern und eine breite Taille und dann schmale Hüften und kleine Beine und winzige Füße. Er ist wie... wie ein Büffel.«

John, der die Erinnerung an jenen Nachmittag mit Leda im Museum hochschätzte, lachte und verstand. Er schlug an Swedes Hand. »Wir werden alle zusammen ins Museum gehen und einen sehen«, sagte John. »Ich kann einen Brief schreiben. Sie sagten, ich sollte wiederkommen.« John war erstaunt, wie die Gefährlichkeit von Bennet angesichts dieses Vergleichs mit einem Büffel sich verringerte. Bei seiner nächsten Begegnung mit ihm erinnerte er sich an den großen Kopf und Nacken und den kleinen Körper des Büffels, und er dachte daran, daß der Kopf des Büffels haarig war und Bennets nicht und mußte lächeln.

Auch in Bennet hatte sich etwas verändert. Sein Fingeralphabet entspannte sich, seine Hände waren nicht mehr steif vor Ablehnung. Es war schwierig, die Beweggründe der Sehenden zu erkennen. Nur bei bestimmten sehendhörenden Freunden – Martin und Sam – hatte man das Vorrecht, zu fragen; nicht einmal Mama oder Irwin, noch nicht einmal Leda, waren jederzeit zu Auskünften bereit. Man konnte nur in jeder Minute neu akzeptieren, was sie taten oder sagten, und dabei hoffen, daß eines Tages die Gründe klar würden.

Wenn John über Leda nachdachte, sah er sich außerstande, viel von dem zu verstehen, was sie bewegte, sogar nach Monaten gemeinsamen Lebens als Freunde und Liebende. Wenn er überhaupt an sie dachte, kam der Schmerz über seinen Verlust manchmal so heftig zurück, daß er mit den Tränen kämpfte.

Und immer noch gab es Auseinandersetzungen im Haus. Alma und Luke stritten sich, und John konnte es im Boden fühlen, weil sie stampften und vibrierten: Alma, die nie ihre eigene Stimme gehört hatte, produzierte eine so starke Vibration, daß John sie manchmal spüren konnte, wenn er im gleichen Zimmer und in ihrer Nähe war, ein Summen in seinen Gesichtsknochen. Manchmal stritten Alma und Madonna sich und schlugen einander, schlugen Türen, stampften laut und schmollten hinterher, und John wollte beide verprügeln; einmal gab es einen Streit, bei dem er hart an Almas Haar zog, »Schluß mit dem Blödsinn« in ihre Hand schrieb und ihr ans Schienbein trat, bis sie aufhörte. Madonna kümmerte sich nur um Swede. Sie machte Frühstück für sie beide und spülte anschließend nur das Geschirr, das sie benutzt hatten. Alma war daran gewöhnt, bedient zu werden, weil sie immer mit Leuten gelebt hatte, die sie bedienten, wenn auch nicht immer gut. Sie erwartete von Luke, daß er den anderen erklärte, daß sie die Dinge nicht tun könnte, die die anderen taten. Swede wurde ebenfalls wütend, weil er als einziger, der nicht blind war, seine Kommunikation die meiste Zeit in die umständliche alphabetische Verständigung verlangsamen mußte anstelle seiner schnellen, anmutigen Gebärdensprache. Er fand es ärgerlich und lahm, also gab es Auseinandersetzungen, verletzte Gefühle, Schmollen und

Verdächtigungen. Er wollte immer noch viel Zeit mit seinen tauben Freunden verbringen; seine taubblinde ›Familie‹ hing zu sehr von ihm ab. *Fourbuds* mochte sie alle auf unterschiedliche Weise, aber Alma hatte Angst vor ihr, und Luke mochte keine Katzen und weigerte sich, sie zu füttern oder zu bürsten. Sie waren eine seltsame Familie, dachte John, und nicht die, die er sich vorgestellt hatte. Sie waren schwerer verstehbar, komplizierter. Es gab plötzliche Zurückweisungen, brutal wie abgeschnittene Zehen; Wutanfälle brachen über sie herein wie das auf einmal eiskalte, dann plötzlich heiße Wasser in den Schulduschen. Dieser Wahrheit war nicht so leicht ins Gesicht zu sehen. Er hatte schlechte Manieren, Wut und Sturheit für typische Eigenschaften von Sehend-Hörenden gehalten. Er wußte nicht, woher dieser Zorn kam.

Aber es war keine Leere, und alle wußten das. Ihre Tage waren voll mit Aktivitäten und neuen Bedeutungen. Sie lebten allmählich ein vielfältigeres und reicheres Leben, und sie konnten jeden Tag neue Gestaltungen der Realität erfahren. Manchmal war der Kontakt zu erschreckend, und sie zogen sich zurück. Es gab Zeiten, in denen alle fünf unglücklich und empfindlich in ihren Zimmern saßen, aber sie fingen an, Zusammenarbeit zu lernen, und dann gab es Zeiten, in denen sie gemeinsam Projekte anpackten, an die keiner von ihnen je im Traum geglaubt hätte. Sie machten Einkaufstrips mit Swede und lernten mit John zu kochen. Das Lachen wuchs in ihnen, der Humor geteilten Ärgers und gemeinsamer Herausforderungen. Sie waren lebendig, lebendiger als sie es jemals vorher gewesen waren.

John, der sich alles ganz anders vorgestellt hatte, der Luke und Alma gebeten hatte zu kommen, predigte immer noch von der Möglichkeit eines Lebens in Frieden und Harmonie. Hauptsächlich aus Büchern hatte er diese Vision entwickelt. Er liebte das Heim als einen Hafen, die familiäre Wärme eines Dickens, die Freundesgruppen in den *Drei Musketieren* und in Mark Twains *Ein Yankee aus Connecticut an König Artus' Hof*. Er predigte es wie eine Religion, argumentierte wie ein Politiker. Die anderen, alle Nichtleser, kannten seine Vorbilder nicht; sie ertrugen seine Vorträge mit höflichem Unverständnis. Er erkannte, daß sogar er selbst so oft das Objekt von Handlungen anstatt selbst Handelnder gewesen war, daß das Initiieren von Aktivitäten ihm fremd war und einige unangenehme Überraschungen barg. »Ich hatte nicht geglaubt, daß es so lange dauert zu lernen, Dinge gemeinsam zu tun«, sagte er zu Luke.

Gewohnheit mußte sie retten, wenn die Philosophie versagte. Die Rotation der Arbeiten wurde zu einer Art Kalender, und Alma integrierte sie ebenfalls in ihr Leben, während Madonna, die immer noch nicht weiter als bis Swede denken konnte, immerhin langsam lernte, die ihr zugeteilten allgemeinen Arbeiten zu erledigen.

Leute kamen, die ihnen etwas an der Tür verkaufen wollten. Swede schrieb auf ein Stück Pappe *Türverkäufer unerwünscht*, und sie mußten jede Menge Werbeprospekte loswerden, die man ihnen unter der Tür durchschob. Am Anfang sah Swede das ganze Material durch, aber nach einer Weile sammelte er es nur noch und warf es fort. Bennets Besuche waren nicht mehr einmal pro Woche, sondern einmal vierzehntägig. Er sagte, daß die Post, die sie sorgfältig für ihn aufhoben, nicht wichtig sei, und Telephonnachrichten gab es kaum. Er berichtete, daß Leda das Stück in D.C. gut ankam, daß sie aufgefallen und in der Kritik als gute Schauspielerin besonders hervorgehoben worden war, und daß sich andere Möglichkeiten für sie auftaten. Manchmal, wenn er kam, war er hektisch und zu beschäftigt mit seinen eigenen Angelegenheiten und sagte kaum Hallo, aber manchmal war er bereit, ein bißchen über Leda zu plaudern und einmal sogar über sich selbst. Seiner Theatergruppe gälte sein eigentliches Interesse, sagte er.

Eines Nachmittags führte Swede Bennet um das Haus herum zu einer Stelle, an der der untere Teil der Mauer verrottet war. Es gab auch am Fundament etwas zu tun, und die Fenster brauchten eine gründliche Abdichtung. Swede, der mit seinem Bruder im Baugewerbe tätig war, wußte, wie man so etwas machte, und sie waren alle Arbeiten durchgegangen, um zu prüfen, wie viel davon von Taubblinden ausgeführt werden konnten. Er entschied, daß sie alle mit entsprechender Anleitung getan werden konnten. »Wenn wir etwas berühren können, können wir es bearbeiten«, erklärte John Bennet. »Wir haben das Geld für die Arbeiten zurückgelegt. Swedes Bruder hat Leitern, und wir werden unter seiner Anleitung und nur abends und an den Wochenenden arbeiten.«

Bennet wollte nicht glauben, daß sie solche Arbeiten ausführen konnten, sagte aber, daß er ihnen bei den Arbeiten zuschauen würde, die ohne Leitern erledigt werden konnten. Falls sie ihn überzeugten, würde er Leda schreiben, um sie zu loben und die Reparaturen zu beschreiben. Nachdem das Haus fertig wäre, würden sie ein *Telebraille* kaufen, erklärten sie ihm. »Dann können wir es so benutzen wie die Hörenden ihre Telephone.«

»Ende der Privatsphäre. Ende der Ruhe«, sagte Bennet. Es war sein erster Scherz.

24

Hin und wieder lag Toilettenpapier und Abfall auf dem Rasen im Vorgarten. Swede sagte, es seien die Nachbarskinder, die glaubten, niemand könnte sie sehen. Er brachte Harken mit, und zu fünft konnten sie den Unrat beseitigen. Sie hatten auch den rückwärtigen Garten aufgeräumt und dort einen schönen Sitzplatz hergerichtet. Es war Oktober, und das Wetter lud noch zum Draußensein ein. An den Wochenenden aßen sie im Garten, obwohl es lange dauerte, bis alles nach draußen und wieder hinein getragen war.

Bennet kam am verabredeten Sonntag vorbei und beobachtete, wie John die Dichtmasse in die Spritzpistole füllte, das Ende der Tube abschnitt, die Schutzfolie innerhalb der Tube durchstieß und anfing, eine Bahn von Dichtmasse zwischen Mauer und Fensterrahmen auszulegen. Swede hatte Arbeiten wie diese schon jahrelang mit seinem Bruder und Onkel durchgeführt und konnte John sorgfältig instruieren. Es war nicht schwierig. Zunächst war er mit dem Finger am Fenster entlang und über den Rahmen gefahren, um sich zu orientieren und zu begreifen. Swede hatte John den gesamten Ablauf ausführlich erklärt. John benutzte die Spritzpistole um das ganze Fenster herum und ging dann zum nächsten, wo er von vorne anfing. Sie kitteten mit Gips und etwas Farbe. Bennet war so beeindruckt, daß er verkündete, er werde Leda darauf hinweisen, daß der Reparaturfonds der Miete gleichzusetzen sei, die sie normalerweise verlangen würde, und daß ihre Instandhaltungsarbeiten den Wert des Hauses steigerten. John schrieb häufig an Leda, aber er war immer zu schüchtern, um über das Geld zu sprechen, das sie ausgaben, und wieviel sie am Haus arbeiteten.

Swede meinte, sie würden alle schönen Wochenenden des Jahres brauchen, um die Reparaturen zu erledigen. Madonna wollte Handwerker bestellen. Es war schwer, ihr klarzumachen, daß solche Leute bezahlt werden wollten. Luke wollte allein weiterarbeiten, während Alma, John und Swede ihren Jobs nachgingen, aber Swede sagte, es sei zu gefährlich. Sie stritten sich wieder. John seufzte und meinte: »Die Sehenden streiten sich nicht so wie wir. Wenn ich meine Familie in Aureole besuche, wissen alle, wohin sie gehen und was sie tun wollen. Warum können wir nicht auch so sein?« Er wollte sie beschämen, aber sie zuckten nur mit den Achseln und stritten sich weiter.

Es gab Regen- und Nebeltage. John mußte jetzt immer einen Pullover anziehen, wenn er morgens aufstand, und Almas Hände waren beim Anfassen kalt, während sie zusammen auf den Bus warteten, der sie zur Werkstatt brachte. Luke und Madonna blieben zu Hause. Luke sagte, daß sie kochen und haushalten lernen würden. Swede verkündete, daß die Verschmutzung des Gartens mit Toilettenpapier abgenommen hätte; die Schule hatte begonnen, und die Kinder waren nicht mehr sommer-müßig.

Geschäftig, anstrengend, mit viel zu viel Streit und viel zu vielen Überraschungen ging das Leben weiter, aber John bemerkte, daß er Leda weniger vermißte, weil seine Energie völlig von den Neueinrichtungen im Haus in Anspruch genommen war. Er überraschte sich dabei, im Bus auf der Hin- und Rückfahrt zu schlafen, und manchmal verschlief er sogar seine Gedichtstunden. Mr. Sherline gefiel *An einen Freund*, er wollte eine Serie neuer Feiertagsgedichte. ›Thanksgiving‹ und Weihnachten standen an. Am Arbeitsplatz verschwanden die Sommerkleider, die er sortierte und ausmaß, zugunsten der schwereren Winterbekleidung. Der Zyklus der Jahreszeiten war im Gange – die Leute durchforsteten ihre Wintergarderobe, bereiteten sich vor auf die Jahreszeit, und John war ein Teil davon, gehörte zu diesem Prozeß. Manchmal aß er sein Mittagessen auf die Schnelle und versuchte dann noch, über seine Lyrik nachzudenken, weil er hier allein war auf eine Art, wie er es zu Hause nicht mehr war. Er begriff, daß das eine psychologische Frage war. Es gab Türen für den Rückzug ins Private, aber sein Kopf war nicht frei von anderen. Das mußte man erst lernen.

Als Bennet das nächste Mal kam, blieb er nicht lange, nahm nur die Post und die Telephonnachrichten und ging schnell wieder, was John seinem betriebsamen Leben zuschrieb. Das war anscheinend ein anderes Merkmal der Sehenden. Bennets Hände waren nervös. Einmal war John mit einem sehenden Begleiter namens George in einem Zug gereist, der deutlich hin- und herschwankte. George hatte das ›Rattern‹ genannt. Sehende Menschen ratterten herein und hinaus.

John und Alma kamen eines Donnerstags nach Hause und fanden eine offene Haustür vor. Sie gingen mit gemischten Gefühlen hinein. Leute? Wer? John sprach in die Seltsamkeit hinein: »Wo ist Luke?« Vielleicht war da niemand. Eine Minute später war Luke da. »Es sind Leute da. Von der Stadt, sagen sie. Sie haben ein Gesetz. Wir müssen in zehn Tagen aus dem Haus raus sein.«

John wurde schwach in den Beinen. Er dachte, er hätte vielleicht etwas mißverstanden, weil Lukes Finger nervös waren und John dadurch auch so unruhig wurde, daß er Schwierigkeiten mit dem Empfangen der Zeichen hatte. »Was? Was?«

Eine fremde Hand nahm seine und schrieb in seine Handinnenfläche. »Sheriff. Sie haben zehn Tage zum *Räumen.* Räumungsklage stattgegeben.«

»Warum?«

»Zone. Hier gibt es keine Kleingruppen-Häuser oder Übergangswohnheime. *Unzureichende Überwachung.*«

»Keine Überwachung!« schrie John. »Wir leben hier autonom. Ich lebe selbständig. Schon seit drei Jahren. Ich bin seit Juni hier ohne irgendwelche Schwierigkeiten.«

Die Hand zog sich zurück und war verschwunden. John suchte nach dem Körper. Er griff ins Leere, dann traf er auf einen verwirrten und suchenden Luke. »Was?« So schnell es ging, übermittelte er die Botschaft, dann suchten sie gemeinsam nach den Leuten, die dagewesen waren. Jetzt schien niemand mehr da. Die Tür war geschlossen. Wer hatte das getan? Warum? Welche Überwachung sollte notwendig sein? Und warum waren sie angezeigt worden? Zehn Tage. In dieser Nacht schlief niemand.

Bennet kam am nächsten Morgen. John und Alma wollten gerade zur Arbeit gehen. »Ich will nicht gehen«, sagte John. »Ich habe Angst, daß sie kommen und mir meine Rechte nehmen, während ich fort bin.«

»Ich war bei Gericht und habe alles versucht. Leda hat eine Mitteilung bekommen, weil sie die Besitzerin des Hauses ist. Sie dachte, es wäre ein Fehler und nahm es nicht so ernst. Als sie es dann doch tat, bat sie mich, mich darum zu kümmern.« John dolmetschte zu Luke. Die anderen standen nahe dabei. Sie hatten Leda nie vertraut, und jetzt legte sich ihre Verärgerung über sie wie ein Spinnennetz über Johns Gesicht. Er öffnete den Mund, um zu sprechen, aber Bennet schüttelte seine Hand und unterbrach ihn. »Ich war zweimal dort. Es ist folgendes: weil ihr alle behindert seid, behaupten die Nachbarn, dies sei ein Kleingruppenheim oder ein Übergangswohnheim, und die Gegend ist nicht freigegeben für solche Einrichtungen.«

»Was ist das, *freigegeben?*«

»Dafür habe ich jetzt keine Zeit. Ich muß gehen. Leute von der staatlichen Wohlfahrt werden heute oder morgen herkommen. *Bittet sie, es euch zu erklären.*« Seine Hände ruhten einen Augenblick und sagten dann: »Es ist nicht euer Fehler. Die Nachbarn mochten Leda nie. Sie war zu... frei für sie. Parties, Alkohol, wechselnde Liebhaber... Sie haben nur darauf gewartet, sich an ihr zu rächen...« Und dann war er weg, und John und Alma mußten zur Arbeit gehen, trotz Erschöpfung und leichter Übelkeit im Magen. Sie waren nicht dazu gekommen, zu frühstücken. Der Sheriff und Bennets Besuch hatten ihre Abend- und Morgenroutine durcheinandergebracht. John hatte keine Mittagsmahlzeit vorbereitet.

Um elf schlief er auf dem Sortiertisch ein. Jemand weckte ihn, schüttelte ihn nicht gerade sanft. Es war Mittag. Um halb fünf hielt Mr. Bisoglio ihn beim Hinausgehen auf und sagte: »Sie haben geschlafen.«

»Tut mir leid. Zu Hause gibt's Ärger, und ich habe in der letzten Nacht kein Auge zugetan.«

»...dürfen äußere Ereignisse nicht Ihre Arbeit beeinflussen lassen.«

»Das hat man mir schon gesagt, als ich anfing.«

»Sie sind ein guter Arbeiter.«

»Ja. – Sie werfen uns aus unserem Haus raus.«

»Sie leben doch selbständig, nicht wahr?«

»Ja.«

»Warum schließen Sie sich dann nicht einem Kleingruppen-Haus an?«

»Das haben sie jetzt über mein Haus gesagt.«

»Sprechen Sie mit der Sozialarbeiterin.«

»Ich will kämpfen, ich brauche einen Anwalt.«

»Ärger. Geld. Keine gute Idee.«

»Die Nachbarn mochten Leda nicht, deshalb sind sie gegen uns.«

»Für heute ist es Zeit zum Heimgehen. Möchten Sie morgen mit Mrs. Favilla sprechen?«

»Ja bitte, vielleicht kennt sie sich aus.«

Aber an diesem Abend kamen Almas Adoptiveltern und nahmen sie mit und sagten, ihre Ideen vom Leben seien schlecht. Polizei, Konflikte mit dem Gesetz. Am nächsten Tag kam Lukes Bruder und holte ihn ab. Alma lebte zu weit weg, wenn Luke hier blieb. »Wir können etwas arrangieren –«

»Wenn du eine richtige Wohnung findest, möchte ich kommen – mein Bruder haßt mich für mein Versagen.«

»Warum fechten wir es nicht legal aus ... Das hier ist nicht fair.«

Aber Luke ging, und drei Tage später kehrten Swede und Madonna in Madonnas Elternhaus zurück. Sie hatten den Warteplatz auf der Wohnungsliste verloren und waren bitter und wütend über John.

Er war jetzt wieder allein. Er trieb sich im Haus herum in tiefem, unaufhörlichem Zorn, der manchmal als Vibration aus ihm hervorbrach. Es war ein merkwürdiger Zorn, der sich manchmal auch gegen ihn selbst richtete. Türen und Fenster ließ er offen, ohne es zu bemerken, und zog ein seltsames schuldbewußtes Vergnügen daraus, in die Kanten offener Fenster oder vor verschlossene Türen zu rennen. Falls er noch ein Mann war, gehörte er zur Menschheit und bestrafte diese, indem er sich verletzte.

Bennet kam einige Tage später vorbei: »Die Nachbarn müssen erneut klagen.«

»Erneut? Sie haben schon vier von uns rausgeklagt.«

»Ich meine, wenn sie *dich* raushaben wollen, müssen sie noch mehr gegen dich vorbringen, und das wird seine Zeit dauern.«

»Ich bin jetzt wieder allein, wie vorher. Wir hatten Pläne, aber jetzt ... es wird schon in Ordnung sein.«

»Ich würde mir einen Anwalt nehmen, wenn ich du wäre. Sie wollen dich raushaben.«

»Warum?«

»Sie behaupten, du könntest die Verantwortung nicht übernehmen für – na ja, die Straßenreinigung im Winter zum Beispiel, das Haus in Ordnung zu halten. Es liegt schon wieder Toilettenpapier im ganzen Vorgarten und irgendein Staub – es sieht wie Zement aus – auf dem Rasen.«

»Das alles, um Leda Ärger zu machen?«

»Das meiste wohl schon, ja.«

»Ich wünschte, ich hätte eine Kanone hier, mit der ich ihnen allen schlimme Geräusche entgegenfeuern könnte.«

»Leda ruft mich am Sonntag an. Wir werden darüber sprechen. Ich will dir helfen. Was soll ich ihr sagen?«

»Ich schreibe ihr einen Brief.«

»Es tut mir leid, daß es nicht geklappt hat.«

»Ja.«

»Leda ist eine wunderbare Frau, aber sie ... sie ist sehr begeisterungsfähig.«

»Ja.«

»Sie wollte Augen und Ohren für dich sein – sie liebt dich wirklich, aber sie will alles andere auch. Sie vergißt ...«

»Ja. Können wir mit den Harken den Rasen säubern?«

»Ja«, sagte Bennet.

Sie säuberten den Vorgarten. John hatte beim Anfassen des Papiers das Gefühl, daß es schon einige Zeit gelegen haben mußte. Er rief Bennet mit bemüht ausgeglichener Stimme, nicht zu laut oder zu hoch. Bennet war sofort da. »Wie lang liegt das schon hier?«

Bennet fing an zu antworten, dann hielt seine Hand inne, und dann kam eine Lüge, offensichtlich war es eine Lüge, wie John am Ansetzen und Innehalten und dem übertrieben sorgfältigen Buchstabieren merkte. »Ich bin gestern vorbeigefahren, da lag es noch nicht da.«

Also hatte es schon seit Tagen, seit Swede gegangen war,

da gelegen, hatte seine Schwäche und seine Andersartigkeit gegenüber seinen unhörbaren unsichtbaren Nachbarn nach außen verkündet. Vor Jahren hatte er den Witz von den Blinden gehört, deren Haus an Halloween als Halloween-Schabernack dekoriert worden war und so blieb bis Thanksgiving, eine permanente Halloween-Dekoration zur Freude aller Nachbarn. Lachte Bennet hinter seiner Lüge? Nein, vielleicht nicht. Vielleicht nur Mitleid und Ungeduld, die gewöhnliche Vermischung, so gewöhnlich wie Morgengrütze in den Augen, wie Küchenstaub unter den Füßen.

Später sagte Bennet: »Ich fahre vorbei und überprüfe, ob der Garten in Ordnung ist. Ich habe mit zwei Nachbarn gesprochen. Sie wissen, daß es nicht fair ist, jetzt wissen sie es.«

»Ich hätte mir einen Dolmetscher nehmen sollen. Hätte von Haus zu Haus gehen sollen wie in meiner alten Wohngegend. Aber alles passierte so schnell –«

»Du weißt ja, daß ihr eine Menge Lärm gemacht habt – vor allem eine der Frauen hat im Garten geschrien.«

»Wir hätten sie schon davon abgehalten. Luke brachte es ihr gerade bei.«

»Ich kann nicht jeden Tag vorbeikommen, aber ich komme jede Woche wegen eventueller Nachrichten vorbei – nicht dein Fehler.« Eine Pause, dann: »Oh, hier ist ein Brief.«

»Was für ein Brief?«

»Aus der Stadt.«

John stöhnte. »Nicht noch mehr«, sagte er, »nicht noch mehr davon.«

Bennets Hand noch einmal. »Aus der Stadt, ja, aber nicht von denen, die dich ärgern. Das hier ist vom Museum. Wegen eines Besuchs. Hast du ihnen deswegen geschrieben?«

»Das hab ich ganz vergessen ... ach ja ...«

»Du kannst immer noch gehen. Paß mal auf: ich nehme euch mit, alle. Wir gehen nächstes Wochenende.«

»Ich kann Alma Bescheid sagen. Sie kann es Luke weitergeben. Du müßtest aber Swede und Madonna anrufen.«

»Mach ich. Ist Samstag okay? Ich frage beim Museum an.«

John wußte, daß die Familien seiner Freunde ihn nicht mehr sehen wollten; für ihn selbst war der Funke erloschen, der Spaß daran vergangen. Die anderen würden Bennet Bescheid geben; einmal können sich ja die anderen drum kümmern ...

Dann träumte er, träumte von dem großen Raum, in dem die Luft sich kaum bewegte, wo er vorsichtig durch Öffnungen schritt, vorsichtig einer präzisen Spur folgte, manchmal zentimeterweise. Dann war da die plötzliche Berührung mit einem Tier, wie fellgepolsterte Möbel. Das Tier konnte nicht atmen und war auch nicht warm an seinen Fingern, aber als er es zitternd anfaßte, zart über seine Formen und Konturen strich – wurde es ihm wieder vorstellbar. Es war ein Tiger, ein riesiger und gefährlicher *Fourbuds*. Er las das *Braille*-Zeichen: TIGER. Dann gab es einen Bär und sein Zeichen: BÄR; dann ein Wolf mit seinem Zeichen. Noch ein Gang, ein anderes Tier, diesmal zweibeinig, haarlos, geballte Fäuste, Kopf im Nacken, offener Mund, zorn- oder schmerzverzerrtes Gesicht. Er griff nach dem *Braille*-Zeichen, berührte es, es besagte: TAUBBLINDER.

Leda kam. Sie kam mit ihrer typischen plötzlichen Umarmung, schnell über die Lippen gestreift, Stirn, Wange, dann Lippe auf Lippe, während ihre Hände seine hielten und dann: ihr geheimer Duft, ihr Eigengeruch – ihrer, ihrer, endlich daheim.

»Super Show«, sagte sie. »Begeisterungsstürme für mich.«

»Großer Durchbruch«, antwortete er. Sie sagte ihm, daß sie wegen des Aufstands der Nachbarn gekommen wäre, nur für einen Tag. Sie gingen zu Vermittlungsagenturen statt gemeinsam ins Bett. Er war jetzt eine Belastung, kein Liebhaber. Von der Agentur bekamen sie für zwei Stunden eine Dolmetscherin. Sie erklärte das Problem der Zonen für Behinderten-Wohnheime, was er sich bereits selbst so zurecht gelegt hatte. Er sprach über seine aktuelle Situation: ein einzelner, taubblinder Mann war kein Gruppenwohnheim, aber die Nachbarn hatten offensichtlich die gleichen Ängste, daß er sich nicht selbst um das Haus und die Gehwegreinigung kümmern könnte. Am Ende des Tages waren sie müde und gingen auf einen Kaffee in eine Kneipe.

»Leichter als zuhause«, sagte sie, »weniger Aufwand.« Das verletzte ihn auch. In letzter Zeit verletzte ihn alles. »Ist Bennet ein guter Freund gewesen?« fragte sie.

»Ja. Er hat mich überascht. Er kommt vorbei und harkt den Rasen.«

Das schien sie zu verwirren. »Versucht ihr euch an einem Rasen?«

John merkte, daß sie nichts von den kleinen Aufmerksamkeiten der Nachbarn wußte. Er sagte: »Säuberungsaktion vor dem Winter.« Er fühlte sich raffiniert, hörend und todtraurig.

»Wie geht es deiner Mutter?« fragte sie.

»Gut.«

»Hat dein Dad mal zurückgeschrieben?«

»Nein. Irwins Frau Marie schreibt jetzt. Die Briefe gefallen mir besser. Mehr tatsächliche Neuigkeiten. Sie versucht nicht . . .«

»Vorzusortieren?«

»Ja, sie sortiert nicht vor, um mir alles zu ersparen. Sie schreibt fast jede Woche, und Mr. Bisoglios Sekretärin liest mir die Briefe vor. Sie müssen schreiben, damit ich nicht hinfahre.«

Ihre Hand zitterte ein wenig. »Ich muß das Haus verkaufen.«

Er antwortete nicht. Sie sagte: »Ich habe es ausgerechnet – Washington und hier.«

»Wir hätten dich bezahlen können.«

»Nicht ihr allein. Pächter? Es ist nicht gut, in einer anderen Stadt zu sein, wenn man Mieter hat. Andere hätte ich nicht bekommen: Ihr fünf wart die besten Mieter, die ich mir hätte wünschen können, und ihr konntet es nicht allein schaffen –«

»Wir hätten es gekonnt. Es waren die Nachbarn, die –«

»Warum auch immer, es hat nicht geklappt.«

»Dann *deine* Freunde; ich könnte mit ihnen hier bleiben. Du hast so viele.«

»Sie sind wie ich, kommen und gehen. Ich dachte – ich

hatte gedacht – ich wußte nicht, wieviel das Leben in Washington kostet. Ich muß das Haus verkaufen.«

Sie saßen eine Weile ruhig da. Dann sagte er: »Wann muß ich gehen?«

Sie sprang auf. Dann sagte sie: »Nicht, bevor das Haus nicht verkauft ist. Bis dahin kannst du bleiben. Und vergiß das Geld, bitte. Nutze es, um in deine alte Wohnung zurückzuziehen.«

Er sah – fühlte sein altes Apartment, Erinnerung an seine Gemütlichkeit, Nachbarn, die ihn zur Begrüßung anfaßten, die Küche mit ihrer speziellen Anordnung für ihn. Er würde Leda vermissen, aber der Traum davon, sich ihr Leben wie sein eigenes Kleidungsstück überzustreifen, war längst zu Ende. Das Kleidungsstück war so wie die, die er sortierte und bündelte.

»Es tut mir leid«, sagte sie. »Nichts war so, wie einer von uns sich das vorgestellt hatte. Es tut mir so leid, daß es nicht geklappt hat.«

»*Wir* haben gearbeitet wie die Wilden«, sagte er, »bis wir nicht mehr konnten.«

»Bennet hat mir etwas davon erzählt, was ihr durchgemacht habt – wie sie den Müll rübergeworfen haben. Er bewundert deinen Mut.«

John wußte, daß Bennet Leda nicht viel von dem erzählt hatte, was passiert war. Es tröstete ihn, weil es kein Mitleid war. Er war immer noch etwas verärgert über Bennet, deshalb sagte er: »Aber wenn ich umziehe, wird er mich wohl nicht besuchen.«

»Die Leute sind so beschäftigt mit ihrem eigenen Leben.«

»Kann ich dich um einen Gefallen bitten – bei meiner alten Wohnung anzurufen?«

»Ich fahre morgen, ehe etwas geöffnet ist. Vielleicht Bennet –«

Und sie war zu müde, um mit ihm zu schlafen. Er war zu niedergeschlagen. Er fühlte sich wie ein Hundertjähriger, jemand, der länger gelebt hat, als er das je gewollt hatte. Offensichtlich hatte er seine Freundschaften überlebt. Luke, Alma, Swede und Madonna waren zornig und verbittert wegen der Ereignisse und gaben ihm die Schuld. Luke hatte gesagt: »Du liest zu viele Bücher; alles ist für dich eine Geschichte.« Es stimmte. Irgendwo mußte er von einer glücklichen Familie gelesen haben, die heimelig zusammenlebte, jedes einzelne Mitglied mit einer speziellen Aufgabe für das große Ganze betraut.

Er wußte, daß er nach Monaten oder Jahren wieder eingelassen würde in den Kreis seiner Freunde. Wenn Taubblindheit bittere Wahrheiten beinhaltete, dann sicher die, daß niemand sich erlauben konnte, wählerisch zu sein. Mit den Jungen, die ihn in der Schule mißbraucht hatten, mußte er die folgenden zwei Jahre verbringen: Bennet, der grausam zu ihm gewesen war, mußte ertragen werden, bis er zum Freund wurde. Die Welt der Taubblinden war so klein wie eine Pioniersfamilie an der Front. Sie würden ihn wieder aufnehmen, egal was geschah. In der Zwischenzeit würde sich die Geschichte in der ganzen Taubblinden-Gemeinschaft herumsprechen und durch Swede auch bei den Blinden. Mit Gebärden und Buchstaben würde es sich überall verbreiten, wie er seine besten Freunde dazu gebracht hatte, alles zu riskieren, alles auf eine Karte zu setzen. Wie der Gestank verbrannten Gummis würde sich seine Schande in Windeseile über der Gemeinschaft ausbreiten, so daß nach langer, langer Zeit noch Fremde sich erinnern würden, die für den Rest ihres Lebens Ereignisse daran orientieren würden: es passierte in dem Jahr, als John Moon seine Freunde dazu brachte...

Leda war fort, überhaupt nicht so, wie es in den Büchern geschah, keine Abschiedsworte, über die er Tränen vergießen müßte, wie dort. Sie schwand dahin wie eine Brise an einem heißen Tag oder allmählich wie der Schmerz einer Verletzung. Briefe hin und wieder. Bennet, der Botschaften mitteilte. Dann kam Bennet überhaupt nicht mehr, weil Leda für Post und Telephon eine andere Regelung gefunden hatte.

John schrieb einige Gedichte für Mr. Sherline. Manchmal dachte er an einen Text über das Thema taubblinder Dankbarkeit. Er schrieb ein Gedicht mit dem Titel *Freundliches Feuer* –, das Mr. Sherline aus für ihn unbegreiflichem Grund ablehnte. Aber er schrieb jetzt mehr seine eigene Lyrik, wie Leda sie angeregt hatte:

Ich wasche und rasiere mich, Handlungen, mit denen ich dich rufe.
Gehst du zur Tür hinaus, in dein Auto und drehst den Zündschlüssel?
Mein Ruf ist Vorbereitung, drunter und draußen, Hemden und Hosen.
Ich bekleide mich, um dich näher heranzuholen; das ist meine Magie.

Mein Schlips bittet dich zu kommen, während er seinen Platz einnimmt,
Denselben Platz um meinen Hals herum, den dein Arm einnehmen sollte;
Meine Socken und Schuhe, eine Andeutung von Spazierengehen,
Ich bewege mich und die Uhr bewegt sich; bewegst du dich auch?
Da gibt es Binde-Sprüche beim Schuhbinden,
um dich zu binden und in das Knoten meines Schlipses hineinzubinden.
Ich habe dich durch alle meine Knopflöcher herbeigesehnt – komm hindurch und hinein;
In meinen Schuhen schreite ich den Raum zwischen uns ab.
Ich tippe Braille-Anweisungen mit meinen Fingern, klopfe Morse-Zeichen mit meinem Fuß, wenn ich sitze.
Bring sie her, bring sie her.
Die Uhr läuft im Kreis.
Welchen Zauberspruch habe ich vergessen? Welches Ende ist noch offen?

Johns Apartment war vermietet. Die Sozialarbeiterin sagte, sie hätte angerufen. Die Leute setzten ihn auf eine Warteliste. In der Zwischenzeit, meinte sie, wäre es nicht klug, dort zu bleiben, wo er jetzt wohnte. Der Schabernack gegen ihn könnte sich verschlimmern; Eltern, die ihre Kinder vorher nicht unter Kontrolle hatten, würden das wohl auch nicht tun. Und er war jetzt allein. Das wurde ihm von einer Dolmetscherin sehr professionell, schnell wie fließendes Wasser, erklärt. Zeit ist Geld. Die

Worte stoben fast zu schnell zum Nachdenken davon. Andere Apartments – sie könnten suchen. Er hatte Glück, daß er Geld für eine eigene Wohnung hatte, allerdings bedurfte es einer Kaution für drei Monate.

»Ich möchte bleiben, wo ich bin.«

»Das Haus wird verkauft.«

»Bis es verkauft ist. Wie viele Tage und Wochen braucht man, um in einer neuen Wohnung das *Wo* und *Wie* zu lernen, die Wände, Türen, Badezimmer? Ich möchte dort bleiben, wo ich mit allem vertraut bin.«

»Wir meinen, ein Umzug wäre das Klügste.«

»Ja, ich weiß.«

»Wir werden Ihnen eine gute Wohnung suchen.«

»Ich habe schon eine.«

»Die Nachbarn wollen Sie nicht.«

John hörte auf zu sprechen und ihnen zu antworten. Er war ganz still, und plötzlich kamen Wörter von irgendwoher, aus seinem neuen Wissen, Bennet, Leda, eine Weisheit, von deren Vorhandensein er bisher nicht gewußt hatte. »Erklären Sie den Nachbarn, falls diese wollten, daß das Haus verkauft wird, müssen sie aufhören, Toilettenpapier und Zementstaub auf den Rasen zu werfen. Niemand wird ein so häßliches Haus kaufen.« Dann nahm er seine Hände von der Dolmetscherin weg, auch etwas Neues, das er, er wußte nicht wo, gelernt hatte. Vielleicht hatte er es aus Bruchstücken von Unterhaltungen aufgeschnappt, die er bei Leda und ihren Freunden mitverfolgt hatte, vielleicht waren es Splitter einer freien, wilderen Welt. Dann griff er wieder nach ihren Händen, und sie waren still. Nichts bewegte sich.

In der ersten Novemberwoche fuhr John mit dem Bus zu einem Besuch zu Martin ins Gefängnis, diesmal mit Melvin.

»Wo ist das reife Früchtchen? Dieser Typ sieht aus, als wäre seine Unterwäsche etwas verklemmt.«

»Weg«, sagte John, »nach Washington, D.C., Karriere.«

»Geliebt und verloren?«

»Ja.«

»Also bist du reingekommen? Beim letzten Mal hattest du erst die Absicht.«

»Ich hatte geglaubt, ich könnte auch in ihr Leben eindringen – ein Teil werden von –« Die Idee war zu groß für ihn. Er stand wie ein Denkmal da, Hände offen für Martins Buchstabieren.

»Du hast den Blues«, sagte Martin, »den Einsamkeits-Blues, und das hat nichts mit Taubblindsein zu tun.«

»Es fühlt sich an...«

»Ich weiß, Mann, wenn du nur hören könntest, dann würde ich dir empfehlen, zu einem hübschen alten Saloon zu gehen und dort all die herzzerreißenden *Sie-hat-mich-verlassen*-Bluestitel aus der Musikbox zu hören.«

»Nie wieder Kneipen«, sagte John.

»Nun ja, du bist eben ein Dichter. Dichter haben den Blues seit Tausenden von Jahren geweint.«

»Den Blues geweint... und die Hörenden verstehen das? Die Sehenden?«

»Wie einen Nagel im Schuh.«

»Sherline wollte einen solchen Blues nicht von mir. Für Taubblinde gehören sich solche Empfindungen nicht.«

»Ach ja?«

»Für mich selbst vielleicht.«

»Vielleicht wirst du berühmt, und ich muß mich noch mal anstellen, um zu dir durchzukommen.«

»Ich werde eine Visitenkarte in *Braille* haben, wie die einer Übersetzerin, die ich kennengelernt habe.«

»Da müßte aber eine Menge draufstehen«, sagte Martin.

John spürte die Wärme in seinem Gesicht. »›John Moon. Liest Braille. Spricht und empfängt in drei Taubblinden-Sprachen.‹«

»›Vormals Kokosnuß‹«, sagte Martin.

»›Kann lieben. Kann den Blues weinen.‹«

»›Ist beweglich mit Fuß, Hand und Blindenstock in Wohnvierteln von drei Städten –.‹«

»›– und einem Bergstädtchen vor und nach seiner Modernisierung.‹«

»›Identifiziert jeden Geruch in der Luft, von Gestank bis Duft, und durch Berührung alles von Seide bis Sandpapier. Arbeitet tüchtig.‹«

»›Sorgt sich wegen seiner Steuern und hat sich im Frühjahr überraschen lassen von seiner Fähigkeit zur Trauer, hat aber auch jede mögliche Form von Freude kennengelernt.‹«

»Die Karte hätte die Größe einer Serviette!« klopfte Martin spaßeshalber in Johns Hand.

»Es ist noch nicht zu Ende. Unten am Rand würde es heißen: ›Ist sechsundzwanzig. Und ist es leid zu warten.‹«

Alison Lurie im Diogenes Verlag

Die Wahrheit über Lorin Jones

Roman. Aus dem Amerikanischen von Otto Bayer. Leinen

»Alison Lurie ist die literarische Verhaltensforscherin der Denkmoden, der Konkurrenz- und Sexualgewohnheiten ganz normaler mittelständischer Stadtneurotiker.
Diesmal geht's um die New Yorker Kunsthistorikerin Polly Alter, die über die verstorbene und vergessene Malerin Lorin Jones eine Biographie schreiben soll. Polly beginnt mit lauter fixen Vorurteilen – Lorin Jones als Pollys Alter ego und als Opfer der New Yorker Kunst-Machos, die die geniale Schöne aufbauten und fallenließen –, und sie endet beschämt und verwirrt, denn die Wahrheit über Lorin Jones ist peinlicher, widersprüchlicher und komplizierter, als Polly dachte. Alison Lurie hat nicht nur ein Spottporträt über die New Yorker Kunstszene mit ihren eitlen Ticks und miesen Tricks geschrieben; nebstbei ist ihr auch noch eine hinterhältige Satire auf die Tücken des Biographengewerbes gelungen – sie läßt ihre Polly beim Recherchieren trotz allem Argwohn auf jeden Schmäh hereinfallen und von Panne zu Panne stolpern, allerdings immer in Richtung Wahrheit.« *profil, Wien*

Varna oder Imaginäre Freunde

Roman. Deutsch von Otto Bayer
detebe 21855

Ein junger amerikanischer Soziologiedozent, etwas zu scheu und voller ethischer Grundsätze, stößt auf einen etwas zu selbstsicheren und ziemlich rücksichtslosen Professor und Mentor. Die beiden mischen sich, zwecks »teilnehmender Beobachtung einer isolierten Kleingruppe«, unter eine Vereinigung kleinstädtischer religiös-spiritistischer Fanatiker, die glaubt, von Ro, dem Herrscher des Planeten *Varna,* erleuchtet zu sein. Eine hochexplosive Synthese, die Beziehungen köcheln, und das Durcheinander brodelt.

»Luries vollendetste Komödie, eine wunderschöne Metapher auf die unzähligen Schattierungen zwischenmenschlicher Beziehungen.«
Times Literary Supplement, London

Liebe und Freundschaft

Roman. Deutsch von Otto Bayer
detebe 21756

»Ein höchst unterhaltsamer, witziger und bisweilen komischer Roman.«
Volker Hage/Sender Freies Berlin

»Ein Ehebruch, bei dem gewissermaßen alles stimmt. Nach fünf, sechs angenehm verbrachten Ehejahren hat sich die schöne Frau entliebt. Sie ist in häuslicher Monotonie ermüdet und gekränkt von der zunehmenden Verschlossenheit, wohl auch Herablassung des Gatten. Was sie von seiner Arbeit hält, berührt ihn kaum. Kann er überhaupt noch zwischen Menschen und Einrichtungsgegenständen unterscheiden? Die Zeit für einen Liebhaber ist reif… Alison Lurie erreicht, was so oft verfehlt wird: die Wahrheit über das, was man ›das Leben‹ nennen könnte oder auch ›das Menschenherz‹.« *Christa Rotzoll/FAZ*

Affären

Eine transatlantische Liebesgeschichte
Deutsch von Otto Bayer
detebe 21600

Vinnie Miner, Amerikanerin, nach ironischer Selbsteinschätzung »alt, klein, unattraktiv und nicht verheiratet«, reist mit einem Forschungsstipendium nach London. Dorthin ist auch ihr attraktiver junger Kollege Fred Turner unterwegs. Beide sind allein. Keiner der beiden ist auf eine *Affäre* aus.

»Ein gleichermaßen witzig-melancholischer wie intelligenter Unterhaltungsroman.« *Die Zeit, Hamburg*

Ein ganz privater kleiner Krieg

Roman. Deutsch von Hermann Stiehl
detebe 21614

Bei der Familie Tate war noch bis vor kurzem alles in Ordnung: Die Ehe so wenig getrübt wie die Freude an den Kindern, das Heim behaglich. Mit einem Mal ist nichts mehr in Ordnung. In der Nachbarschaft entstehen scheußliche Häuser, die Kinder benehmen sich unerträglich, und Erica Tate muß entdecken, daß ihr Mann Brian sie mit einer Studentin betrügt.

»Stilvoll, komisch, distanziert und zärtlich, von seltenem Witz und Einfühlungsvermögen: Alison Lurie schreibt wie ein Engel. Sie ist sowohl von Truman Capote wie von Christopher Isherwood mit Jane Austen verglichen worden – eine kühne Behauptung, aber dieser Roman rechtfertigt sie durchaus. Ein großartiges Buch.« *Sunday Times, London*

Celia Fremlin im Diogenes Verlag

Die Stunden vor Morgengrauen

Roman. Aus dem Englischen von Isabella Nadolny
detebe 21515

Nacht um Nacht schreit das Baby, ohne ersichtlichen Grund. Schlaflose Nächte lang beobachtet Louise ihr Baby und hofft auf Ruhe – für sich, ihre Familie und die neue Untermieterin, Miss Brandon. Aber aus ihrem halbwachen Dämmerzustand gibt es kein Entrinnen, sie gleitet hinüber in einen langen, quälenden Alptraum.

»Celia Fremlin erzählt so spannend, daß man unter Garantie eine wohlige Gänsehaut bekommt.«
Freundin, München

Wer hat Angst vorm schwarzen Mann?

Roman. Deutsch von Otto Bayer
detebe 21302

»Kein Anblick konnte dieser Tage mehr Schrecken einflößen als der eines gutgekleideten Mannes mit Notizbuch in der Hand beim Betrachten eines Grundstücks.« So beginnt ein psychologisch ebenso hinterhältiger wie spannender Roman rund um eine ganz gewöhnliche Familie auf dem Land: eine mißtrauische, etwas schwerhörige Großmutter, ihre zu Höherem berufene Tochter Claudia und das Enkelkind Helen.

Klimax

oder Außerordentliches Beispiel von Mutterliebe
Roman. Deutsch von Dietrich Stössel. detebe 20916

Stellen Sie sich eine ganz normale Familie aus Ihrer Nachbarschaft vor: nette, ruhige Leute, der Mann in guter Position, manchmal etwas mürrisch, aber man weiß ja, was im Beruf verlangt wird, die Frau reizend, spontan, hilfsbereit, die ihre zwei Töchter geradezu vergöttert, vielleicht etwas übertrieben. Eines Tages verlobt sich die älteste mit einem tüchtigen Buchhalter – und langsam zieht ein ganz gewöhnliches Grauen ein...

»Der Engländerin Celia Fremlin könnte es gelingen, der verehrten Spannungsautorin Margaret Millar den Rang abzulaufen.« *Wochenpresse, Wien*

Onkel Paul

Roman. Deutsch von Isabella Nadolny
Leinen

»Mit *Onkel Paul* übertrifft Celia Fremlin sogar ihren ersten Roman *Die Stunden vor Morgengrauen.* Ihre unheimliche Fähigkeit, die Kleinigkeiten des häuslichen Einerleis, die Langeweile und Enge des Familienalltags mit Merkwürdigem, Makabrem und Katastrophalem zu verbinden, macht ihre Geschichten einmalig.« *Times Literary Supplement, London*

...diesmal die Katastrophe um die drei Schwestern Mildred, Meg und Isabel – und natürlich Onkel Paul.

Die Spinnen-Orchidee

Roman. Deutsch von Isabella Nadolny
detebe 21727

Etwas muß geschehen, wenn eine aufregende Affäre plötzlich zur häuslichen Zweierkiste wird... Mit Entsetzen stellt Adrian fest, daß es vorbei ist mit seiner kostbaren Privatsphäre, als seine ›Frau für schöne Stunden‹, Rita, plötzlich bei ihm einzieht. Mit ihr hält auch der Haß Einzug: Adrian beginnt Rita zu hassen, Rita haßt dafür Amelia, Adrians 14jährige Tochter, die seine ungeteilte Liebe genießt, und Amelia – liebt ihren Lehrer. Als Rita eines Tages das Tagebuch des Mädchens, voller erotischer Tagträumereien, findet, sieht sie ihre Chance. Denn etwas muß geschehen – etwas wie Mord zum Beispiel…

»Celia Fremlin säße schon längst im Gefängnis, würde sie nicht schreiben.« *Emma, Köln*

Rendezvous mit Gestern

Roman. Deutsch von Karin Polz
detebe 21603

Milly macht sauber bei Leuten in Seacliffe. Diskret und gründlich räumt sie täglich die Reste von Mrs. Days wilden Nächten auf, versorgt Mrs. Grahams Baby mit ungeliebten Vitaminen, verleiht dem Haushalt von Mrs. Lane einen Hauch vom ehemaligen großbürgerlichen Glanz. Allabendlich kehrt sie müde und allein in ihre billige Pension zurück. Bei ihr ist nur die Erinnerung an ein ganz anderes Leben, an die Hölle vor dem Tod, die Ehe hieß. Doch vor der Hölle flieht man nicht so leicht…

»Eine Psycho-Krimi-Gruselstory von einer Spezialistin für die Abgründe im ganz alltäglichen Hausfrauendasein.« *Frankfurter Rundschau*

Anne Fine

Die Stein-Menagerie

Roman. Aus dem Englischen von Karin Polz. Leinen

Ally ist zehn und hat dauernd Streit mit seiner gereizten Mutter, ist seinem Vater, der alles für ein »ruhiges Dasein« geben würde, ein Dorn im Auge und muß zu allem Überdruß auch noch jeden Sonntag die unglückliche Tante Chloe mit seinen Eltern im Irrenhaus besuchen. Jeden Sonntag dasselbe – Ally ärgert sich über diese sinnlose Zeitverschwendung. Bis er eines Tages durch ein Fenster des Irrenhauses eine kleine Gestalt erblickt, die in einem geheimnisvoll überwucherten Landstück am andern Ende des Anstaltsgeländes wandelt...

»Ein kleines Buch, aber es steckt eine Menge drin zum Auslegen und Deuten, zum Weiterspinnen – es ist eines dieser großen, sorgfältig gemalten Bilder, bei denen man sich im Detail verlieren kann.« *Rias, Berlin*

»Ein trauriges Thema, aber alles andere als ein trauriges Buch. Ein originelles, ergreifendes und unterhaltendes kleines Werk, das Sie sich gönnen sollten – egal, wie alt Sie sind.« *Times Education Supplement, London*

»Sehr anschaulich und eindrucksvoll geschildert, in lebendigen Szenen, die auch Jugendlichen leicht zugänglich sind.« *ORF, Wien*

Das Oma-Projekt

Roman. Aus dem Englischen von Barbara Heller. Leinen

Großmutter soll nicht ins Altersheim – darin sind sich die drei Enkel einig. Mit List und Tücke setzen sie diesen Plan gegen ihre Eltern durch. Doch dann beginnt der Alltag...

Ein spannender Roman, in dem das Thema Zusammenleben von jung und alt unsentimental beschrieben wird.

»In ihrem Jugendbuch *Das Oma-Projekt* greift Anne Fine ein schwieriges Familienproblem auf. Wohin mit Oma, die alt geworden ist? Sie muß bleiben – finden die Enkelkinder. Sie muß ins Heim – sagen die Eltern. Spannungen in der Familie, aber die Jugend setzt ihr Oma-Projekt mit viel Raffinesse letztlich durch. Ein Buch zum Schmunzeln, das aber auch genug Stoff zum Nachdenken bietet über ein Thema, das uns alle angeht.« *Für Sie, Hamburg*

»Anne Fines schillernde Wiedergabe kindlicher Raffinesse und sorgenloser Hinterhältigkeit ist ein lange anhaltendes Vergnügen.« *Kirkus Review, New York*

»Meisterhaft in der Sprache, die Dialoge fliegen wie literarische Bienen. Anne Fines Vergnügen, das sie beim Schreiben gehabt haben muß, ist hoffnungslos ansteckend.«
Times Educational Supplement, London

»Keine Sekunde sentimental oder konstruiert, Kinder, Eltern und Oma sind überzeugend gezeichnet. Ausgesprochen lustig und erfrischend.«
The Guardian, London

Patricia Highsmith
Carol

Roman einer ungewöhnlichen Liebe
Aus dem Amerikanischen von Kyra Stromberg
Leinen

»Der bereits 1952 in Amerika veröffentlichte Roman *Carol* war damals ein solches Wagnis, daß sich Autorin Patricia Highsmith hinter dem Pseudonym Claire Morgan versteckte. Immerhin hatte die Meisterin des Psychothrillers mit diesem Werk den ›Schritt vom Wege‹ getan: Fernab von Mord und Totschlag erzählt sie darin die Geschichte der jungen Bühnenbildnerin Therese und ihrer Geliebten Carol, einer reifen, verheirateten Frau in besten Verhältnissen, deren Schönheit und Lebenserfahrung Therese faszinieren. *Carol* ist ein wunderbarer, mutiger Roman über eine ungewöhnliche Liebe, ihre Anfechtungen und ihren Sieg. Die Highsmith versteht es, ganz ohne vordergründigen Sex knisternde Erotik zu erzeugen.«
Annette Kast-Riedlinger / Harpers' Bazaar, München

»Kein Tod im Swimmingpool, kein minutiös vorbereiteter Mord, kein Krimi, kein Thriller ist *Carol*, sondern eine Liebesgeschichte, und hat doch alle Eigenschaften anderer Highsmith-Romane. Er hat Suspense. Alle, die Patricia Highsmith lesen und schätzen, werden sich erfreuen an diesem Buch aus ihren Anfängen.«
Hans Bender / Süddeutsche Zeitung, München

»Die schönste Liebesgeschichte der Highsmith.«
Bruno Preisendörfer / Zitty, Berlin

»Ein Meisterwerk der Spannung.«
Claudia Schaller / Brigitte, Hamburg

Peter Dickinson im Diogenes Verlag

Das Giftorakel

Roman. Aus dem Englischen von Christa Hotz. detebe 21520

»Peter Dickinson gewann in der Vergangenheit bereits zweimal den Golden Dagger der Crime Writers Association für den besten Kriminalroman des Jahres, und daß nicht auch das *Giftorakel* ausgezeichnet wurde, liegt nur daran, daß auch andere Autoren einmal zum Zug kommen sollten. Die Geschichte ist so raffiniert, so detailgetreu erzählt, daß die irreale Welt des Wüstenpalastes plastisch vor den Augen des Lesers entsteht. Die Personen, zu deren Charakterisierung er selten mehr als nur ein paar Sätze benötigt, faszinieren durch ihre Lebendigkeit. Die Geschichte gehört zu den besten, die im Bereich der Kriminalliteratur erschienen sind.« *Saarbrücker Zeitung*

Tefuga

Roman. Deutsch von Edith Nerke und Jürgen Bauer. detebe 21665

Tefuga ist die spannende Lebensgeschichte einer ungewöhnlichen Frau, die ihrem Ehemann, einem britischen Kolonialbeamten, 1923 nach Nigeria gefolgt ist. In der Begegnung mit einer gänzlich fremden Kultur reift sie von der naiven Ehefrau zur selbständigen Persönlichkeit; sie beginnt Parallelen zu entdecken zwischen ihrer Stellung als weiße Ehefrau und dem Verhältnis der Eingeborenen zur Kolonialmacht.

»Peter Dickinson ist in Sambia zur Welt gekommen, wenn auch später in Eton erzogen worden. Er kennt Afrika, er kennt Araber, Schwarze – und auch seine bizarren englischen Landsleute: Der Leser profitiert davon.« *Darmstädter Echo*

Tod eines Einhorns

Roman. Deutsch von Monika Elwenspoek
detebe 21772

Lady Margaret Millett, erfolgreiche Autorin romantischer Bestseller, sieht sich nach Jahren gezwungen, sich nochmals mit ihrer Vergangenheit zu beschäftigen: einer Zeit glücklicher Selbstfindung als Schreiberin einer Klatschkolumne, die mit dem Mord an ihrem Geliebten ein abruptes Ende fand und sie reumütig wieder in den Schoß der Familie zurückkehren ließ. Und was sie jetzt herausfindet, ist, daß ihre Familie bei der ganzen Sache damals nicht ganz untätig gewesen war...

»Peter Dickinson ist ein literarischer Zauberkünstler mit einem schier unerschöpflichen Ideenvorrat, der den Leser vollkommen in seinen Bann schlägt.«
Sunday Telegraph, London

Galgenspiel

Roman. Deutsch von Monika Elwenspoek
detebe 21915

»Peter Dickinson ist ein wahrer Könner, ein exzellenter Schreiber, der die Tradition des Mystery-Genres in seinen Romanen wiederaufleben läßt. Er vermag keinen banalen oder plumpen Satz zu schreiben, und seine Charaktere sind echte Exzentriker, aber nie Karikaturen. In *Galgenspiel* wissen wir uns vom großartigen ersten Kapitel an sicher in den Händen eines Meisters.« *P. D. James*

Der Blaue Falke

Roman. Deutsch von Irene Holicki
Mit Illustrationen von David Smee
Leinen

Eine seltsame und faszinierende Geschichte aus der Zeit der Pharaonen, die in einer dem Untergang geweihten Welt spielt, in der die Priester herrschen und der König keine Macht hat.

»Wie es Dickinson versteht, diesen Seminarstoff mitreißend zu erzählen, ist begnadet: Ein wundervolles Buch from a miracle man.« *Plärrer, Nürnberg*